Un poison nommé Désir

PEFC
PEFC/14-38-00308
Certifié PEFC
Papier de forêts gérées durablement et de sources contrôlées
www.pefc-france.org

Avertissement
Un poison nommé Désir contient des scènes susceptibles de heurter la sensibilté de certains lecteurs, notamment des descriptions d'abus psychologiques et physiques, des références au capacitisme, au cannibalisme (non explicites) et à la mort.

Casterman
Rue Haute 139
1000 Bruxelles
Belgique

www.casterman.com

Publié en Grande-Bretagne par Electric Monkey, une marque de HarperCollins*Publishers,* 1 London Bridge Street, London SE1 9GF, sous le titre : *Gentlest of Wild Things.*

ISBN : 978-2-203-29128-7
N° d'édition : L.10EJDN003096.N001

Composition et mise en pages
Nord Compo à Villeneuve-d'Ascq

Achevé d'imprimer en septembre 2025, en Espagne, par Black Print CPI Iberica
(Calle Torre Bovera 19-25, 08740 St. Andreu de la Barca, Barcelona).

Dépôt légal : octobre 2025 ; 2025/0053/271
Déposé au ministère de la Justice, Paris (loi n° 49.956 du 16 juillet 1949 sur les publications destinées à la jeunesse).

Sarah Underwood

Un poison nommé Désir

Traduit de l'anglais (Angleterre)
par Anne Guitton

casterman

À ma petite sœur, Helen,
qui me rend meilleure
et que j'aime de tout mon cœur.

« Mais à l'instant la couche s'illumine, et voilà ses mystères au grand jour. Psyché voit (quel spectacle !) le plus aimable des monstres et le plus privé… Au même instant la flamme de la lampe se dilate et pétille, et le fer sacrilège reluit d'un éclat nouveau. »

Apulée, *L'Âne d'or*
ou les Métamorphoses

Traduction sous la direction de Désiré
Nizard, Firmin Didot, 1865[1]

1. Toutes les citations du texte d'Apulée en français, notamment les titres des chapitres, sont extraites de cette édition (*NdT*).

Prologue

Alexandra

Alexandra se précipita dans la réserve et claqua la porte derrière elle. Comme il n'y avait pas de verrou ni aucun moyen de la maintenir fermée, elle se plaqua dessus de tout son poids en priant pour que cela suffise. Au passage, elle avait attrapé une broche en métal dans une cheminée, encore couverte de graisse et de résidus de viande, qu'elle brandit comme une épée. Ses pieds nus étaient sales, son bras strié de plaies béantes, sa peau poisseuse de sang. Chacune de ses respirations se transformait en hoquet douloureux et bruyant. *Trop* bruyant. On allait l'entendre. On allait la trouver.

À peine cette pensée eut-elle traversé son esprit qu'un bruit sourd résonna dans le couloir. Lent, régulier – et en fond, on discernait un léger claquement de pied nu sur la pierre. Les pas se rapprochèrent pour venir s'arrêter juste derrière la porte. Alexandra porta ses deux mains à sa bouche, pressant le métal froid de la broche sur ses lèvres. Elle avait la gorge à vif à force de crier. S'il y avait encore quelqu'un dans cette maison, il était clair, désormais, que personne ne lui viendrait en aide. Elle n'avait plus qu'à rester immobile et à prier.

Elle inspira tout doucement, grimaça en entendant l'air siffler dans sa gorge, puis se raidit, tendit l'oreille. Rien. Alexandra souffla sans bruit et compta jusqu'à douze, articulant en silence les noms des dieux de l'Olympe. Toujours rien. Elle compta à rebours jusqu'à Aphrodite. Pas le moindre mouvement ; la chose derrière la porte patientait. À moins qu'elle ne soit partie ? Alexandra s'autorisa une infime lueur d'espoir.

Elle retira ses mains et tourna lentement la tête pour faire face à la porte.

Ah non. Toujours là. Ce constat lui fit l'effet d'un coup de massue. À travers les interstices du bois usé, un œil doré injecté de sang était rivé sur elle. Comme elle laissait échapper un sanglot, l'œil se plissa. Alexandra distingua ensuite des lèvres pâles entrouvertes sur des dents pointues. Puis plus rien. L'œil, les lèvres, les dents, tout avait disparu.

Où étaient-ils passés ? *Où ?*

La réponse ne se fit pas attendre. Dans un atroce craquement, la porte fut arrachée de ses gonds et percuta Alexandra de plein fouet. Lâchant la broche désormais inutile qui tinta sur le sol, la jeune femme fut projetée en arrière et s'affala contre les sacs alignés le long du mur de la réserve. Sa tête heurta la pierre avec violence. Posés sur une étagère basse censée les préserver de l'humidité du sol couvert d'une fine couche de sable, les sacs dégringolèrent lourdement à la chaîne. Alexandra resta étalée telle une poupée de chiffon haletante au milieu des lentilles, des graines et des gouttes de sang. Coincée sous la porte, elle sentit une douleur lointaine envahir le poignet sur lequel elle était tombée.

Avec difficulté, elle tourna la tête sur le côté. Un vertige la saisit. Sous l'épais panneau de bois, elle distinguait un petit rectangle du sol jonché de graines floues. Durant quelques secondes, elle ne vit rien d'autre. Puis une ombre passa, suivie d'un reflet dansant comme la lueur du feu renvoyée par une lame. Alexandra ferma les yeux. À quoi bon regarder ? Cela ne ferait qu'accroître sa terreur. Elle attendit, les battements de son cœur résonnant dans ses oreilles, sa gorge, son ventre, et même au bout de ses doigts ensanglantés.

La porte qui comprimait son corps fut soulevée, presque avec délicatesse. Elle aspira une bouffée d'air, les poumons enfin libérés, tandis qu'un filet de liquide chaud coulait au coin de ses lèvres. Du sang. Il lui emplit la bouche d'un goût métallique, se fraya un chemin le long de sa mâchoire. La douleur de son poignet était de plus en plus vive. Cassé, à n'en pas douter.

Puis un objet dur heurta le sol si près de son visage que cela fit voler les petites mèches sur son front. Alexandra gémit.

— Chut…

Dans un bruissement de tissu, le monstre s'agenouilla près d'elle. Une main douce lui caressa la joue, en essuya le sang. Le chuchotement apaisant fit alors place à un immonde bruit de succion. Alexandra serra les paupières encore plus fort. Elle murmura une prière à l'intention de Perséphone, déesse des fleurs et d'un printemps qu'elle ne verrait jamais revenir.

À nouveau, des mains se posèrent sur ses joues, et la jeune femme se laissa aller entre ces paumes fraîches qui la berçaient tendrement.

— Pitié, croassa Alexandra.

Elle ne savait même pas ce qu'elle implorait. En réponse, les doigts se crispèrent sur ses mâchoires, prenant sa tête en étau, avant de la faire brusquement pivoter d'un côté.

Alexandra aurait juré sentir sa nuque se briser.

UN

SI RARE, SI MERVEILLEUSE

Eirene

Eirene contempla le panier de prunes avec autant de dégoût que lui en aurait inspiré la vue d'un cadavre de lapin en décomposition.

Chaque fruit était pourtant parfait – charnu, d'un beau pourpre foncé, sans la moindre tache ni déformation. Ils n'avaient pas dû rester longtemps sur le pas de sa porte, car la rosée du matin commençait tout juste à se condenser sur leur peau brillante. Elle suivit du regard une goutte qui glissait vers le bas, comme une invitation. Malgré elle, elle inspira profondément l'air chargé de leur parfum sucré.

— Par les dieux, *encore* ? s'étonna Phoebe, qui avait surgi sans un bruit derrière elle.

Dans son chiton couleur d'ivoire, elle ressemblait à un spectre décharné et sérieux.

Eirene, surprise, baissa les mains. Elle ne s'était même pas rendu compte qu'elle les tendait vers le panier.

— Je n'étais pas..., commença-t-elle, gênée.

Phoebe ne l'écoutait plus. Penchée par-dessus son épaule, elle fronçait les sourcils et se mordillait la lèvre inférieure.

— C'est la troisième fois en trois jours, soupira-t-elle. Ça vient toujours de *lui* ?

Eirene hocha la tête, incapable de regarder sa sœur jumelle en face.

— Qui d'autre que Léandros pourrait trouver des prunes en cette saison ?

Et il n'y avait pas que les prunes. La veille, c'étaient des figues, et le jour d'avant, des poires flanquées d'une grappe de raisins dorés. Tous parfaitement mûrs, ce qui était en théorie impossible en cette fin de printemps sur Zakynthos.

Eirene avait refusé de leur faire franchir le seuil de la maison.

Cet excès de prudence était peut-être ridicule, mais tout, chez Léandros, la terrifiait. Sa beauté légendaire, aussi surnaturelle que captivante, l'immense demeure surmontée d'une tour qu'il habitait dans les collines, ses origines prétendument divines – il affirmait descendre directement d'Éros et de sa mère Aphrodite. Et bien sûr, les Désirs en flacons qu'il vendait aux riches habitants de l'île. Il jurait avoir hérité du pouvoir de susciter l'amour, de faire fondre les cœurs les plus glacés.

Eirene, qui avait été témoin de ces prouesses, n'avait aucune envie que Léandros s'approche de Phoebe. Pourquoi s'obstinait-il à lui envoyer des cadeaux, comme pour la séduire, alors qu'il avait déjà une femme ? Et pas n'importe laquelle : Alexandra, avec ses hanches rondes, ses grands yeux, son sens de la repartie et son rire joyeux, admirée partout et par tous... Léandros aux cheveux d'or l'avait conquise à peine quelques semaines après son arrivée sur l'île. Il avait eu ce qu'il voulait, au grand désespoir d'Eirene. Car ni sa sœur ni elle n'avaient revu leur amie depuis son mariage.

— Est-ce qu'on prévient Stavros ? demanda Phoebe, avant de s'accroupir pour attraper une prune.

Elle se redressa en la faisant tourner entre ses mains. Eirene l'observait, une grosse boule dans la gorge.

Depuis sa plus tendre enfance, Phoebe souffrait de poussées de fièvre récurrentes – la même maladie qui avait emporté leurs parents. C'était donc à Eirene que revenait le soin de veiller sur elle au plus fort de ses crises. Petit à petit, elle avait découvert quelles herbes permettaient de faire redescendre sa température ou de la plonger dans un sommeil sans rêves. Elle maîtrisait désormais l'art de changer les draps trempés de sueur sous son corps prostré, et elle avait mis au point une recette de bouillon d'os que sa sœur parvenait à garder même quand tout le reste la faisait vomir.

Pourtant, en dépit des efforts d'Eirene, Phoebe était de plus en plus maigre à chaque hiver qui passait. Les ombres se creusaient sous ses clavicules saillantes.

Sa peau ambrée était devenue grise, ses boucles brunes avaient perdu leur éclat.

— Tu peux la manger, soupira Eirene en désignant la prune que sa sœur tenait à la main.

Si elle refusait d'y toucher, elle ne pouvait pas, ne voulait pas en priver Phoebe. Ce n'étaient que des fruits, après tout. Ils ne pouvaient pas lui faire de mal.

— Manges-en autant que tu veux. Mais quand tu auras terminé, j'irai jeter le reste dans la rivière. Je ne tiens pas à ce que Stavros sache qu'on reçoit ces cadeaux.

— Il finira bien par l'apprendre.

Phoebe ouvrit un fruit en deux et, d'un geste habile, détacha le noyau de la chair jaune et brillante. Puis elle fourra une moitié dans chacune de ses joues avant de continuer, la bouche pleine :

— Il est soûl la moitié du temps, mais pas stupide.

— Permets-moi d'en douter.

— La fenêtre de sa chambre donne sur le chemin. Un de ces jours, il va émerger un peu plus tôt que d'habitude et apercevoir la personne qui nous livre les paniers.

Elle déglutit puis termina d'une voix claire :

— À moins que Léandros ne lui parle de ses intentions. Quelles qu'elles soient.

— Léandros préfère peut-être les garder pour lui.

Phoebe haussa les épaules et s'accroupit à nouveau, comme pour dissimuler son visage à la vue de sa sœur. Lorsqu'elle répondit, sa voix tremblait un peu.

— Si tu le dis...

— Oui, j'en suis sûre, affirma Eirene avec plus de conviction qu'elle n'en éprouvait réellement. Allez, la lumière est belle ce matin. Si tu termines la chlamyde que tu as commencée, je pourrai l'emporter au marché tout à l'heure. En attendant, je vais me débarrasser de ces fruits avant que Stavros ne les voie.

Elle attrapa le panier et le cala sous son bras. Le parfum des prunes l'assaillit de plus belle et l'eau lui vint à la bouche. Elle devait être plus affamée qu'elle ne pensait.

— Encore une, s'il te plaît, réclama Phoebe, la main tendue.

Ses doigts calleux étaient pleins de jus collant, et des croissants de peau violette se devinaient sous ses ongles. Eirene ne put réprimer un frisson de culpabilité. Le tissage était une tâche éprouvante qui coûtait bien plus à Phoebe que de vilaines ampoules et des dizaines de coupures. Elle maniait les fils de laine rugueux de l'aube au coucher du soleil, jusqu'à ne plus tenir debout, jusqu'à ce que tous ses efforts la précipitent dans une nouvelle crise. Elle avait besoin de souffler, elles le savaient toutes les deux, mais elle était si douée... Et elles ne pouvaient pas se permettre qu'elle cesse de tisser. C'était d'ailleurs ce que Phoebe répondait chaque fois qu'Eirene la suppliait de prendre ne serait-ce qu'un jour de repos.

Elle fourra deux grosses prunes dans la main tachée de pigments de sa sœur.

— Dépêche-toi, grommela-t-elle. Je devrai y aller bientôt.

— Tu as pensé à cueillir du romarin ? Le médecin en a toujours besoin, et il le paye au prix fort.

— Je sais ! répliqua Eirene, qui avait oublié. Occupe-toi de tes affaires. Et termine cette chlamyde !

Phoebe leva les yeux au ciel.

— Ne me bouscule pas. L'art prend du temps.

Avant que sa sœur ne lui conseille de se presser si elle ne voulait pas mourir de faim, elle pivota sur ses pieds nus, les prunes serrées contre sa poitrine, et disparut dans la maison d'un pas léger. On l'entendit à peine monter l'escalier.

En vertu d'un accord tacite, les jumelles veillaient à ne faire aucun bruit avant le réveil de Stavros. Et même alors, elles parlaient à voix basse, car leur cousin était toujours de très mauvaise humeur après ses nuits de beuverie passées à la table de jeu. La veille s'était tenu l'un des grands symposiums de Léandros, dont les invités pouvaient boire sans dépenser un centime. Stavros serait donc deux fois plus désagréable quand il émergerait de sa chambre.

Eirene grimaça en songeant à ces soirées de débauche. Si Stavros apprenait que Léandros leur envoyait des présents, il tirerait sans doute la même conclusion qu'elle : déjà lassé de sa femme, il devait chercher quelqu'un d'autre à mettre dans son lit. Stavros serait enchanté à l'idée de gagner un allié aussi puissant. Peu lui importerait que sa cousine soit réduite au rang de simple maîtresse pouvant être congédiée du jour au lendemain – il la conduirait lui-même jusqu'à la chambre dorée de cet homme.

Il était hors de question qu'une telle chose se produise. Eirene se redressa, le panier calé sur une hanche, et longea le sentier en direction de la rivière tout en maudissant Léandros à chaque pas.

La maison où Phoebe et elle vivaient avec leur cousin se dressait sur une petite colline à l'écart du village. C'était une demeure sans prétention, semblable à toutes celles des environs : un seul étage, des murs de terre et de bois, quelques fenêtres, un toit de chaume qui aurait eu grand besoin d'une réfection. Le père de Stavros avait été berger, d'où le choix de cet emplacement élevé qui lui permettait de surveiller les pâturages désormais déserts et le cours d'eau en contrebas. Cela signifiait également que ses occupants devaient descendre une pente raide chaque fois qu'ils sortaient de chez eux, et la remonter pour rentrer, comme Eirene était en train de le faire avec une mauvaise humeur grandissante.

Quand elle avait jeté les prunes dans la rivière, celles-ci avaient flotté à la surface au lieu de couler. À croire qu'elles la narguaient ! Elle avait gardé le panier car elle en avait toujours besoin pour ses herbes. Après l'avoir cogné contre tous les troncs d'arbre qu'elle croisait, elle le traîna dans la terre devant la maison, puis le rangea tout en bas de la pile posée dehors, près de la porte. Désormais bien amoché, il se fondait parfaitement parmi les autres. Phoebe avait raison : malgré l'abus d'alcool, Stavros était futé. Si Eirene avait le malheur d'acheter quoi que ce soit, il s'en apercevait et le lui reprochait pendant des semaines. Lorsqu'elle avait enfin décidé de s'offrir de nouvelles sandales pour remplacer les siennes, qui tombaient en morceaux depuis deux ans, il était entré dans une rage folle. Il l'avait même menacée de la jeter à la rue pour avoir ainsi gaspillé son argent. Comme s'il avait gagné la moindre de ces pièces lui-même ! À cette pensée, une bouffée de colère envahit la jeune fille, qui balança un coup de pied dans la pile de paniers.

Une fois à l'intérieur, elle tisonna le feu qui couvait au centre de l'unique pièce du rez-de-chaussée, puis elle gravit l'escalier en faisant le moins de bruit possible. Parvenue devant la chambre qu'elle partageait avec sa sœur, elle poussa doucement la porte.

— Phoebe ?

Celle-ci était assise sur son tabouret, dans le rectangle de lumière dessiné par la fenêtre, serrant entre ses bras minces la chlamyde terminée. Elle ne se retourna que lorsque sa sœur répéta dans un murmure :

— Phoebe ?

— Eirene !

Ce sourire... Malgré les cernes noirs sous ses yeux, ses joues creuses et ses doigts nerveux, ce n'était pas étonnant que Léandros ait jeté son dévolu sur Phoebe. Elle n'était pas seulement jolie, elle était attentionnée, réfléchie et bien plus douce que sa jumelle. Lorsque celle-ci s'emportait, ce qui arrivait souvent, elle trouvait toujours les mots justes pour l'apaiser.

Phoebe se racla la gorge et secoua le long rectangle de laine ivoire aux contours brodés de rouge foncé.

— Tiens.

Eirene lui prit la chlamyde des mains en songeant, avec effroi, qu'elle n'aurait peut-être pas le temps d'en tisser une autre avant que Léandros ne l'arrache à sa famille. *Non.* Elle ne le laisserait pas faire.

— Elle est très jolie.

— Mais ? enchaîna Phoebe.

Eirene soupira. Était-ce donc si facile de lire dans ses pensées ?

— C'est juste que... l'hiver touche à sa fin. Les gens n'ont plus vraiment besoin de manteaux.

— Tu trouveras bien un acheteur. Tu trouves toujours.

— C'est vrai.

Le silence retomba tandis que les deux sœurs se dévisageaient. Les mains sur les genoux, Phoebe se mordait la lèvre si fort que du sang en perla.

— Bon, je ferais bien d'y aller, conclut Eirene en se tournant vers la porte.

— Dis, l'appela Phoebe d'une toute petite voix.

— Oui ?

— Essaie d'en tirer un bon prix, d'accord ? On ne sait jamais combien de temps on va devoir tenir.

Les doigts d'Eirene se crispèrent sur la laine. Sans Phoebe, elles n'auraient jamais de quoi passer l'été. Stavros dépensait des sommes faramineuses en paris et en boisson, puis il la forçait à aller régler ses dettes le lendemain. Et encore, il ne s'agissait là que d'argent. Combien de temps supporterait-elle d'être séparée de sa jumelle ? Elles étaient venues au monde ensemble et chacune connaissait mieux l'autre qu'elle ne se connaissait elle-même. Eirene n'était pas sûre de survivre seule.

— Phoebe...

Une étrange lueur passa sur le visage de cette dernière.

— N'oublie pas le romarin.

Elle aurait peut-être ajouté autre chose s'il n'y avait pas eu du mouvement dans la pièce voisine. Un bruissement de couvertures, des pas lourds et instables sur le plancher. Stavros était réveillé. L'expression de Phoebe se durcit. Eirene grimaça. Ensemble, elles écoutèrent leur cousin ouvrir sa fenêtre et faire claquer les volets contre le mur. Après un bref silence, le crépitement typique de l'urine s'éleva, suivi d'un soupir de soulagement. En d'autres circonstances, les filles auraient échangé un sourire et pouffé – mais pas ce jour-là.

— Eirene, reprit Phoebe, tu ne crois pas que je devrais...

— Non.

Le mot était aussi dur et cassant dans sa bouche qu'un fragment de poterie.

— Tu connais comme moi la réputation de Léandros, insista Phoebe. Crois-tu pouvoir me retenir si je décidais d'y aller ? Si je l'aimais ?

— Mais tu ne l'aimes pas.

— J'ai peur.

Eirene eut l'impression d'avaler des fragments de poterie, qui lui cisaillèrent l'œsophage.

— De quoi ?

— Peur que ça finisse par arriver, expliqua Phoebe d'une voix douce mais terriblement claire. Qu'il m'oblige à l'aimer, et que tu ne puisses rien y faire.

DEUX

PERCÉ D'UNE DE SES FLÈCHES

Eirene

La matinée était bien avancée quand Eirene arriva sur la place du marché, chargée de paniers d'herbes fraîches – cinq bouquets du fameux romarin, ainsi que du persil, du fenouil, de la menthe... Elle avait également apporté une sélection de teintures décantées dans de petits pots en argile. Et bien sûr, séparée du reste pour ne pas la salir, la chlamyde de Phoebe, qu'elle espérait vendre pour plus cher que tous les autres articles combinés. Elle avait la nausée en repensant aux paroles de sa sœur. « J'ai peur. Qu'il m'oblige à l'aimer, et que tu ne puisses rien y faire. »

Eirene posa maladroitement ses paniers sur le sol. Attrapant la couverture sanglée dans son dos, elle l'étala par terre à son emplacement habituel, marqué par une rangée de petites pierres dont elle se servit pour caler les quatre coins. Puis elle s'accroupit sur ses talons et promena un regard attristé autour d'elle.

Autrefois, le marché représentait le cœur du village, un carrefour animé et grouillant de charrettes, d'étals, de tables branlantes et de badauds. Désormais, la moitié des marchands avaient disparu et les acheteurs se faisaient de plus en plus rares. On aurait dit un cimetière.

Il n'y avait que deux autres stands ouverts ce jour-là. Celui du cordonnier, qu'elle n'avait pas vu vendre la moindre paire depuis des semaines – l'homme était si âgé qu'il devait se souvenir du règne des Titans, mais avait oublié comment gagner sa vie –, et celui du boulanger, avec ses montagnes de pain frais, tenu par une grande fille au visage pâle et aux traits tirés appelée Xénia. Eirene éprouva une bouffée de compassion à sa vue. La pauvre n'était plus que l'ombre d'elle-même depuis que sa petite sœur, Clyte, avait quitté le fournil un matin pour ne jamais revenir. D'après la rumeur, sa famille avait remonté sa trace jusqu'à la maison d'un marchand, trois villages plus loin. Ce dernier avait craché au visage de ses parents quand ils avaient voulu la récupérer, affirmant que Clyte était sa femme et qu'elle n'avait plus rien à faire avec eux. Xénia, désormais seule, contemplait d'un regard vide les piles de pains plats. Incapable de supporter sa souffrance plus longtemps, Eirene détourna la tête. Mais le spectacle offert par le reste de la place n'était pas beaucoup plus réjouissant.

Bien que la plupart des étals aient été démontés, quelques charrettes gisaient ici ou là, renversées sur le côté, les roues cassées, en train de pourrir. À croire que leurs propriétaires s'étaient volatilisés. En réalité, ils avaient probablement été recrutés par Léandros, dont les besoins en domestiques ne cessaient d'augmenter. Presque tous les habitants du village semblaient désormais travailler pour lui.

Les étals vides étaient tout aussi déprimants. Comme celui du médecin, qui avait renoncé à envoyer ses apprentis vendre des décoctions ou des cataplasmes parfumés. Ou celui de la jeune femme qui proposait autrefois les fleurs de son jardin, des paniers de pétales et de l'essence de rose. L'été précédent, après avoir vendu une tapisserie particulièrement magnifique, Eirene lui en avait pris deux minuscules flacons – un pour elle et un pour sa sœur –, dont elle avait rationné le contenu comme s'il s'agissait d'ambroisie, n'en déposant qu'une goutte derrière chaque oreille le matin. Eirene ignorait ce qu'était devenue la fleuriste. Comme tant d'autres, elle avait soudain disparu, laissant son stand et son jardin à l'abandon.

Juste derrière se trouvait l'étal du chevrier, flanqué de son petit enclos désert. En cette fin de printemps, à quelques jours de l'été, la période des naissances était pourtant largement terminée ; même les moins vigoureux des petits seraient bientôt sevrés. D'ordinaire, c'était le moment où les filles du chevrier amenaient au marché les premiers agneaux de l'année, des créatures bêlantes qui se vendaient un bon prix et divertissaient la foule en bondissant par-dessus les barrières, obligeant Chloé la sportive ou la douce Froma à leur courir après. Mais ce jour-là, il n'y avait ni agneaux, ni Chloé, ni Froma.

Eirene soupira et entreprit de disposer ses herbes sur la couverture. On racontait que deux nobles venus du nord de Kefalonia s'étaient épris des filles du chevrier en passant par le village, probablement pour se rendre à l'un des fameux symposiums de Léandros. Ils étaient repartis avec elles. Le chevrier n'aurait jamais accepté si Chloé et Froma ne lui avaient pas juré être follement amoureuses.

Rares étaient ceux qui osaient murmurer ce que tout le monde pensait : l'amour n'avait rien à voir là-dedans. C'était l'œuvre des Désirs, les potions fabriquées et vendues à prix d'or par Léandros.

Le poing d'Eirene se crispa sur une botte de persil. Elle fut soulagée d'entendre un cri familier résonner non loin d'elle :

— Du romarin !

Elle releva la tête, le sourire aux lèvres. La tension glissa de ses épaules telle l'eau sur les plumes lisses d'un canard. Damon, l'apprenti du médecin, était son meilleur ami. Le seul qu'il lui restait au village maintenant que toutes les filles – Alexandra, Chloé, Froma et Clyte, mais aussi Alcestis, Elene et Ianthe – avaient été mariées aux quatre coins de l'île. Eirene avait attendu patiemment, naïvement, une lettre contenant une invitation ou au moins quelques nouvelles. Ianthe, la dernière à disparaître, était partie depuis plusieurs mois, et toujours rien.

— Du romarin ! répéta Damon, interrompant ses pensées.

Il s'empara de deux des bouquets qu'elle venait de poser devant elle. Eirene se rendit compte qu'elle serrait les dents et se força à relâcher sa mâchoire. Une mèche de cheveux châtain retomba sur le front du jeune homme, s'accrochant au cache-œil en cuir qu'il portait depuis que la fièvre l'avait rendu borgne. Il la repoussa et sourit à son amie avant d'esquisser une courbette théâtrale.

— Reine du romarin, tu me sauves une fois de plus. Nous avons épuisé toutes nos réserves – et, tu t'en doutes, ce sera de ma faute si je ne remédie pas à ce problème.

— J'en ai trois de plus, si tu veux, s'esclaffa Eirene, toujours accroupie. Ton maître avait besoin d'autre chose ?

— Menthe, racine de pivoine, persil, fenouil et sideritis, énuméra Damon.

Le bord effiloché de son chiton effleurait ses tibias maigres. Tout en rassemblant sa commande, Eirene songea que cette négligence en disait long sur le médecin. Cela tempéra un peu la jalousie qu'elle éprouvait depuis que sa candidature avait été refusée au profit de Damon – qu'elle aimait sincèrement, mais qui n'avait pas le quart de son talent.

L'humiliation avait été amère. Le médecin lui achetait régulièrement des herbes et réclamait ses conseils sur la meilleure manière de les faire infuser. Mais quand elle avait enfin trouvé le courage de demander à devenir son apprentie, il lui avait ri au nez.

— Et du safran, si tu en as, ajouta Damon d'une voix pleine d'espoir.

Chassant ces souvenirs pénibles de son esprit, Eirene éclata d'un rire un peu plus méprisant que son ami ne le méritait. Elle tenait à la main un paquet de racines de pivoines soigneusement emballées dans du tissu.

— Du safran ? Où veux-tu que j'en trouve en cette saison ? Le crocus est une fleur d'automne. Réfléchis un peu, Damon.

Il haussa les épaules.

— Une rumeur prétend qu'il en pousserait sur la falaise. Une variété *très spéciale*, apparemment.

Eirene lui lança le paquet afin de s'occuper du fenouil et du persil.

— Quelqu'un a dû décider de réduire la concurrence. Ces falaises sont mortelles.

— Tout le monde n'a pas le vertige comme toi, insista Damon.

— Arrête ou je te fais payer le double.

Ignorant la pique, le jeune homme se pencha vers elle.

— La rumeur viendrait d'un des hommes de Léandros.

— Quoi ?

— Oui. Je te parie qu'un jour ou l'autre, un idiot se mettra en tête de troquer l'un de ces crocus contre une fiole de Désir. Et là…

— Léandros ne céderait jamais ses précieuses potions pour si peu, répliqua Eirene, qui sentit son pouls battre plus vite.

Elle se concentra sur les brins de sideritis qu'elle était en train de lier.

— Il faudrait vraiment être stupide pour espérer trouver des crocus à safran sur Zakynthos, conclut-elle. D'autant qu'une centaine ne suffirait pas à acheter une seule goutte de Désir.

D'un geste résolu, elle lança le bouquet d'herbes à Damon, qui le posa en équilibre sur les autres.

— Léandros est un menteur, ajouta-t-elle. Il empoisonne notre terre avec ses affreux sortilèges. Bientôt, tout le monde le comprendra, et il repartira d'ici aussi vite qu'il est arrivé. Bon débarras.

Peu lui importait que Léandros se soit installé depuis maintenant cinq ans. Profitant de la désolation qui avait suivi l'épidémie de fièvre, il n'avait pas mis longtemps à tirer profit du malheur des survivants. À nouveau, Eirene serra les poings. Mieux valait changer de sujet.

— Alors, à combien estimes-tu tout ça ? demanda-t-elle en désignant la pile de plantes entassées dans les bras de Damon.

Il évitait son regard, mais elle n'aurait pas su dire si c'était à cause de sa tirade sur Léandros, ou parce qu'il savait déjà ce qui allait suivre.

— Assez pour rembourser ma dette ?

— Eirene...

Elle préféra le couper, car elle ne supportait pas son regard de pitié. De toute façon, elle ne s'était pas attendue à ce qu'il réponde « oui ».

— Ça va, ne t'en fais pas. Je vous dois encore combien ?

Elle avait passé un accord avec le médecin, qui lui fournissait une potion indispensable à Phoebe. Il prétendait infuser sa recette de magie grâce à un enchantement appris lors de ses lointains voyages sur le continent. Bien qu'Eirene n'en crût pas un mot, elle était incapable de reproduire ce traitement qui s'était révélé très efficace. Quand Phoebe était au plus mal, tremblante, nauséeuse et saisie de vertiges, il suffisait de quelques gouttes diluées dans de l'eau chaude pour la soulager. L'odeur de la nourriture lui donnait toujours des haut-le-cœur, mais la fièvre retombait juste assez pour que ses jours ne soient plus en danger. Et dans ces moments-là, c'était déjà beaucoup. Alors Eirene continuait à se procurer la potion, en échange d'un approvisionnement régulier en herbes.

— Tout devrait être réglé d'ici la fin du mois, répondit Damon.

Eirene soupira. Elle n'avait plus qu'à espérer que les températures plus clémentes adoucissent les tourments de sa sœur.

— On se débrouillera jusque-là.

— Tu ne disais pas l'autre jour qu'elle en consommait moins ?

— Une bonne année ne garantit rien.

— Sans doute, reconnut Damon en grattant la terre du bout de sa sandale usée. Au fait, tu ne sais pas ce que j'ai appris au sujet de Léandros ?

— Non…

Eirene aurait voulu prétendre que ça ne l'intéressait pas, mais ç'aurait été mentir. Plus elle en saurait sur Léandros, plus elle serait en mesure de protéger Phoebe.

— Ça concerne sa femme.

Eirene serra les dents.

— Je t'écoute.

Après s'être assuré d'un regard que personne ne les écoutait, Damon s'agenouilla devant elle avec une mine de conspirateur.

Elle recula pour ne pas être griffée par les branches de romarin qu'il serrait dans ses bras.

— Hé, doucement ! protesta-t-elle.

Mais Damon s'approcha encore plus.

— Quand la femme de Léandros est morte, mon maître…

— *Pardon* ?

Eirene bondit sur ses pieds, manquant d'assommer son ami. Sa vue s'était brouillée et ses jambes menaçaient de se dérober sous elle. La femme de Léandros était morte ? *Alexandra* était morte ? Alexandra, de deux ans son aînée, intrépide, autoritaire, débordante de joie, d'esprit et de charme ? Alexandra, dont les joues avaient toujours été rondes et rouges, la peau bronzée, Alexandra que la fièvre avait à peine touchée, Alexandra si pleine de vie ?

Comment était-ce possible ?

Eirene avait l'impression d'être emportée par une avalanche. Elle dut se raccrocher à Damon pour ne pas tomber, l'esprit envahi d'une brusque et terrifiante certitude. La mort d'Alexandra n'était qu'un début. Un nouveau danger se profilait.

Léandros était veuf, désormais. Ce qui signifiait qu'il ne convoitait pas simplement Phoebe pour en faire sa maîtresse. Il voulait l'épouser.

— Eirene ? *Eirene.*

La voix étouffée de Damon lui parvenait de très loin.

Clignant des yeux pour chasser le brouillard qui l'enveloppait, elle s'aperçut alors qu'elle avait empoigné le col du chiton du jeune homme et menaçait de l'étrangler.

— Oh, pardon.

Elle le lâcha, fit quelques pas en arrière et se prit le pied dans la couverture. Malgré ses efforts pour la rattraper, Damon ne parvint qu'à lui arracher une poignée de cheveux. Elle se retrouva assise au milieu de ses herbes, le crâne en feu, le coccyx douloureux et les mots « quand la femme de Léandros est morte » résonnant en boucle à ses oreilles.

Son ami s'agenouilla près d'elle.

— Ça va ? Je suis désolé, je pensais que tu le savais. J'avais oublié que vous étiez proches, sinon je n'aurais jamais...

— Ça s'est passé quand ? l'interrompit Eirene.

Elle ramena ses boucles en arrière, car elle ne supportait plus leur contact sur ses joues. Elle était en train de perdre le contrôle sur elle-même et le monde qui l'entourait.

— Il y a cinq jours, répondit l'apprenti du médecin. Dans la soirée, je crois. Mon maître a été appelé à la première heure le lendemain.

Cinq jours. C'était si peu. Le premier cadeau de Léandros était arrivé quarante-huit heures après.

— Et ce n'est pas tout, continua Damon un ton plus bas.

Comme il se penchait à nouveau vers elle, Eirene recula. Elle était au bord des larmes et avait besoin d'air, mais le jeune homme, tout excité par la révélation qu'il s'apprêtait à faire, ne se rendit compte de rien.

— Hier soir, j'ai entendu mon maître discuter avec le vieil Otus, qui s'occupe de creuser les tombes de ses patients. Ils disaient que la mort d'Alexandra n'était pas ordinaire. Pas *naturelle*. Qu'il lui était arrivé quelque chose d'horrible.

— Quelque chose d'horrible, répéta Eirene dans un souffle.

— Oui. Son cadavre était dans un état effroyable, comme si elle avait été attaquée par un animal, une bête sauvage. Un loup, peut-être, ou un ours, ou un lion.

Cette fois, quand il approcha son front tout contre le sien, Eirene ne bougea pas.

— Mon maître a dit qu'on l'avait...

— Navré d'interrompre votre petit tête-à-tête, lança une voix dure, irritée.

Eirene s'écarta brusquement, renversant un panier de persil. Elle cligna des yeux dans la lumière et ne put réprimer un frisson à la vue d'un chiton vert menthe retenu aux épaules par des broches de cuivre. Peiros. Le valet de Léandros. Le seul de ses domestiques qui ne montait pas du village chaque matin pour redescendre le soir au coucher du soleil. Si Léandros avait des secrets, Peiros les connaissait tous. Il saurait exactement quelles étaient les intentions de son maître au sujet de Phoebe.

L'homme se racla la gorge avant de poursuivre, avec une pointe de dédain :

— Mais je n'ai pas toute la journée. Un conseil, petite herboriste : tu ferais mieux de vendre ta marchandise au lieu de roucouler.

— Roucouler ? bégaya Damon. Mais je ne...

— Ton maître t'attend, le coupa Eirene avant qu'il ne révèle par inadvertance leur véritable sujet de conversation.

Une main pressée sur les côtes, elle s'efforça de respirer calmement. Elle était capable de tenir tête à Peiros. Ce n'était qu'un homme.

Damon, qui n'avait toujours pas bougé, les dévisageait tour à tour avec de grands yeux.

— *Allez*, insista son amie.

Il comprit enfin. Après avoir jeté un dernier coup d'œil à Peiros, il fila, les bras chargés d'herbes et de racines de pivoines. *Pour les douleurs féminines*, se récita amèrement Eirene pendant qu'il s'éloignait. *Et pour traiter les convulsions.* Elle était heureuse que son ami ait décroché ce poste mais, par les dieux, comme elle aurait aimé pouvoir se joindre à lui !

— Alors ? fit Peiros.

À regret, elle reporta son attention sur lui. Elle se releva et prit le temps d'épousseter la terre et les brindilles qui recouvraient sa tunique.

— Que puis-je pour toi ? lui demanda-t-elle sans la moindre amabilité.

Il inspecta ce qu'il restait sur la couverture, haussant les sourcils à la vue du persil éparpillé. Eirene bouillait intérieurement. Elle était la meilleure herboriste de l'île, celle qui offrait la sélection la plus variée, les plantes de la meilleure qualité. Lorsqu'elle en avait l'occasion, elle suppliait même les visiteurs étrangers de lui rapporter des graines, des bulbes ou des feuilles, les payant grassement en échange de leurs efforts. C'était ainsi qu'elle s'était procuré le thym de Laconie séché qui se trouvait devant elle, ainsi que l'achillée du mont Olympe ou ces fleurs délicates qui ne poussaient que sur l'Acropole.

Certains villageois plaisantaient en disant qu'elle avait été bénie par Déméter. Même Phoebe affirmait qu'entre les mains de sa sœur, une plante ne pouvait que s'épanouir. Pourtant, en dépit de toutes ses prières et ses offrandes, Eirene n'avait jamais réussi à s'attirer les faveurs des dieux. Tout ce qu'elle possédait, elle l'avait arraché à la terre à la sueur de son front.

— Tu m'écoutes ?

Elle cligna des yeux, tirée de ses pensées.

— Quoi ?

En temps normal, elle se montrait toujours polie avec ses clients, mais cet homme travaillait pour *Léandros*. Il ne méritait que son mépris. Elle ne voulait pas de son argent. Elle ne voulait rien avoir à faire avec son maître et lui.

Peiros lui décocha un sourire mielleux tout en jouant avec ses broches.

— Ta sœur. La jolie Phoebe.

Eirene se raidit.

— Oui, eh bien ?

— Comment va sa santé ?

Ce n'était pas la question à laquelle elle s'attendait. Elle aurait plutôt parié sur « Que dirait-elle d'épouser un monstre ? » Pourquoi prendre de ses nouvelles ? En quoi cela les regardait-il ?

— Bien, répondit-elle sèchement.

— Mais pas au point de t'accompagner au marché ?

Le regard insistant de Peiros la troublait.

— Elle est occupée à tisser.

Faire l'aller-retour au village était trop épuisant pour Phoebe, qui préférait consacrer son énergie à ses ouvrages. Si seulement ils n'avaient pas été aussi pauvres, tous les trois…

— Dommage. J'aurais aimé la voir, regretta Peiros. Mais bon, c'est ainsi. Je prendrai tout ton stock.

— Pardon ?

— J'ai dit : je prendrai tout ton stock, répéta-t-il en tapant du pied dans la poussière. Tout ce que tu as là.

— Pardon ?

Il fallait qu'elle arrête de répéter ça. Il voulait vraiment tout acheter ? Elle se redressa de toute sa hauteur.

— Tu es sûr ?

— Oui, pourquoi, cela pose problème ?

Eirene décida que ses principes pouvaient bien aller aux Enfers. Quelle que fût la raison de cette nouvelle lubie, elle n'allait pas faire la fine bouche. Avec cet argent, sa sœur et elle pourraient tenir un mois. Voire plus, en le cachant à Stavros. Phoebe s'autoriserait peut-être quelques jours de repos. Elles pourraient aller à la plage, ou au moins à la rivière. À quand remontait la dernière fois où elles s'étaient baignées ensemble ? Elle gratifia Peiros de son sourire le plus béat.

— Bien au contraire !

Après avoir ramassé le persil à la hâte, elle disposa le reste de ses herbes et de ses teintures devant lui.

— Tu n'auras qu'à me rapporter les paniers demain.

Le valet renifla.

— Je les achète aussi.

— D'accord.

Eirene n'osait plus respirer. Elle comptait bien les lui facturer deux fois leur prix.

— Veux-tu que je t'aide à transporter tout ça jusqu'à ta charrette ?

— Je n'en ai pas. Mais je suis encore capable de soulever deux ou trois paniers, jeune fille.

— Dans ce cas…

Elle regarda d'un air entendu la grosse bourse qu'il portait à la ceinture.

Mais Peiros fixait un point derrière elle, les sourcils froncés.

— Combien pour ça ? s'enquit-il. En plus du reste ?

Lorsque Eirene se retourna, son cœur fit un bond dans sa poitrine. C'était le manteau de Phoebe qu'il observait, encore roulé dans son panier. Elle n'avait pas eu le temps de le déployer de sorte que les broderies attirent l'attention d'un passant – n'importe lequel, sauf lui. L'homme de Léandros attendait sa réponse.

— Cette chlamyde vaut très cher, déclara-t-elle enfin.

— Combien ?

Aucune somme ne pourrait la convaincre de la lui céder. Eirene cita donc un montant si exorbitant qu'elle manqua de s'étrangler – deux ou trois fois plus que ce que valait réellement le vêtement.

— Marché conclu, répondit Peiros avant d'ouvrir sa bourse et de compter ses pièces.

— Marché conclu ? Tu… tu la prends ?

Il ne leva même pas les yeux.

— Quelle mauvaise marchande tu fais. À croire que tu ne veux pas vendre tes produits.

Comme Eirene ouvrait la bouche pour répliquer, la vue du métal scintillant la fit taire.

— Tiens.

Peiros lui lança une poignée de pièces qu'elle rattrapa au vol et contempla d'un œil morne. Tout ça pour un simple manteau. Comment pouvait-il se permettre une telle dépense ? Avec des gestes lents et raides de marionnette, elle se retourna et les lâcha dans un panier vide.

Quand elle releva la tête, le valet de Léandros était en train de rassembler les herbes.

— Le tissu aussi, réclama-t-il avec un geste impatient du menton.

Elle comprit alors qu'il se moquait complètement de ce qu'il achetait. Il aurait aussi bien pu s'agir d'une couverture ou d'un tapis de selle. Une appréhension glacée comprima sa poitrine. Elle avait commis une erreur. Comment savoir ce que Léandros ferait avec l'ouvrage de Phoebe ? Allait-il lui jeter un sort pour qu'elle quitte sa famille ? Pour la forcer à accepter ses avances ? Non, sûrement pas. Si les Désirs fonctionnaient à distance, tout le village – voire toute l'île – serait déjà sous sa coupe. Or ce n'était pas le cas. Pas encore. Il s'agissait sans doute d'une énième tentative pour séduire Phoebe en étalant sa richesse, comme un oiseau étale son plumage coloré. Sauf que, bien sûr, Phoebe n'en saurait jamais rien. Eirene attrapa le manteau et l'ajouta sans un mot sur le dessus de la pile.

Peiros la remercia d'un grognement, tourna les talons et s'éloigna avec son chargement.

TROIS

NI MER SI PROFONDE

Eirene

Eirene resta figée un moment, incrédule. Que venait-il de se passer ? Avait-elle rêvé ? Non, les pièces étaient bien là, aussi réelles que son nez au milieu de son visage. Elle loucha ; oui, il était toujours là, lui aussi.

Dans un brouillard, elle rassembla les quelques paniers qui avaient contenu les herbes achetées par Damon, puis glissa l'argent dans la bourse de cuir pendue à sa ceinture. Elle ne l'avait jamais vue aussi pleine. Une lueur d'espoir se ralluma dans son cœur ; avec une telle somme, elle allait pouvoir régler sa dette auprès du médecin et peut-être même acheter un nouveau flacon de potion pour tenir jusqu'à l'hiver. Et des pigments. Elle ne put s'empêcher de sourire. Des pigments riches et précieux venus du continent, qui feraient du prochain ouvrage de Phoebe un véritable chef-d'œuvre multicolore. Eirene en obtiendrait un prix encore plus élevé.

Enfin, à condition que Léandros ne mette pas la main sur sa sœur avant. Cette pensée la glaça.

Elle tangua sur ses pieds, réfrénant une brusque envie de s'enfuir en courant pour vérifier que Phoebe était toujours chez elles.

Bien sûr qu'elle y est. Eirene secoua la tête, comme si cela pouvait chasser son angoisse. Léandros n'allait tout de même pas enlever sa sœur en plein jour. Elle leva les yeux vers le ciel, où le soleil pâle s'efforçait de percer les nuages au zénith. Voilà qui réglait la question. Il était à peine midi ; ce serait trop risqué de rentrer avec sa bourse pleine alors que Stavros était encore à la maison. Et puis, l'arrivée impromptue de Peiros avait empêché Damon de finir son histoire sur Alexandra. Eirene voulait absolument savoir ce qui s'était passé.

Pour le moment, Phoebe était en sécurité, et elle allait s'assurer que cela ne change pas.

Le médecin vivait à l'ouest du village, dans un bâtiment trapu en briques de terre crue. Lorsque Eirene en ressortit, le soleil avait déjà entamé sa descente.

Sa bourse était beaucoup moins lourde car elle serrait contre elle un petit pot rond – le médicament de Phoebe, qu'elle avait pu s'offrir après avoir réglé sa dette. Elle avait également acheté des pigments que le médecin avait rapportés de ses voyages sur le continent – un violet que sa sœur adorerait et le rouge qu'elle consommait plus vite qu'un incendie de forêt. Elle avait manqué Damon, envoyé par son maître en mission dans le nord de l'île, et n'avait donc pas pu lui demander la fin de l'histoire. Mais la perspective de voir le visage de Phoebe s'illuminer en découvrant les couleurs atténuait un peu l'appréhension qui lui broyait le cœur.

En atteignant l'extrémité est du village, Eirene ralentit le pas. Devant elle se dressaient les murs du bordel, récent ajout au paysage. Le lieu était silencieux et sombre mais, le soir venu, il brillerait de mille feux et résonnerait de rires joyeux. De nouvelles filles arrivaient chaque semaine, toujours plus belles et plus jeunes. Léandros devait se faire une fortune grâce à elles – car tout le monde savait que c'étaient ses potions qui les rendaient si charmantes.

À en juger par l'odeur des vêtements qu'il abandonnait dans l'escalier afin que ses cousines les lavent, Stavros passait presque toutes ses soirées là-bas. Bien qu'il n'en ait pas les moyens. Les mâchoires crispées, Eirene resserra un peu plus les cordons de sa bourse. Pas question qu'elle paye pour lui aujourd'hui.

Elle longea le bâtiment, faisant tourner le petit pot de terre cuite entre ses mains. Elle essayait de se convaincre qu'elle avait bien agi : elle avait fait son devoir, vendu le manteau tissé par Phoebe, acheté une nouvelle dose de son médicament. Et elle s'était débarrassée de Peiros pour éviter que Léandros ne vienne lui voler sa sœur. Alors pourquoi avait-elle la sensation qu'elle allait le regretter ?

— Voilà de quoi tenir jusqu'à la fin de l'été. Anticipe un peu plus, la prochaine fois. Mon maître déteste travailler dans l'urgence.

Eirene s'arrêta net, les doigts crispés sur le pot. Elle connaissait cette voix. *Peiros.* Sans réfléchir, elle se plaqua contre le mur du bordel et retint son souffle.

— J'estime l'avoir payé assez cher pour compenser le dérangement, répliqua une autre voix, dont les intonations maniérées dénotaient un homme riche et sûr de lui. Ce ne sont pas des affaires qu'on traite à la légère.

— Tu ferais bien de rester à ta place. Mon *maître*...

Eirene tendit l'oreille, mais Peiros termina sa phrase dans un chuchotement. À défaut d'entendre la suite, elle décida de jeter un coup d'œil. Les épaules bien droites, elle reprit sa route et tourna au coin du bâtiment. Dans sa hâte, elle percuta une fille au léger parfum de rose, si frêle qu'elle tomba à la renverse en poussant un cri.

Eirene perdit également l'équilibre et s'affala sur elle dans un imbroglio de bras et de jambes, le pot de terre cuite toujours serré contre sa poitrine.

— Regarde un peu où tu vas ! la réprimanda un homme d'un ton pompeux et agacé.

— Je ne vois pas encore à travers les murs, répliqua Eirene. Et toi, continua-t-elle en s'adressant à la fille, qu'est-ce que tu fichais là, plantée au beau milieu du chemin ?

Fins cheveux bruns, teint mat, bras minces. On aurait dit un petit oiseau, alors qu'elle avait dix-sept ans – un an de plus qu'Eirene, qui s'écria avec ravissement :

— Ianthe !

Elle s'inquiétait tant pour Phoebe qu'elle en avait presque oublié leurs amies disparues. Et voilà que Ianthe était de retour, saine et sauve.

— Désolée de t'avoir bousculée, s'excusa Eirene. Ça fait des mois que je ne t'ai pas vue ! Où étais-tu passée ?

Ianthe accepta la main qu'elle lui tendait et lui sourit niaisement. Ses yeux étaient vitreux.

— Bonjour.

Non. Non, non, non. Eirene comprit aussitôt de quoi il retournait. Ianthe n'était clairement pas dans son état normal. Au marché, c'était elle qui tenait autrefois le stand de son père, forgeron de son état. Eirene avait toujours admiré son esprit vif et sa langue acérée, avec lesquels personne ne pouvait rivaliser. Mais le Désir – quoi d'autre ? – les lui avait volés.

— Je te prie de ne pas adresser la parole à ma femme.

Une main s'abattit sur le bras d'Eirene, qui lâcha Ianthe et se retrouva nez à nez avec un homme aux yeux bleu délavé.

Elle eut un mouvement de recul à la vue de sa peau grisâtre, translucide, étirée sur les os saillants de son visage. Ses lèvres minces et sèches esquissaient un sourire cruel, dévoilant des dents jaunâtres.

— Ta femme ? répéta Eirene.

Cet homme était assez vieux pour être le père, voir le *grand-père* de Ianthe ! Elle l'inspecta de la tête aux pieds. Il était richement vêtu d'une chlamyde jaune, une teinte coûteuse, et d'un chiton brodé d'un motif de la même couleur, retenu sur ses épaules par des broches en or. Derrière lui, couvant Eirene d'un regard rusé, se tenait Peiros. La peur se déploya dans son ventre telle une mauvaise herbe.

— Oui, ma femme, confirma l'homme d'une voix sèche.

Il n'avait pourtant pas fait le moindre geste pour aider Ianthe à se relever. Elle était toujours assise par terre, à cligner des yeux dans le vide, un sourire béat aux lèvres, sans se soucier d'avoir de la poussière plein les joues et des brindilles dans les cheveux.

— Ianthe ? l'appela Eirene d'une voix fêlée.

— Je suis très heureuse, répondit son amie avec entrain. Je suis amoureuse...

— Je croyais t'avoir interdit de lui parler ! s'énerva le mari.

Il bomba le torse pour se donner l'air impressionnant, tel un poulet faisant bouffer ses plumes. Eirene rcmarqua alors qu'il scrrait un pctit flacon dans l'unc de ses mains crochues.

— Maintenant, si tu veux bien dégager de mon chemin...

Comme il se tournait vers Ianthe, prêt à repartir, Eirene l'apostropha :

— Qu'est-ce que c'est que ça ?

Il se promenait ouvertement avec une fiole de Désir et il n'en avait même pas honte ? Cela la rendait malade.

— Je te demande pardon ?

Les yeux lançant des éclairs, il posa ses doigts squelettiques sur la lame qu'il portait à la ceinture. Quelles chances y avait-il qu'il ne sache pas s'en servir ? Ou qu'il n'ose pas le faire contre Eirene ? Stavros, lui, aurait certainement parié là-dessus.

Eirene devait lui ressembler plus qu'elle ne le pensait.

— Dis-moi ce qu'il y a dans ce flacon, ordonna-t-elle. Dis-moi ce que tu as fait à mon amie.

Peiros ricana.

— Bien, je vais y aller, annonça-t-il au mari de Ianthe, sans un regard pour les deux filles. On se revoit dans le courant de l'été.

Sur ces mots, il tourna les talons et disparut dans une ruelle.

L'homme se contenta de le saluer de la main, les yeux toujours rivés sur Eirene. Il paraissait stupéfait de son impertinence.

— Tu devrais te réjouir d'être aussi laide, gronda-t-il. Tu ne connaîtras jamais le goût du Désir. Oh, et tu as de la chance que Léandros ait déjà choisi sa prochaine femme. J'aurais tellement aimé te voir à genoux devant lui…

— C'est donc bien une fiole de Désir ! J'en étais sûre, cracha Eirene. Sans ça, Ianthe n'aurait jamais accepté d'épouser un vieux poisson desséché comme toi. Mon amie n'aurait *jamais*…

Elle comprit qu'elle était allée trop loin quand elle se trouva projetée contre le mur du bordel, sa tête heurtant une poutre patinée par le temps. L'homme l'avait giflée d'un revers de la main, si fort qu'elle sentait encore la brûlure sur sa joue. Sonnée, elle glissa le médicament de Phoebe dans le panier contenant les pigments et porta une main à son visage. Des larmes de douleur mêlée de fureur lui montèrent aux yeux.

Sa langue lui semblait s'être changée en plomb. Elle était incapable de se relever, et encore moins de prononcer le moindre mot. Le mari de Ianthe empoigna sa femme silencieuse et la poussa devant lui. Eirene les regarda partir en se retenant de pleurer. Il ne restait plus rien de son amie chez cette fille soumise aux yeux vides ; la Ianthe qu'elle avait connue n'était plus.

QUATRE

DU SEIN DE LA PROFONDE MER

Eirene

Quand Eirene arriva chez elle, la maison était silencieuse. Une sandale appartenant à Phoebe était calée dans l'embrasure de la porte pour laisser entrer l'air frais, mais le rez-de-chaussée était vide. Des braises rougeoyaient dans l'âtre et l'air était chargé du doux parfum des herbes en train de sécher. Une odeur réconfortante qui ne suffit pas à lui faire oublier le visage inexpressif de Ianthe, ni la manière dont Peiros s'était volatilisé dans l'ombre.

Elle retira ses chaussures puis, le panier serré contre la poitrine, monta l'escalier à pas de loup. Elle était si entraînée à le faire qu'on aurait dit un esprit flottant dans les airs – jusqu'à ce que son pied heurte un objet rond et dur qui dégringola bruyamment les marches, brisant le silence. Le bouchon d'une amphore de vin. Eirene jura à mi-voix et se figea.

Avec un peu de chance, Stavros se serait rendormi ou ne jugerait pas utile de sortir de sa chambre pour s'enquérir de ses allées et venues.

Malheureusement, la chance n'était pas de son côté.

La porte s'ouvrit à la volée et son cousin jaillit sur le palier en titubant. Ses yeux vitreux, injectés de sang, s'arrêtèrent finalement sur le visage d'Eirene.

— D'où viens-tu ? cracha-t-il, les traits déformés par une colère terrible.

Elle leva son panier en haussant les épaules.

— Du marché, Stavros. Comme presque tous les jours. Je...

— Ne me fais pas la leçon ! la coupa-t-il en descendant à sa rencontre.

Était-il encore soûl ? L'odeur âcre du vin flotta jusqu'aux narines d'Eirene, qui réprima un haut-le-cœur. Autrefois, à une époque qui n'était plus qu'un lointain souvenir, son cousin avait été un jeune homme doux et bien élevé. Ce Stavros-là ne lui aurait jamais parlé sur ce ton. Mais c'était avant les symposiums, avant le bordel, l'alcool et les dettes.

— Alors où est-il ? aboya-t-il.

Il se tenait maintenant une marche au-dessus d'elle. Eirene cligna des yeux. Même s'il n'était pas grand, cette position lui conférait un certain avantage.

— Où est... quoi ? bégaya-t-elle après s'être raclé la gorge, luttant contre l'envie de se ratatiner sous son regard furieux.

— L'argent ! Tu as passé la matinée au marché, non ? J'espère que ça en valait la peine.

— Je...

Malgré elle, elle baissa les yeux vers le panier niché au creux de son bras, dans lequel on distinguait clairement les pots de pigments et le médicament de Phoebe. À cause desquels sa bourse était désormais presque vide.

Quand elle releva la tête, elle constata que Stavros les fixait lui aussi.

— Eirene, dit-il, je me considère comme un homme raisonnable. Tu n'es pas d'accord ?

— Si, répondit-elle, les mains tremblantes.

Tout doucement, elle chercha à tâtons la marche inférieure. Elle pourrait s'enfuir. Si elle se fiait aux immenses pupilles noires et dilatées de son cousin, il n'était toujours pas remis de ses excès de la veille. Il ne parviendrait peut-être pas à la rattraper.

Derrière lui, la porte de la chambre des jumelles s'entrouvrit. Eirene aperçut une bande de tissu clair, un éclair de cheveux bruns, un œil noir. Alors elle reposa sans bruit son pied. Elle serait courageuse, pour Phoebe. Si elle n'était pas capable de tenir tête à Stavros, elle n'aurait aucune chance face à Léandros.

— Que contiennent ces pots ?

Elle aurait pu mentir. Mais sa propre mère ayant été, d'après Phoebe, l'une des tisserandes les plus douées des îles Ioniennes, Stavros ne serait pas dupe.

— Des pigments, répondit-elle. Les pièces très colorées se vendent beaucoup plus cher que les autres, alors j'ai pensé…

— Tu as *pensé* ? l'interrompit Stavros. Eirene, tu pourras penser ce que tu veux quand ce sera ton argent que tu dépenses.

Mais c'est le mien ! Tu n'as jamais gagné la moindre pièce toi-même !

Eirene ravala les mots rageurs qui lui montaient aux lèvres. Sa priorité, c'était sa sœur, qui les écoutait cachée derrière sa porte.

— Je suis désolée, s'excusa-t-elle. Je peux essayer de les rapporter. Ou de les revendre.

Désespérément soulagée de ne pas s'être arrêtée au bordel pour régler les dettes de son cousin, elle fouilla dans sa bourse et en sortit les dernières pièces de bronze.

— Et puis, il me reste encore ça !

Stavros tendit la main sans un mot, puis versa la modique somme dans sa propre bourse. Eirene s'efforça de rester impassible pendant qu'il tirait sur le cordon. C'était son argent, l'argent de Phoebe. Cet homme n'avait aucun droit dessus. Les poings serrés, elle s'interdit d'ouvrir la bouche.

Après un silence interminable, il reprit la parole.

— Je compte sur toi pour que ça ne se reproduise pas.

— Promis.

— Bien.

Sans prévenir, il la bouscula afin de descendre. Eirene se retint au mur, tremblant de peur ou de colère, elle n'aurait pas su le dire. Elle attendit que Stavros ait quitté la maison pour bouger. Le bruit des pas de son cousin résonnait sur le sol dur du chemin ; il courait au village avec sa bourse pleine. Combien resterait-il de pièces quand il reviendrait ? Elle connaissait déjà la réponse à cette question.

— Tu n'aurais pas dû faire ça, la gronda Phoebe en ouvrant grand la porte qui la dissimulait.

Plantée sur le seuil, elle croisa les bras sans lâcher son fuseau.

— Ça quoi ? soupira Eirene.

— Acheter ces pigments. Je n'en ai pas besoin. J'ai juste...

— Ce que j'ai dit est vrai. Les pièces de couleur vive se vendent mieux que les autres. Vois cela comme un investissement. Et puis, l'avantage, c'est que les pigments ne se boivent pas.

Eirene gravit les dernières marches et s'engouffra dans leur chambre pendant que sa sœur poussait un grognement mi-agacé mi-résigné.

— Tu es vraiment obligée de le contrarier à chaque fois ? Il n'est pas si méchant...

Eirene ne l'écoutait plus, troublée par l'odeur étrange qui régnait dans la pièce. Une odeur douce-reuse de brûlé et de légère pourriture. Elle renifla.

— Tu sens ça ? Qu'est-ce que c'est ?

Phoebe cessa de défendre leur cousin pour venir se planter devant la fenêtre, à côté d'un petit braséro de cuivre. La canne dont elle se servait parfois pour marcher était appuyée contre le mur.

— Rien, affirma-t-elle, le rouge aux joues.

Une volute de fumée s'éleva des braises.

— Tu ne sais pas mentir.

Eirene alla ranger le panier de pigments près du métier à tisser. En son absence, Phoebe n'avait pas simplement fait brûler quelque chose, elle avait aussi travaillé. Un nouvel ouvrage était tendu sur le métier grâce aux poids hérités de leur tante, des fils colorés s'entrecroisant sur le canevas.

D'un geste absent, Eirene promena sa main sur le cadre. Puis elle se tourna vers sa sœur, les yeux plissés. Phoebe dansait d'un pied sur l'autre, visiblement mal à l'aise. Elle tenait son fuseau comme une arme.

— Qu'est-ce que tu me caches ?

— J-je..., bégaya la jeune fille, hésitant à persister dans son mensonge. Une prune, avoua-t-elle enfin, toute penaude. Je me suis dit que ce serait une belle offrande à faire à Athéna. Elle était si dorée, si délicieuse que je...

— Une prune cuite ne sent pas comme ça.

— En effet, je me suis fait la même réflexion.

Perplexe, Eirene s'approcha du braséro. Elle s'attendait à moitié à découvrir un papillon de nuit ou la queue noircie d'une souris – quelque chose qui expliquerait cette odeur de putréfaction de plus en plus prononcée. Mais pas du tout. Il lui fallut quelques secondes pour comprendre ce qu'elle avait sous les yeux.

— Oh.

Au lieu de se consumer, la prune s'était liquéfiée en une espèce de bouillie brunâtre dont montaient des nuages de fumée. Le noyau, intact, était gris et desséché. Quelques brins de romarin finissaient de brûler tout autour, piètre tentative de Phoebe pour masquer les relents pestilentiels.

— Je ne suis pas certaine qu'Athéna apprécie, commenta Eirene en se forçant à sourire malgré sa nausée.

Elle s'était toujours méfiée des fruits envoyés par Léandros. La prochaine fois, elle les jetterait directement dans la rivière. Mais s'il était déjà trop tard ? Elle dévisagea Phoebe avec attention, guettant le moindre signe d'empoisonnement ou de mauvais sort. Tout ce qu'elle vit, ce fut le reflet de sa propre inquiétude dans les yeux de sa jumelle, qui avait toujours été son miroir.

— Arrête de me fixer comme ça, protesta Phoebe en la repoussant. Tu veux te rendre utile ? Cette laine a besoin d'être filée. Ensuite, je testerai les pigments et je mettrai les meilleurs de côté pour ta tapisserie.

Elle lui tendit le fuseau.

Eirene l'accepta, obéissante, et attrapa la quenouille de l'autre main, vérifiant la tension entre les deux. Pour elle, c'était un processus aussi instinctif que le fait de respirer. Elle fit rouler la fusaïole sur sa cuisse pour amorcer le mouvement qui transformerait peu à peu les fibres de laine rêche en fil lisse. Puis elle s'adossa contre le mur, dans une position qu'elle savait pouvoir tenir pendant des heures. Ici, dans cette chambre, avec Phoebe tout près d'elle et le fil qui tournait sous ses doigts, elle parvenait presque à oublier les menaces du monde extérieur.

Soulagée, sa sœur prit place sur un haut tabouret devant son métier à tisser. Il était censé s'utiliser debout, mais Eirene en avait coupé les pieds afin d'en réduire la hauteur. Après s'être assurée que le dernier rang était bien serré et les cadres à leur place, Phoebe attrapa sa navette d'où dépassait une longueur de fil bleu.

— J'adore cette couleur, pas toi ? demanda-t-elle en la faisant glisser entre les fils de chaîne.

Eirene acquiesça tout en fixant une nouvelle amorce sur son fuseau, avant de suspendre son geste. Elle reconnaissait cette nuance de bleu. Sa sœur avait été enchantée lorsqu'elle avait sorti les écheveaux de leur bain. Elle les avait aussitôt mis de côté, comme elle le faisait toujours avec les plus belles teintes. « Pour ta tapisserie, Eirene. »

Celle-ci contempla l'ouvrage installé sur le métier. Des rangées de bleu et de vert, au milieu desquelles un pied brun commençait à prendre forme. Les détails étaient beaucoup plus soignés que d'habitude.

— Phoebe, sur quoi travailles-tu ?

Les épaules de sa jumelle se raidirent.

— Ta tapisserie. Bien que j'en parle tout le temps, elle n'avance guère. Je suis trop occupée à fabriquer des pièces à vendre. Mais je... Disons que j'ai décidé d'en faire ma priorité.

Sa priorité. Eirene déglutit. Phoebe avait toujours dit que cette tapisserie serait sa contribution au trousseau de mariage de sa sœur. Or rien ne pressait de ce côté-là. Elle devait donc craindre de ne plus être en mesure de continuer. Était-elle au courant de ce qui était arrivé à la pauvre Alexandra ? Et du fait que son veuf se cherchait une nouvelle femme ?

Eirene n'eut pas le courage de protester, ni d'expliquer à Phoebe que l'argent était plus important que son trousseau, puisqu'elle ne se marierait peut-être jamais.

— Ah, fit-elle. Elle représente quoi ?

Sa sœur se détendit un peu.

— Tu verras. Fais-moi confiance, ce sera très beau. Allez, continue à filer. J'ai hâte de voir ce que donnera le violet que tu m'as rapporté.

— Oui, *maîtresse*, se moqua Eirene avant de se remettre au travail.

Un silence paisible retomba entre elles ; elles étaient simplement heureuses d'être ensemble, concentrées sur leur tâche et plongées dans leurs pensées respectives, bercées par le frottement de la laine filée, le cliquetis de la navette et le choc sourd des poids de terre cuite. Eirene envisagea une seconde de mentionner Alexandra, mais cela aurait impliqué de rompre la douceur de cet instant. Et puis, à quoi bon ? Phoebe n'avait aucune raison de s'inquiéter.

Eirene y veillerait.

CINQ

CETTE AUDACIEUSE BEAUTÉ

Eirene

Eirene se réveilla en sursaut, alertée par de violents coups à la porte.

— Qu'est-ce que…, marmonna Phoebe.

Le matelas remua sous son poids tandis qu'elle se dressait sur ses coudes. Elle était enroulée dans sa couverture, des mèches de cheveux bruns s'échappant de ses tresses.

— Il y a quelqu'un dehors, répondit Eirene d'une voix endormie.

Contrairement à sa sœur, elle n'avait pas pris la peine de se coiffer pour la nuit, et ses boucles étaient collées en travers de son visage. Elle en recracha une avant d'ajouter :

— Mais qui ?

Léandros. Ce nom fusa dans son cerveau embrumé telle une flèche embrochant un lapin. Cela ne pouvait être que lui. Jusqu'ici, il avait toujours fait livrer discrètement ses présents. Quelque chose avait dû changer. Sans réfléchir davantage, Eirene bondit de son lit. Son chiton s'était défait pendant la nuit et glissa de son épaule, lui arrachant un juron. Aucun bruit ne provenait de la pièce voisine ; Stavros devait encore dormir. Comme les coups recommençaient, elle sursauta aussi violemment que si la foudre l'avait frappée, puis attrapa les pans de tissu pour s'en couvrir la poitrine.

— Ma broche ! cria-t-elle à une Phoebe perplexe. Tu sais où elle est ?

— Euh… Attends, oui, la voilà, fit sa sœur en soulevant la couverture.

— Passe-la-moi !

Le cœur d'Eirene galopait tel un cheval de course. Elle avait conscience qu'elle devait sembler folle. Sa jumelle ne pouvait pas comprendre sa panique, puisqu'elle ignorait toujours ce qui était arrivé à Alexandra.

— Calme-toi, soupira Phoebe, agacée, en détachant la broche qui s'était prise dans la couverture.

— Vite ! insista Eirene, les mains tendues. Bon, laisse tomber. (Elle courut vers le lit et lui arracha le bijou des mains.) Debout. Léandros est ici. Il est ici, je te dis !

Elle regrettait maintenant de ne pas lui avoir avoué la vérité la veille.

— Écoute-moi bien : Alexandra est morte.

Sans attendre la réponse de sa sœur, elle tourna les talons – mais pas avant d'avoir vu un mélange de chagrin et de terreur se peindre sur ses traits. Elle traversa la pièce, fixa la tunique sur son épaule à l'aide de la broche, puis attrapa sa ceinture abandonnée dans un coin et la noua sous sa poitrine. Les coups avaient cessé. Il fallait à tout prix qu'elle atteigne le rez-de-chaussée avant Stavros. Elle ne savait pas encore ce qu'elle ferait une fois en bas, mais elle improviserait.

Elle dévala l'escalier quatre à quatre, soulagée de constater que le silence régnait toujours dans la chambre de son cousin. Elle avait été plus rapide que lui. Il ne lui restait plus qu'à déjouer les projets de l'intrus, quel qu'il soit. Cela ne devrait pas être trop difficile pour elle, qui s'était toujours flattée de son intelligence.

Son excès d'assurance se vit bientôt puni. Alors qu'elle atteignait le milieu de l'escalier, elle entendit la porte s'ouvrir. *Non*. Comment était-ce possible ?

— Léandros, ânonna Stavros d'une voix pâteuse.

Non, non, non. C'était donc bien lui ! Même si Eirene avait voulu bouger, elle en aurait été incapable.

— Qu'est-ce que... euh, bonjour, continua son cousin.

Elle l'imagina en train d'arranger à la hâte le chiton froissé et taché de vin dans lequel il avait dormi. Ce sale ivrogne avait dû s'écrouler sur le sol de la pièce principale, pile le soir où il ne fallait pas.

— Tu veux entrer ? Boire quelque chose ?

— Stavros, mon ami, répondit une voix claire et hautaine. J'aurais aimé avoir le temps de partager un verre dans ta *charmante* petite maison. Mais j'ai à faire.

— Bien sûr, bien sûr. Je ne me souviens pas t'avoir vu à la table de jeu, mais si c'est à propos d'une dette, je...

— Une dette ? Allons, tu es plus malin que ça.

Léandros éclata d'un rire qui donna la chair de poule à Eirene. Le cœur au bord des lèvres, elle finit de descendre sur la pointe des pieds. Il fallait qu'elle mette un terme à cette discussion, d'une manière ou d'une autre. Il fallait qu'elle...

— Tu dois bien te douter de ce que je viens te demander, reprit Léandros. Toutefois, au cas où cela t'aurait mystérieusement échappé, permets-moi d'éclairer ta lanterne : tu possèdes une chose que je convoite grandement.

Un faible gémissement animal s'éleva derrière Eirene. Phoebe était prostrée sur les marches, les traits crispés par une expression de terreur absolue. Sans un mot, elle tendit une main à sa sœur qui s'y agrippa avec reconnaissance, son pouls battant à un rythme effréné sous sa peau moite.

À la porte, Stavros marmonnait :

— Ce qui est à moi est à toi, mon ami. Mais que puis-je bien détenir que tu n'aurais déjà ?

— Je parle évidemment de ta belle cousine, Phoebe. Sa beauté est aussi renommée que sa gentillesse et ses talents de tisserande. Donne-la-moi pour femme, et je serai heureux de pouvoir à mon tour t'appeler cousin. Je te laisse y réfléchir, conclut-il un ton plus bas. Tu as trois jours, après quoi j'espère que tu me l'amèneras.

Pendant quelques secondes, on n'entendit rien d'autre que le vent et le chant des oiseaux. Un affreux hurlement montait dans la tête d'Eirene. Puis Stavros reprit la parole avec tant de hâte que les mots s'emmêlaient dans sa bouche.

— Oui, oui, répétait-il en boucle. Bien sûr que oui. Tu peux l'avoir. Tout ce que tu voudras, Léandros ; elle est à toi. Inutile d'attendre trois jours. Demain, mon ami, demain. J'en serai honoré. Tout comme Phoebe, j'en suis certain.

— Tu m'en vois ravi. J'ai d'ailleurs apporté un dernier cadeau pour ma fiancée.

Stavros lâcha un petit *humpf* lorsque Léandros le lui donna, comme s'il était surpris par son poids.

— Elle hésitera peut-être au début, reprit le visiteur. Ce n'est pas évident de quitter sa famille pour la demeure de son époux, mais…

Eirene dut tendre l'oreille afin de distinguer la fin de sa phrase.

— … je compte sur toi pour lui rappeler combien je *désire* cette union.

Le cœur de la jeune fille cessa de battre. La menace était claire : Phoebe deviendrait la femme de Léandros, soit de son propre chef, soit par la force d'un enchantement.

— Au revoir, Stavros, conclut Léandros. À demain.

La porte claqua derrière lui.

Eirene lâcha la main de sa sœur et se précipita vers son cousin qui, sous le choc, fit tomber le fameux cadeau.

— Toi ! gronda-t-il. Tu n'as pas intérêt à nous avoir espionnés.

Elle ne répondit rien, se contentant de baisser les yeux vers le sol. Son ventre se noua. Cette fois, Léandros leur avait apporté une grenade. La plus grosse qu'elle ait jamais vue, rouge rubis, humide et brillante. Aussi grotesque soit-il, cet énorme fruit dégageait quelque chose de fascinant. Comme dans un rêve, elle le ramassa et le serra contre son cœur tel un agneau, mourant d'envie de déchirer la peau pour avaler les graines juteuses et sucrées.

— Stavros, tu ne peux pas...

— C'est pour Phoebe, lança-t-il d'une voix dure. De la part de son fiancé.

Puis il lui décocha un sourire effroyable avant d'ajouter :

— Phoebe va épouser Léandros.

— Alors c'est décidé ? siffla Eirene, les dents serrées. Le destin de ma sœur est scellé sans même qu'elle ait eu son mot à dire ? Ce n'est pas une brebis que tu peux conduire au marché pour...

Tandis que le sourire de Stavros s'effaçait, une voix s'éleva derrière eux :

— Eirene.

Phoebe descendit l'escalier telle une apparition, pieds nus, son visage pâle n'exprimant plus de peur – juste un immense et horrible vide. Ses yeux glissèrent sur sa sœur pour aller se poser sur leur cousin.

— Stavros, souffla-t-elle d'une voix tremblante, je ne peux pas épouser cet homme. Alexandra est *morte*. Tu le savais ? S'il te plaît, ne fais pas ça.

— Pardon ? Tu n'as pas à me donner d'ordres, petite. Reste à ta place. Je suis le chef de cette famille et tu feras ce que je te dis.

Phoebe recula en secouant la tête. Comme elle clignait des yeux, une larme coula sur sa joue creuse.

— Il ne veut pas de moi, insista-t-elle. Il ne me connaît même pas.

— Te connaître ? railla Stavros. À quoi bon ?

Une deuxième larme perla sur les cils de la jeune fille, puis une troisième. Eirene avait le cœur brisé de la voir dans cet état. Les paroles de Léandros, sa voix glaciale, cruelle, résonnaient encore dans son esprit : « Je compte sur toi pour lui rappeler combien je *désire* cette union. »

— Cousine, poursuivit Stavros d'un ton presque suppliant, c'est un descendant d'Éros, un demi-dieu. Il possède des pouvoirs magiques. Pense à ce qu'un tel mariage représenterait pour nous !

— Pour *nous* ? répéta Phoebe. Toi aussi, tu vas l'épouser ?

— Alors, c'est d'accord ?

Il pouvait se montrer doux quand il le voulait. Gentil, même. Mais une lueur menaçante couvait toujours dans son regard, et on sentait qu'il pouvait replonger dans une rage noire en une fraction de seconde.

— Certainement pas ! explosa Eirene.

— Je suis encore capable de m'exprimer, la réprimanda sa sœur.

— Phoebe…

Avec un soupir, cette dernière s'essuya les yeux sur la manche de son chiton. Puis elle se redressa, ramena ses épaules en arrière et déclara :

— Je n'ai pas le choix, Eirene. Nous le savons tous. Et je préfère encore rejoindre Léandros de ma propre volonté.

Non, non, non, non. Eirene serrait si fort la grenade que ses jointures blanchirent. La peau du fruit finit par céder sous ses ongles avec le même bruit de déchirure humide que la gorge d'un agneau sacrifié. Elle avait l'impression de tenir un énorme cœur mutilé, tiède et luisant entre ses mains. Du jus rouge vif coula le long de ses bras, du poignet jusqu'au coude. Alors, dans un hoquet, elle jeta ce fruit écœurant par terre. Il roula à ses pieds, laissant une traînée sanglante derrière lui.

À nouveau, Stavros esquissa un sourire effrayant.

— Bien. Dans ce cas, c'est réglé.

— Tu ne peux pas ! s'emporta Eirene un peu plus tard, plantée dans sa chambre face à Phoebe qui la défiait du regard. Tu ne peux pas partir !

— À t'entendre, on dirait que ça me fait plaisir. Tu sais qui est Léandros et ce dont il est capable. S'il a jeté son dévolu sur moi, je n'ai pas d'autre choix que de devenir sa femme.

— On pourrait s'enfuir. Cette nuit.

Phoebe éclata d'un rire cruel. Elles pouvaient se montrer dures l'une envers l'autre quand les circonstances l'imposaient.

— Fuir ? Je te reconnais bien là. Contrairement à moi, tu peux encore courir, ton corps peut encore faire tout ce que tu lui demandes. Nous n'avons ni cheval, ni mulet, ni charrette, ni argent pour en acheter. Il me faudrait des semaines pour tisser une nouvelle pièce à vendre. Sans compter que tous les hommes à la ronde nous reconnaîtraient et nous renverraient chez Stavros.

— Peut-être pas, objecta Eirene.

Phoebe l'ignora, emportée par l'émotion.

— D'accord, imaginons qu'on parvienne à s'échapper. Je perdrais mon métier à tisser, toi, ton jardin, on n'aurait plus *rien*. Tu ne crois quand même pas que Léandros resterait là, à se lamenter ? Nous n'avons plus aucune amie à condamner à ma place, or il faut bien que quelqu'un se dévoue ! Léandros se trouvera une nouvelle femme, qu'il enfermera sous clé. Autant que ce soit moi.

Sa tirade terminée, elle prit une grande inspiration douloureuse et se laissa tomber sur le bord du lit. Elle tremblait comme une feuille.

Eirene dévisagea sa sœur, la personne qu'elle aimait le plus au monde. Elle serait prête à mourir pour elle, comme elle le murmurait dans les prières qu'elle adressait aux dieux chaque fois que la vie de sa sœur ne tenait qu'à un fil. *Prenez-moi. Prenez-moi à sa place.* Dans ces moments-là, elle le pensait sincèrement. Et c'était toujours le cas.

— C'est moi qui vais y aller, déclara-t-elle.

Phoebe releva lentement la tête.

— Quoi ?

— C'est moi qui vais y aller. Puisque quelqu'un doit se dévouer, je vais le faire. En prétendant être toi. Stavros n'accepterait jamais, sinon.

Et Léandros ne voudrait pas d'elle, elle le pressentait. Elle était trop petite, trop forte, trop renfrognée. Elle se coupait les cheveux trop court. C'était ce que Damon lui avait dit un jour en riant, quand elle lui avait parlé de ses craintes d'être mariée de force.

Peu importait ; Eirene trouverait un moyen de convaincre cet homme de la garder. Il était ambitieux. Elle jouerait là-dessus.

— Tu ne peux pas, protesta Phoebe.

— Je viens de te dire la même chose. En quoi est-ce différent ?

— La différence, c'est que toi, tu n'es pas obligée d'y aller.

— Rassure-toi, reprit Eirene en lui saisissant les mains. Je ne serai pas l'épouse de Léandros.

— C'est pourtant ce qu'il veut !

— Pas pour toujours, je veux dire. Juste le temps que tu termines ta tapisserie. Tu as raison, nous n'avons pas d'argent, et elle pourrait nous en rapporter beaucoup.

Phoebe secoua la tête.

— Pas question. Elle est pour *toi*, pour ton...

— Je n'en aurai jamais l'utilité. Mais si je me marie un jour, je suis sûre que tu accepteras de m'en tisser une autre. Pour le moment, je vais me rendre chez Léandros à ta place. Dès que tu auras fini, je m'échapperai, on vendra la tapisserie et on partira d'ici.

— En laissant Léandros se choisir une nouvelle proie ?

Malgré ses objections, Phoebe semblait sur le point de céder. Eirene enfonça le clou.

— Je suis prête à parier qu'il y a un secret derrière cette histoire de Désirs. Comment un descendant aussi lointain des dieux aurait-il de véritables pouvoirs ? Une fois installée chez lui, je tenterai de découvrir cet ingrédient mystère grâce à ma connaissance des plantes et des remèdes. Je n'aurai plus qu'à le détruire pour que nous soyons en sécurité – nous et toutes les filles de Zakynthos.

— Mais si tu n'y arrives pas ? Que se passera-t-il ?

— J'y arriverai. Toi, tout ce que tu as à faire, c'est finir ta tapisserie. Stavros sera furieux. Il ne tardera pas à nous mettre dehors.

— Mais pourquoi ce n'est pas toi qui restes ? Pour gagner de l'argent ?

— Que veux-tu que je fasse en seulement quelques semaines ? Planter des graines ? Couper un très gros romarin ? Non, tu seras plus efficace que moi.

Enfin, Phoebe acquiesça. Lentement, avec hésitation, mais elle acquiesça.

— Il te faut un voile, déclara-t-elle.

— Si tu veux.

Eirene ne voyait pas trop pourquoi, mais elle aurait accepté n'importe quoi tant que cela tenait sa sœur éloignée des griffes de Léandros.

— Pour dissimuler ton visage, expliqua Phoebe, qui retrouvait peu à peu ses esprits. Pour te faire passer pour moi.

— Ah, oui. On pourrait peut-être utiliser une vieille cape ?

— Bonne idée.

Sa sœur se leva et ouvrit la grosse malle qui contenait leurs vêtements chauds, ainsi que les couvertures qu'elles entassaient sur le lit en hiver.

— Là ! s'écria-t-elle, ravie, en dépliant un grand châle bleu délavé. Je n'aurai pas le temps de le reteindre, mais ça devrait suffire à couvrir tes cheveux. D'ailleurs, en parlant de ça...

Elle promena son regard autour d'elle, avant de l'arrêter sur le couteau qui lui servait à couper les fils sur son métier à tisser.

— Non, protesta Eirene, comprenant tout de suite ce qu'elle avait en tête.

— Si. On trouvera un moyen de tresser les longueurs avec tes boucles. Il faudra juste que je fasse semblant de bouder dans mon lit. Si Stavros jette un coup d'œil dans la chambre, il verra des cheveux courts et pensera que c'est toi.

— Non, répéta Eirene.

Sa sœur adorait ses cheveux, qu'elle enduisait d'huile chaque soir et attachait souplement pour éviter qu'ils ne s'emmêlent. Elle ne pouvait pas lui enlever ça.

— Le voile suffira, affirma-t-elle.

— Mais si…

— Non. Promets-moi de ne pas faire ça.

Phoebe soupira.

— D'accord. On a intérêt à bien l'épingler autour de ton visage.

— Je vais aussi avoir besoin de mes herbes. Il est possible que je doive endormir Léandros ou le mettre hors d'état de nuire. Avec un peu de séné d'Alexandrie, par exemple…

— Tu es un monstre, pouffa sa sœur.

— Quand il le faut, oui.

Le soir même, la besace d'Eirene remplie de plantes était posée derrière la porte de leur chambre avec le voile bien plié. Elle s'assit dans le lit pour les contempler dans le noir. Allongée à côté d'elle, Phoebe respirait paisiblement, épuisée par leur après-midi de préparatifs frénétiques. Stavros avait disparu au village. Même le mariage imminent de sa cousine ne suffisait pas à le tenir éloigné du bordel.

Eirene se leva tout doucement, ajusta son chiton et resserra sa ceinture. Une certitude s'était peu à peu imposée à elle : elle devait partir sans tarder. Trop de choses pouvaient dérailler si elle attendait que Stavros la conduise chez Léandros le lendemain matin. Il y aurait trop de risques qu'il découvre la supercherie et oblige Phoebe à y aller à sa place.

Elle ferait donc le trajet en pleine nuit, seule, afin de s'assurer que son cousin ne puisse pas la récupérer.

Elle enroula le voile autour de sa tête comme sa sœur le lui avait montré, puis le fixa à tâtons à l'aide d'une demi-douzaine d'épingles. Tant pis si le résultat n'était pas parfait. Enfin, elle attrapa sa besace et s'avança aussi discrètement que possible vers la porte.

Quand une main se posa sur son poignet, elle retint un cri.

Elle avait été si concentrée sur son voile qu'elle n'avait pas entendu sa sœur se lever.

— *Phoebe*, souffla-t-elle.

À défaut de distinguer ses traits dans le noir, elle perçut la douleur et la colère dans sa voix.

— Tu allais partir sans me dire au revoir ?

— Je n'ai pas le choix, il faut que je disparaisse avant le retour de Stavros. Tu le sais aussi bien que moi. Que se passera-t-il s'il me demande de retirer mon voile ? Ou s'il insiste pour que « Eirene » nous accompagne, avant de se rendre compte qu'elle n'est qu'une horrible menteuse ? C'est trop dangereux.

Elle pensait que sa sœur argumenterait, mais Phoebe était faite du même bois qu'elle. Elle fonctionnait comme elle, réfléchissait comme elle et avait donc abouti à la même conclusion.

— Tu as raison, dit-elle simplement. Il faut que tu y ailles ce soir.

Sans prévenir, elle referma ses bras autour de sa jumelle et la serra très fort avant d'ajouter :

— Mais tu as intérêt à me revenir en vie, sinon je jure sur le Styx que je viendrai moi-même te chercher aux Enfers pour te tuer.

— Je reviendrai, dit Eirene, sans pouvoir se résoudre à le promettre.

— Je sais.

— Alors laisse-moi partir.

Phoebe relâcha son étreinte et soupira.

— J'espère que tu sais ce que tu fais.

— Moi aussi, répondit Eirene en s'arrachant aux bras de sa sœur.

SIX

LA CRUAUTÉ, LES AILES DU VAUTOUR

Lamia

Depuis la minuscule fenêtre de sa chambre dans la tour, Lamia avait vue sur tout le chemin depuis le village. Elle fut donc la première à repérer la fille qui le gravissait péniblement.

La fille ? Lamia cligna plusieurs fois des yeux. À moitié endormie, le visage offert à la pluie fraîche, elle rêvassait en imaginant des motifs dans les ombres mouvantes. Désormais bien réveillée, elle conclut que ce devait être un fantôme, une apparition, le produit de ce que son père appelait affectueusement son « imagination débordante » et ses « yeux défectueux ». Quelle fille viendrait chez eux seule, en pleine nuit, sous un déluge pareil ?

Lamia se détourna de la fenêtre et, tout en tripotant les bandages qui entouraient sa main gauche, elle promena son regard dans sa chambre. Il y faisait très sombre, car son père ne lui autorisait qu'une seule lampe. Elle distingua néanmoins son lit, sa petite malle de vêtements, la table branlante dans un coin sur laquelle reposait une pile de vieux osselets, et les étagères remplies de rouleaux de papyrus et de morceaux de charbon usés. Autant d'objets palpables, à l'existence certaine. Contrairement à cette « fille ».

Elle lui avait pourtant paru si réelle... Lamia pivota sur ses talons. Le vent soufflait si fort que la nuit même tremblait. L'un de ses volets avait été arraché par une tempête similaire ; appuyée d'une main contre celui qui restait, elle se pencha à nouveau dehors.

Pas un fantôme, alors. Les nuages venaient de s'écarter, laissant filtrer un rayon de lune sur les arbres, le chemin et la fameuse silhouette. Celle d'une fille petite et musclée, aux poings serrés, qui marchait tête basse pour se protéger du vent. Elle avait recouvert ses cheveux d'un voile mal épinglé, dont chaque bourrasque extirpait des boucles brunes.

Le ventre de Lamia se noua sous l'effet de l'excitation, puis de la crainte. Que leur voulait cette fille ? La dernière personne à avoir monté le sentier dans le noir était le médecin, lorsqu'il était venu chercher le cadavre d'Alexandra.

La fille continuait à marcher, de nouveaux détails se révélant à chaque pas. Elle était vêtue d'une tunique blanche très propre qui, pour autant que Lamia puisse en juger d'aussi loin, ne semblait pas trouée. Mais elle était trop courte, s'arrêtant à peine à mi-mollet. Sous le voile, bleu foncé, elle portait également un grand sac de cuir en bandoulière.

Au rythme où elle allait, elle ne tarderait pas à atteindre leur porte. Il n'y avait plus de domestique à cette heure ; les servantes au teint pâle et les garçons de cuisine étaient renvoyés chez eux chaque soir. Elle allait devoir frapper et attendre que Peiros vienne lui ouvrir. Le pouls de Lamia s'accéléra. La porte de la tour était normalement verrouillée la nuit, mais le bras droit de Léandros se montrait moins vigilant depuis la mort d'Alexandra. Elle ne l'avait pas entendu le faire ce soir-là. Et elle connaissait une cachette dans la roseraie d'où elle aurait une vue parfaite sur l'entrée, à condition d'arriver à temps.

L'occasion était trop belle. Laissant le volet ouvert, elle traversa la pièce aussi vite que possible. Les peaux de mouton étalées sur le sol étouffèrent le bruit irrégulier de ses bottes, qui trahissait sa démarche boiteuse. Elles lui évitèrent également de glisser sur la pierre lisse.

Une fois dans l'escalier, ce serait plus compliqué.

Lamia poussa la porte de sa chambre – un simple battant de bois qui avait connu des jours meilleurs – et sortit avec précaution sur le petit palier circulaire. Parfois, elle restait là quelques instants pour se préparer à la tâche qui l'attendait. Mais là, elle n'avait pas le temps. Debout au sommet des marches, elle prit une grande inspiration et se lança.

Elle s'agrippa des deux mains à la corde fixée au mur extérieur. L'exercice était difficile même dans ses meilleurs jours, or ce n'était pas l'un d'eux. La tempête faisait rage et sa blessure n'aimait pas la pluie.

Elle progressait lentement, de profil, laissant d'abord descendre sa jambe blessée – la gauche, au genou raide et inflexible – jusqu'à la marche inférieure. Ce n'est qu'après s'être assurée de la solidité de sa prise qu'elle osait déplacer sa jambe droite. Elle avait appris à ses dépens qu'il ne fallait pas se précipiter – un jour, elle avait dérapé sur une marche usée et dégringolé jusqu'en bas de la tour. Elle s'était brisé un poignet, foulé l'autre, mais surtout, sa jambe ne s'en était jamais remise.

Son père était dans tous ses états lorsqu'il l'avait rejointe. Paniqué, il l'avait soulevée par son poignet cassé et l'avait serrée contre lui à lui broyer les côtes. Elle se souvenait encore de cette étreinte et de la façon dont il lui avait caressé la tête comme à un petit chat. Il tremblait de rage et de terreur.

— Et si tu étais *morte* ? avait-il chuchoté tandis qu'elle hurlait de douleur contre son épaule, sa jambe gauche disloquée oscillant dans le vide. Lamia, tu m'es beaucoup trop précieuse pour que je te perde. Que ferais-je sans toi ?

Elle se rappelait avoir contemplé sa cheville tordue qui virait déjà au violet, son genou qui ne paraissait plus à sa place. Cinq ans plus tard, la blessure la faisait toujours souffrir. Elle pouvait attraper sa rotule du bout des doigts et la ramener au bon endroit, avant qu'elle ne se décale de nouveau au bout de quelques secondes. Chaque matin, elle bandait son articulation pour la renforcer, mais c'était affreusement douloureux.

Il y avait un autre palier à mi-hauteur de la tour, sur lequel s'ouvrait une porte délabrée dont Lamia prenait soin de ne pas trop s'approcher. Elle y fit une pause, comme à son habitude, appuyée contre le mur à cinquante centimètres du panneau de bois voilé. Elle n'avait pas quitté sa chambre de la journée et sentait monter une crampe.

Si elle n'étirait pas le muscle maintenant, elle savait que sa jambe se déroberait sous elle dès qu'elle essaierait de faire un pas. Mais la fille... Lamia ne pouvait pas la rater. Le risque en valait la peine. Elle lâcha donc le mur et fit porter son poids sur le membre blessé.

La douleur fusa tel un éclair aveuglant. Elle avait été trop impatiente, une fois de plus. Son genou lâcha.

Lamia bascula en arrière. Elle retint un cri, mais il était trop tard pour se rattraper. Tendant une main dans l'espoir d'amortir sa chute, elle rebondit lourdement contre la porte et s'étala sur le sol.

Elle s'en écarta aussitôt en rampant. Le battant n'avait pas bougé, ce qui n'était pas surprenant. Depuis qu'elle vivait là – c'est-à-dire aussi loin que remontaient que ses souvenirs –, cette pièce était restée fermée à clé. Toutefois, dans ses cauchemars, dans ses rêves brumeux et infusés de terreur, Lamia se tenait sur ce palier face à la porte entrouverte.

Et elle savait, au fond de son cœur, qu'un monstre était tapi derrière.

Elle se hissa sur ses pieds en prenant appui contre le mur de pierre. La crampe était passée mais, dans sa hâte à atteindre le rez-de-chaussée, elle faillit tomber de nouveau. La tour était plus large à la base qu'au sommet, et les dernières marches un peu moins raides que les autres. Comme des spasmes douloureux remontaient dans sa hanche, elle décida de terminer sur les fesses. Son père détestait ça, mais il n'était pas là.

Quand, enfin, elle fut au pied de l'escalier, elle se releva en s'efforçant de ménager sa jambe gauche. Devant elle se dressait une porte qui l'effrayait presque autant que la précédente. Celle de l'ancienne chambre d'Alexandra. Sa simple vue faisait remonter des souvenirs – le jour où le père de Lamia avait ramené sa nouvelle épouse à la maison, la tendresse avec laquelle il la lui avait présentée. « Qu'en dis-tu, ma chérie ? » Le gentil sourire d'Alexandra, ses fossettes, la douceur de ses yeux bruns. Ses bras minces. Ses doigts vidés de leur sang recroquevillés sur eux-mêmes.

Lamia chassa cette image de son esprit.

Ils ne l'avaient pas laissée voir le corps, mais son imagination s'était chargée d'esquisser pour elle une vision d'horreur. Parfois, elle rêvait d'Alexandra gisant dans la réserve où elle avait été retrouvée. Lamia voyait le sang imbiber son péplos clair, elle pouvait presque en sentir le goût cuivré dans l'air.

Un coup de heurtoir résonna alors dans la nuit. La fille était arrivée ! Lamia se jeta sur la porte de la tour et l'ouvrit sans un bruit, puis se faufila dehors. Elle longea la petite allée qui traversait le jardin sous un dais de roses, jusqu'à atteindre le coin de la maison principale. Adossée contre le mur, elle jeta un coup d'œil vers l'entrée.

Malgré ses efforts pour rester discrète, un soupir ébahi lui échappa, formant un petit nuage blanc dans l'air froid. Elle s'en aperçut à peine, fascinée par le spectacle qu'elle avait sous les yeux.

Vue de près, l'inconnue n'était pas seulement intrigante ; elle était merveilleuse. Encore plus petite que Lamia ne l'avait cru, et dix fois plus jolie – ce qui tombait bien, car elle aimait les jolies choses. Sous le voile, elle devina un teint mat, un nez long et droit, d'épais sourcils, des cils noirs recourbés. La besace que la fille portait en bandoulière était si pleine qu'elle n'avait pas pu la fermer. Une touffe d'herbes sèches dépassait sur le côté.

Comme le vent avait libéré presque toute sa chevelure, elle la ramena sous le tissu de ses mains élégantes aux doigts fins. Puis elle lâcha un grognement agacé et se tourna vers les arbres. La déception serra le ventre de Lamia, qui aurait voulu mémoriser le moindre détail de ce visage.

Son père aurait jugé cela étrange. C'était ce qu'il lui avait dit, avec une grimace indéchiffrable, quand il avait trouvé la pile de dessins cachés sous ses couvertures.

Des portraits. Par centaines. Toutes les filles sur qui Lamia avait déjà posé les yeux.

— J'aime dessiner, s'était-elle justifiée.

Des hommes, toujours les mêmes, allaient et venaient librement dans leur maison, mais les femmes étaient plus rares et ne restaient jamais longtemps. Les dessiner lui permettait de les revoir plus tard. Et cela faisait passer le temps.

Elle rangeait désormais ses œuvres dans sa malle, au milieu de ses vêtements, pour que son père ne risque plus de tomber dessus.

À cet instant, la porte de la maison s'ouvrit et Peiros apparut sur le seuil. Lorsqu'il prit la parole, ce fut d'un ton hésitant qui ne lui ressemblait pas :

— Oh. C'est toi.

Il connaissait donc cette fille ? Plaquée contre le coin du mur, Lamia ne perdait pas une miette de la scène.

— Je m'appelle Phoebe, dit la visiteuse.

Sa voix étouffée par le voile avait tremblé. Lamia aurait juré qu'elle mentait. Mais comment tricher avec les deux syllabes innocentes d'un prénom ?

— Je crois que tu as déjà rencontré ma jumelle. Nous nous ressemblons beaucoup.

— Phoebe, répéta Peiros. Tu es son portrait craché. Je pensais que...

— Ton maître m'attend, il me semble, le coupa la fille – *Phoebe* – en levant le menton avec insolence.

Son arrogance n'était pas sans rappeler celle de Léandros. Mais ce qui chez lui était un trait de caractère effrayant ne faisait que rendre Phoebe encore plus attirante. Lamia était sous le charme.

— Je sais que je ne devais arriver que demain, mais je n'ai pas pu attendre. Je viens à sa demande, pour devenir sa femme.

SEPT

DES COLONNES D'OR

Eirene

Eirene eut l'impression de pénétrer dans un autre monde.

Le hall d'entrée était gigantesque. Étant donné le nombre de fenêtres et la hauteur des murs, elle s'était attendue à trouver un étage, mais il n'y avait qu'une seule pièce – et quelle pièce !

Au sol, éclairée par des centaines de lampes qui projetaient une lueur jaune envoûtante, s'étalait la plus grande mosaïque qu'elle avait jamais vue. Cette véritable œuvre d'art devait compter des milliers de tesselles savamment disposées pour représenter un jardin. Des roses tourbillonnaient sous ses pieds, auréolées de nuées de parfaites petites abeilles. Des tiges vertes s'entrelaçaient autour des pétales, dissimulant des épines à l'ombre de leurs feuilles. « Regarde où tu marches », semblaient-elles prévenir. Eirene en détacha son regard à regret.

Le reste du décor n'était pas moins grandiose. Le moindre centimètre carré de mur, entre les fenêtres et les lourdes portes de bois, était drapé de tissus aux riches teintures. Une immense tapisserie recouvrait entièrement celui de gauche. Eirene reconnut Aphrodite étendue, nue, au milieu d'une clairière, enlaçant le corps souple d'un homme dont les longs cheveux voilaient le visage. Les pigments étaient magnifiques ; elle n'imaginait même pas combien pouvait valoir un ouvrage pareil. Le tissu ondulait dans le courant d'air qui entrait par la porte restée ouverte. En s'approchant, Eirene s'aperçut qu'il dissimulait l'entrée d'un étroit couloir. Une ombre passa sur le sol, sans doute celle d'un discret serviteur qui vaquait à ses occupations. Elle n'avait jamais vu de tapisserie aussi fine, et Léandros s'en servait comme d'un simple rideau !

De l'autre côté, le hall donnait sur une cour faiblement éclairée. Pas de rideau ni même de mur cette fois, juste une succession de colonnes sculptées et peintes de couleurs vives. Eirene ne distinguait pas les détails, mais il lui sembla identifier la courbe d'une cuisse de femme, les plumes d'une aile de cygne, des bois de cerf fièrement dressés.

Des oiseaux – des colombes au plumage nacré – voletaient autour des colonnes, dans les anfractuosités desquelles elles avaient dû installer leurs nids, et s'interpellaient avec des trilles mélodiques.

Percevant un mouvement en périphérie de son champ de vision, la jeune fille fit volte-face. Aussitôt, elle porta ses mains à sa bouche pour étouffer un cri.

Face à elle se tenait une énorme masse de fourrure couleur sable, ponctuée de ce qui ressemblait à des centaines d'yeux noirs. Une queue fouetta le sol avec impatience. Une patte s'étira, des griffes raclèrent la mosaïque. Le cœur d'Eirene cessa de battre, puis s'emballa. Enfin, la créature, ou le monstre, ou quoi que ce fût, dessina un cercle sur elle-même et leva sa tête gigantesque vers la visiteuse, qu'elle fixa avec de grands yeux dorés. Sa mâchoire s'ouvrit, dévoilant une gueule rose dégoulinante de salive où brillaient de vilaines dents jaunes et pointues.

Eirene lâcha un petit rire étonné qui ressemblait à un sanglot.

Le chat – car ce n'était finalement qu'un félin magnifique au pelage tacheté, juste dix fois plus gros qu'un chat de taille normale – finit de bâiller et braqua à nouveau sur elle son regard étrangement humain. Il semblait presque vexé.

— Je ne me moquais pas de toi, le rassura-t-elle. J'ai été surprise, c'est tout. Je t'ai pris pour un monstre.

— Oh, mais Daphné en est un, répliqua Peiros dans son dos.

Il avait fermé la porte d'entrée et s'était tapi dans l'ombre, à bonne distance du chat.

— Attends un peu qu'elle ait faim. Impossible de la calmer.

La chatte, ou plutôt la panthère, restée silencieuse jusque-là, les contempla tour à tour avant de lâcher un petit « mmraou » à mi-chemin entre le grondement et le coassement de grenouille.

— Tais-toi, ordonna Peiros sans grande conviction.

Comme il reculait un peu plus, Eirene ne put s'empêcher d'éclater de rire. Où était-elle tombée ? Elle s'était attendue à tout sauf à ça.

— Quand tu auras fini de glousser, ronchonna le valet, je pourrai peut-être te conduire à mon maître ?

Léandros. Eirene retrouva aussitôt son sérieux et le suivit sans un mot dans la cour, accompagnée de Daphné qui balayait l'air de sa queue. La jeune fille était de moins en moins impressionnée par la grandeur des lieux. Certes, la fontaine était aussi imposante que magnifique, mais elle venait de se rappeler à qui appartenait cette demeure. Et si Léandros avait pu se l'offrir, c'était sans aucun doute grâce à l'argent que lui rapportaient ses Désirs. Une légère odeur de vin rance flottait dans l'air. Le dallage froid et grossier était recouvert de sable dont les grains s'immisçaient entre ses orteils.

Au bout de la cour, Peiros écarta un rideau plus petit mais pas moins luxueux que celui de l'entrée, qui cachait l'accès à la maison proprement dite. Là, les pièces étaient plus petites, plus basses de plafond et plus entassées. Peiros la conduisit à un troisième rideau, très simple cette fois. Cette partie n'étant visiblement pas ouverte aux invités, Léandros avait renoncé aux étalages de richesse – même si l'énorme félin qui trottinait à côté d'Eirene lui rappelait qu'elle n'était pas chez n'importe qui.

Le valet la fit entrer dans un petit bureau en désordre meublé d'une grande table. D'épais rideaux bleu foncé encadraient la fenêtre, et les étagères croulaient sous des parchemins, calames et autres accessoires étranges. Eirene s'efforça de masquer sa curiosité. Il ne s'agissait pas seulement de l'antre d'un homme riche, mais d'un lieu de savoir. Elle aurait pu y passer des heures, des jours, voire des semaines si on l'avait laissée faire.

Pourtant, elle ne devait pas oublier que tout cela avait un prix. Payé par toutes les filles qui disparaissaient dans le lit des clients de Léandros. Cette babiole, là, avait peut-être été achetée grâce à l'argent du mari de Ianthe. Et cette petite statue de bronze représentant une danseuse au pied levé, avait-elle autant de valeur que la vie de Clyte ? Daphné donna un coup de patte dans les rideaux qui tombaient jusqu'au sol, comme si elle avait repéré quelque chose d'intéressant, puis elle se faufila derrière en grondant. Eirene regretta son départ. Bizarrement, la présence du monstre la réconfortait.

— Assieds-toi, ordonna Peiros en lui indiquant un fauteuil modeste d'allure inconfortable, sur le dossier duquel était posée une couverture.

Comme il ne bougeait pas, Eirene la déplia elle-même afin de la draper sur le siège. Un frisson la parcourut à la vue de l'ourlet brodé de rouge.

La marque de Phoebe. Devrait-elle se montrer flattée, puisqu'elle se faisait passer pour sa sœur ? Mais le valet de Léandros soulevait déjà le rideau pour ressortir.

— Reste ici. Je vais chercher mon maître.

Eirene hésita à lui adresser une repartie cinglante. Si elle avait pu être elle-même au lieu de jouer un rôle, elle l'aurait sans doute fait. Mais, étant donné les circonstances, elle jugea plus prudent de se taire et de s'asseoir, les mains croisées sur les genoux. Elle allait s'en tenir au plan qu'elle avait échafaudé en chemin. Devenir la nouvelle épouse de Léandros. Découvrir tout ce qu'il y avait à savoir sur lui et sur les Désirs qu'il vendait. Puis se servir de ces informations pour le détruire. Un grand sourire se peignit sur son visage.

Une fois certaine que Peiros était loin, elle retira son voile, dont le frottement incessant sur sa peau la rendait folle. Puis elle attendit son futur mari.

Elle n'eut pas à patienter longtemps. Elle commençait tout juste à remuer sur son siège en se demandant ce que fabriquait Daphné quand Léandros fit son entrée. La panthère émergea aussitôt de derrière les rideaux et s'enfuit dans le couloir, mais il ne fit pas attention à elle.

— Je savais que tu viendrais, dit-il sans même regarder Eirene, qui en profita pour le dévisager.

S'il était aussi beau, svelte et léonin qu'on le disait, ses grands airs gâchaient tout. La suffisance émanait de lui telle une mauvaise odeur.

— Est-ce la grenade qui a fini par te convaincre ? J'en suis moi-même très friand. Bien entendu, j'aurais dû me douter que cela plairait à ma future fem…

Il ne termina pas sa phrase, car il venait enfin de se tourner vers Eirene. Ses sourcils se froncèrent au-dessus de ses yeux bleus. Ses lèvres roses s'entrouvrirent d'une manière si charmante qu'elle devait être calculée. La main qu'il tendait pour lui faire signe d'approcher retomba le long de son corps.

Le descendant d'Éros. Eirene pouvait presque y croire. Comment expliquer autrement cette beauté surnaturelle qui lui donnait la chair de poule ?

Léandros finit par reprendre ses esprits. Après plusieurs battements de cils dorés, il lança non sans ironie :

— Phoebe. Tu es aussi ravissante que l'affirme ton cousin.

Ce salaud de Stavros. Eirene serra les poings sur la couverture, en essayant de ne pas s'attarder sur la déception manifeste de Léandros. Elle ne pouvait pas être aussi jolie que le prétendaient les rumeurs, puisqu'elle n'était pas sa sœur.

— Je dois cependant t'avouer, ma chère Phoebe, que je m'attendais à des cheveux longs.

Quel bonheur ce serait de détruire cet homme… Eirene releva la tête et lui décocha un sourire étincelant.

— Je les ai coupés, répondit-elle. Je les préfère comme ça. Tu as raison, cela dit : ceux de Phoebe sont plus longs et elle est beaucoup plus belle que moi.

Cette fois, la surprise de Léandros n'était pas feinte. Il la dévisagea tel un poisson tiré de l'eau – un poisson auréolé de l'éclat des dieux.

– Je m'appelle Eirene. Phoebe est ma sœur jumelle. Je suis venue à sa place.

– En tant qu'intermédiaire ? Tu m'apportes un message de ma femme ?

Eirene redressa les épaules.

– Non. Je suis venue en mon nom.

Après une brève hésitation, elle ajouta avec toute l'audace dont elle était capable :

– Et Phoebe n'est pas ta femme. Du moins, pas encore.

Les traits de Léandros se crispèrent, sans qu'elle puisse déterminer si c'était sous l'effet de la colère ou d'autre chose. Il fixait un point derrière elle au niveau du sol, tout près de la fenêtre. Elle résista à l'envie de se retourner pour suivre son regard. Puis, à son grand étonnement, Léandros éclata d'un rire sonore qui emplit la pièce.

– Fort bien, parvint-il à articuler entre deux hoquets. Qu'est-ce qui t'amène, Eirene, sœur de Phoebe qui n'est pas *encore* ma femme ?

– J'ai une proposition à te faire.

Elle devait se montrer convaincante et aussi sournoise que lui.

– Ah ? fit-il en haussant un sourcil.

– N'épouse pas Phoebe.

Voilà. Parfait.

Le deuxième sourcil rejoignit le premier. Puis Léandros esquissa un sourire cruel qui dévoila ses dents blanches.

— Voyons, ma chère Eirene, j'ai besoin d'une femme.

Elle prit une grande inspiration.

— Alors épouse-moi.

Elle enchaîna sans lui laisser le temps de protester, les mots se déversant de sa bouche telles des graines d'un sac renversé :

— Phoebe et moi avons partagé le même utérus ; nous sommes de la même chair, du même sang. Nous avons le même âge, bien sûr, mais je suis beaucoup plus maligne. Ma sœur est... douce, tendre, gentille. Tu me sembles être un homme rusé. Je doute que tu te satisfasses de ce genre de compagnie.

Ce n'était pas facile de dénigrer ainsi sa jumelle. Mais il fallait que Léandros la choisisse, elle.

— Tandis que moi...

Elle se pencha en avant sur son siège, les paumes tournées vers le ciel comme pour lui offrir la peau vulnérable de ses poignets.

— Moi, je sais bien mieux lire et écrire. Je suis aussi douée en arithmétique, je peux compter les pièces, gérer un budget, ce genre de choses. Je sais accroître les profits. Et je m'y connais en herbes. Je suis capable de cueillir, de nommer et de produire moi-même tout ce qui pousse à moins d'une semaine de marche d'ici, si tu me laisses quelques hivers.

Alors que Léandros n'avait pas réagi jusque-là, cette dernière précision sembla éveiller son intérêt. Son expression de dédain amusé s'adoucit. Ses yeux se plissèrent et il s'inclina vers elle. Eirene l'imita. Les mots se bousculaient sur ses lèvres, mais elle se força à ralentir afin de paraître réfléchie, posée.

— Je sais que la qualité de mes plantes te convient puisque, ce matin même, Peiros m'a acheté tout mon stock. J'aime apprendre, je suis déterminée et j'accomplirai n'importe quelle tâche pour toi. Je cours vite et je suis forte.

Elle ménagea une pause le temps de reprendre son souffle.

— Enfin, conclut-elle, si je deviens ta femme, tu profiteras quand même des talents de Phoebe. Elle tissera pour toi si je lui demande. Alors que si c'est *elle* que tu épouses, je ne vendrai plus jamais rien à ton valet. Je monterai ma sœur contre toi ; j'irai même jusqu'à t'empoisonner s'il le faut. Phoebe me fait confiance et je peux me montrer très persuasive. Réfléchis à ce que tu perdrais.

Un silence chargé retomba. À nouveau, Léandros haussa les sourcils.

— J'ai l'impression que tu ferais une meilleure apprentie ou assistante qu'une épouse, dit-il enfin. Ne trouves-tu pas ?

— Dans ce cas, tu gagnes au change, *ne trouves-tu pas* ? répliqua Eirene.

Comme il ne répondait pas, elle insista :

— Je peux être une bonne apprentie *et* une épouse parfaite. Qu'est-ce que Phoebe a de plus que moi ?

— Elle est plus jolie. Et elle a de plus longs cheveux.

— Tu es toi-même très beau, déclara Eirene. Assez pour que n'importe quelle femme semble fade à côté de toi. Comparées à toi, ni ma sœur ni moi n'avons le moindre charme.

Elle avait envie de hurler et devait faire de gros efforts pour conserver son calme.

Léandros la dévisagea longuement. Puis, sans prévenir, il tourna les talons et alla s'asseoir derrière son bureau, les coudes posés sur le bois lisse et les mains en triangle.

— Ma petite Eirene, tu m'as convaincu.

Elle resta bouche bée. Ça ne pouvait pas être aussi facile. Léandros était un menteur, un charlatan rusé qui avait réussi à embobiner tous les habitants de l'île. Ça cachait quelque chose.

— Vraiment ? Enfin, je... C'est parfait, c'est...

— Merveilleux ? suggéra-t-il.

Il prit un calame sur une pile de papyrus qui devaient valoir ce qu'Eirene gagnait en un mois, et fit tourner le long roseau entre ses doigts.

— Je vais envoyer un message à ton cousin pour l'informer de mon choix. Mais avant cela, j'ai quelques conditions.

— Des conditions ? C'est-à-dire ?

— Je suis sûr que tu as entendu certaines rumeurs à mon sujet.

Oh que oui. On disait que Léandros savait capturer l'essence du désir. Qu'il pouvait rendre sa beauté à la plus laide des courtisanes, faire céder le plus fidèle des cœurs. Qu'il vendait sa magie au plus offrant – en général, des hommes riches en quête de jeunes épouses, ou des directeurs de bordel avides d'augmenter leurs profits grâce à de jolies filles. Non seulement Eirene connaissait ces rumeurs, mais elle en avait constaté la réalité de ses propres yeux, sur la place du marché désertée puis face au regard vide de Ianthe.

Soudain, elle prit peur. Et si les conditions de Léandros avaient un rapport avec les Désirs ? S'il comptait lui en faire boire ? Elle deviendrait comme son amie, une coquille vide affirmant être follement amoureuse. Sa gorge se noua et ses mains se crispèrent sur les accoudoirs du fauteuil, à travers la couverture de sa sœur. Le contact du tissu l'aida à reprendre ses esprits. Elle ferait ce qu'il faudrait pour protéger Phoebe. Si Léandros voulait une femme stupide et ensorcelée, il en trouverait une – avec ou sans conditions.

Toutefois elle ne pouvait pas le laisser voir combien sa réputation l'inquiétait. Elle massa doucement sa gorge nouée puis demanda d'une voix calme :

— Quelles rumeurs, au juste ?

— Celles sur mes origines, bien sûr. Je suis le descendant d'Éros, le fils du fils du fils du *fils*. Celui d'Aphrodite en personne.

Oh. C'était donc ça ? La dérision d'Eirene dut se lire sur son visage, car le sourire de son hôte s'effaça.

— Je les ai entendues, acquiesça-t-elle. Sont-elles fondées ?

Comme Léandros rejetait ses boucles dorées en arrière, une goutte d'encre jaillie du calame atterrit sur la pile de papyrus.

— Évidemment.

Eirene se retint de lever les yeux au ciel.

— Très bien. Alors, je t'écoute : quelles sont tes conditions ?

— L'histoire de ma lignée ne t'intéresse pas ?

— Il est tard. Et si je deviens ta femme, nous aurons tout le temps d'en discuter un autre jour.

Sa *femme*. Dire qu'il y avait à peine quelques heures, elle se dirigeait vers la demeure du médecin, ravie de sa bonne fortune et de sa bourse pleine. Comment les choses avaient-elles pu déraper si vite ? Elle dessina de petits cercles sur la couverture du bout du doigt et compta lentement ses respirations. Elle ne devait penser qu'à Phoebe. Si elle la laissait tomber entre les griffes de cet homme, elle la perdrait à tout jamais.

— Quatre épreuves, lança abruptement Léandros. C'est ainsi qu'Aphrodite a demandé à Psyché de prouver sa dévotion à Éros. Afin de s'assurer qu'elle était digne de l'épouser.

Eirene fronça les sourcils, essayant de se rappeler les détails de l'histoire. Quatre épreuves… Cela lui disait quelque chose. Mais en quoi consistaient-elles ? L'une d'elles n'impliquait-elle pas de descendre aux *Enfers* ? Elle en serait bien incapable.

— Lesquelles ?

— Ah, ma chère Eirene, permets-moi de conserver une part de secret.

Léandros se tapota le nez avec la pointe de son calame, qui y laissa une petite tache noire. Était-ce voulu ? C'était charmant, adorable, et cela attirait l'attention sur la symétrie parfaite de ses traits.

Si Eirene avait été un minimum sensible à la beauté des hommes, elle aurait pu se laisser attendrir. Mais ce n'était pas le cas et toutes ces minauderies ne faisaient que lui rendre Léandros plus détestable. Elle ne croyait pas un mot de ce qu'il racontait ; ses paroles comme ses gestes n'étaient qu'une illusion soigneusement construite. L'air même qu'elle respirait était peut-être infusé de Désir. Comme la grenade qu'il leur avait livrée. Et les prunes que Phoebe avait mangées.

Elle ravala la bile qui lui montait dans la gorge et se força à sourire.

— Tu peux sûrement te permettre de me donner un peu plus d'informations...

— Quatre épreuves, répéta Léandros. Dont je déciderai moi-même – en veillant à rester raisonnable. Si tu les surmontes, tu pourras rester ici. Pour devenir ma femme.

Eirene n'osait pas encore respirer.

— D'accord. Et tu laisseras Phoebe en paix. Jure-le.

Il rit.

— À ta guise.

— *Jure-le.*

Léandros poussa un soupir théâtral.

— Ton peu de confiance en moi me désole, ma chère.

Comme elle le fixait toujours d'un regard noir, il leva les mains en signe de reddition.

— Je le jure.

Il désigna de la tête les statues qui encadraient l'âtre. Une femme, belle et nue, souriant d'un air entendu ; et un homme, aussi nu que sa mère, un arc dans les mains et le regard dans le vague.

— Que mes ancêtres soient témoins de ma promesse. Si tu réussis les quatre tâches que je t'imposerai, je t'épouserai. Si tu échoues, tu quitteras cette maison et ta sœur te remplacera, comme je l'avais initialement prévu. Satisfaite ?

S'il y avait une ruse, Eirene ne la détecta pas. Elle hocha la tête.

— Satisfaite.

HUIT

L'ORDRE DU CIEL

Lamia

— Satisfaite, acquiesça Eirene.

Le marché était conclu. *Grâce aux dieux*, songea Lamia, qui n'aurait pas supporté de rester cachée beaucoup plus longtemps.

Debout derrière les rideaux, elle remua maladroitement son pied saisi d'une nouvelle crampe, et planta ses orteils sur le sol afin d'étirer ses muscles raides. Si elle avait eu plus de temps, elle aurait choisi une meilleure cachette pour espionner la conversation. Un endroit où elle aurait pu s'asseoir. Mais à peine s'était-elle glissée derrière le rideau que Peiros et la fille – Eirene, car elle avait bien menti sur son prénom – avaient fait irruption dans la pièce. Lamia avait craint que Daphné ne la trahisse, mais après être venue la renifler et la saluer, la bête s'était enfuie à l'arrivée de son maître.

— Bien, conclut ce dernier en repoussant sa chaise. Je vais tout de même te laisser une nuit de réflexion…

— Attends, l'interrompit Eirene, une note de panique dans la voix. Une dernière chose.

Silence. Puis la chaise grinça.

— Oui, très chère ? De quoi s'agit-il ?

— Mon cousin…

— Eh bien ?

— Quand il recevra ton message, il risque de venir ici. Pour me voir.

— Et tu voudrais que je le chasse ? Hum… En tant qu'époux, je deviens en effet responsable de ta famille.

— Évite simplement de lui parler de notre marché. Il ne le cautionnerait pas. Ne le laisse pas m'emmener, supplia Eirene. Dis-lui que je suis éperdue d'amour pour toi. Éperdue de *désir*, ajouta-t-elle non sans ironie. Il sera ravi d'être débarrassé de moi, j'en suis certaine. S'il te plaît.

Si seulement Lamia pouvait les voir… C'était rageant de ne pas savoir ce qui se passait durant ces longs silences. Mais elle ne pouvait pas courir le risque d'être repérée, même si on ne lui avait pas explicitement interdit d'être là.

— C'est d'accord, déclara finalement son père. Et que devrai-je lui dire lorsque tu échoueras et que j'irai chercher Phoebe ?

— Je n'échouerai pas, affirma Eirene d'une voix qui tremblait un peu, comme quand elle s'était fait passer pour sa sœur.

— Bien, fit Léandros avec un petit rire. Je vais appeler Peiros pour qu'il te conduise à ta chambre. À moins que tu n'aies d'autres exigences ?

Eirene ne répondit pas, ce que Lamia prit pour un « non ». Elle entendit son père reposer son calame, puis secouer la petite cloche de cuivre qu'il gardait toujours sur son bureau. Aussitôt, le rideau de la porte se souleva.

— Peiros, peux-tu installer notre invitée ? La chambre du bas de la tour fera l'affaire.

La pause qui suivit ces mots aurait échappé à n'importe qui, sauf aux habitants de la maison. Lamia se figea et son cœur cessa de battre une seconde tandis qu'un tourbillon de pensées assaillait son esprit. Car la chambre dont parlait son père était celle d'Alexandra.

Son gentil sourire, ses fossettes, la douceur de ses yeux bruns. Les images lui revenaient toujours dans le même ordre. Lamia se mordit la joue si fort que sa bouche s'emplit d'un goût de métal et de sel. La douleur eut l'effet escompté. Les souvenirs s'évanouirent avant qu'elle n'ait revu les mains pâles d'Alexandra, ses doigts désespérément recroquevillés.

Des pas résonnèrent dans la pièce. Ceux de Peiros, lourds, décidés, et ceux d'Eirene, d'abord hésitants, puis de plus en plus sûrs.

— Bonne nuit, Léandros, lança la jeune fille avec une note de défi. J'ai hâte de découvrir ta première épreuve.

Elle disparut dans un bruissement de rideau.

Le silence retomba. Jusqu'à ce que…

— Tu peux sortir, Lamia.

Elle se figea. Tous les muscles de son corps étaient parfaitement immobiles. Il ne pouvait pas... Non, c'était impossible. Elle n'avait fait aucun bruit. Comment aurait-il deviné qu'elle se trouvait là ?

— *Sors*.

Cette fois, c'était un ordre.

— Estime-toi heureuse que je t'aie laissée rester, enchaîna-t-il. Tu n'aurais sans doute pas aimé que je te traîne hors de ta cachette devant notre invitée, n'est-ce pas ?

Que faire ? Petite souris prise au piège, Lamia écarta le rideau et s'avança dans la pièce. Les épaules courbées, la tête basse et les mains serrées. Elle contemplait fixement le sol, malgré les protestations véhémentes de sa jambe qui n'avait pas l'habitude de porter son poids aussi longtemps.

— Ah, voilà ma chérie, dit son père.

Il ne semblait pas trop fâché, aussi Lamia osa-t-elle lever les yeux des dalles et le regarder en face. Il souriait.

— Assieds-toi, continua-t-il en lui indiquant le fauteuil qu'Eirene venait de quitter.

Envahie d'un immense soulagement, Lamia s'y laissa tomber avec reconnaissance.

— Je suis désolée, bafouilla-t-elle. J'étais curieuse. Je l'ai entendue dire qu'elle voulait devenir ta femme, et je... je me demandais à quoi elle ressemblait.

— Alors ?

Le sourire de son père était de plus en plus large.

Elle le dévisagea en quête d'un indice sur ce qu'elle était censée répondre. Rien.

— Euh…

— Qu'as-tu pensé d'elle ? Te réjouis-tu de cet ajout à notre famille ?

— Oh ! Je… Oui. Bien sûr. Elle l'a dit elle-même : elle est intelligente, forte, déterminée. Et elle s'y connaît en plantes – elle sait les reconnaître, les faire pousser, les préparer. Elle te sera utile, n'est-ce pas ?

Elle se rendit soudain compte qu'elle parlait trop et referma la bouche dans un claquement de dents.

Son père avait tiré un couteau de sa ceinture afin de se curer les ongles. Il ne la regardait pas.

— Tu la trouves jolie.

Lamia ne savait que répondre à cela. Ou plutôt, elle n'en avait pas envie. À ses yeux, toutes les femmes étaient belles, chacune à leur manière. Mais elle avait à peine aperçu les traits de la nouvelle fiancée de son père sous son voile. C'était surtout sa voix qui lui avait plu, la résolution qui se dégageait de ses mots.

— Quelle importance ? demanda-t-elle finalement.

Son père chantonnait à mi-voix. Après avoir fini de nettoyer l'ongle de son pouce, il laissa retomber ses mains. Sans pour autant ranger son couteau.

— Aucune, j'imagine, reconnut-il. Mais elle te plaît ?

— Je crois que oui.

— Tant mieux.

Appuyé sur le bureau, il étira ses membres tel un chat paresseux.

— Lamia ?

— Oui, père ?

— Si je te reprends à nous espionner, je t'arracherai les ongles. Un à un. C'est compris ?

Lamia frissonna, glacée par un soudain courant d'air. Elle plia ses doigts bandés en évitant de regarder le linge taché de sang. Ce n'était pas une menace gratuite.

— Oui, père.

NEUF

FILLES ALERTES DE LA TERRE

Eirene

Eirene fut réveillée en sursaut par des coups à la porte. Elle se redressa dans son lit et s'empressa de rajuster son chiton. Son sommeil avait été si agité qu'il lui était remonté jusqu'à la taille.

— Phoebe ? marmonna-t-elle avant de se rappeler où elle était – pas chez elle avec sa sœur, mais dans une petite chambre sombre au pied de la tour de Léandros.

Elle frissonna malgré la tiédeur de l'air.

Lugubre et poussiéreuse, la pièce ne contenait pas grand-chose de plus que la couche sur laquelle elle avait dormi. La cheminée éteinte se résumait à un creux dans le sol entouré de grosses pierres. Une table branlante, collée contre le mur sous l'unique fenêtre, accueillait une bassine de cuivre et une petite lampe à huile.

— Eirene ?

On frappa de nouveau, puis la porte s'ouvrit sur le maître des lieux. Il tenait un gros sac dans chaque main.

— Bonjour, la salua-t-il d'une voix claire, avant de s'avancer au centre de la pièce et de poser ses sacs.

L'un d'eux se renversa et répandit son contenu sur le sol. Eirene cligna des yeux, ébahie. Il y avait là des lentilles, des grains de blé et... En plissant les yeux, elle distingua des milliers de fines graines noires mêlées de poussière et de sable.

— Voici ta première épreuve, annonça Léandros.

Eirene reporta son attention sur son visage à la beauté troublante. Il semblait très content de lui. Tirant de sa ceinture un troisième sac, vide celui-là, il le jeta à côté des autres.

— J'aimerais que tu tries tout cela. Graines de pavot dans un sac, lentilles dans un autre, et blé dans le dernier. Tu peux laisser le sable ; tu le balayeras plus tard.

Eirene eut l'étrange conviction que quelque chose lui échappait. Certes, les sacs étaient énormes et leur contenu en pagaille. La tâche, monotone, nécessiterait de passer plusieurs semaines à quatre pattes sur le sol, mais elle n'avait rien de difficile. Les graines de pavot seraient peut-être un peu plus pénibles, car...

— Tu as trois jours, précisa Léandros, interrompant sa réflexion.

— Quoi ?

Elle le dévisagea, effarée.

Trois jours ? *Trois jours ?* Eirene contempla les sacs et les graines éparpillées. Elle avait estimé le temps nécessaire à environ trois semaines, mais il y avait peut-être moyen d'accélérer les choses. En versant les graines dans un grand saladier et en les secouant pour faire remonter les plus légères. Ou en utilisant de l'eau. Est-ce que les lentilles flottaient ? Il lui semblait que non. Elle essaya de se rappeler les fois où elle en avait mis à bouillir dans une marmite. Peut-être que...

— Et trois nuits, si nécessaire, ajouta Léandros, comme si cela changeait quoi que ce soit. Mais au matin du quatrième jour, tout devra être trié.

— Je...

— Bien entendu, tu resteras confinée dans cette pièce. Tu dois surmonter seule les épreuves afin de me prouver que tu possèdes bien la force et l'intelligence dont tu t'es vantée. Si je découvre que tu es sortie, je considérerai que tu as échoué.

— Mais je...

Eirene, qui imaginait déjà emprunter toutes les passoires disponibles au village, voyait son plan tomber à l'eau.

— Si tu préfères, tu peux partir maintenant.

Les yeux de Léandros allaient et venaient entre les graines et elle. Ses lèvres esquissaient un sourire cruel.

Ce salaud était persuadé qu'elle allait renoncer. Eirene avait envie de le gifler pour effacer ce petit air suffisant de son visage. À la place, elle se contenta d'attraper la couverture et de sortir de son lit, en faisant de son mieux pour ne pas tressaillir au contact du sol froid. Plantée à quelques dizaines de centimètres de son hôte, elle lui décocha un regard noir.

— Je reste ici.

Il souriait toujours. Ses iris étaient si bleus... Un bleu presque inhumain.

Eirene s'interdit de détourner la tête. Elle ne devait surtout pas laisser transparaître sa peur. Pas maintenant.

Elle désigna les piles de graines sableuses.

— Comment... (Elle se racla la gorge.) Comment se sont-elles retrouvées dans cet état ?

Si elle ne l'avait pas observé d'aussi près, elle n'aurait sans doute pas vu l'ombre qui passa sur ses traits, ni le rictus contrarié qui tordit brièvement sa bouche.

— Quelque chose est entré dans la réserve. Un animal. Une bête sauvage.

DIX

GUIRLANDES DE ROSES

Lamia

Les roses recommençaient à chuchoter.

En réalité, ce n'était que le vent, Lamia le savait, mais la manière dont elles étiraient vers elle leurs pétales bruissants lui donnait l'impression qu'elles essayaient de lui parler. Elle tendit une main par la fenêtre et caressa la fleur plus proche, d'un magnifique incarnat.

— Regarde-toi..., roucoula-t-elle comme si elle s'adressait à un oisillon. Tu es si jolie. Si...

Elle s'interrompit et fronça les sourcils. Puis elle se pencha afin de distinguer l'imperfection qu'elle avait sentie sous ses doigts. *Là.* Une infime déchirure au milieu d'un pétale. Peut-être que l'un des oiseaux qui nichaient dans l'épais buisson s'y était accroché en voulant rejoindre ses petits ?

Lamia pouvait arranger ça.

Plaçant la rose sur sa paume, elle appuya le bout de ses doigts bandés contre les épines dont la tige était hérissée. Le sang perla lorsque la peau encore mal cicatrisée se rouvrit. Une douleur vive et soudaine lui fit monter les larmes aux yeux. Lamia pleurait facilement ; c'était pour elle une nécessité. Portant son autre main à son visage, elle recueillit une larme sur ses cils.

Avant de poursuivre, elle tendit l'oreille. Des voix montaient du rez-de-chaussée de la tour et se perdaient dans l'escalier en colimaçon, l'empêchant de distinguer le moindre mot. Mais elle reconnut le timbre grave et familier de son père. L'autre voix, plus aiguë et plus sèche, devait être celle d'Eirene.

Eirene. Elle était donc encore là.

Combien de temps resterait-elle ? Peut-être autant qu'Alexandra ? Lamia aurait-elle de nouveau le bonheur de ne plus être seule durant quatre merveilleuses années ? Pour que tout se termine, une fois encore, par un cadavre blafard et un terrible sentiment de vide…

Les murmures se turent, et des pas résonnèrent sur le palier. Lamia suspendit sa respiration, les muscles bandés, guettant le bruit de bottes qui lui annoncerait la montée de son père. Un bol de bronze à la main, une lame à la ceinture, il ne repartirait pas avant d'avoir obtenu ce qu'il voulait. Son ingrédient secret – la base des Désirs.

La porte de la tour claqua. Le silence retomba.

Pas aujourd'hui, alors.

Lamia contempla la larme posée sur son index, telle une perle reflétant la lumière. Les roses grimpantes se pressaient autour de sa fenêtre. De petits oiseaux affamés pépiaient dans les branches.

— Moi aussi, leur répondit-elle.

La faim lui tordait le ventre. Elle aurait pu descendre à la cuisine, bien sûr – son père lui rappelait sans cesse que cette maison était la sienne et qu'elle pouvait y aller et venir à sa guise. Mais ses menaces de la veille étaient restées gravées dans l'esprit de la jeune fille. Et si, la surprenant en train de chiper un morceau de pain, il concluait qu'elle était revenue l'espionner ? Lui arracherait-il vraiment les ongles ? Il lui en restait encore huit.

Finalement, elle n'avait pas si faim que ça.

La jeune fille prit une grande inspiration et retint son souffle, les yeux rivés sur la goutte de rosée parfaite qui tremblait au bout de son doigt. Elle referma son autre main sur la rose au pétale abîmé.

Un battement de cœur plus tard, la larme se mit à briller. D'abord comme une chandelle, avec une lueur vacillante qu'elle s'efforça de saisir. Puis comme une torche, de plus en plus vive, brûlant d'un tel éclat que Lamia eut bientôt l'impression de voir deux soleils : Hélios dans le ciel, et ce brasier infernal sur son index. La chaleur qu'il dégageait devint de plus en plus intense, jusqu'à être insupportable. Aveuglée par la lumière, la jeune fille ferma les yeux.

Une seconde plus tard, tout s'éteignit. La magie de la larme avait été entièrement consumée. Lamia lâcha la rose redevenue parfaite et s'autorisa à libérer l'air de ses poumons.

Il ne restait qu'une croûte de pain de la veille, qui devait déjà être dure comme du bois. Pourtant Lamia ne pouvait s'empêcher de la contempler en se demandant si, une fois trempée dans l'eau, elle ne serait pas mangeable. Mais non, elle n'avait pas si faim que ça... Alors pourquoi ce pain s'accrochait-il à son champ de vision telle de la mousse à un arbre ?

Incapable de supporter la tentation plus longtemps, elle alla le chercher puis se rassit dans le rectangle de lumière devant la fenêtre. Après l'avoir effrité entre ses doigts, elle lança les miettes dehors. Une nuée d'oiseaux chanteurs s'éleva des fourrés pour se jeter dessus. Eux-mêmes d'un gris-brun plutôt morne, ils firent voler une pluie de pétales rouges, roses et orange. Une fois le pain dévoré, le calme revint sous le soleil couchant qui éclairait le ciel de ses teintes magnifiques. Quelque part en contrebas, un tintement sourd résonna ; Peiros était en train de barrer la porte. Lamia savait qu'il ne se montrerait pas négligent deux jours de suite. Elle était libre d'arpenter le jardin et la maison principale pendant la journée, même si elle ne le faisait pas. Mais la nuit recelait d'innombrables dangers pour une fille comme elle. Son père disait toujours qu'on ignorait ce qui se tapissait dans le noir. Mieux valait que la tour soit fermée et qu'elle reste seule.

Un ultime battement d'ailes agita l'air tranquille. Le dernier moineau regagna son nid et cacha ses bébés déplumés sous ses ailes. Lamia fut envahie d'une soudaine envie de voir son père. Il pouvait se montrer gentil, parfois. Et les oiseaux ne faisaient que de piètres compagnons. Son père l'aimait autant qu'il la faisait souffrir. Il voulait la protéger et, s'il se servait de sa magie, c'était pour la garder en sécurité. Depuis la mort d'Alexandra, et en dehors de Peiros qu'elle méprisait autant qu'elle s'en méfiait, Léandros était le seul à passer la nuit dans cette maison.

Quoique, non, ce n'était plus vrai.

Lamia se redressa brusquement, faisant tomber les miettes de sa jupe.

Ce n'est qu'une fois sur le palier central, où elle s'arrêta comme d'habitude pour faire passer une crampe, qu'elle prit le temps de réfléchir à un plan. Son père lui avait seulement interdit de les espionner, sa nouvelle fiancée et lui. Pourtant, elle avait l'impression de lui désobéir en se faufilant dans le noir, à tel point qu'elle tremblait de tous ses membres.

La tour est à moi, se rappela-t-elle. *Elle est à moi et je peux m'y promener librement, à n'importe quelle heure.* À vrai dire, elle s'y sentait même davantage chez elle la nuit que le jour. Aucun des dangers contre lesquels on la mettait si souvent en garde ne pouvait l'y atteindre. Ni les hommes du village, aussi fascinés que dégoûtés par ses pouvoirs, ni les alchimistes comme son père, qui ne reculeraient devant rien pour se procurer ses larmes. Ceux-ci, lui assurait-il, le visage grave, n'étaient pas aussi doux et bienveillants que lui. Ils ne la protégeraient pas. Ils l'enlèveraient et utiliseraient sa magie à des fins néfastes.

Alors que lui s'en servait pour rendre les choses belles. Pour susciter l'amour. Et même s'il ne pouvait pas courir le risque de les lui présenter, il affirmait que grâce à elle, une dizaine de jeunes femmes étaient désormais heureuses, mariées à des hommes riches et généreux qui les adoraient. Des jeunes femmes qui, apparemment, rêvaient depuis longtemps de trouver un époux – bien que Lamia ait du mal à concevoir une telle chose.

Amateur de beauté, Léandros ne pourrait pas lui reprocher cette petite excursion visant à contempler l'une des créatures les plus ravissantes qui aient jamais mis le pied chez eux.

La crampe passée, elle repartit, rassurée par cette idée. Malgré la lampe qui l'empêchait de se tenir des deux mains à la corde, elle parvint à descendre la dernière volée de marches sans trop de difficultés. Comme le temps s'était radouci, ses articulations étaient un peu moins raides que la veille.

Arrivée au bas de l'escalier, elle écouta. Aucun bruit ne provenait de la chambre d'Alexandra – non, de celle d'Eirene, se corrigea-t-elle. Plus loin, dans la maison principale, quelqu'un ronflait.

À pas de loup, elle s'approcha de la porte fermée de l'extérieur. Le gros verrou grinça un peu lorsqu'elle le tira. Par chance, les charnières étaient bien huilées et le battant s'ouvrit ensuite sans un bruit. Comme s'il voulait lui faciliter les choses.

Elle s'avança vers la couche, notant le foyer éteint et plusieurs formes sombres avachies autour de la pièce. De quoi s'agissait-il ? Braquant sa lumière vers elles, elle fronça les sourcils à la vue de… graines ? Des graines mêlées de sable, rassemblées en gros tas. Elles remplissaient également la moitié d'une bassine de cuivre, abandonnée à côté de sacs vides et d'une lampe éteinte. Surprise par cette étrange décoration, la fille de Léandros ne se laissa pas décourager pour autant. Enjambant la dernière pile, elle se planta devant le lit dans lequel était blottie Eirene, la couverture remontée sur les épaules et le visage tourné vers le mur. Le cœur de Lamia cessa de battre une seconde. Elle s'aperçut alors qu'elle retenait son souffle et expira doucement pour ne pas réveiller la dormeuse.

Elle voulait en voir plus. Il le fallait.

Elle se rapprocha encore, captivée par la courbure du front de la jeune fille, ses pommettes saillantes, le pli contrarié de ses lèvres. Sa mâchoire carrée, sa bouche charnue, parfaite, son teint éclatant de vitalité – celui de quelqu'un qui vivait au grand air.

La lueur orangée de la lampe soulignait ses longs cils frémissants, une petite cicatrice sur le dessus de son nez et ses joues recouvertes d'un fin duvet. Lamia n'aurait jamais pu voir tous ces détails de loin. Elle aurait voulu contempler Eirene pour toujours ; rien n'aurait pu perturber son admiration.

Sauf que…

Alors qu'elle se penchait plus près, trop près, une goutte d'huile coula de la lampe sur le visage d'Eirene. Lamia réprima un hoquet et recula aussitôt. La flamme vacilla dangereusement et la goutte suivante atterrit sur le bord effiloché de son chiton. Trop tard. Le mal était fait.

L'espace d'un battement de cœur, elle crut que la dormeuse ne se réveillerait pas. Que, par miracle, elle n'avait pas senti l'huile qui refroidissait maintenant sur sa joue. Qu'elle allait rester plongée dans ses rêves anxieux.

Mais Eirene ouvrit les yeux et la regarda bien en face.

ONZE

LES TÉNÈBRES

Eirene

Eirene se réveilla et découvrit, tout près du sien, le visage pâle d'un horrible fantôme.

Naturellement, elle poussa un cri qui s'étrangla dans sa gorge tandis qu'elle se plaquait contre le mur, repoussant sa couverture et s'efforçant de mettre autant de distance que possible entre elle et cette… *chose*.

— Recule ! ordonna-t-elle, pantelante. Ou je n'hésiterai pas à me défendre.

À mesure que ses yeux s'accoutumaient à la lumière, elle chercha autour d'elle une arme quelconque. La lampe vide gisait sur le sol, hors de portée. Son couteau se trouvait dans sa besace, rangée sous le lit. Elle inspira un grand coup. Tant pis. S'il fallait en arriver là, elle pourrait toujours compter sur ses dents. Très peu de gens s'attendaient à être mordus par une fille de son âge.

— Je n'en doute pas, répondit une voix hésitante. Mais je préférerais que tu t'abstiennes.

Eirene fut surprise. Ce timbre était si… humain. Doux, jeune et pas particulièrement mélodieux. Elle plissa les yeux.

Ce n'était pas un fantôme. C'était une fille.

La confusion était toutefois justifiée. Grande et très mince, l'intruse avait un long visage émacié, encadré de cheveux brun-roux dont les mèches sans vie pendaient jusqu'à sa taille. Dans la lumière tamisée de la lampe à huile qu'elle tenait, sa peau délavée paraissait presque grise. Eirene distinguait même les lignes bleutées de ses veines.

Toujours plaquée contre le mur, elle porta une main à sa poitrine et inspira profondément plusieurs fois jusqu'à ce que les battements paniqués de son cœur s'apaisent. Sa frayeur céda alors la place à de l'agacement.

— Qu'est-ce qui te prend de te glisser comme ça dans ma chambre au beau milieu de la nuit ? Ça ne va pas, ou quoi ?

— Tu es en colère, commenta la fille.

Ses yeux étaient immenses ; son nez, un peu tordu, comme s'il avait été cassé et s'était mal ressoudé. Elle se mordillait la lèvre inférieure.

— Bien sûr que je suis en colère ! Tu ne peux pas te matérialiser près de mon lit et... mais j'y pense, comment es-tu entrée ? La porte était fermée.

Elle avait clairement entendu grincer le verrou quand Léandros l'avait quittée.

La fille lui jeta un regard perplexe.

— De l'extérieur, oui.

Eirene aurait voulu lui faire une réplique cinglante, mais ses pensées étaient trop embrumées par le sommeil. Elle se contenta donc de lui décocher un regard furieux.

Si la fille s'en rendit compte, cela n'eut pas l'air de la déranger.

— Je m'appelle Lamia, se présenta-t-elle avant de se rapprocher d'un pas. Et toi, Eirene.

— Je sais, merci. Et je me fiche pas mal de qui tu es.

Puis elle réfléchit. Tout le monde savait que Léandros renvoyait ses domestiques la nuit.

— Pardon, se reprit-elle, mais qui es-tu ?

— Je m'appelle Lamia, répéta cette dernière avant d'ajouter, avec un petit sourire amusé : Je croyais que tu t'en fichais ?

— J'ai changé d'avis.

Eirene sourit et se rapprocha un peu sur les peaux qui recouvraient sa couche. Jusque-là, elle avait trié les graines une par une, soufflant sur chaque lentille pour chasser le sable. Il devait y avoir d'autres façons, plus rapides, de s'y prendre. Peut-être que cette fille au teint pâle pourrait lui apporter les ustensiles dont elle avait besoin ?

— Tu es une servante ?

Lamia se rembrunit.

— J'en déduis qu'il ne t'a pas parlé de moi.

— Qui ça ? Léandros ?

— Il finira par le faire, ajouta la jeune fille comme pour elle-même. C'est normal qu'il attende. Il ne peut pas encore te faire confiance.

— D'accord.

Une pensée terrible vint soudain à l'esprit d'Eirene. Si Lamia n'était pas une domestique, elle devait avoir un lien plus personnel avec Léandros. Mais lequel ?

— Tu n'es pas sa... maîtresse, dis-moi ?

Lamia paraissait jeune – quinze, seize ans peut-être. Beaucoup trop pour partager le lit d'un homme proche de la trentaine. Cela étant dit, Eirene avait accepté de *l'épouser* alors qu'elle n'avait elle-même que seize ans. Sauf que, bien sûr, elle comptait le détruire et fuir avant qu'ils aient pu consommer cette union. Sa rencontre avec Ianthe et son mari lui avait prouvé que ce genre d'hommes se souciaient bien peu de la différence d'âge.

— Sa maîtresse ? répéta Lamia après un long silence hébété. Pas du tout, je suis sa *fille* !

— Oh, fit Eirene. Attends... sa fille ?

Lamia opina du menton.

— Oui. Il ne t'a vraiment rien dit ?

Eirene ignorait complètement que Léandros avait une fille. Et pourtant, elle était bien là, devant elle. *Mince alors.* Il était peu probable que Lamia accepte de s'opposer à la volonté de son père. Cependant, elle allait tout de même tenter sa chance.

— Écoute, dit-elle de la voix douce qu'elle réservait à Phoebe lors de ses pires accès de fièvre – une voix qui, derrière les mots, implorait sa confiance. S'il m'a caché ton existence, c'est sans doute pour te protéger.

L'argument manquait de poids, mais il sembla faire mouche, aussi s'empressa-t-elle de continuer :

— J'ai une sœur, une sœur jumelle. Elle s'appelle Phoebe. Si je fais tout ça, expliqua-t-elle en désignant les tas éparpillés sur le sol, c'est pour la protéger, elle. Tu comprends l'importance des liens familiaux, Lamia. Je le sens.

La fille de Léandros contempla le mélange de lentilles, de blé et de graines de pavot. Ses lèvres s'entrouvrirent tandis qu'une lueur de compréhension se peignait sur ses traits.

— C'est ta première épreuve ?

Eirene sursauta.

— Tu es au courant de ça ?

Dans ce cas, elle ne pourrait jamais la convaincre de l'aider. Lamia connaissait les enjeux ; ce serait un véritable acte de rébellion.

Ignorant sa question, celle-ci demanda :

— Pourquoi tu ne veux pas que Phoebe épouse mon père ?

— Parce qu'elle est...

Eirene s'interrompit. Elle se sentait en position d'infériorité, ainsi recroquevillée sur son lit. Elle se redressa donc et posa les pieds sur le sol.

— Comment sais-tu que je ne veux pas qu'elle l'épouse ? Léandros te l'a dit ?

La peau laiteuse de Lamia rosit soudain. Elle baissa la tête.

— Non, pas exactement...

— Alors comment l'as-tu appris ?

— Je vous ai... écoutés.

Eirene se leva d'un bond, soudain méfiante. Que savait-elle d'autre à son sujet, alors qu'elle-même ignorait jusqu'à son existence quelques minutes plus tôt ?

— Tu nous as espionnés, c'est ça ?

Lamia s'écarta, les mains levées.

— Ne te fâche pas ! Je suis là, maintenant. Je... je vais pouvoir t'aider.

Eirene hésita pendant que la fille de Léandros reculait, jetant de rapides coups d'œil sur le sol à chaque pas.

— M'aider ?

— Mon père ne t'a pas interdit de demander de l'aide, que je sache. Quoi que tu sois censée faire de ces grains, je peux sûrement t'être utile. Ne serait-ce qu'en te prêtant une deuxième paire de mains.

Comme pour prouver ses dires, elle lui montra ses doigts, entourés d'un côté de bandages tachés. Eirene préféra se plonger dans ses grands yeux pleins d'espoir, d'une teinte ambrée inexplicablement captivante.

Une deuxième paire de mains. Attachées à un corps libre d'aller et venir, contrairement au sien. Eirene soupira. Elle pouvait y arriver. Elle *allait* y arriver.

— Est-ce que ces mains pourraient m'apporter une passoire ?

— Une passoire ?

— Oui, une passoire ! Et de l'eau pour rincer le sable quand j'aurai terminé. Il me faudrait un tamis aussi fin que possible – comme ceux qui servent à filtrer le vin, tu vois ?

Stavros en avait un pour retenir l'épaisse lie de raisin qui se déposait au fond de sa carafe. Après avoir récupéré les dernières gouttes de liquide dans un bol, il s'asseyait au coin du feu et le vidait d'une seule traite, le regard vitreux. Eirene secoua la tête pour chasser cette image et ajouta :

— Ça ne me permettra pas de séparer les lentilles du blé, mais…

À chaque mot, le plan prenait un peu plus forme dans son esprit.

— … je pourrais utiliser l'eau ! Les lentilles couleront au fond tandis que les grains de blé flotteront – non, je me trompe, se corrigea-t-elle. Ils ne flottent que s'ils ont été rongés par des insectes. Peu importe : tu seras là pour m'aider. Plus les grains sont gros, plus ils sont faciles à trier à la main. Regarde, j'ai déjà bien avancé avec les lentilles.

Elle fixa Lamia, un grand sourire aux lèvres. Elle allait venir à bout de cette tâche. Elle allait sauver Phoebe.

Mais la fille de Léandros secoua la tête.

— Je ne peux pas, gémit-elle, tordant entre ses mains le bord taché de son chiton. Tu devrais plutôt demander à mon père…

Eirene réprima une grimace exaspérée.

— Bien sûr que non. Il ne voudra jamais. Il m'a interdit de sortir de cette chambre. Je ne vois pas pourquoi il me faciliterait les choses alors qu'il veut clairement que j'échoue.

— Moi non plus, je ne peux pas sortir.

— Pardon ?

Lamia rougit violemment.

— Il fait nuit.

— Justement, c'est parfait. Tout le monde dort, personne ne te verra !

— La porte de la tour est fermée chaque soir. Pour me protéger. Pour *nous* protéger.

— Eh bien, ouvre-la.

— Fermée de l'extérieur. Avec une grosse barre.

Eirene éclata d'un rire dur, mauvais.

— Pour te protéger ? Tu sais pourquoi ma porte est verrouillée, Lamia ?

Sans attendre de réponse, elle cracha :

— Pour m'empêcher de fuir.

— Mon père n'a pas besoin de m'empêcher de fuir, protesta Lamia, promenant ses yeux de droite à gauche comme si elle flairait un piège. C'est pour ma sécurité.

— Alors pourquoi la barre n'est-elle pas de ton côté ? Tu pourrais t'enfermer toi-même pour la nuit. Ce serait encore plus sûr, non ?

— Il faut que mon père puisse entrer.

— Pourquoi ? S'il y avait urgence, il n'aurait qu'à t'appeler pour que tu lui ouvres. J'ai plutôt l'impression que tu te cherches des excuses...

— Je ne peux pas sortir, répéta Lamia, les larmes aux yeux. Je ne peux donc pas faire ce que tu me demandes.

Inutile de… me harceler comme ça, et de mettre ma parole en doute alors que j'ai été gentille avec toi.

Sans s'en apercevoir, Eirene s'était penchée en avant, prête à sauter sur cette pauvre fille. Elle reposa ses talons sur le sol et la dévisagea en silence un moment. Puis…

— S'il te plaît, supplia-t-elle d'une voix fêlée qui faisait d'habitude son petit effet. S'il te plaît, Lamia, tu ne veux pas essayer ? J'ai *vraiment* besoin de ton aide.

Elle s'approcha de la bassine abandonnée par terre. Une bonne partie des lentilles en avait été retirée, mais le blé, les graines de pavot et le sable formaient toujours une masse indistincte. Sa lampe s'était éteinte avant qu'elle ait fini, ne lui laissant pas d'autre choix que de s'arrêter pour la nuit.

— Tu vois ? Si je pouvais filtrer le sable et les plus petites graines, ce serait déjà…

— Non, la coupa Lamia.

Eirene s'immobilisa, une main en l'air.

— Non ? Ça vaut pourtant le coup d'essayer !

— Je ne peux pas désobéir à mon père.

Très lentement, Eirene releva la tête et lui décocha un regard empli de haine.

— Tu ne peux pas, ou tu ne veux pas ?

Lamia baissa le nez sans répondre.

Comment pouvait-elle refuser en sachant ce qui était en jeu ? En sachant tout ce qu'Eirene avait à perdre ? Une telle lâcheté lui était insupportable.

— Va-t'en, siffla-t-elle, plongeant la main dans la bassine et jetant une poignée de graines dans la direction de Lamia. Et cesse de me déranger. Tu n'es qu'une bonne à rien et une *lâche*.

Lamia s'écarta pour ne pas être touchée.

— Je ne peux pas ! se défendit-elle piteusement. Mais ça ne nous empêche pas d'être amies. Je ne...

— Dégage !

Voyant qu'Eirene allait ramasser la bassine, Lamia détala vers la porte avec un petit cri. Sa démarche était étrangement inégale, l'une de ses jambes se balançant à chaque pas.

— Trouillarde ! cria Eirene dans son dos.

— Je suis désolée !

Lamia se réfugia de l'autre côté de la porte, ne laissant dépasser que son visage pâle et effrayé.

— Je regrette sincèrement...

— Menteuse.

La fureur d'Eirene retombait déjà, remplacée par de l'épuisement. Elle n'aurait pas dû s'autoriser à espérer, contre toute logique, que Lamia puisse l'aider. Qu'elle *accepte* de l'aider. Elle reprit la parole comme si elle s'adressait au sol de pierre poussiéreux.

— Laisse-moi. S'il te plaît.

Lorsqu'elle se risqua enfin à relever la tête, Lamia était partie. Elle avait laissé sa lampe à huile dans le coin près de la porte – cadeau dérisoire à côté de tout ce qu'elle aurait pu faire pour aider. Mais c'était mieux que rien. Et Eirene ne pouvait pas se permettre de faire la fine bouche.

Avec un gros soupir, elle contempla le reflet de la flamme dans la bassine de cuivre. Puis elle se releva lentement et se remit au travail.

DOUZE

PAR SIMAGRÉE

Lamia

Pour la première nuit depuis qu'Alexandra était morte, Lamia ne rêva pas d'elle. Ce qu'elle vit, encore et encore dans ses songes, ce fut l'expression de surprise mêlée de frayeur, puis de dégoût qui s'était peinte sur le visage d'Eirene à sa vue. Et chaque fois, elle se détestait un peu plus. Elle fut donc presque soulagée d'être arrachée au sommeil par de lourds pas dans l'escalier et la voix familière de son père qui l'appelait.

— Oui ! répondit-elle.

Avait-elle perçu une note d'irritation dans sa voix ? Elle se dégagea de ses couvertures, le ventre noué par l'appréhension. Léandros avait dû découvrir qu'elle avait rendu visite à Eirene et comptait la punir sévèrement. Le bout de ses doigts la picotait déjà. Elle s'était endormie tout habillée ; sa broche avait laissé une marque sur son épaule mais, au moins, elle n'aurait pas à le faire attendre pendant qu'elle se changeait. Assise au bord de son lit, elle refit avec soin le bandage de son genou, la raideur de l'articulation la faisant grimacer.

Puis elle enfila ses bottes. Ses mains tremblaient à peine sur les lacets.

— Entre, lança-t-elle enfin.

Son père fit aussitôt irruption dans la pièce.

— On n'y voit rien, ici.

Lamia se figea. Il avait dû remarquer la disparition de la lampe. Comme il se rapprochait, la lumière de la petite fenêtre éclaira ses traits. Étonnamment, il n'avait pas l'air en colère. Au contraire : il souriait.

— Je t'apporterai une autre lampe, ma chérie.

Le regard de Lamia descendit vers sa main, serrée sur le petit bol qu'elle connaissait bien. Ah. Voilà donc ce qui l'amenait. Le picotement s'accentua au bout de ses doigts. Elle se réjouit de sentir que les larmes lui montaient déjà aux yeux – il n'aurait pas besoin de lui faire trop mal, cette fois.

— Bonjour, père, dit-elle à contrecœur, agrippant le cadre du lit et se préparant à la douleur qui ne tarderait pas.

Au lieu de la hisser sur ses pieds comme il le faisait d'habitude, il s'avança de quelques pas et la contempla avec ce qui aurait pu passer pour de la tendresse.

— Ma chère Lamia, je ne te répète pas assez combien tu es précieuse à mes yeux.

Elle releva la tête. Il souriait toujours et semblait sincèrement heureux de la voir.

— Je… merci ?

Elle se détendit un peu face à cette joie contagieuse qui irradiait ses traits.

— Je ne suis pas un homme de réflexion, avoua-t-il en faisant un nouveau pas vers elle. C'est l'un de mes défauts, j'en suis conscient. Je ne me remémore pas assez souvent tout ce que nous avons accompli ensemble.

— Ah, se contenta de dire Lamia, car elle n'avait pas la moindre idée de ce dont il parlait.

— Nous sommes très appréciés, ici, continua Léandros avec emphase. Nous offrons aux villageois la satisfaction, la beauté, *l'amour* pour lesquels ils sont prêts à payer très cher. Ils vénèrent mon nom et vénéreraient le tien s'ils étaient plus sages.

Ou s'ils le connaissaient, songea-t-elle, se rappelant l'étonnement d'Eirene.

— Mais cette adoration ne nous est pas entièrement destinée, ajouta-t-il, soudain grave. Et c'est important qu'ils le sachent. Mon prochain symposium célébrera donc notre aïeule bien-aimée, Aphrodite, afin de rappeler à ces gens d'où vient l'amour qu'ils convoitent tant. Je les encouragerai à tourner leurs prières vers elle, à brûler des os de cuisses de mouton et à verser du vin en libation.

Rien de tout cela ne concernait Lamia. Où voulait-il en venir ?

Son père poussa alors un long soupir théâtral.

— Ce ne sera pas une mince affaire. C'est pourquoi, ma douce enfant, je viens te réclamer tes larmes.

On y était. Lamia haussa les épaules sans un mot. Pourquoi faire autant de manières ? Elle n'avait jamais refusé cette requête. Elle ne pouvait pas.

— Oui, tu es ce que je possède de plus précieux, reprit-il en la contemplant d'un regard émerveillé. Lamia, je t'offrirais le monde si je pouvais. Tu le mériterais.

Il souleva le bol et ajouta :

— Ce sera rapide. J'ai à faire au village.

Le message était clair : elle comptait pour son père, et ils faisaient équipe. Cette pensée lui redonna confiance. Les mots d'Eirene résonnaient encore à ses oreilles : « J'ai plutôt l'impression que tu te cherches des excuses... » Elle aurait pu partir. Si elle l'avait voulu. Mais le voulait-elle ? Son courage vacilla.

— Puis-je t'accompagner ? lâcha-t-elle avant qu'il ne l'abandonne complètement.

Léandros la fixa comme si elle venait de lui tousser au visage.

— M'accompagner ? Où ça, au village ?

— Oui, au village.

Elle se leva pour qu'il paraisse moins imposant, pour ne plus se sentir comme une petite fille devant lui.

— Ne crois-tu pas qu'il est temps ? demanda-t-elle avec un sourire timide. Je suis grande, maintenant. Il faudra bien que je voie le monde un jour.

Les sourcils dorés de Léandros se fronçaient un peu plus à chaque seconde qui passait. Enfin, lentement, il secoua la tête.

— Lamia..., commença-t-il avec une hésitation qu'elle ne lui connaissait pas. Lamia, ma fille. Emporté par mon enthousiasme, je crains de t'avoir dressé un portrait un peu trop élogieux des habitants de cette île. Ils sont si nombreux et… si différents de nous. Tous sont nés, vivent et mourront ici. Jamais ils n'exploreront le continent comme moi. Cela fait d'eux des gens craintifs, prompts à la haine et à la violence face à quelque chose qu'ils ne comprennent pas.

Bien qu'elle n'ait aucun souvenir du monde extérieur, Lamia voyait très bien ce qu'il voulait dire.

— Néanmoins, soupira-t-il, si tu tiens à y aller, je ne t'en empêcherai pas. Sans doute ne pourrai-je pas te protéger éternellement.

Tout le courage de Lamia s'était évanoui. Elle repensa à l'expression d'Eirene quand elle l'avait trouvée penchée au-dessus de son lit. Lamia avait bien failli se rouler en boule dans un coin. Comment réagirait-elle si un village entier la regardait comme ça ? Choqué par son étrangeté, sa jambe, sa démarche boiteuse, ses traits émaciés ?

— Non, tu as raison, murmura-t-elle. Je n'ai pas réfléchi.

— C'est bien mon impression, acquiesça son père avant de la prendre dans ses bras.

Elle se raidit tandis qu'il murmurait tout contre ses cheveux :

— Pauvre Lamia. Je ne te fais aucun reproche. C'est normal que tu sois curieuse. C'est normal que tu veuilles découvrir le monde. Mais le monde n'est pas tendre avec les filles comme toi.

Comme elle ne répondait pas, il la serra plus fort contre lui, son étreinte se transformant en un étau qui l'empêchait de respirer.

— Tu es si fragile, ma chérie. Mais ces gens ne verraient que tes différences et te considéreraient comme un danger. Ils peuvent être cruels envers ce qu'ils jugent bizarre ou laid. Ils te chasseraient d'ici pour se rassurer, se moqueraient de toi, feraient de toi un phénomène de foire.

Une fois de plus, le visage d'Eirene s'imposa à l'esprit de Lamia. Elle se recroquevilla sur elle-même. Son père avait raison, comme d'habitude. À qui d'autre que lui pouvait-elle inspirer la moindre gentillesse ? Elle se pressa contre son chiton pour qu'il ne voie pas les larmes briller dans ses yeux.

— Ne t'inquiète pas, je ne les laisserai pas faire, promit-il. Sur cette Terre, je suis le seul qui te protégera *toujours*.

Il s'écarta doucement et lui prit les poignets, plongeant son regard dans le sien. Puis il suivit le tracé d'une larme sur sa joue. Sa bouche se tordit.

— Hélas, je ne peux pas te protéger seul. Il faut que tu m'aides, Lamia. Tu veux bien ?

Elle hocha la tête en silence. Elle savait ce qui allait suivre et se réjouit que les larmes montent si facilement lorsque, posant deux doigts à l'intérieur de son poignet, là où son pouls battait tel un papillon de nuit pris au piège, il la pinça si fort que ses ongles s'enfoncèrent dans sa peau tendre.

Ensuite, il porta le bol à son visage afin d'y recueillir ses larmes. Il s'éclipsa un instant et revint avec un plateau d'olives, de figues et de pain. Rien de très sophistiqué mais, quand Lamia mordit dans un fruit, sa bouche s'emplit de salive et elle s'aperçut qu'elle mourait de faim. Elle déchira le pain afin de le tremper dans le petit récipient d'huile posé sur le côté.

Pendant qu'elle mangeait d'une seule main, son père enveloppa son poignet d'un linge blanc. Elle détourna les yeux, car la vue des cinq croissants de lune rouge imbibant le tissu lui retournait l'estomac. Son père n'y pouvait rien. Il fallait que les larmes viennent, d'une manière ou d'une autre.

Quand il eut terminé, il l'embrassa sur le front avant de quitter la pièce, laissant le rideau ouvert. La faim de Lamia s'envola alors aussi vite qu'elle était apparue. La dernière bouchée de pain lui parut rassie et resta collée à son palais.

Elle avait besoin de respirer. Apportant le plateau devant la fenêtre, elle secoua les miettes au-dessus des rosiers. Les oiseaux se jetèrent dessus avec leurs habituels battements d'ailes et piaillements frénétiques, mais elle les entendit à peine. Les mains encore poisseuses de jus de figue, elle frotta ses joues humides. Puis elle les rapprocha l'une de l'autre et les regarda briller d'une lueur de plus en plus vive. Alors, elle se retourna vers sa chambre, plongée dans une pénombre qui en cachait les meilleurs atouts comme les pires défauts. La lumière émanant de ses mains éclaira les recoins poussiéreux, les taches de charbon sur les couvertures, les miettes prises dans les peaux de bêtes qui recouvraient le sol.

La sensation de chaleur était à la limite du supportable. Lamia retint son souffle lorsqu'elle monta encore d'un cran. Ça faisait mal, très mal, mais elle ne céda pas – pas avant que la douleur, aussi cuisante qu'un coup de couteau, l'empêche de se concentrer sur quoi que ce soit d'autre. Même alors, elle n'accepta de relâcher son pouvoir qu'à contrecœur. Il n'y avait rien de comparable à cette magie, à ses reflets sur sa peau, à la manière dont elle palpitait, dansait, *brûlait* en elle.

Tandis que la lumière se fracturait et se dissipait, Lamia baissa les yeux vers ses mains. L'une était toujours enveloppée de bandages marqués de taches sombres au bout des doigts. Mais l'autre, restée nue, était désormais rouge vif et couverte de cloques.

TREIZE

UNE DOULEUR SANS FIN

Eirene

Eirene avait eu son compte de lentilles pour toute une vie. Après deux jours passés à trier ces satanées légumineuses, l'air était empli de leur parfum terreux. Elle en retrouvait partout – dans les replis de son chiton, entre la plante de ses pieds et la semelle de ses sandales, jusque dans ses cheveux. Le ciel était teinté des couleurs du couchant quand elle jeta la dernière dans son sac, transportée d'une telle bouffée d'euphorie qu'elle parvint à oublier un instant qu'il lui restait encore des milliers de grains de blé à séparer du pavot. Et plus qu'un jour – et une nuit – pour le faire.

Elle se leva, étira ses épaules et son dos devenus raides à force de rester courbée. Elle fit deux fois le tour de sa petite chambre, massant ses poignets et grimaçant à chaque pas. Encore une journée à ce rythme, et elle ne tiendrait plus debout. Elle pensa à Phoebe, de l'autre côté du village. Essayait-elle elle aussi d'assouplir ses articulations douloureuses ? Enduisait-elle ses mains de pommade pour en adoucir la corne ? Eirene s'assurerait que leurs souffrances respectives en aient valu la peine. Elle ressortirait victorieuse de cette maison.

Elle se remit à genoux et attrapa la lampe laissée par Lamia. Les mains serrées autour du récipient de terre cuite, elle hésita. *Lamia*. Son souvenir la mettait mal à l'aise sans qu'elle puisse se l'expliquer. Peut-être parce que, au fond d'elle-même, elle savait qu'elle s'était montrée injuste. Cette pauvre jeune fille ne méritait pas qu'on lui parle aussi durement. Si Phoebe avait été là, elle aurait croisé les bras sur sa poitrine d'un air réprobateur.

— *C'est une lâche, se serait défendue Eirene d'une voix plaintive, consciente qu'elle n'aurait pas le dernier mot cette fois-ci. Toi, tu ne m'aurais jamais laissée seule sous prétexte de ne pas contrarier Léandros.*

— *Chacun est différent. Tu ignores pourquoi Lamia s'est comportée ainsi. Elle avait peut-être ses raisons.*

— *Des raisons ridicules, aurait marmonné Eirene.*

— *Tu n'en sais rien. Elle avait peur, et tu n'as fait que l'effrayer davantage. Pourquoi devrait-elle t'aider ? Tu n'as pensé qu'à toi-même.*

— *Et à toi !*

— *Tu t'es laissé emporter par ta colère. Il faut que tu t'excuses.*

— Maudits soient les dieux, jura Eirene à voix haute.

Phoebe, ou plutôt la partie d'elle-même qui lui prêtait sa voix, avait raison. Cependant, comme elle ne pouvait rien y faire maintenant, elle chassa de son esprit le souvenir du regard blessé de Lamia. Il n'y avait plus beaucoup d'huile dans la lampe, mais la nuit était tombée ; il lui fallait de la lumière. Elle l'alluma, fit rouler une dernière fois ses épaules et reprit son travail.

Elle avançait bien. Les grains de blé étaient faciles à distinguer des graines de pavot et du sable. Elle avait rapidement mis au point une méthode consistant à faire sauter le mélange au creux de ses mains, de sorte que les plus petits éléments passent entre ses doigts. Quand il ne lui restait plus qu'une poignée de blé, elle la déposait dans le sac de plus en plus plein. Les heures passèrent. La fatigue devint une pulsation régulière derrière ses paupières. Hélas, elle n'avait pas le temps de dormir. Alors elle secouait la tête pour s'éclaircir les idées, se donnait de petites tapes et se frottait les yeux, quitte à y faire entrer du sable.

Après avoir vidé une autre bassine, elle la plongea de nouveau dans la pile de graines et sentit un objet étranger sous ses doigts ; un petit carré rêche pas plus grand que la paume de sa main. Fronçant les sourcils, elle le dégagea afin de l'observer à la lumière vacillante de la lampe.

C'était un morceau de tissu aux bords effilochés, qui semblait avoir été arraché à un vêtement. Il était orné d'une tache brune, sèche depuis longtemps. Lorsqu'elle la porta à son nez, elle ne sentit pas grand-chose d'autre que l'odeur des lentilles. Elle jeta donc sa trouvaille par-dessus son épaule, la laissant disparaître dans le noir sous son lit.

— Sans doute tout ce qui reste de la pauvre âme à qui on a confié cette tâche avant moi, commenta-t-elle à voix haute.

Amusée, elle parvint à trier une bassine entière avant que l'ennui et la fatigue ne l'assaillent de plus belle. Jetant le fond de graines de pavot et de sable sur le sol, elle poussa un grognement.

Quand aurait-elle fini ? Elle avait la bouche sèche à force de respirer de la poussière, et elle avait beau se passer la langue sur les lèvres, cela ne la soulageait pas. Sa tête tambourinait au rythme de ses battements de cœur. Ses paupières lui semblaient faites de pierre. Chaque fois qu'elle clignait des yeux, elle mettait de plus en plus de temps à les rouvrir. Elle finit par les fermer pour de bon.

Le soulagement l'envahit, aussitôt suivi d'une vague d'épuisement. Elle était si fatiguée... Comme son front basculait en avant, elle se redressa d'un coup et rouvrit les yeux. Sa vue se brouillait. Elle n'avait plus le choix, il fallait qu'elle se repose. Comment pouvait-elle travailler dans cet état, à demi aveugle et tombant de sommeil ?

Juste quelques minutes, se promit-elle. Ses paupières étaient à présent si lourdes que même Atlas aurait eu du mal à les soulever.

À travers leur peau fine, elle distinguait encore la lueur tamisée de la lampe, qui se mua bientôt en une nuit noire ponctuée d'étoiles.

— Juste quelques..., commença-t-elle dans un bâillement, et la fin de sa phrase se perdit dans le ciel qui ouvrait grand la gueule afin de l'engloutir.

Eirene se réveilla en sursaut.

Il lui fallut un moment pour se rappeler où elle était et pourquoi elle avait mal partout. Elle était roulée en boule sur le sol de sa chambre, la tête posée sur les dalles froides. La lampe s'était éteinte, mais il faisait clair.

Un bruit étrange résonnait encore à ses oreilles. C'était ce qui l'avait réveillée – comme un léger claquement de pieds nus sur la pierre. *Lamia ?*

Elle releva la tête et regarda autour d'elle. Lamia n'était pas là. Peu à peu, les contours du monde se précisèrent et elle constata que la porte était fermée. Ce n'était donc pas non plus Léandros qu'elle avait entendu. Ni Peiros. Alors... quoi ?

Lorsqu'elle remua, elle sentit quelque chose de dur sous son genou.

Non. Oh, non.

Lentement, très lentement, elle baissa les yeux.

Il y avait des lentilles partout, éparpillées sur le sol et accrochées au tissu du son chiton. Le sac qu'elle avait enfin, *enfin* réussi à remplir s'était renversé, répandant son contenu jusqu'à la pile qui restait à trier, le mélangeant à nouveau avec le sable et les graines.

Toutes ces heures de travail. Pour rien.

Eirene laissa échapper un gémissement. À quatre pattes, elle ramassa une poignée de lentilles épargnées et les remit dans le sac. Quelle heure était-il ? Combien de temps précieux avait-elle perdu ? Et, plus important encore, combien lui en restait-il ?

Elle se leva et s'approcha de la fenêtre d'un pas hésitant, la tête tournée vers le ciel. Son souffle se fit haché lorsqu'elle vit le soleil briller très haut, à l'aplomb de la tour. Il lui parut même descendre légèrement. Il était donc midi passé. Elle avait dormi toute la matinée, sans compter la demi-journée de retard que représentait le sac renversé. Elle ne terminerait jamais à temps. À moins que…

Eirene s'était toujours considérée comme une marchande honnête. Elle ne gonflait ses prix que pour ceux qui avaient les moyens – ou qui venaient se plaindre de maux fictifs. Jamais elle n'aurait vendu un sirop pour la toux uniquement composé d'une cuillère de miel dissoute dans de l'eau, avec un brin de romarin pour la forme. Non, elle s'efforçait de respecter une certaine éthique. Un luxe que, désormais, elle ne pouvait plus se permettre.

Elle s'accroupit de nouveau et ramassa une poignée du mélange. Un peu de sable et de graines de pavot coulèrent entre ses doigts lorsqu'elle courut à la fenêtre. Plantée devant, elle se mordit la lèvre si fort qu'elle sentit le goût du sang. Que ferait Léandros s'il découvrait son subterfuge ? Cela ne pourrait pas être pire que ce qui l'attendait en cas d'échec. Phoebe se retrouverait à sa place dans cette affreuse chambre, tandis qu'elle-même subirait les représailles de Stavros.

Elle serra les dents. Son cœur palpitait dans sa poitrine tel un oiseau en cage. La panique lui lacérait la gorge à coups de griffes. Elle pouvait à peine respirer. Si Léandros se fâchait, elle risquait de tout perdre. Mais pour elle, désormais, « tout » n'était plus grand-chose.

Elle jeta les graines par la fenêtre, aussi loin qu'elle le put. Il y eut un bref instant de répit pendant qu'elles tombaient en pluie sur le sol. Puis, dans une explosion de mouvement et de bruit, un millier d'oiseaux jaillit des arbres, des buissons et des rosiers soigneusement taillés. Grives, bergeronnettes, moineaux et pinsons descendirent en piqué sur la maigre poignée de nourriture. Ils semblaient se disputer, piaillant en une cacophonie insupportable qui résonnait sous son crâne, réduisait son cerveau en bouillie et fracturait ses os.

Elle recula, les mains sur les oreilles. Mais c'était trop tard. Tout ça... c'était trop. Le vacarme, l'ampleur de la tâche, l'échec. Phoebe, Léandros, Lamia. Trop à faire, trop à prouver, trop de gens qui comptaient sur elle. Trop de gens qui voulaient la détruire. Le simple contact de ses cheveux sur ses joues, le frôlement de son chiton sur sa peau lui causaient une douleur insoutenable.

Trop, trop, trop.

Eirene poussa un cri, une lamentation terrible et angoissée dont elle ne serait jamais crue capable. Puis elle s'effondra sur le sol et éclata en sanglots.

QUATORZE

GÉMIR, ET LE JOUR ET LA NUIT

Lamia

Un cri fendit l'air telle une lame aiguisée entaillant la chair. Une plainte d'animal blessé.

Lamia bondit sur ses pieds, une violente douleur irradiant dans son genou qui manqua de céder sous son poids. Elle dut se retenir au mur pour ne pas tomber. Elle avait passé la journée étendue sur son lit, à se masser les tempes dans l'espoir de soulager une horrible migraine.

Le cri recommença, moins fort, plus humain, chargé de désespoir et, cette fois, bien reconnaissable. Eirene. *Eirene*. Que lui était-il arrivé ? Était-elle blessée ? Malade ? Avait-elle besoin d'aide ?

Et cela continuait. Lamia serra les poings. Non, ce n'était pas un hurlement de souffrance, du moins pas de souffrance physique. Elle n'aurait pas pu dire comment elle le savait, mais elle en était certaine. C'était l'expression d'une tristesse infinie.

Les paroles d'Eirene lui revinrent en mémoire. « Elle s'appelle Phoebe. » Puis ce geste d'impuissance en direction de sa tâche impossible. « Si je fais tout ça, c'est pour la protéger, elle. » Elle criait parce qu'elle avait échoué, parce qu'elle ne sauverait pas sa sœur. Parce qu'elle n'avait pas réussi son épreuve.

Mais il restait encore un peu de temps, non ? La situation n'était pas encore désespérée. De l'eau et une passoire. Voilà ce qu'Eirene avait réclamé.

Lamia regarda par la fenêtre le soleil qui descendait à l'horizon. Puis ses yeux se posèrent sur le chemin. Aucun signe de Peiros. Elle aurait le temps de faire l'aller-retour à la cuisine avant que la tour ne soit fermée pour la nuit. Et si son père la surprenait, il comprendrait. Eirene aimait sa sœur et voulait la protéger. Léandros aurait fait la même chose pour elle. Elle le savait.

Sa décision était prise. Elle se dépêcha d'enfiler un chiton propre, en tissu bleu, qu'elle attacha aux épaules à l'aide de broches offertes par son père des années plus tôt. Puis elle sortit de sa chambre.

Descendre l'escalier fut comme d'habitude un calvaire. Quand elle atteignit le palier central, elle s'appuya contre le mur avec soulagement et étira ses crampes. Elle entendait toujours les pleurs étouffés d'Eirene en contrebas. *J'arrive*, lui dit-elle en pensée. *Encore un peu de patience.*

Lamia crut qu'elle allait se faire prendre quand, au bout de deux pas dans le jardin, une forme sombre émergea des buissons. Elle retint un cri, le cœur au bord des lèvres. Mais ce n'était que Daphné, qui tenait un petit oiseau mort dans sa gueule et semblait très contente d'elle-même.

— Bonjour, toi, murmura la jeune fille. J'apprécierais que tu arrêtes de manger mes moineaux.

— Mrrraou, miaula Daphné, des plumes plein les dents.

Ainsi accompagnée, ce fut presque trop facile pour Lamia de traverser le jardin jusqu'à la petite porte qui menait aux appartements de son père – une partie de la maison à laquelle les domestiques n'avaient pas accès, Peiros excepté. Comme il n'y avait pas de symposium prévu ce jour-là, l'ensemble de la demeure serait probablement désert.

On n'entendait rien d'autre que le bruit inégal des pas de Lamia et le doux tapotement des pattes de Daphné. La chambre de son père et l'atelier adjacent – ou était-il situé dessous ? – étaient séparés du reste par une lourde porte de bois et un épais rideau. Un jour où Léandros était de bonne humeur, elle l'avait interrogé à ce sujet.

— J'ai le sommeil léger, lui avait-il répondu d'une voix grave. Et cette maison résonne beaucoup. Voudrais-tu que je me réveille au moindre bruit ?

C'était étonnant, car elle-même trouvait les lieux plutôt silencieux, mais elle n'avait rien dit.

Elle passa devant le rideau sur la pointe des pieds, craignant de voir son père sortir de sa chambre ou Peiros rentrer de ses courses plus tôt que prévu. Même si, au fond, elle ne faisait rien de mal. Elle avait le droit de se promener là jusqu'à la tombée de la nuit, bien qu'elle le fasse rarement. À quoi bon s'infliger l'effort de descendre l'escalier ? Pour quoi ? Irriter son père en traînant dans ses pattes ? Il travaillait beaucoup, préparait des Désirs, cherchait de nouveaux moyens de protéger sa naïve petite fille. Il n'avait pas besoin qu'elle vienne le déranger.

En entrant dans la cuisine, elle s'arrêta net, les sourcils froncés. Lamia avait une vague idée des allées et venues de son père, qu'elle voyait quitter la maison à grands pas quasiment chaque soir. Elle savait donc qu'il ne mangeait pas souvent chez lui. Cependant, elle ne s'attendait pas à ce que la pièce soit aussi négligée. Le grand feu qui aurait dû brûler dans la cheminée se réduisait à une poignée de braises ; l'air à peine tiède ne sentait pas les herbes, le miel et la graisse crépitante, mais le renfermé, souligné d'une légère note de pourriture. Quelques broches étaient posées à côté du foyer, recouvertes de gras figé, tandis que les piles de plats et de casseroles sur les étagères étaient pleines de poussière. Quant à la porte de la réserve où l'on stockait les sacs de grains et de haricots, elle avait… disparu. Lamia cligna des yeux, surprise.

Le battant ne s'était pas simplement volatilisé : si l'on se fiait à la pierre effritée au niveau des gonds, il avait été arraché avec violence.

Alors qu'elle parcourait en titubant les quelques mètres qui l'en séparaient, la jeune fille fut saisie d'une soudaine et terrible nausée. Pliée en deux, elle se mit à hoqueter, avec la sensation qu'une créature monstrueuse tapie au creux de son estomac essayait de s'enfuir. Elle avait un goût de cuivre dans la bouche comme lorsqu'on court trop vite, ce qu'elle n'avait pas fait depuis des années. Son cœur battait à toute vitesse et résonnait dans ses oreilles. Jamais elle ne s'était sentie aussi mal.

Elle recula et heurta Daphné, qui détala en poussant un miaulement furieux. Lamia s'étala sur le dos avec un cri étouffé. Par chance, elle n'avait rien de cassé – elle aurait reconnu cette douleur. Le choc eut l'avantage de faire passer sa nausée ; après une dernière contraction, son ventre se dénoua. Allongée par terre tel un agneau sacrifié, elle attendit que son pouls se calme pour pouvoir se relever sans défaillir. Lorsqu'elle le fit, ce fut avec précaution et les dents serrées, tandis que son dos protestait.

Il fallait qu'elle sorte de là. Elle était déjà presque arrivée à la porte de la cuisine quand son cerveau reprit le dessus sur ses membres. Elle s'arrêta alors et jeta un regard d'envie vers le couloir ; elle ne pouvait pas fuir comme ça. Eirene avait besoin d'elle. Lamia devait lui trouver une passoire et de l'eau.

À contrecœur, elle fit donc demi-tour en prenant soin d'éviter la réserve. Elle rasa le mur jusqu'à la pile précaire de carafes à vin abandonnées près de la porte de derrière, non loin de l'auge qui servait à collecter l'eau de pluie. Quelqu'un avait visiblement eu l'intention de les laver, mais ne l'avait pas fait. Il en montait une odeur de vinaigre piquante et désagréable qui l'aida à reprendre ses esprits. En s'approchant, elle faillit pleurer de joie à la vue d'une petite passoire coincée au milieu de la vaisselle. Elle était remplie de dépôt et sentait très mauvais, mais elle serait parfaite. Lamia s'en empara avant qu'elle ne disparaisse comme la porte de la réserve. Après l'avoir nettoyée de son mieux avec ses doigts, elle la glissa dans sa ceinture. Et maintenant, de l'eau.

Elle choisit la plus grande carafe qu'elle pourrait porter – c'est-à-dire une carafe de taille moyenne. Puis elle sortit dans la cour fraîche où gargouillait gaiement une fontaine. Un trio de canards l'observa avec méfiance depuis le bassin. Daphné, allongée dans une tache de soleil, lui jeta un regard mauvais. Elle n'avait pas apprécié d'être bousculée.

— Désolée, s'excusa Lamia.

Après avoir posé le récipient, elle tendit les mains par-dessus les canards pour atteindre le jet. Portant ses paumes dégoulinantes à ses lèvres, elle but avidement dans l'espoir de chasser le goût amer du sang. Mais elle ne put se débarrasser du souvenir de sa crise, qui s'accrochait à elle comme une mauvaise odeur. Que s'était-il passé ? Elle était souvent malade et ne se rappelait pas toujours les détails, mais elle n'avait jamais ressenti ça. C'était effrayant, troublant. Et si cela se reproduisait ?

Elle reprit sa carafe et décida d'y réfléchir plus tard, une fois en sécurité dans sa chambre. Car le temps pressait. Les mains tremblantes, elle plongea la carafe dans la fontaine. Dès qu'elle fut pleine, elle la cala contre sa poitrine et se dépêcha de regagner la cuisine, faisant couler de l'eau à chaque pas. La passoire claquait contre sa hanche et son chiton serait bientôt trempé, mais elle n'avait pas le courage de s'arrêter pour y remédier. Elle était trop pressée de s'éloigner de cette pièce où planait un brouillard de terreur invisible.

Alors qu'elle soulevait le rideau de la cuisine, elle vit quelqu'un bouger à l'autre bout du couloir et recula aussitôt, le cœur battant. Peiros. Il l'aurait repérée s'il n'avait pas été tourné vers les appartements de son père, dont elle apercevait les doigts dorés sur l'encadrement de la porte.

— Retourné… bordel, murmurait Peiros d'un ton pressant, trop bas pour qu'elle comprenne davantage qu'un mot sur deux. … nouveau prix… cher…

— Trop *cher* ?

La voix méprisante de Léandros, en revanche, avait dû porter jusqu'au village. Lamia se recroquevilla un peu plus derrière son rideau.

— Le prix que je leur propose est déjà très généreux. Ils ne croient tout de même pas que leurs clients viennent pour le charme naturel de leurs filles, ou pour l'infâme vinaigre qu'ils osent appeler vin ?

— J'ai bien peur que si.

— Ha ! À leur place, je n'oserais même pas faire passer cette boisson pour de la pisse ! Quant aux filles, la moitié ont perdu leurs dents, et elles seraient tout aussi laides avec. Ce sont mes Désirs qui font revenir ces ivrognes pitoyables chez eux. Mes Désirs et rien d'autre.

— C'est ce que j'ai essayé de leur expliquer, dit Peiros. Mais ils ne veulent rien entendre.

Lamia fronça les sourcils. Si elle comprenait les mots, les phrases n'avaient aucun sens. De quels ivrognes parlaient-ils ? Elle ignorait également ce qu'était un « bordel », mais ce n'était pas le sujet. Les Désirs de son père étaient censés rendre les gens heureux. Les aider à tomber amoureux.

— Je leur parlerai moi-même, conclut-il.

Sa fille l'entendit se diriger vers la cour et s'autorisa enfin à respirer. Elle avait bien failli se faire prendre.

— Allez, prends ton manteau !

Silence. Lamia jeta un coup d'œil par un trou du rideau. Elle ne distinguait que le profil du valet, dont les traits anguleux exprimaient la stupéfaction.

— Mon manteau ?

— Oui, Peiros, ton manteau ! Tu m'accompagnes. J'ai besoin que quelqu'un se plante sur le seuil avec un air menaçant.

Nouveau silence, plus vexé que surpris, cette fois.

— Bien sûr.

Après quelques bruissements de tissu, la porte d'entrée s'ouvrit en grinçant. Léandros pestait toujours à mi-voix, les mots « ingrats » et « abuser de ma gentillesse » revenant en boucle malgré les efforts de Peiros pour l'apaiser. Enfin, la porte se referma et Lamia n'entendit plus rien.

Cachée derrière son rideau, elle laissa passer cinquante battements de cœur avant d'oser bouger. Elle ne s'était pas fait prendre. *Elle ne s'était pas fait prendre !* Elle lâcha un petit rire ravi qui résonna dans le couloir.

Tout excitée par cette victoire, l'eau giclant de la carafe à chaque pas, elle regagna péniblement le jardin, puis la tour. Eirene l'attendait.

La fiancée de Léandros s'acharnait toujours à sa tâche. À travers la porte, Lamia entendait sa tunique frotter contre le sol et les graines tomber dans le sac. De temps à autre, un petit reniflement accablé lui échappait. Un mince rai de lumière était visible entre le battant et le mur.

Calant la carafe pleine sur sa hanche et la passoire sous son bras, Lamia tira le verrou de sa main libre. Dans la chambre, le silence se fit.

— Eirene ? appela-t-elle doucement. Eirene, je t'ai apporté…

Il y eut un bruit de pas précipités, puis la porte s'entrouvrit. Eirene était pieds nus, les bras croisés et les cheveux attachés à la va-vite. Elle leva les yeux vers Lamia, qui avait oublié combien elle était petite.

— Qu'est-ce que tu veux ?

Son visage bouffi et sa lèvre tremblotante indiquaient qu'elle avait pleuré. Mais cette fois, il n'y avait pas le moindre venin dans sa voix. Elle agrippa le cadre de la porte si fort que ses jointures blanchirent.

Quand Lamia voulut pousser le battant avec son genou, elle l'en empêcha.

— Laisse-moi entrer ! supplia la fille de Léandros. Je t'ai apporté ce que tu m'avais demandé. Je n'ai pas trouvé de bol, mais j'ai une passoire et de l'eau. Je vais poser tout ça et...

Eirene recula sans prévenir et Lamia bascula en avant, manquant de s'étaler par terre et de briser sa carafe. Heureusement, l'herboriste eut la présence d'esprit de la rattraper. Elle était d'une force impressionnante. Une fois son équilibre retrouvé, Lamia se retint de vérifier qu'elle n'avait pas de bleus sur les bras. Cela ne l'aurait pas dérangée.

— Tu arrives trop tard.

— Mais je croyais que tu avais trois jours pour terminer cette épreuve ? Soit jusqu'à demain matin. Comment est-ce...

Eirene la coupa avant qu'elle ait pu terminer sa phrase.

— Ça ne suffira pas. J'ai essayé, crois-moi. Mais c'est trop difficile, et je n'ai plus assez de temps.

Ses traits se tordirent de fureur à la vue des objets apportés par Lamia.

— Quand Léandros reviendra demain matin, il constatera que j'ai échoué à accomplir ma tâche.

Si tu m'avais donné tout ça plus tôt, j'aurais peut-être réussi. J'aurais pu la sauver. Mais là...

La suite se perdit dans un sanglot tandis qu'une larme solitaire coulait sur sa joue, laissant une traînée plus claire dans la poussière mêlée de sable qui recouvrait sa peau.

— Non, ce n'est pas trop tard, s'entêta Lamia. Je suis là, maintenant. Je peux t'aider.

— M'aider ? fit Eirene d'une voix morne.

Elle s'essuya le visage du revers de la main.

— Oui, t'aider. Réfléchis ! Il reste encore une bonne heure de jour, plus toute la nuit. Tu dois déjà avoir bien avancé, non ? À nous deux, avec la passoire et l'eau – même si je ne comprends pas bien ce que tu comptes en faire –, ça devrait être facile.

Eirene la fixait d'un air désespéré. Elle était si belle. Lumineuse. Lamia réprima une envie de la toucher, de poser ses lèvres dans le creux palpitant entre ses clavicules, à la base de sa gorge. Heureusement qu'elle avait les mains prises, sans quoi elle aurait pu avoir un geste déplacé.

— Ce sera facile, répéta-t-elle avec plus de conviction qu'elle n'en éprouvait réellement. Je te le promets.

— Les lampes sont vides, l'informa Eirene. Je... je me suis endormie en laissant la dernière allumée. Alors, à moins que tu en aies une ou deux autres à me prêter, la nuit ne nous servira à rien. Il fera trop sombre.

— Une lampe, non, mais...

Lamia sourit, enchantée. Plus encore qu'avec la passoire et l'eau, elle allait pouvoir se rendre utile. Car la lumière, c'était sa spécialité.

— Je vais arranger ça.

QUINZE

SON TYRANNIQUE EMPIRE

Eirene

Eirene allait devoir croire Lamia sur parole. Elle n'avait pas le choix.

— D'accord, soupira-t-elle. Alors, tu vas m'aider ?

Le sourire de la jeune fille s'élargit. Quand elle ne restait pas cachée dans l'ombre telle une souris effrayée, elle était plutôt jolie. Ses joues parurent soudain plus roses, ses yeux plus brillants.

— Si tu veux bien, oui.

La joie qui illuminait son visage était trop précieuse pour qu'Eirene la détruise.

— D'accord, grogna-t-elle. Tu n'auras qu'à trier les graines de pavot pendant que je termine le reste.

Assise près de la couche, Lamia entreprit de verser des poignées de sable et de graines dans la bassine remplie d'eau. Quand elle remuait le tout avec sa main, le pavot remontait à la surface. Eirene interrompait alors son tri pour le puiser à l'aide de la passoire, avant de le mettre à sécher sur son châle bleu. À mesure que le tas augmentait, elle reprit espoir. Peut-être, *peut-être* qu'elle allait y arriver.

La fille de Léandros était une compagne silencieuse et discrète. Au bout d'un moment, Eirene cessa de voir en elle un serpent qui pouvait frapper n'importe quand. Elle se détendit et laissa ses pensées vagabonder. Lorsque Lamia écarta ses cheveux en laissant une traînée de graines noires sur sa joue, elle tendit la main vers elle sans réfléchir, ne reprenant ses esprits qu'au contact de sa peau douce. Elles se figèrent toutes les deux.

— Tu as un peu de..., bégaya Eirene.

Qu'est-ce qu'il lui arrivait ? Elle se força à poursuivre son geste, essuyant de son pouce les petites graines de pavot. Puis elle se rassit et se racla la gorge.

— Voilà, conclut-elle avec tout le détachement dont elle était capable.

Lamia la dévisageait avec des yeux ronds, ses lèvres entrouvertes laissant voir ses dents blanches.

— Merci...

Eirene repêcha une nouvelle poignée de graines à la surface de l'eau et les versa sur le châle, heureuse d'avoir une excuse pour cacher son embarras.

— Tu désobéis à ton père en étant ici, déclara-t-elle, les yeux rivés sur le tas de pavot.

— Oui. Je sais.

— C'est courageux. La dernière fois, quand je t'ai traitée de tous les noms...

— Tu avais raison. C'était lâche de t'abandonner comme ça. Mais je n'ai jamais été quelqu'un de courageux.

— La preuve que si. Tu es revenue.

Dans le silence qui suivit, Eirene observa la fille de Léandros à la dérobée. Ses épaules minces se soulevaient à chaque respiration.

— Peut-être un peu, admit enfin Lamia. Mais pas autant que toi.

— J'ai une peur bleue du vide et des araignées. Pas très héroïque, tout ça.

— Tu as pris la place de ta sœur. Et accepté de passer les épreuves de mon père. Ça n'a pas dû être facile.

Eirene haussa les épaules.

— Je ne vois pas les choses de cette façon. Ce n'est pas une question de courage, juste de ténacité.

Lamia la dévisagea sans rien dire.

Après s'être de nouveau raclé la gorge, Eirene reprit son travail. Quand Peiros vint fermer la tour pour la nuit, elles avaient trouvé leur rythme. Le raclement de la barre fit tressaillir Lamia. Elle prit appui sur le sol, prête à se relever d'un bond. Eirene reconnut l'expression qui se peignit sur ses traits, pour l'avoir souvent vue chez Phoebe : celle d'une douleur vite réprimée mais bien réelle. La porte ne s'ouvrit pas ; on n'entendait plus rien que le pépiement des oiseaux. De toute évidence, Léandros ne s'inquiétait pas beaucoup des deux filles enfermées là. Peut-être aurait-il dû.

— Ça va ? demanda-t-elle à Lamia, qui était déjà retournée à ses graines.

— Oui, pourquoi ?

— Je ne sais pas… J'ai cru te voir grimacer.

— Oh. Oui, je… C'est ma jambe. Enfin, mon genou.

— Il te fait mal ?

Lamia parut gênée.

— Un peu.

Eirene jeta un coup d'œil à sa besace, qu'on apercevait sous son lit derrière les bouquets d'herbes qu'elle avait attachés au sommier afin de les garder au sec et de masquer les relents d'humidité. Tout au fond se trouvaient trois petits pots.

— Si tu veux, j'ai quelque chose qui pourrait te soulager.

— Me soulager ?

— Oui. Je ne peux pas te garantir que ça fonctionne, parce que cette fournée date un peu – j'ai laissé la plus récente à Phoebe –, mais…

Lamia la contemplait comme si plusieurs têtes d'hydre venaient de lui pousser.

— Je dois t'aider à trier les graines, lui rappela-t-elle. Tu n'as presque plus de temps.

— Ce sera rapide. Je prépare cette pommade pour les poignets de ma sœur, qui sont souvent endoloris à force de tisser. Elle est à base de safran. Et, hum, de tige de jusquiame, de sève de pavot, de berce et de résine, ajouta-t-elle en listant les ingrédients sur ses doigts. Avec un peu de cire, de graisse d'agneau et de terre.

— De la cire, de la graisse et de la terre ?

— Oui, pour le liant.

— Ça ne me fera pas dormir ?

— Non, pourquoi ? s'étonna Eirene, qui avait la curieuse impression de passer à côté de quelque chose.

— Je pensais juste que… peu importe. C'est très aimable à toi de me proposer cette pommade. Je peux la voir ?

— Bien sûr.

Soulagée, Eirene se leva, s'étira et alla chercher la besace, dont elle sortit l'un des pots.

Lamia souleva le couvercle et jeta un coup d'œil soupçonneux à la pâte noire qu'il contenait. Elle y plongea un doigt, puis l'examina avec intérêt.

— Pas très appétissant, je sais, dit Eirene. Mais si tu en badigeonnes ton genou, ça devrait te faire du bien. Je peux t'aider, si tu veux.

Les épaules de Lamia se raidirent.

— Oh. Merci.

Raclant la noisette de baume de son doigt, elle la fit retomber dans le pot et s'essuya sur sa jupe.

— Je verrai ça plus tard. Ça ne t'embête pas si je le garde ?

— Non, pas du tout.

Lamia ne voulait pas de son médicament. Tant pis. Phoebe lui aurait conseillé de ne pas se vexer. Sa pommade ressemblait à de la vase, et elle avait dû mettre la jeune fille mal à l'aise en offrant de l'appliquer sur son genou. Pourquoi avait-elle fait ça, d'ailleurs ?

— Il commence à faire sombre, souligna Lamia. Je t'avais promis de la lumière.

— C'est vrai.

Elle devait se concentrer sur ce qui était important : terminer l'épreuve, sauver Phoebe, découvrir l'ingrédient secret des Désirs et le détruire.

— Si tu as des lampes dans ta chambre, je peux monter les chercher, ou bien...

— Non, pas des lampes.

Lamia glissa le petit pot dans la sacoche suspendue à sa ceinture et afficha un sourire rusé. Ses yeux luisaient comme ceux d'un chat.

— D'accord, fit Eirene, perplexe. Une torche, peut-être ?

Le sourire de Lamia s'élargit.

— Non plus.

Elle ouvrit grand les bras, dans un geste théâtral qui rappelait son père. Sauf que, chez elle, c'était plutôt touchant. Elle n'avait aucune arrogance ; son visage n'exprimait que de la candeur et une impatience d'enfant.

— Tu vas comprendre.

Elle se pencha en avant et attrapa le couteau qui dépassait de la besace d'Eirene.

— Pourquoi as-tu besoin de ça ?

Lamia balaya sa question de la main. Après avoir inspecté la lame, elle l'essuya sur son chiton.

— Parle-moi de ta sœur, réclama-t-elle.

— Pardon ?

— Ta sœur. Tout ce qu'on fait, c'est pour elle, n'est-ce pas ? Et cette pommade… J'aimerais en savoir davantage. À quoi ressemble-t-elle ? Qu'est-ce qui te fait l'aimer au point de te vendre à mon père ?

Eirene déglutit.

— Phoebe est…

Elle se représenta le regard sérieux et prudent de sa sœur. Ses mains dansant au-dessus du métier à tisser. Les mots se coincèrent dans sa gorge tant elle lui manquait. Avaient-elles déjà été séparées si longtemps ? Ces trois jours étaient pour elle une éternité. Pourvu que Phoebe aille bien…

— C'est une tisseuse très douée, reprit-elle. Les gens ne se rendent pas compte de la difficulté de cette tâche. Il ne s'agit pas seulement de fabriquer de jolies choses. Il y a un côté mathématique, technique et très physique. Et Phoebe est la meilleure.

— La meilleure ?

— Après Athéna, se corrigea Eirene, car il ne fallait jamais prétendre surpasser la déesse. J'aurais aimé pouvoir te montrer l'une de ses œuvres.

— Vous êtes proches ?

— C'est ma meilleure amie. Nous n'avons pas grandi ici. Depuis la mort de nos parents, je n'ai plus qu'elle. Phoebe est la seule preuve de mon existence avant Zakynthos et… tout ça.

— Où avez-vous grandi ?

— Sur Ithaque. Dès que nous sommes nées, nos parents ont réfléchi à un moyen de partir. À l'époque, on évitait d'élever des filles sur notre île. Mon oncle, un marchand, était installé sur Zakynthos depuis longtemps. J'avais sept ans quand nous avons quitté Ithaque pour le rejoindre. C'est drôle, quand on y pense.

— Pourquoi ?

— Eh bien, la malédiction…

Elle s'interrompit au beau milieu de sa phrase, horrifiée, car elle venait de lever les yeux vers Lamia.

Celle-ci tenait le couteau entre ses deux mains, le bout du manche appuyé contre une paume, la lame piquée dans l'autre. Du sang perlait déjà sur sa peau.

— Lamia, arrête !

D'un mouvement décidé, la fille de Léandros rapprocha brusquement ses mains, et le couteau s'enfonça dans sa chair avec un bruit humide. Son visage se crispa.

Un cri étranglé s'échappa de la bouche d'Eirene, qui bondit vers elle comme si elle pouvait annuler son geste, refermer sa blessure, faire remonter le sang dans ses veines délicates.

— Laisse-moi ! protesta Lamia en se recroquevillant sur elle-même. Ce n'est pas profond.

Des larmes coulaient sur ses joues zébrées de sable et de quelques graines oubliées.

— Mais qu'est-ce que tu fais ? s'énerva Eirene en essayant de lui arracher l'arme. Tu viens de t'ouvrir la main ! Espèce de...

Une volée de jurons s'ensuivit.

— Pourquoi es-tu si méchante avec moi ? gémit Lamia sans lâcher le couteau. Je fais ça pour t'aider !

— Pour m'aider ? C'est une plaisanterie ? Donne-moi ça !

— Très bien !

Avant qu'Eirene ait pu réagir, la jeune fille dégagea la lame en la faisant pivoter d'un coup sec. Du sang éclaboussa le sol. Quoi qu'elle ait eu en tête, elle avait visiblement réussi. Eirene se jeta sur le couteau et, par précaution, le cacha dans son dos à la manière d'une petite fille.

— Tu m'expliques ? siffla-t-elle entre ses dents serrées.

Le visage de Lamia était inondé de larmes et son bras couvert de sang. Elle s'essuya grossièrement les mains sur son chiton, laissant des traînées rouges sur le tissu bleu clair. Puis elle porta ses doigts à ses joues trempées et inclina le menton en un hochement satisfait.

— Je vais te montrer, dit-elle simplement.

Elle se releva et s'approcha de la fenêtre jusqu'à masquer le clair de lune. La pièce s'assombrit encore. Eirene ne distingua bientôt plus rien d'autre que sa silhouette noire.

Qu'est-ce que ça voulait dire ? Sans lâcher le couteau, elle fit un pas vers la fille de Léandros. Puis un autre. Et encore un autre. Épaule contre épaule, elles contemplèrent le jardin nocturne et les mains tendues de Lamia.

Eirene attendit. Elle compta les battements de son cœur, tenant jusqu'à cinquante avant que le silence et son impatience ne deviennent insupportables.

Au même instant, Lamia ouvrit la bouche.

— Promets-moi de ne pas avoir peur, supplia-t-elle d'une petite voix.

Le cœur d'Eirene fit un bond, non pas de frayeur mais de colère. Qui avait laissé croire à cette fille qu'elle pouvait faire peur, alors qu'elle n'était que douceur et timidité ? Si elle s'était emparée d'une arme, c'était pour se blesser elle-même. Ses doigts étaient si pâles et si minces qu'on en distinguait tous les os. On aurait pu les briser aussi aisément que des brindilles. Peut-être était-ce d'ailleurs déjà arrivé, se dit Eirene en pensant aux bandages dont ils étaient enveloppés lors de leur première rencontre. Elle serra les poings.

— *Promets-moi*, répéta Lamia, l'arrachant à ses réflexions.

— Je te le promets. Je n'aurai pas peur.

La fille de Léandros lui jeta un rapide coup d'œil qui fit briller le blanc de ses yeux.

— Bien.

Une seconde plus tard, ses mains mouillées de larmes se mirent à luire doucement.

Eirene en resta bouche bée. La lumière palpitante gagna peu à peu en puissance, s'étendant sur la peau de Lamia jusqu'à la faire ressembler à Midas, le roi qui transformait tout ce qu'il touchait en or. Puis elle se déploya dans les airs tels des rubans de poussière d'étoile qui dansaient entre les doigts de la jeune fille. Eirene ne put réprimer un hoquet ébahi.

Lamia tourna vers elle un regard inquiet. Impossible de savoir ce qu'elle cherchait à lire sur ses traits – mais, de toute façon, Eirene aurait été bien en peine de dissimuler sa réaction émerveillée.

Les lèvres de Lamia frémirent et elle sourit bientôt de toutes ses dents, aussi radieuse que la lumière nichée au creux de ses mains, qui ondulait le long de ses bras et gouttait de ses doigts. Ses iris eux aussi semblaient faits d'or fondu.

— As-tu peur ?

Eirene fit non de la tête. Elle aurait dû, pourtant. C'était de la magie, de la vraie magie, celle qui était réservée aux dieux et à leurs descendants. Les volutes de lumière qui flottaient comme des lambeaux de brouillard composaient un spectacle si enchanteur qu'elle aurait pu le contempler indéfiniment.

Mais elle n'avait qu'une nuit. Elle s'aperçut soudain qu'elle s'était penchée vers la fille de Léandros et lui tendait la main. Quand leurs doigts se frôlèrent, une pluie d'étincelles s'envola dans le noir. Aussitôt, Eirene s'écarta.

— Les graines ! souffla-t-elle en s'efforçant d'ignorer l'étrange sensation qui papillonnait dans son ventre. Il faut que je… il faut qu'on finisse de les trier. On n'a plus beaucoup de temps.

Illuminé par les tourbillons dorés, le visage de Lamia demeura indéchiffrable.

SEIZE

UN SOUFFLE PRESQUE INSENSIBLE

Lamia

Ce furent les oiseaux qui annoncèrent le lever du jour, rompant le silence de leurs cris joyeux et arrachant Lamia à sa rêverie.

Sa lumière avait tenu toute la nuit. Craignant qu'il ne lui faille plus de larmes, elle avait passé les dernières heures à réfléchir à un moyen de récupérer le couteau, mais cela n'avait pas été nécessaire ; sa magie s'était déversée en un flot régulier sans qu'elle ait besoin de raviver la douleur. Elle commençait néanmoins à ressentir le contrecoup de cet effort, comme une pression croissante sous son crâne. Elle aurait certainement un terrible mal de tête plus tard. Sa bouche était sèche et son ventre vide, mais cela en valait la peine.

— C'est le matin, commenta Eirene d'une voix rêveuse.

Lamia suivit son regard vers la pile de grains à trier. Il ne restait plus que quelques poignées. Elles avaient presque fini.

— Le matin, répondit-elle en écho.

Il lui fallut une seconde pour saisir ce que cela impliquait. *Le matin.* Elle se redressa brusquement, du sable et des graines s'échappant de ses doigts pour retomber dans la bassine. Son père ne tarderait pas à venir voir si Eirene avait accompli sa tâche, et il ne devait surtout pas la trouver là. Lamia avait la gorge si nouée qu'elle avait du mal à respirer. Ses ongles abîmés palpitaient douloureusement.

Eirene continuait à travailler en fredonnant, sans s'apercevoir du désarroi de sa compagne. Après avoir jeté une poignée de grains de blé dans son sac, elle releva la tête en souriant. Un sourire qui s'effaça aussitôt à la vue de son expression angoissée.

— Je dois y aller, souffla Lamia, parfaitement immobile. Je n'aurais jamais dû rester aussi longtemps.

— Quoi ?

La fille de Léandros se tint au lit pour se lever. Sa jambe raide et endolorie trembla d'une manière inquiétante lorsqu'elle s'appuya dessus.

— À quelle heure mon père a-t-il dit qu'il reviendrait ? Imagine qu'il me croise ici !

D'un geste brusque, elle fendit l'air de son bras. Eirene recula, les yeux écarquillés. Les volutes de lumière en suspension s'éteignirent d'un seul coup. Lamia baissa la tête vers la petite pile de graines à ses pieds.

— Tu penses pouvoir terminer sans moi ? demanda-t-elle d'une voix étranglée.

— Tu t'en vas ? Maintenant ?

Dans les yeux d'Eirene, la confusion fit place à de la déception.

— Si tu pars, tu vas devoir emporter la passoire, dit-elle. Et la carafe.

— Mais tu en as encore besoin, objecta Lamia.

Où les cacherait-elle ? Elle redoutait déjà l'ascension de l'escalier jusqu'à sa chambre. Ce serait deux fois plus difficile si elle devait les porter.

— Maudits soient les dieux, pesta Eirene.

Rassemblant toutes les graines qui restaient, elle les versa dans la passoire au-dessus de l'eau. Le sable et le pavot tombèrent à travers. Après lui avoir donné une dernière secousse, elle vida les lentilles et les grains de blé sur le sol.

Puis elle rejoignit Lamia en trois enjambées et lui fourra la passoire entre les mains.

— Ça va aller, promit-elle, sans trop savoir qui elle essayait de convaincre. Léandros ne sera pas là avant un moment. J'aurai le temps de finir.

Pendant qu'elle se baissait pour ramasser la carafe, Lamia bégaya :

— Tu... tu es sûre ?

— Ce qui est sûr, c'est que si ton père vous trouve ici, toi ou ces ustensiles, ce ne sera bon pour personne. *File.*

Eirene posa la carafe en équilibre sur la passoire, puis elle la poussa vers la porte.

— Allez, dépêche-toi !

Lamia se sentit peinée d'être chassée ainsi, même si c'était elle qui avait demandé à partir. Ses jambes protestèrent dès le premier pas. Cependant, elle était depuis longtemps habituée à la douleur. Alors, elle releva le menton et, ignorant les larmes qui lui montaient aux yeux, elle laissa Eirene seule.

DIX-SEPT

Ô CRUELLE FORTUNE

Eirene

Un voile de tristesse passa sur le visage de Lamia lorsque Eirene la poussa vers la porte. *Ne me regarde pas comme ça*, songea-t-elle, agacée. *J'aurais préféré que tu restes.* Mais c'était une pensée ridicule. Si Léandros découvrait sa fille avec elle, il comprendrait qu'elle n'avait pas accompli sa tâche seule. Il la renverrait dans le matin glacial et courrait enlever Phoebe.

— Referme derrière toi, souffla-t-elle, les yeux rivés sur le sol, pendant que Lamia quittait la chambre, la passoire et la carafe serrées dans ses bras minces.

En guise de réponse, elle entendit le verrou coulisser bruyamment.

Eirene se laissa alors retomber à genoux, les mains tendues vers les graines de pavot flottant à la surface de la bassine. Elle les jeta dans le sac sans même prendre la peine de les sécher. Qu'elles pourrissent. Les pas inégaux de Lamia résonnaient dans l'escalier. Une sensation de malaise subsistait dans son ventre. Quel genre de créature était cette fille, pour disposer d'un tel pouvoir ? Aussi doué que soit son père, Eirene n'avait jamais entendu dire qu'il pouvait cueillir des brins de lumière comme des pâquerettes. Et de quoi d'autre Lamia était-elle capable ? Quels autres secrets cachait-elle ?

Eirene n'avait pas le temps de s'attarder sur ces questions. Elle devait terminer son épreuve. Grâce à ses trois jours d'entraînement, elle était maintenant capable de trier les graines d'une main experte et rapide. Elle souffla sur une poignée de blé pour en chasser le sable, puis la versa dans le sac. Elle y était presque. Elle touchait au but. Le bruit des pas de Lamia s'était éteint.

C'est alors qu'elle reconnut le raclement métallique de la barre qui fermait l'entrée de la tour. Non. *Non.* Il n'était pas question qu'elle échoue maintenant, alors qu'il ne lui restait qu'une poignée de lentilles et de grains de blé. Elle promena un regard frénétique autour d'elle en quête d'un endroit où les cacher. Pas sous son étroite couche – ce serait trop visible. Elle pourrait peut-être les enfouir sous les cendres ? Non, une rapide inspection de la cheminée révélerait la supercherie. Dans sa besace ? Ridicule. Et les jeter par la fenêtre était également exclu, vu le nombre d'oiseaux qui s'en donnaient à cœur joie dans le jardin. Ils se jetteraient sur les graines comme la première fois, et leurs piaillements alerteraient Léandros.

Il n'y avait qu'une seule solution. Eirene ramassa le petit tas de graines et les enfourna dans sa bouche au moment précis où le verrou de sa porte coulissait.

Elle courut la bloquer avec son pied, manquant de s'étouffer avec la mixture sableuse.

Quand le battant lui heurta le petit orteil, elle se réjouit que sa bouche pleine l'empêche de crier.

— Eirene ! La porte, s'il te plaît ! appela Léandros d'une voix irritée. Tu ne prolongeras pas le temps imparti en refusant de me laisser entrer.

Puis il changea de ton et continua, beaucoup plus gentiment :

— Ce n'est pas grave si tu as échoué. Personne ne t'en voudra. Honnêtement, tout le monde s'y attendait. Ouvre-moi, que nous voyions cela ensemble.

Eirene se sentit envahie d'une bouffée de haine, brûlante, furieuse. Elle n'était pas dupe des fausses promesses de cet homme. Comment osait-il feindre la bienveillance alors qu'il avait menacé Phoebe et gardait sa propre fille prisonnière ?

Pendant que la porte lui cognait à nouveau le pied, elle parvint à avaler une partie des graines. Le sable lui écorcha la gorge. Elle aurait dû les faire passer avec l'eau sale de la bassine.

— *Eirene.* Ça suffit, maintenant.

Elle y arriverait. Elle le battrait à son propre jeu. Elle déglutit plusieurs fois, le mauvais goût du sable faisant remonter un souvenir dans sa mémoire. Sa sœur et elle, assises au bord de la rivière des années plus tôt, en train de fabriquer des gâteaux de boue. Leurs parents étaient encore en vie, à l'époque. Ils avaient éclaté de rire en voyant Eirene revenir en larmes, le visage tout noir. Phoebe l'avait persuadée de goûter à l'une de ses créations, en lui promettant qu'elle aurait un délicieux goût de miel.

— *Eirene.*

La bouche enfin vide, elle s'écarta de la porte qui s'ouvrit à la volée, à quelques centimètres de son visage. Léandros manqua de tomber en avant. Son teint habituellement doré était rouge de colère.

Ravalant sa haine, Eirene lui décocha son plus beau sourire – les lèvres serrées, pour éviter qu'il ne voie le sable coincé entre ses dents. Puis elle se racla la gorge et porta sa main à ses lèvres en un geste qu'elle espérait charmant.

— Désolée. Je n'étais pas coiffée.

— Quoi ?

Les yeux de Léandros passèrent sur elle sans s'arrêter, pour aller se poser sur les trois sacs alignés au centre de la pièce. Au début, il parut ne pas comprendre ce qu'il voyait. Puis, à mesure qu'il les inspectait – grains de blé, lentilles, graines de pavot –, une expression incrédule se peignit sur ses traits. Le cœur d'Eirene se gonfla de fierté. Profitant de sa distraction, elle s'essuya les dents sur sa manche.

Quand Léandros se retourna enfin vers elle, il avait repris ses esprits et affichait un air calme et supérieur. Pourtant, son regard le trahissait. On y lisait un mélange de stupéfaction et de doute, mais aussi… de l'admiration ? À sa manière arrogante et féline, il semblait satisfait.

— J'ai fait ce que tu m'as demandé, déclara Eirene. Les graines sont triées. Quelle est ma deuxième épreuve ?

— Tu… Déjà ? Tu es bien pressée, ma petite Eirene.

Elle se rembrunit. Comment pourrait-elle découvrir le secret de son pouvoir et le détruire si elle restait enfermée dans sa chambre ? Il fallait à tout prix qu'elle retrouve sa liberté. Et puis, elle devait bien avouer qu'elle prenait plaisir à l'avoir battu, en réussissant cette tâche qu'il jugeait impossible.

— Je n'aime pas rester oisive, expliqua-t-elle.

— Moi non plus.

Les yeux bleus de Léandros, ourlé d'épais cils blonds, se promenèrent autour de la pièce, s'attardant sur le foyer, le lit, le rebord de la fenêtre. Eirene avait eu raison d'éviter ces cachettes trop évidentes, même si les graines sableuses lui pesaient sur l'estomac.

— Hélas, ta deuxième épreuve devra attendre, poursuivit son hôte. J'ai des affaires importantes à régler ce soir…

— Quelles affaires ?

Une autre jeune femme à hypnotiser, avant de lui offrir un mari deux fois plus vieux que son père ? Une autre fille à voler à sa sœur, à ses parents, à ses amis ?

Une ombre passa sur le visage de Léandros. Quand il reprit la parole, ce fut d'une voix aussi froide et mortelle qu'une vipère.

— Si je t'ai laissé croire que tu pouvais m'interrompre, permets-moi de corriger cette erreur. Un sang divin coule dans mes veines. J'attends de ma future femme qu'elle me témoigne le respect qui m'est dû. Me suis-je bien fait comprendre ?

Avec une rapidité inhumaine, il leva la main au-dessus de sa tête, prêt à la frapper. Eirene ferma les yeux et détourna la tête si vite qu'elle sentit un nerf claquer dans sa nuque. Mais le coup ne vint pas. Léandros se contenta d'effleurer doucement du pouce le contour de sa mâchoire. Puis, respirant lentement, il lui souleva le menton.

— Voilà qui est mieux. Je te préfère silencieuse.

Il appuya plus fort sur ses joues, forçant la bouche d'Eirene à esquisser une petite moue. Elle s'aperçut alors avec effroi qu'il pourrait lui broyer le crâne aussi facilement qu'une coquille d'œuf.

Était-elle censée répondre quelque chose ? Incapable de parler, elle hocha la tête de son mieux dans l'étau de ses doigts.

— Bien.

Enfin, il la lâcha.

Eirene dut faire appel à toute sa volonté pour ne pas courir se réfugier à l'autre bout de la chambre. Si elle l'avait fait, il l'aurait certainement poursuivie tel un chat jouant avec sa proie. Mieux valait se montrer docile, sans intérêt. Elle rouvrit lentement les yeux et, trop effrayée pour le regarder en face, elle fixa le bout de son nez.

— Puisque tu me le demandes si gentiment, je vais te le dire, ma chère fiancée, continua Léandros d'un ton léger – à croire que les dernières minutes, durant lesquelles il avait menacé de la punir pour son insolence, n'avaient pas existé. J'organise une soirée. Je suis sûr que tu as déjà entendu parler de mes symposiums ? Ce sera le plus grandiose de tous, avec du vin à volonté, une troupe d'acteurs venus du continent et les meilleurs morceaux de viande brûlés sur un bûcher en l'honneur de ma déesse. Une célébration comme on en voit rarement.

Les yeux mi-clos, le sourire aux lèvres, il paraissait très content de lui.

— Aphrodite sera touchée de voir que je fais agenouiller tous ces gens devant elle.

Il jouait en parlant avec le bracelet qui ornait son poignet : une simple rose d'or dont la tige formait un anneau parfait.

Si elle n'avait pas craint de le payer très cher, Eirene lui aurait demandé pourquoi il recherchait à ce point les faveurs d'Aphrodite. N'était-il pas de son sang ? Cela dit, le fait d'être apparentée à Stavros ne l'avait jamais empêchée de le mépriser. Peut-être Aphrodite éprouvait-elle la même chose vis-à-vis de Léandros. Cette idée la réjouit.

Un claquement de mains la ramena sur terre.

— Sur ce, je vais te laisser profiter de ta journée, petite Eirene. Tu peux aller et venir à ta guise ; après tout, cette maison sera bientôt la tienne.

Avant de sortir, il s'arrêta sur le seuil et ajouta :

— Si tu survis à tes prochaines épreuves, bien entendu.

La porte se referma avec un bruit sourd.

« Si tu survis à tes prochaines épreuves. » Pas « si tu *réussis* tes prochaines épreuves ». Eirene ne put réprimer un frisson, aussitôt suivi d'une vague de fatigue si puissante qu'elle la fit chanceler. Combien de temps avait-elle dormi en trois jours ? Quelques heures par nuit, tout au plus, et d'un sommeil agité. Elle fit un pas hésitant vers son lit, puis un autre.

Elle aurait mieux fait d'utiliser ce temps libre pour enquêter sur Léandros et ses secrets, afin de découvrir la source malfaisante de sa magie. Elle ne pouvait pas croire qu'Aphrodite ait conféré un tel pouvoir – celui de l'amour, ou du moins sa cruelle imitation – à un homme pareil. Il était trop fourbe, trop sûr de lui, trop prompt à la colère. Mais Aphrodite avait aussi choisi Arès pour amant ; elle ne redoutait sans doute pas la rage des hommes autant que les mortelles.

Et puis, il y avait Lamia, sa fille, si différente de lui. Lamia et sa maîtrise d'une lumière merveilleuse née de la douleur. Quel genre de déesse était sa mère ? Il faudrait qu'Eirene lui pose la question.

Épuisée, elle s'étendit sur sa couche et s'enveloppa dans la couverture mitée. Autant attendre le début du symposium pour commencer à fouiner. La maison serait si animée que personne ne la verrait se glisser dans les appartements privés de Léandros. Et elle était si fatiguée… Elle n'avait pas prévu de fermer les yeux, mais la misérable petite chambre disparut bientôt.

À la place, elle revit Lamia au moment où la lumière avait jailli de ses mains. Eirene n'était pas sûre de pouvoir effacer un jour cette image de son esprit : une jeune fille pâle et souriante, tenant une flaque de poussière d'étoile au creux de ses paumes.

Elle sourit malgré elle. Se rapprocher de Lamia pourrait lui être utile. Peut-être savait-elle quelque chose sur le pouvoir de son père, un détail qu'Eirene aurait mis des semaines à dénicher. Peut-être qu'il suffirait de gagner sa confiance en lui montrant tout ce dont il la privait. En lui faisant découvrir le monde au-delà des murs gris de sa tour. Eirene avait hâte de voir à quoi elle ressemblait sous le soleil.

DIX-HUIT

DES BÊTES FÉROCES ET DES OISEAUX DE PROIE

Lamia

Lorsque Lamia se hissa enfin sur la dernière marche, elle était plus épuisée que jamais. La nuit de veille et l'usage prolongé de sa magie l'avaient vidée de ses forces. Elle franchit le rideau en titubant et dut faire un immense effort pour ne pas se jeter sur son lit et s'endormir aussitôt. Elle avait des choses urgentes à régler avant cela. Elle décida de cacher la passoire dans la malle qui contenait ses vêtements, car son père n'y touchait jamais. Puis elle posa la carafe par terre, près de sa couche, de manière qu'elle reste invisible depuis la porte, mais ne paraisse pas suspecte si on la découvrait. Enfin, elle s'occupa de sa toilette.

Le mélange de graines de pavot et de sable avait laissé des croissants noirs sous ses ongles. La crainte que son père s'en aperçoive et comprenne qu'elle l'avait trahi suffit à la garder éveillée jusqu'à ce que ses mains redeviennent présentables. Puis elle changea de chiton, se donna un coup de peigne et se fit deux longues tresses. Alors seulement, rassurée de constater qu'elle avait retrouvé son apparence normale – celle d'une fille qui sortait rarement de sa chambre –, elle ôta ses chaussures et se coucha.

Le pot de pommade offert par Eirene, resté dans la pochette qu'elle portait à la ceinture, pressa contre son ventre. Elle le sortit et l'ouvrit afin d'examiner la pâte brune. Il y avait peu de chance que ce remède fonctionne. Ceux de son père la soulageaient parfois, mais ils la plongeaient dans un profond sommeil. Que ferait celui-ci ?

Après tout, cela ne coûtait rien d'essayer. Lamia remonta sa tunique, défit délicatement son bandage, puis étala un peu de pommade sur son articulation. Dire qu'Eirene avait proposé de le faire pour elle... Elle n'avait pas osé accepter, craignant de se montrer trop vulnérable. Cependant, tandis qu'elle se massait le genou, elle ne put s'empêcher d'imaginer les doigts d'Eirene entourant sa rotule, effleurant la peau pâle de sa jambe, refermant le couvercle et nouant la bande de tissu clair.

Après avoir dissimulé le petit pot sous ses draps, Lamia s'enroula dans sa couverture. Quand elle ferma les yeux, le visage d'Eirene lui apparut.

Si elle avait espéré se reposer paisiblement, elle allait être déçue.

Elle rêva qu'elle se trouvait dans une pièce aux murs de pierre grise grossièrement taillée. Une femme se penchait sur elle, le visage entouré de flammes qui plongeaient ses traits dans l'obscurité – à l'exception de ses yeux, immenses, dorés, brillants. Des yeux magnifiques et captivants, qui suscitaient quelque part, tout au fond de l'esprit de Lamia, une impression de déjà-vu. Un filet de sang coulait de la bouche de la femme. Mais alors qu'elle souriait et lui tendait les bras, un bruit sourd résonna au loin.

La jeune fille se redressa brusquement dans son lit, ravalant le cri qui lui montait aux lèvres.

Elle n'avait pas dû dormir longtemps. La lumière douce du matin entrait toujours par la fenêtre, et elle se sentait aussi fatiguée qu'au moment de se coucher. Qu'est-ce qui avait bien pu la réveiller ? Elle aurait juré que cela n'avait rien à voir avec son rêve. Elle qui faisait souvent des cauchemars avait rarement le luxe de s'en échapper ainsi. D'instinct, elle attrapa le rouleau de papyrus et le morceau de charbon qu'elle conservait à côté de son lit. Le rêve s'estompait déjà, comme les rêves le font toujours. Elle voulait se dépêcher d'en garder une trace.

Une fois la feuille étalée sur ses genoux, ses mouvements se firent automatiques. Avec de grands traits, elle esquissa l'arc de la nuque d'une femme et la courbe de son menton. La plaie qu'elle s'était faite à la paume était encore poisseuse ; il lui parut donc logique de la rouvrir et d'y tremper le bout de son doigt, afin de représenter la chevelure de feu et la bouche rouge vif de l'inconnue. Mais le résultat ne fut pas à la hauteur de ses espérances. Elle froissa la feuille et recommença. Encore. Et encore.

Elle était si absorbée qu'elle n'entendit pas son père monter. Lorsqu'il atteignit le palier, elle comprit soudain, trop tard, que c'était son entrée dans la tour qui l'avait réveillée. Il avait d'abord dû passer voir Eirene. *Eirene.* Avait-elle terminé sa tâche à temps ? Ce n'était pas le moment de s'en inquiéter. Lamia s'empressa de fourrer ses dessins sous les couvertures, tout en essuyant de son mieux le charbon sur ses mains.

Elle était à peine présentable quand Léandros écarta le rideau et pénétra dans sa chambre, les bras grand ouverts. Le petit bol de cuivre dont il se servait pour recueillir les larmes de sa fille pendait au bout de ses doigts. Plongeant son regard dans le sien, il sourit.

— Te voilà, ma chérie. J'ai une faveur à te demander.

À bout de forces, Lamia replongea dans le sommeil. Ses poignets palpitaient d'une douleur sourde là où les ongles de son père avaient entamé sa peau. Cette fois, elle rêva d'un incendie et d'un grondement dans son ventre qui la pliait en deux. Quand un bruit de pas dans l'escalier la ramena à elle, bien plus tard, elle eut l'impression d'émerger de l'océan où elle allait se noyer. Était-ce Léandros qui revenait ? Lamia s'assit au bord de son lit et tendit l'oreille pour entendre quelque chose par-dessus les battements de son cœur et sa respiration haletante.

Les pas étaient trop légers pour que ce soit son père. L'espace d'un instant, elle songea à Alexandra. Mais bien sûr, Alexandra était partie. L'estomac de Lamia se contracta et de la bile lui remonta dans la gorge. Non, pas partie. Morte.

Une main fine aux doigts bruns agrippa le rideau.

— Hum, fit Eirene. Lamia ?

— Oh !

Eirene était toujours là ! Son cœur fit un bond dans sa poitrine. Cela signifiait donc qu'elle avait réussi l'épreuve.

— Oui, c'est bien moi. Je suis Lamia.

Elle se mordit la lèvre. Qu'est-ce qu'elle racontait ?

— D'accord. Je peux entrer ?

— Je… Un moment. Désolée.

Lamia se jeta sur ses bottes et noua les lacets jusqu'à ses genoux. Elle s'attendait à ce que celui de gauche la fasse souffrir après la nuit passée à quatre pattes dans la chambre d'Alexandra – ou plutôt d'Eirene –, mais ce n'était pas le cas. Il n'était pas plus raide que d'habitude. *Grâce à la pommade*, comprit-elle soudain. Elle avait fonctionné.

— Entre, lança-t-elle une fois prête.

Eirene souleva le rideau et s'avança d'un pas hésitant. Quand son pied se posa sur la peau de mouton qui recouvrait le sol, elle sursauta et recula avant de baisser les yeux.

— Joli.

Lamia ne répondit rien. Elle était trop occupée à contempler sa visiteuse – sa silhouette carrée, les boucles brunes qui lui arrivaient au menton, sa posture fière.

— Tu as réussi.

— Quoi ?

— Ton épreuve. Tu as gagné.

Eirene lui jeta un regard incrédule.

— Évidemment *qu'on* a gagné !

Elle esquissa un sourire d'une douceur inattendue.

— On fait une bonne équipe, tu ne trouves pas ?

Lamia déglutit, le cœur battant.

— J'ai l'impression, oui. Au fait, j'ai essayé ta pommade. Sur mon genou. Il me fait beaucoup moins mal.

— Oh ! Tant mieux. Je pensais que tu n'en voulais pas.

— Bien sûr que si.

— N'en abuse pas, cependant. Même si la douleur est atténuée, sa cause est toujours là.

— Je sais, merci. C'est ma jambe.

Lamia se leva et fit doucement porter son poids dessus.

— Ça va mieux quand je la bouge ; elle s'assouplit un peu.

— Oui, c'est logique. Dans ce cas, peut-être qu'on pourrait… je ne sais pas, aller faire un tour ? Je voulais justement te demander un service.

— Pour la prochaine épreuve ?

— Non, non. Ce sera nettement plus amusant.

— Amusant, répéta Lamia, dubitative.

Le regard d'Eirene brillait d'un éclat étrange, comme si elle ne lui disait pas tout.

— Oui, amusant.

Elle prit la main de Lamia avant d'ajouter, l'air implorant :

— Maintenant que je ne suis plus confinée dans ma chambre, j'aimerais beaucoup voir le reste de la maison. Tu me fais visiter ?

— Ça n'a rien d'amusant, gémit Lamia.

Penchée à la fenêtre d'Eirene, haletante, en sueur et terrifiée, elle contemplait la roseraie plongée dans la pénombre. Quand elle avait accepté de lui montrer la maison, elle n'avait pas compris qu'elle devrait le faire *maintenant*. Son père avait des invités – elle les entendait discuter dans la demeure principale. Et dans ces cas-là, il barrait toujours l'entrée de la tour pour que personne ne vienne déranger sa fille. Comme Eirene l'avait gaiement souligné, cela signifiait qu'elles allaient devoir faire un peu d'escalade.

— Tu veux que je t'aide ? lui demanda-t-elle d'une voix calme. Je peux guider ton pied vers…

Lamia sentit des doigts frôler sa jambe valide et la retira prestement.

— Non !

Elle se faufila par l'étroite ouverture aussi vite qu'elle le put, puis se laissa tomber dans les buissons de l'autre côté.

— Aïe.

Bien qu'elle soit parvenue à ne pas se cogner la tête, une tige de rose lui avait écorché la main.

— Pourquoi avoir refusé mon aide ? la gronda Eirene depuis la fenêtre.

Assise par terre, Lamia retira les épines de sa paume en s'efforçant de ne pas paraître trop renfrognée. Pourquoi avait-elle accepté de faire ça ?

— Je n'en avais pas besoin.

— Bien sûr.

Eirene se hissa sur le rebord avec aussi peu de grâce qu'elle et sauta en évitant les rosiers. Puis elle se releva et épousseta son chiton.

— Suis-moi !

— Tu es certaine que mon père ne nous verra pas ?

Maintenant qu'elle était dehors et respirait l'air frais de la nuit, Lamia regrettait sa décision. Était-elle donc si facile à manipuler ? Eirene n'avait-elle qu'à demander pour qu'elle fasse ses quatre volontés ? Son père avait raison, songea-t-elle, les épaules voûtées : elle était influençable, faible et stupide. Elle ne survivrait pas une seule journée sans lui.

— Si j'en crois les rapports de mon cousin, il y aura au moins une centaine de personnes, déclara Eirene avec assurance. Or le meilleur moyen de passer inaperçu, c'est de se fondre dans une foule.

— Mon père est très observateur, la prévint Lamia en lui emboîtant le pas.

— Il sera bien trop occupé avec ses riches amis marchands pour prêter attention au petit peuple mal lavé.

— Je ne suis pas mal lavée !

— C'est une façon de parler. Viens, allons voir combien il y a d'invités.

Sans attendre de réponse, Eirene se dirigea vers l'avant de la maison. Lamia en profita pour renifler discrètement son chiton et conclut qu'en effet, elle pourrait sans doute faire quelques efforts d'hygiène.

Elles se plaquèrent contre le mur, à l'endroit précis où Lamia s'était tenue quelques jours plus tôt pour observer Eirene. Ensemble, elles jetèrent un coup d'œil à l'angle du bâtiment.

Le cousin Stavros n'avait pas menti. Un flux régulier de convives aux tenues colorées franchissait le seuil de la demeure. Le clair de lune faisait briller des bijoux en or à leurs poignets, à leur cou et à leur front. Daphné allait et venait entre eux, un collier de pierres précieuses entourant sa gorge musclée. Cela semblait la rendre irritable ; elle se pressait contre les jambes, grignotait les ourlets des robes, donnait des coups de patte dans les ceintures pendantes. Quand un homme élégant vêtu d'un chiton bleu tendit la main vers elle, recourbant ses doigts pour lui demander d'approcher, elle fit mine de le mordre. L'homme poussa un cri de surprise tandis qu'elle réprimait une espèce de rire.

Eirene lâcha un petit sifflement d'admiration.

— Léandros sait recevoir... Bon, je connais déjà l'entrée et la cour. Allons voir de l'autre côté.

Le regard fuyant, elle ajouta d'un ton faussement détaché :

— J'adorerais visiter l'atelier de ton père. Comme tu le sais, je fabrique moi-même des remèdes et potions en tout genre. Avoir la chance de découvrir l'endroit où les Désirs se préparent...

— Je ne peux pas t'y conduire ! s'exclama Lamia, horrifiée. Il se trouve sous sa chambre.

Du moins, c'était ce qu'elle croyait. Elle-même n'y avait jamais mis les pieds.

Les sourcils froncés, Eirene ouvrit la bouche puis la referma sans rien dire. Elle semblait avoir pris une décision.

— Alors que peux-tu me montrer ?

Lamia réfléchit un instant.

— La cuisine. La ménagerie.

— La *ménagerie* ?

— Oui, enfin, ce qu'il en reste. Daphné a mangé tous les cerfs. Et l'un des cygnes. Mais l'autre va bien ! précisa-t-elle devant l'air effaré de sa compagne. Et le dauphin est toujours là, lui aussi.

— Daphné ne l'a pas croqué ?

— Elle n'aime pas l'eau.

— Bon, va pour la cuisine.

— D'accord.

Lamia passa devant elle et la conduisit, à travers la roseraie, jusqu'à l'arrière de la maison. Des voix de femmes résonnaient dans la nuit.

— D'autres invitées, tu crois ? s'étonna-t-elle. Pourquoi ne passent-elles pas par l'entrée principale ?

— Non, pas des invitées, répondit Eirene. Plutôt des domestiques ou des… artistes, je dirais. Les femmes n'ont pas le droit d'assister aux symposiums.

— Pourquoi ? s'indigna Lamia.

Elle-même n'éprouvait pas le moindre intérêt pour ce rassemblement. La foule la terrifiait et, si elle y réfléchissait trop longtemps, elle faisait ensuite des cauchemars où les gens la pointaient du doigt, se moquaient d'elle, la chassaient en brandissant des torches enflammées. Cependant, exclure toutes les femmes lui paraissait injuste.

— Excellente question, soupira Eirene. À laquelle je n'ai hélas pas de réponse. La cuisine est par là, j'imagine ?

Elle s'écarta du mur en prenant soin de garder la tête basse. À contrecœur, Lamia la suivit.

Il n'y avait en effet pas d'invités de ce côté – en témoignait l'absence de bijoux et de vêtements raffinés. Un groupe de filles en robes très simples allaient et venaient entre la large porte et une charrette remplie d'amphores. D'autres chuchotaient un peu plus loin, penchées les unes vers les autres.

En s'approchant, Lamia distingua quelques bribes de leur conversation.

— ... juste un peu sur les yeux et les lèvres..., disait l'une.

— Une goutte sur les clavicules, ajoutait une autre.

— Pour qu'ils vous regardent les seins ! pouffa une troisième.

— Rien qu'un soupçon entre les jambes, conseilla la dernière d'une voix aguicheuse, et vous gagnerez plus de pièces que jamais. Je peux vous avoir un bon prix, les filles. Je me fournis auprès de Léandros en personne.

— De quoi parlent-elles ? s'enquit Lamia, troublée.

Eirene lui décocha un regard en coin.

— Aucune idée. Bon, tu me la montres, cette cui...

Elle s'interrompit brusquement, les yeux rivés sur la porte comme si elle avait vu un fantôme.

Une fille venait de sortir de la maison. Elle avait d'épaisses boucles noires qui lui tombaient jusqu'au milieu du dos, de grands yeux bruns, des pommettes hautes et une silhouette frêle. Lamia les contempla tour à tour, Eirene et elle, ses lèvres esquissant un prénom.

— Phoebe..., souffla sa compagne, confirmant ses soupçons.

Puis elle s'élança vers sa sœur, qui leva la tête juste avant d'être engloutie dans ses bras.

Lamia resta plantée là un moment, à les regarder, avant de s'approcher d'un pas lent, dissimulée par l'ombre du toit.

— Qu'est-ce que tu fiches ici ? demandait Eirene d'une voix pressante. Tu es stupide, ou quoi ? As-tu perdu la tête depuis que je suis partie ? Et si Léandros te voyait ?

Phoebe se raidit et s'écarta.

— Non, je ne suis pas stupide, je m'inquiète pour toi ! Ils ont toujours besoin de domestiques en plus pour leurs soirées. Peu importe qui je suis, tant que je leur sers du vin.

— Ces amphores sont énormes. Phoebe, tu dois te ménager. Tu as l'air…

— Je vais très bien. C'est juste que j'ai beaucoup tissé ces derniers jours. Mais rassure-toi, je n'ai pas l'intention de porter quoi que ce soit. Je voulais juste un prétexte pour entrer ici.

— Léandros pourrait quand même te reconnaître, insista Eirene. Tout comme Stavros. Il est là ?

— Oui. J'imagine que lui aussi espère te croiser. Tu aurais dû voir sa tête quand il a compris que tu étais partie… Et quand Léandros est passé…

— Il est venu chez nous ?

— Oui, pour lui annoncer qu'il avait changé d'avis et voulait t'épouser, toi.

— Il a donc tenu parole.

Eirene semblait surprise.

— Comme je n'étais pas certaine que tu saurais le convaincre, poursuivit Phoebe, j'ai d'abord cru qu'il venait me chercher. J'ai eu tellement peur… Et puis je m'en suis voulu d'être si soulagée. Je n'arrive pas à croire que je t'aie laissée faire ça. C'est moi qui devrais être ici, à ta place.

— On en a déjà parlé. Comment aurais-je pu me rendre utile si j'étais restée ?

— Eh bien…

— Et ta tapisserie, ça avance ?

Phoebe s'illumina.

— Oh oui, elle est magnifique ! Aussi belle que je l'imaginais. Je crois bien que c'est ma plus réussie. Attends de voir ces couleurs…

— Je savais que tu te surpasserais ! s'écria Eirene en riant. On pourra en tirer un prix au-delà de toute espérance.

Quelque chose palpita au creux du ventre de Lamia. Elle aurait tant aimé la faire rire comme ça…

Phoebe se rembrunit.

— Ça m'attriste de devoir la vendre.

— On la récupérera plus tard. Je te le promets. Le moment venu.

— D'accord. Mais c'est un travail de longue haleine. J'en aurai encore pour plusieurs semaines.

— Ça ne fait rien. Comme tu peux le constater, je suis en sécurité ici, et il n'y a aucune raison que cela change d'ici là. Prends tout le temps qu'il faudra. Je me fais vraiment du souci pour toi.

— Ne viens pas me sermonner alors que tu te mets toi-même en grand danger, répliqua Phoebe avant de lui demander, un ton plus bas : Au fait, où en es-tu de tes recherches sur…

— Attends !

Eirene fit volte-face, cherchant Lamia des yeux.

— Phoebe, déclara-t-elle d'une voix trop enjouée, je te présente Lamia.

Celle-ci s'avança d'un pas hésitant, telle une chatte sauvage se méfiant des humains. Phoebe plissa les yeux.

— La fille de Léandros, précisa Eirene. Lamia, voici ma sœur Phoebe.

— Bonjour.

Phoebe ouvrit la bouche puis la referma sans rien dire. Sa jumelle et elle échangèrent un regard.

— Bonjour, lâcha-t-elle enfin.

— Bien, nous voilà toutes amies, conclut Eirene. Maintenant que tu m'as vue et que tu sais que je vais bien, s'il te plaît, rentre à la maison.

— Je ne...

— Pars, je t'en supplie. Je ne veux pas te voir ici.

Phoebe rougit. Même Lamia, à qui ces paroles n'étaient pas destinées, fut frappée par leur dureté.

— Comprends-moi, continua Eirene d'une voix plus douce, une main posée sur le poignet de sa sœur. Je ne veux pas m'inquiéter pour toi. Je veux te savoir à l'abri. S'il te plaît, Phoebe...

Elle se tut car un inconnu venait de se planter sur le seuil de la cuisine et la fusillait du regard.

— Où est ton amphore ?

— Nous..., commença Lamia.

— Et la tienne ? Dépêchez-vous d'aller les chercher !

Comme elles ne bougeaient pas, il s'avança, l'air menaçant. Lamia poussa un cri avant de filer vers la charrette à moitié pleine. Les amphores étaient vraiment très grosses. Pendant qu'elle en soulevait une et qu'Eirene la rejoignait, Phoebe s'éclipsa.

— Suivez-moi ! tonna l'homme.

Les filles obéirent. Puis il les orienta vers la cour sans cesser de les houspiller.

— Il y a des coupes qui attendent d'être remplies. Allez !

Le genou de Lamia protestait contre son nouveau fardeau. Puis elle sentit l'haleine chaude d'Eirene dans son cou.

— Viens, souffla celle-ci. On va les déposer dans un coin, tout là-bas. Si tu vois Peiros ou ton père, fais demi-tour. Il ne faut surtout pas qu'ils distinguent ton visage.

Les épaules droites, elle repartit en direction de la fontaine, Lamia sur les talons. Des hommes soûls jetaient des grains de raisin aux canards, qui se les disputaient à grand bruit.

Une fois de l'autre côté de la cour, Eirene s'arrêta, regarda autour d'elle, puis fourra son amphore sous une table. Lamia l'imita.

L'homme qui leur avait crié dessus se tenait toujours à l'entrée de la cuisine, d'où il surveillait les alentours.

— Garde la tête basse, murmura Eirene en s'éloignant.

Obéissante, Lamia inclina le front, ne laissant voir que la couronne de tresses au sommet de son crâne.

— Attention, murmura Eirene en la tirant par la main derrière un écran de feuillage.

— Aïe…

Par chance, la grande fougère qui venait de lui fouetter le visage étouffa son cri. Eirene la lâcha, ses doigts brûlants laissant derrière eux une sensation de froid.

— Désolée, s'excusa-t-elle. On va attendre ici qu'il s'en aille.

Elles ne voyaient pas grand-chose depuis leur cachette, à cause d'un groupe d'hommes bien décidés à profiter au maximum du vin gratuit. Ils vidaient leurs coupes d'une traite, parlaient d'une voix pâteuse et se bousculaient à chaque pas. De temps en temps, l'un d'eux renversait son verre sur ses vêtements, suscitant un concert de moqueries. Ils ne prêtaient aucune attention aux deux filles tapies dans l'ombre derrière eux.

Lamia n'arrêtait pas de rajuster le bas de son chiton.

Ça va ? lui dcmanda Eirene comme elle promenait un regard inquiet sur la cour.

— Je ne sais pas trop…

À nouveau, elle tira sur les pans de tissu pour s'assurer qu'ils couvrent bien ses jambes avant de poursuivre :

— Tu es sûre qu'on ne craint rien, ici ?

— Certaine. La pièce de théâtre va bientôt commencer. Personne ne regardera de notre côté et on pourra filer.

Le groupe aviné s'était mis à brailler une chanson à boire, mais Lamia ne semblait pas s'en soucier. Elle était captivée par les acteurs qui entraient en scène, frappaient le sol de leurs pieds nus en fronçant les sourcils et discutaient entre eux. Ils étaient trois, des jeunes hommes sveltes aux joues rondes, aux boucles légères et aux lèvres charnues. Il y avait quelque chose de fascinant dans leur manière de se mouvoir, comme s'ils dansaient sur le plancher verni. La main libre de la jeune fille se crispa ; elle regrettait de ne pas avoir son morceau de charbon. Comment capturer leur grâce, leur sérénité ? Peut-être en floutant leurs membres, pour souligner leur côté éthéré ?

Enfin, la scène s'illumina et les conversations se turent. Les acteurs ne bougeaient plus. La chanson des ivrognes s'interrompit sur une fausse note. Quelqu'un fit tomber une coupe dans un fracas métallique dont l'écho résonna longtemps.

Puis une voix claire et forte s'éleva dans le silence :

— Mes chers amis !

Les mots se répandirent dans la foule telle une mauvaise odeur, se faufilèrent entre les groupes de buveurs qui se redressèrent, serrant leurs coupes à demi vides. Un seul homme pouvait avoir cet effet sur les habitants de Zakynthos. La main de Lamia se raidit sur celle d'Eirene, comme si elle avait été saisie d'un frisson. Si elle essayait de s'enfuir, il la verrait. Seule cette pensée l'empêcha de partir en courant. Elles n'auraient jamais dû venir. C'était une terrible erreur. Comment avait-elle pu espérer échapper à son père ?

— Bienvenue, continua Léandros, fixant l'assemblée de son regard si bleu. Je suis très heureux que vous soyez tous ici ce soir.

DIX-NEUF

TANT DE PLAISIRS

Eirene

Les acteurs disparurent derrière le rideau. Avant que celui-ci ne retombe, Eirene entrevit les coulisses qu'il dissimulait. Des vêtements, des masques et divers accessoires encombraient une longue table basse.

— Ne perdons pas plus de temps en politesses, enchaîna Léandros. Vous savez ce que j'attends de vous – buvez, mangez, riez et célébrez la gloire des dieux qui nous ont accordé cette vie.

La foule l'acclama si fort qu'Eirene, contaminée par son enthousiasme, faillit se joindre à elle. Elle avait repéré Stavros avachi dans un coin, le front contre une table sur laquelle se répandait le vin de sa coupe renversée. Elle fut soulagée qu'il soit hors d'état de nuire.

— Je vous ai rassemblés en l'honneur d'Aphrodite et de son divin fils Éros, mes ancêtres bien-aimés, proclama Léandros. Profitez du spectacle et ne vous privez de rien, car ce soir le vin coule à flots !

Nouveaux cris de joie. Le maître des lieux salua ses convives, balayant du regard les visages les plus proches. Même s'il n'y avait aucun risque qu'il les reconnaisse de si loin, Eirene plongea derrière une large feuille. Il fallait vraiment que Lamia et elle s'en aillent. Mais elles pouvaient peut-être se permettre d'assister au début du spectacle...

Elle risqua un coup d'œil vers Léandros qui descendait de la scène et s'affalait sur une chaise libre au premier rang. D'un geste alangui, il fit signe à une très jolie femme en péplos bleu d'approcher. Il lui dit quelques mots qui la firent rire et la convainquirent de s'asseoir sur ses genoux. Eirene grimaça.

— Qui est-ce ? s'étonna Lamia.

— Euh, une amie de ton père, j'imagine.

Elle était à peu près certaine qu'il s'agissait d'une des femmes qu'elles avaient vues dehors, en train de discuter du meilleur endroit où appliquer du Désir pour se rendre irrésistible.

Léandros colla son visage dans le cou de sa conquête tout en glissant une main sous sa jupe. Elle ferma les yeux.

— Une *amie* ? répéta Lamia dans un souffle horrifié.

Un gong retentit alors, épargnant à Eirene l'embarras de devoir répondre. Le plus petit des acteurs entra en scène, désormais vêtu d'une tunique de femme retenue par une ceinture. Son visage était dissimulé par un masque soigneusement peint, aux lèvres pleines, aux longs cils et aux joues roses. Comme un spectateur le sifflait, l'acteur lui décocha une œillade coquette par-dessus son épaule. Puis il prit la parole d'une voix aiguë :

— Je suis Psyché, la plus belle des mortelles ! Voici mon histoire et celle de mon époux, le grand dieu Éros.

Eirene savait qu'elle aurait dû partir, mais elle mourait d'envie de voir la suite. À côté d'elle, Lamia demeurait parfaitement immobile. Daphné les frôla dans l'ombre, tenant dans sa gueule le corps sans vie d'un canard blanc.

Un autre acteur, d'une grande beauté, fit son entrée. Quand il vit Psyché, il tomba à genoux, émerveillé, et joignit les mains.

— Ma foi, tu es la plus ravissante de toutes les créatures qu'il m'ait été donné de voir. La belle Aphrodite serait-elle passée par cette contrée, laissant tomber des pétales de rose dans son sillage ? À moins que tu ne sois une *nouvelle* Aphrodite, non pas née de la mer mais des terres ? Si tel est le cas, je dois rassembler mes frères pour qu'ils te vénèrent, car les roses font pâle figure à côté de la fleur rare que tu possèdes.

Un ricanement s'éleva de la foule. La tête de Léandros, enfouie jusque-là sous les cheveux de sa maîtresse, se redressa brusquement. L'acteur ne s'en aperçut même pas. Sur un dernier clin d'œil, il disparut en coulisses.

Le troisième prit sa place. Comme le premier, il portait une robe de femme, assortie d'un masque encore plus raffiné. Il tenait à la main une rose rouge parfaite.

— Je suis Aphrodite ! proclama-t-il.

Nouveau sifflet en provenance du public. Les épaules de Léandros se raidirent. La femme assise sur ses genoux, devinant sa contrariété, lui caressa les cheveux, mais il la repoussa sans ménagement.

— Qui ose se vanter d'être plus belle que moi ? continua Aphrodite avant de fondre sur Psyché. Cette petite chose fade et mortelle ? Bah !

Tout en parlant, l'acteur gesticulait avec sa rose. Un pétale tomba à ses pieds.

— Je m'en vais rappeler à ce peuple à quoi ressemble le pouvoir d'une vraie déesse. Où est mon fils ? *Éros* !

Le deuxième acteur revint, un arc entre les mains et l'air contrarié.

— Me voici, mère.

Nouveau clin d'œil, qui arracha des cris de joie et des rires à la foule.

Eirene regarda Léandros boire une gorgée de vin, les mâchoires crispées. La pièce n'était visiblement pas à son goût, mais il était trop tard pour y remédier. Impossible de provoquer une scène devant ses invités ; ce serait indigne de lui.

Aphrodite pointa un doigt impérieux vers Psyché.

— Vois-tu cette fille ?

— Pour sûr…

L'acteur jouant Éros esquissa encore un clin d'œil et remua les sourcils. Eirene songea qu'il en faisait trop.

Aphrodite le gifla.

— Je ne te la désigne pas comme potentielle conquête ! Cette petite garce coincée – ces mots arrachèrent à Lamia un hoquet mortifié – se croit meilleure que moi. Je t'en supplie, mon fils adoré, aide-moi à exercer ma vengeance.

Elle entreprit alors d'exposer son plan, qui consistait à faire tomber Psyché amoureuse d'une bête immonde grâce aux flèches magiques d'Éros. La fille de Léandros souffla :

— Eirene…

Celle-ci soupira. Elle avait beau observer le spectacle à travers les feuilles d'une plante, elle passait un bon moment. Et ce d'autant plus que ce n'était pas le cas de Léandros.

— Oui ?

— C'est Aphrodite ?

— Oui.

— Elle n'a pas l'air très gentille.

— Aphrodite n'est pas censée l'être. C'est une déesse.

— Oui, celle de la beauté.

Eirene lui jeta un regard moqueur, avant de se radoucir face à son étonnement sincère.

— Être belle et être gentille sont deux choses très différentes, expliqua-t-elle en lui tapotant le bras.

Comme Lamia restait interdite, elle reporta son attention vers la scène. Psyché s'était étendue pour dormir et l'acteur jouant Aphrodite était de retour, déguisé en ours galeux. Quant à Éros, il s'approchait à pas de loup, arc et flèche à la main.

— Eirene.

— Quoi, encore ?

Elle mit une bonne demi-seconde à comprendre pourquoi Lamia paraissait blessée par sa réaction. En fait, ce n'était pas elle qui venait de prononcer son nom. Faisant volte-face, elle se retrouva nez à nez avec un visage aux traits si familiers qu'elle faillit fondre en larmes.

— Damon ! s'écria-t-elle en le serrant dans ses bras.

Contrairement à la sienne, l'étreinte de son ami manquait un peu de chaleur.

— Damon, c'est si bon de te voir !

— Que fais-tu ici ? lui demanda-t-il, sur ses gardes.

Eirene haussa les épaules, sa joie déjà retombée.

— Je suis encore libre de mes mouvements, que je sache.

Sur scène, Éros trébuchait et se plantait sa propre flèche dans la cuisse. La foule le hua.

— Le spectacle te plaît ? s'enquit-elle.

Damon secoua la tête d'un air incrédule.

— Le spectacle ? Eirene, tu n'as vraiment rien d'autre à me dire ?

— Comme quoi ?

Elle aurait croisé les bras si Lamia n'avait pas choisi cet instant pour lui saisir la main.

Damon enchaîna, les épaules basses :

— Alors, c'est vrai, tu vis avec Léandros, désormais ? Tu es… sa femme ?

Le ventre d'Eirene se noua.

— Je…

— C'est ce que les gens racontent, en tout cas. Stavros s'en vante tous les soirs.

Évidemment. Elle aurait dû se douter que son cousin serait fier de ses nouveaux liens avec Léandros.

— Pitié, Eirene, dis-moi qu'il ment !

— C'est… un peu plus compliqué que ça. Je vais tout t'expliquer, mais tais-toi, s'il te plaît. S'il me découvre ici, Léandros…

Elle ignorait ce qu'il ferait au juste, mais ce ne serait sûrement pas bon pour elle.

— Plus compliqué ? Donc c'est vrai ? Tu l'as épousé ?

Le visage d'ordinaire jovial de Damon était tordu par l'inquiétude. Les plis autour de sa bouche se creusèrent un peu plus à la vue de Lamia, recroquevillée dans l'ombre, la main d'Eirene toujours serrée dans la sienne.

— Qui est-ce ?

Rien ne se passait comme prévu.

— La fille de Léandros. Damon…

— Sa *fille* ?

— Moins fort !

— Désolé, désolé. C'est juste que ça fait beaucoup de nouvelles d'un coup. Te voilà soudain mariée, belle-mère…

— N'importe quoi ! se défendit Eirene, toute rouge.

Elle n'était pas encore mariée à Léandros et n'avait aucune intention d'en arriver là. Quant à devenir la *belle-mère* de Lamia, cette perspective à elle seule l'emplissait d'horreur.

Les deux amis se toisèrent dans un silence furieux, tandis que les acteurs continuaient de déclamer leurs répliques sous les rires du public. Psyché avait décidé de tuer Éros dans son sommeil, avant de se rendre compte qu'il était terriblement séduisant. Le dieu l'accusait d'avoir trahi sa confiance et agitait les bras dans tous les sens pendant qu'elle tentait de l'embrasser, l'empoignait par le cou, l'entrejambe. Eirene regretta de rater tout cela ; elle aurait aimé voir la réaction de Léandros face à tant de vulgarité.

Damon aspira de l'air entre ses dents.

— Ça ne me plaît pas. Je sens que tu me caches quelque chose.

— Pas du tout, mentit-elle à contrecœur. Je te jure.

— Alors, il n'y a que le mariage et la fille surgie de nulle part ?

— Damon…

Il la fit taire d'un geste.

— Arrête. Je n'ai pas envie d'écouter tes balivernes plus longtemps. Promets-moi juste que tu es en sécurité. La prochaine fois que mon maître sera appelé ici… Je ne tiens pas à ce que ce soit pour ramasser *ton* corps exsangue.

Eirene fronça les sourcils. « Exsangue. » Drôle de mot…

— Qu'est-ce que ça veut dire ?

— Ça veut dire que je ne veux pas que tu meures !

— Non, pas ça, fit-elle en agitant la main comme pour balayer ses inquiétudes. Que signifie « exsangue » ?

— Attends, tu n'étais pas au courant ? Je croyais te l'avoir dit.

Une terreur glacée referma ses griffes autour du cœur de la jeune fille.

— M'avoir dit quoi ?

Le regard de son ami passa rapidement sur Lamia.

— Eh bien…

— Allez !

Il redressa la tête.

— Quand mon maître est venu chercher le cadavre… il l'a trouvé vidé de son sang.

Eirene se figea. Lamia poussa un petit cri horrifié et lui lâcha la main. Les voix des acteurs leur parvenaient de très loin, étouffées, indistinctes, comme s'ils parlaient sous l'eau. Aphrodite ordonnait à Psyché de trier une énorme pile de grains, et celle-ci se lamentait. Alexandra avait été vidée de son sang. Mais pourquoi ? Et par qui ?

Ou plutôt, songea Eirene, transie jusqu'aux os, *par quoi* ? Pauvre, douce Alexandra. Si Léandros était responsable, elle n'avait jamais eu la moindre chance d'en réchapper.

— Ça va ? l'interrogea Damon.

— Accorde-moi une minute.

La jeune fille se força à respirer profondément et à concentrer son attention sur la scène, où Psyché était parvenue à terminer sa tâche avec l'aide d'une armée de fourmis. Des fourmis, vraiment ? Elle-même n'en avait pas eu besoin. Elle avait séparé ces satanées graines à la main pendant trois jours d'affilée, jusqu'à en délirer d'épuisement. D'ailleurs, elle se demandait si elle n'hallucinait pas encore un peu.

— Il faut que j'y aille, dit-elle enfin, plus pour elle que pour les autres.

— Déjà ? s'étonna Damon.

— Non, en fait, je veux voir la suite de la pièce.

Quelle épreuve venait après celle du tri ? Cela pourrait peut-être l'aider à se préparer.

— La pièce ?

Damon semblait se demander si elle avait toute sa tête.

— Oui. Léandros a décidé de me confier trois tâches, clairement inspirées de celles de Psyché. Je me suis déjà occupée des graines. Si je reste encore un peu, je saurai ce qu'il me réserve ensuite.

— Je crois qu'après ça, elle doit descendre aux Enfers, répondit Damon.

— Inutile de rester, intervint Lamia. Je connais l'histoire par cœur.

— Vraiment ?

— Oui. C'est celle de ma famille, bien que mon père ne me l'ait pas tout à fait racontée de cette façon. La deuxième épreuve de Psyché consiste à récupérer la laine d'un troupeau de moutons mangeurs d'hommes…

— Tu m'expliqueras tout ça demain, la coupa Eirene, qui venait de prendre une décision. En attendant, j'aurais besoin que tu me rendes un service.

Plus elle réfléchissait à un moyen détourné d'accéder à l'atelier de Léandros, plus elle se sentait coupable. Elle préférait mille fois être honnête avec Lamia.

Celle-ci pâlit, devinant ce qu'elle allait lui demander.

— La situation a changé, lui confia Eirene. Tu as entendu Damon : il se trame des choses étranges dans cette maison. Je dois découvrir lesquelles. J'ai besoin que tu me montres les appartements de ton père. Car j'ai besoin de savoir ce qui est arrivé à Alexandra.

Son cœur battait la chamade. Elle soutint le regard de Lamia, s'efforçant désespérément de lui faire comprendre combien c'était important pour elle.

— Eirene…

— S'il te plaît… Je ne veux pas être la prochaine.

Léandros était si sûr de lui qu'il en était arrogant. La porte devant laquelle Lamia s'arrêta – refusant de la franchir elle-même – n'était pas fermée à clé. Quant à l'emplacement de l'atelier, il était si évident que c'en était presque risible. Derrière un immense lit jonché de couvertures moelleuses, une arche s'ouvrait sur une volée de marches conduisant au sous-sol.

— Tu ne veux vraiment pas venir ? s'enquit Eirene.

— Non ! J'ai déjà défié mon père en te guidant jusqu'ici. Ne m'oblige pas à le trahir davantage.

— Alors tu peux retourner à la tour.

Sans attendre sa réponse, Eirene ferma la porte. Elle s'accorda quelques secondes, redressa les épaules, inspira profondément. Puis, contournant le lit, elle descendit l'escalier jusqu'à une pièce poussiéreuse et basse de plafond. L'atelier de Léandros.

Il ressemblait en tout point à ce qu'elle avait imaginé : l'antre maléfique d'un démon. Un buste doré du maître des lieux trônait sur une espèce d'autel adossé au mur du fond. Quelqu'un – sans doute Léandros lui-même – l'avait décoré d'une couronne de fleurs fraîches. Eirene retint un rire moqueur.

La salle, tout en longueur, était faiblement éclairée par d'étroits soupiraux situés au ras du plafond. Au milieu se trouvait une imposante table, assez large pour qu'une douzaine d'hommes prennent place de chaque côté. Étrangement, il n'y avait pas de bancs ; l'unique siège était un fauteuil aux allures de trône, au pied duquel gisait une pile de tissus tachés et légèrement roussis. Une odeur âcre planait dans l'air. Au bout de la table était posé un énorme bol de pierre, mais ce ne fut pas ce qui attira l'attention de la jeune fille. La surface du bois brillait un peu. En s'approchant, elle s'aperçut qu'elle était couverte d'une fine poudre argentée. *Du Désir*. Quoi d'autre ?

Lorsqu'elle passa un doigt dessus, des particules miroitantes s'incrustèrent dans les sillons de sa peau. Dommage qu'il n'y en ait pas plus ; elle aurait peut-être pu identifier les ingrédients qui composaient ce mélange. Elle porta la poudre à sa bouche. Elle avait un goût doucereux et métallique – rien de reconnaissable. Elle s'essuya la langue sur sa manche. Même s'il y avait peu de chances qu'une quantité aussi infime ait le moindre effet, elle ne voulait prendre aucun risque. Elle sortit ensuite son couteau de sa ceinture et découpa un petit morceau de son chiton. Phoebe serait fâchée, mais ce ne serait pas la première fois. Eirene rassembla la poudre au creux du carré de tissu, en tordit les extrémités et le glissa dans sa ceinture à côté de son couteau.

Un coup d'œil au contenu du grand bol ne lui apprit pas grand-chose de plus. De la sauge calcinée, des copeaux d'écorce, une poignée de feuilles multicolores, des graines de pavot et quelques petits os blancs. Si c'étaient là les ingrédients des Désirs, ils n'avaient rien d'extraordinaire. Ce qui l'intéressait, c'était la dernière étape, celle qui permettait à Léandros de transmuter cet amas de détritus en potion aux pouvoirs terrifiants…

Eirene s'approcha ensuite de l'autel en se préparant au pire. « Alexandra a été vidée de son sang. » Peut-être était-il là, offrande écœurante aux dieux protecteurs de Léandros ? Mais à part des fleurs, des bougies et des fruits frais, elle ne vit rien. Contrairement à ce qu'elle avait d'abord cru, le buste n'était pas à son effigie. Les joues étaient plus rondes, les lèvres plus charnues, les boucles plus serrées et les yeux plus grands. Éros. Léandros n'exagérait donc pas lorsqu'il prétendait être le portrait craché de son divin ancêtre. La ressemblance était troublante – en tout cas, si l'on se fiait au sculpteur.

Eirene frissonna et recula d'un pas.

Le mur opposé à celui de l'autel était couvert d'étagères, beaucoup plus remplies que celles du bureau où Léandros l'avait reçue le premier soir. Elles accueillaient toute une collection de pots, de bocaux, de papiers et de mystérieux artéfacts. Eirene s'en approcha d'un pas lent. Elle n'avait aucune idée de ce qu'elle allait trouver. À défaut de l'offrir aux dieux, Léandros avait peut-être utilisé le sang d'Alexandra pour préparer du Désir ? L'un de ces récipients contenait-il tout ce qui restait d'elle – un ingrédient comme un autre ne demandant qu'à être pesé, distillé et mélangé à son horrible poudre ? Eirene espérait de toutes ses forces quc non. Lc mondc rcgorgcait dc sang piégé dans des corps humains, prêt à être récolté. Elle ne pourrait jamais empêcher Léandros d'avoir accès à une ressource aussi infinie. Ravalant sa nausée, elle porta ses mains tremblantes à ses lèvres.

Elle commença par les bocaux, soulevant leurs couvercles un à un. Ils contenaient divers liquides, pâtes et poudres. L'un était rempli de pétales de rose si odorants qu'ils la firent éternuer. Un autre d'un liquide translucide qui sentait la mer. Un autre encore de sel, et un autre de poivre. Cannelle, gingembre, safran jaune. Il y avait également des bouquets d'herbes séchées suspendus à des crochets au plafond. Eirene reconnut le fil brun et les nœuds bien serrés : c'étaient les siens. Mais pas de sang. À l'exception du liquide non identifié auquel elle n'osait pas toucher, tout ce qu'elle voyait là aurait pu se trouver chez n'importe quel apothicaire.

Elle passa ensuite en revue les plus gros objets, alignés sur les étagères du bas. Un sac de graines sombres à l'odeur familière la fit hésiter. Ce n'était quand même pas… Elle y plongea la main et en ressortit une poignée de lentilles. Aucun doute, c'étaient bien celles qu'elle avait passé tant de jours à trier. Du sable y était encore accroché. Quel usage Léandros pouvait-il bien leur réserver ? Eirene les laissa retomber dans le sac et continua à fouiller ; il y avait là tant de choses étranges qu'elle ne pouvait pas s'arrêter à ça. Elle découvrit bientôt, enveloppée dans un pan de tissu gris usé, une jambe en bronze magnifiquement moulée – depuis les orteils recourbés jusqu'au mollet lisse et musclé. La tranche était irrégulière, comme si elle avait été découpée sur une statue. Eirene s'empressa de la ranger, envahie par une inexplicable sensation de malaise. À côté, elle trouva un grand plat plein de… poils ?

Elle réprima un haut-le-cœur et l'inspecta de plus près. Ce n'étaient pas des poils mais des boucles de cheveux auburn. Son trouble augmenta, sans qu'elle puisse s'expliquer pourquoi. Un papyrus était coincé sous le plat, qu'elle souleva en s'efforçant de regarder ailleurs. Ce n'est qu'après s'être écartée des étagères, de la jambe et des cheveux qu'elle osa baisser les yeux vers la feuille.

C'était un portrait.

Celui d'une femme ravissante, aux grands yeux arrondis et au nez droit. Elle souriait d'un air entendu, comme en connivence avec l'artiste. Son chiton, aussi court que celui d'un homme, soulignait sa poitrine généreuse et sa taille fine. Elle avait les hanches larges et se tenait debout, bras croisés, pieds écartés, solidement campée sur le sol. Ses cuisses étaient sublimes. C'était typique des peintres, que d'imaginer une perfection aussi inatteignable...

L'une de ses jambes se prolongeait par un mollet tout aussi incroyable. Mais l'autre... l'autre était barrée par des zébrures rageuses de couleur ocre. Eirene avait acheté ce pigment si souvent pour Phoebe qu'elle l'aurait reconnu entre mille. Étrange... Le reste du dessin était réalisé à l'encre noire, à un dernier détail près : la chevelure d'un cuivre flamboyant qui tourbillonnait autour de son visage, comme secoué par une tempête. Eirene repensa aux histoires que leur mère leur chuchotait autrefois, quand les nuits devenaient froides et qu'elles se blottissaient toutes ensemble dans le noir. Elles commençaient toujours de la même manière : « Ne sortez jamais après la tombée du jour. » Mésaventures de marins entraînés à la mort par des sirènes, drakainas au corps de serpent et au visage de femme qui dévoraient les hommes, empousas à la jambe de bronze et aux cheveux de flammes qui, grâce à leur maîtrise des illusions, envoûtaient de jeunes éphèbes pour les attirer dans leur lit et se repaître de leur chair.

— Mais nous, on n'est pas des garçons, s'exclamait gaiement Phoebe. On ne craint rien !

— À moins que certaines de ces démones aiment manger les petites filles ! répliquait leur mère avant de chatouiller son ventre rond.

Eirene regarda de plus près le dessin qu'elle tenait toujours à la main. Une fine ligne rouge partait des lèvres de la femme, comme un filet de sang.

— Hum, dit-elle à voix haute.

Une porte claqua à l'étage supérieur.

Merde. Elle avait trop tardé. Elle se dépêcha de replacer le papyrus sous le plat puis remonta l'escalier au pas de course, le plus silencieusement possible. Elle déboucha dans la chambre de Léandros juste à temps pour entendre sa voix furieuse résonner dans le hall d'entrée. Peiros lui répondit de son ton nasillard. Impossible de sortir maintenant ; ils la repéreraient à coup sûr.

Eirene chercha une cachette autour d'elle et, n'en trouvant aucune, plongea sous le lit. Recroquevillée dans la poussière, elle tendit l'oreille. Léandros et Peiros approchaient. Tout son corps se raidit. Le maître des lieux allait-il se coucher tout de suite ? Détecterait-il sa présence dès son entrée dans la pièce, ou bien vaquerait-il tranquillement à ses ablutions nocturnes ? Et ensuite ? Allait-elle devoir rester là toute la nuit ?

— ... ingratitude et manque de respect ! tonna-t-il en franchissant le seuil.

La jeune fille s'autorisa un sourire. Elle s'était doutée qu'il en voudrait aux acteurs d'avoir peint un tableau aussi peu flatteur de sa famille.

— Tu devrais les punir, conseilla Peiros. Comme l'aurait fait ton ancêtre, en les rendant tous fous de désir pour la même femme. Ou les uns pour les autres. Ou encore mieux, pour la panthère !

— Un mot de moi et Daphné les réduirait en charpie.

Le ton de Léandros indiquait qu'il n'excluait pas cette solution.

— Fais-le tout de suite, avant qu'ils ne repartent.

Il y eut un long silence.

— Non, décréta finalement le père de Lamia. Mes Désirs sont précieux. Je ne vais pas les gâcher pour de tels vauriens. Surtout pas maintenant, alors que nous sommes si près du but.

— Tu penses réellement que cette fille saura localiser le bosquet ?

— Elle a prouvé qu'elle était prête à tout pour sa sœur. Et si elle est aussi maligne que déterminée, il y a une chance qu'elle y parvienne. Les Moires ne me l'ont pas envoyée par hasard, Peiros.

Sous le lit, Eirene était aussi immobile et silencieuse qu'une tombe. Elle était partie du principe que les épreuves de Léandros avaient simplement pour but de démontrer son pouvoir, mais il semblait avoir de plus grands projets en tête.

— Assure-toi qu'il ne reste plus de traînards dans la maison, ordonna le maître des lieux. J'ai du travail.

Il passa si près de la cachette d'Eirene qu'elle vit ses ongles de pied soignés. Était-ce également Peiros qui se chargeait de ses pédicures ? Elle retint son souffle ; si elle était découverte maintenant, tout serait fichu.

Léandros s'engagea dans l'escalier menant à l'atelier. Quelques instants plus tard, Peiros quitta la chambre d'un pas lourd.

Une fois qu'il se fut éloigné, Eirene émergea de sous le lit en se tortillant et courut vers la porte, heureuse de s'être entraînée pendant toutes ces années à se déplacer en silence pour ne pas réveiller Stavros. Elle longea le couloir, traversa la cuisine et sortit enfin, haletante, dans la nuit. Lamia avait été obligée de laisser la porte de la tour ouverte. Avec un soupir, Eirene remit la barre en place, puis contourna le bâtiment jusqu'à la fenêtre de sa chambre.

Au matin, Léandros lui imposerait sa deuxième épreuve, qui consisterait sans doute à trouver ce mystérieux bosquet. Elle ne voyait pas comment se préparer à ça. Tout ce qui lui restait à faire, c'était se hisser par la fenêtre, dissimuler le petit paquet de Désir tout au fond de sa besace et essayer de dormir.

VINGT

COMME UN VOLEUR DE NUIT

Eirene

Au début, Eirene crut que le vent l'avait réveillée. Allongée dans le noir, le regard dans le vague, elle compta ses respirations. Elle était si *lasse* ; après trois jours de mauvais sommeil, l'épuisement s'était infiltré jusqu'à la moelle de ses os. Et sa nuque était raide. Elle tourna la tête d'un côté, puis de l'autre, afin d'étirer ses muscles douloureux. Enfin, elle remonta la fine couverture sur son front dans l'espoir d'occulter le clapotis persistant de la pluie.

Mais quand le bruit recommença, elle se figea.

Ce n'était pas le vent.

Un long gémissement sourd, comme la lamentation d'un être en souffrance. Il semblait provenir de l'escalier de la tour, ou peut-être de la petite chambre perchée à mi-hauteur. Celle qui restait toujours fermée à clé.

Le son s'éleva une troisième fois, faible, triste, affamé. *Affamé* ? Pourquoi ce mot lui était-il venu à l'esprit ? Maintenant qu'il était là, impossible de l'en déloger. Quelqu'un ou quelque chose dans la tour avait faim. Ce fut cette pensée qui la tira enfin de sa paralysie. Elle se leva de son lit et traversa la chambre comme dans un brouillard. La porte pouvait être verrouillée de l'extérieur, mais de l'intérieur ? Elle se maudit de ne pas avoir mieux inspecté les lieux à la lumière du jour. Une erreur qu'elle ne commettrait pas deux fois.

À tâtons, elle longea le mur jusqu'au chambranle de la porte. Pas de verrou. Elle allait devoir se débrouiller pour la bloquer. D'un pas aussi léger que possible, car elle ne tenait pas à ce que la créature affamée l'entende, elle alla chercher sa besace.

De retour près de la porte, elle coinça les divers rabats et sangles de cuir dans les interstices. Puis, par sécurité, elle glissa la lame de son couteau entre le cadre et le battant, la faisant pivoter pour qu'elle résiste à une tentative d'ouverture. Enfin, Eirene s'autorisa à respirer. Elle ne craignait plus rien. Personne ne pourrait franchir cette porte. À présent que le danger était écarté, elle retrouva un peu la raison. Allons, c'était peu probable qu'il y ait quelqu'un dans la tour. À moins que…

Clonk. Un choc sourd, métallique dans l'escalier. Une flèche de paniquc lui transpcrça la poitrinc. Ellc recula, trébuchant sur les dalles inégales du sol.

Elle eut beau tendre l'oreille, la chose ne bougeait plus. Mais le silence n'avait rien de rassurant. Elle avait entendu des pas – lourds, raides et irréguliers. Elle en était certaine. Réfugiée à l'autre bout de la pièce, elle se recroquevilla sur elle-même. Au moins, si la créature jetait un coup d'œil entre les planches disjointes de la porte, elle ne la distinguerait pas. À la vue du lit vide, elle conclurait peut-être qu'Eirene était partie et renoncerait à entrer. Il fallait l'espérer.

La jeune fille attendit durant ce qui lui sembla durer des heures, se pinçant pour se réveiller chaque fois que sa tête basculait vers l'avant. Le contrecoup de ses nuits de veille se faisait sentir. Dès qu'elle clignait des yeux, elle devait faire un effort surhumain pour les rouvrir. Au bout d'un moment, elle n'y tint plus. La fatigue s'abattit sur elle tel un raz-de-marée. Blottie dans son coin, le visage contre le mur, elle sombra dans un sommeil agité.

Elle rêva qu'elle se tenait à nouveau derrière la porte et que le bruit métallique approchait. Mais cette fois, elle ne reculait pas. Elle regardait par un petit trou et apercevait, de l'autre côté, un œil d'or pâle rivé sur elle. Le battant se mettait alors à trembler sous ses mains, secoué avec violence par la créature qui essayait de l'atteindre sans cesser de la fixer, la fixer, la fixer. Eirene ouvrit la bouche pour hurler, mais aucun son n'en sortit.

Puis l'œil cligna et disparut.

VINGT ET UN

LA TERRE ET NON PLUS LA MER

Eirene

La deuxième épreuve s'annonçait encore pire que la première. Eirene ne savait pas si elle devait rire, pleurer, ou les deux. Léandros l'observait avec une expression poliment étonnée, pendant qu'elle aspirait de grandes goulées d'air dans l'espoir d'apaiser les battements de son cœur.

Il s'était présenté à sa porte dès l'aube pour lui dire que le moment était venu de se remettre au travail. Il avait été surpris de la trouver bloquée – tout comme Eirene, réveillée en sursaut. Les événements de la nuit lui semblaient appartenir à un rêve.

– Comme je le disais, poursuivit Léandros, ces crocus ne poussent que dans les anfractuosités de la falaise. Plusieurs personnes ont déjà tenté de les cueillir, mais un certain nombre de… malheureux accidents les y ont fait renoncer.

– De malheureux accidents ? répéta Eirene.

Son cœur ne se contentait plus de battre ; il se jetait

comme un fou contre ses côtes dans une tentative désespérée pour s'enfuir.

— Pas mortels ! la rassura Léandros avec un sourire. J'ai néanmoins cru comprendre que les blessures occasionnées étaient de nature à...

Il s'interrompit pour examiner ses ongles manucurés, limés en pointes dangereuses.

— ... bouleverser une vie.

Formidable. Eirene s'efforça de rester calme. Elle pouvait y arriver. Elle n'avait pas le choix. L'avenir de Phoebe était en jeu, et elle était prête à tout pour sa sœur. Y compris à escalader une falaise escarpée pour cueillir de fichus crocus magiques. Même si Léandros avait sans doute l'intention de s'en servir pour élaborer de nouvelles potions. À moins qu'il ne cherche juste à la décourager, à jouer avec elle ?

Après plusieurs profondes inspirations, elle inclina la tête. Lorsqu'elle reprit la parole, ce fut d'une voix à peine plus aiguë que d'ordinaire et qui ne se fêla que deux fois. Elle haïssait cet homme. Bientôt, elle découvrirait le moyen de le détruire. Mais d'ici là, elle ne pouvait pas se permettre de le défier.

— Combien de temps ai-je devant moi ?

Le sourire de Léandros s'élargit.

— Une journée devrait suffire, ne crois-tu pas ?

La matinée était déjà bien avancée quand Eirene, portant deux longues cordes roulées sur le dos, se posta sur le sable doré de la plage. Peiros lui avait apporté cet équipement qui devrait grandement lui faciliter la tâche. Elle supposa que Léandros ne tenait pas à la voir faire une chute mortelle. Il devait vraiment vouloir ces crocus, bien qu'il ait déjà assez de safran dans son atelier pour satisfaire les besoins d'un roi.

La falaise se dressait devant elle tel un mur gris pâle, qui semblait monter à l'infini avant d'être englouti par le ciel. Eirene secoua la tête et posa ses deux mains sur sa gorge pour faire refluer la panique. *Concentre-toi*. Elle cligna plusieurs fois des yeux. Peu à peu, comme à contrecœur, la paroi lui révéla ses détails : de grandes fissures qui couraient en travers de la roche, des taches de lichen opiniâtre, une centaine de niches et de failles pouvant toutes abriter ce qu'elle recherchait. Et enfin…

À première vue, ce n'était qu'une crevasse comme les autres, remplie d'ombres et de poussières. Mais *là*… Le soleil aveuglant s'accrochait à des contours plus doux. En plissant les yeux, Eirene parvint à distinguer une unique fleur blanche, la seule partie de la plante qui n'était pas cachée par le rebord de pierre. Un crocus.

Parfait. Elle en avait trouvé un. Maintenant, elle n'avait plus qu'à déterminer comment l'atteindre.

Après avoir creusé une petite tranchée pour marquer l'emplacement du trésor, elle entama l'ascension du long sentier qui menait au sommet de la falaise. Plus loin sur la plage, le sable cédait la place à du gravier, puis à des galets pointus, puis à de gros rochers sur lesquels des oiseaux marins s'interpellaient en piaillant. Et au bout, tout cela – le sable, les rochers, la plage – disparaissait dans la mer. Eirene savait qu'à cet endroit, la falaise était percée de grottes uniquement accessibles à marée basse. Des cavités humides, froides et désertes.

Elle longea le sentier dans la direction opposée, en surplomb d'une vaste étendue de sable. Les falaises abruptes descendaient peu à peu, se fondant dans les collines, et le chemin se poursuivait au milieu des roseaux. C'était une vue rassurante, familière. Combien de fois Eirene était-elle venue là après l'épidémie qui avait dévasté la région et causé la mort de ses parents ? Parfois avec Phoebe, qui avait toujours adoré l'eau.

« Montre-moi quelque chose de beau », réclamait sa sœur avant de s'asseoir sur la plage, une couverture sur les épaules, pendant qu'Eirene dansait dans les vagues en tendant les bras vers le ciel. C'était juste après le premier épisode de fièvre de Phoebe, qui avait également été le plus terrible. Elle paraissait si petite, si fragile à l'époque, oscillant dans le vent telle une fleur. Mais au fil des visites, son pas s'était fait de plus en plus assuré. La première fois qu'elle avait rejoint sa sœur dans l'eau, Eirene avait pleuré de soulagement, ses larmes se confondant avec les embruns salés.

On reviendra, songea-t-elle en posant le pied sur la première marche d'un escalier taillé à même la terre.

C'était une promesse, un vœu solennel, même si sa destinataire n'était pas là pour l'entendre. *On reviendra voir la mer, une autre mer, sur une autre plage, quand Léandros aura été vaincu, quand on sera loin d'ici et assez riches pour acheter tout ce qu'on voudra. On dansera dans les vagues.* Phoebe ramasserait des coquillages et des morceaux de bois flotté pour décorer les allées de leur jardin ou leur chambre. Elles seraient heureuses, en sécurité.

Eirene n'avait qu'une chose à faire pour que ce rêve devienne réalité : cueillir un petit crocus.

Le temps qu'elle atteigne le sommet de la falaise, il était près de midi. Le soleil, haut dans le ciel, la harcelait de ses rayons brûlants. Il faisait anormalement beau pour un début de printemps, et elle ne s'était pas encore habituée à la chaleur. À regret, elle vida sur sa langue desséchée les dernières gouttes d'eau de son outre, pourtant pleine quand elle était partie de chez Léandros.

Évitant de regarder en bas, elle enroula l'une des cordes une fois, deux fois, trois fois autour d'un tronc d'arbre. Puis elle fit de même autour d'un autre, au cas où le premier se déracinerait pour plonger dans le vide avec elle. Eirene n'avait jamais fait des nœuds aussi serrés de sa vie.

Elle passa ensuite la deuxième corde, plus courte, autour de la première, puis la noua juste au-dessus de sa ceinture. Après quoi elle s'avança avec prudence vers le bord du précipice. Elle n'avait plus qu'à lancer la première longue corde le long du mur. Facile. Elle maintenait ses yeux rivés sur l'horizon. Elle ne devait surtout pas regarder en bas. Elle ne *pouvait* pas.

Quand les petits cailloux délogés par ses pieds commencèrent à chuter dans le vide, Eirene s'arrêta, les deux mains posées sur la poitrine, les pouces sur les clavicules. Elle prit une grande inspiration. Ses côtes montèrent, puis redescendirent sous ses doigts ; son cœur s'apaisa. C'étaient sa chair, ses os, ses muscles. Elle les contrôlait.

Enfin, elle baissa les yeux.

Quelle terrible erreur… *Impossible.* Son cœur s'emballa de nouveau ; saisie de vertige, elle recula si vite que son pied dérapa sur une pierre. Elle se retrouva assise sur la terre sèche, les jambes tordues et le coccyx douloureux.

Poussant un juron, Eirene fit traîner ses mains dans la poussière, dessinant des sillons irréguliers sur le sol. La corde gisait à côté d'elle tel un serpent pathétique.

— Oh, *maudits* soient les dieux !

Pourquoi n'y arrivait-elle pas ? Elle aurait dû se réjouir d'avoir écopé d'une tâche aussi facile. Descendre jusqu'à mi-hauteur de la falaise. Arracher une touffe de fleurs. Continuer jusqu'en bas.

Il s'agissait d'un défi purement physique, cette fois. N'importe qui en serait capable. Peut-être Léandros avait-il voulu se montrer charitable ? Puis elle se souvint de la lueur dans ses yeux quand il lui avait détaillé ce qu'elle aurait à faire. Savait-il que cela l'obligerait à affronter sa pire peur ?

Elle regretta soudain les lentilles et les heures passées à quatre pattes dans la pénombre. Elle regretta que Lamia ne soit pas là, avec ses grands yeux brillants, ne serait-ce que pour lui tenir la main. Tandis que les battements de son cœur devenaient frénétiques, elle grimaça de colère et de honte. Quelle lâche elle faisait ! Comment la simple vue d'une falaise et de la mer en contrebas pouvait-elle la mettre dans un tel état ?

Ce n'est pas une question de courage, se rappela-t-elle. *Juste de ténacité.* Elle se força donc à se relever et vérifia son harnais improvisé en quête d'un défaut, d'une faille. Mais elle eut beau tirer dessus de toutes ses forces, il ne bougea pas. Il tiendrait bon. Eirene grimaça de plus belle, comme si la solidité de la corde ne faisait que souligner sa propre faiblesse.

Elle jura encore, à voix haute. Et encore. Histoire de se porter chance. Puis elle retourna au bord de la falaise.

Cette fois, elle s'était préparée au vertige. Elle tangua sur ses talons mais ne tomba pas. Les vagues fouettaient le sable doré de la plage à intervalles réguliers. Elle paraissait si lointaine. Inatteignable. En cas de chute, Eirene se briserait comme un œuf de moineau balancé hors du nid par un coucou usurpateur. Elle se demanda si elle entendrait son crâne se fissurer avant que son cerveau ne se transforme en bouillie et ne lui coule par les oreilles, tel le jaune de ce pauvre petit œuf. Était-ce ce qu'Icare avait éprouvé en fuyant la tour dans laquelle il était prisonnier ? Pas étonnant qu'il ait foncé vers le soleil. La mer était si féroce, si terrible, si attirante.

La jeune fille laissa la longue corde se dérouler dans le vide, puis elle se plaça à quatre pattes, dos au large. À chaque respiration, elle sentait la deuxième lui enserrer la taille. Sa sécurité – du moins, elle l'espérait. Après un instant de réflexion, elle se mit pieds nus pour avoir une meilleure prise. Mais que faire de ses sandales ? Attachées à sa ceinture, elles gêneraient ses mouvements. Et si elle les laissait en haut, elle devrait refaire tout le chemin pour les récupérer. Elle les soupesa dans ses mains puis, comprenant qu'elle ne faisait que repousser l'échéance, elle les lança vers la plage.

Elle ne se pencha pas pour voir où elles avaient atterri. Elle les rejoindrait bientôt, de toute façon. Une touffe de crocus au creux du poing.

Se mordant la lèvre très fort dans l'espoir que la douleur lui fasse oublier sa peur, elle rampa vers l'arrière. Lorsque l'un de ses pieds se retrouva dans les airs, elle s'allongea à plat ventre. Puis, agrippée à la corde qui devait guider sa descente, elle se laissa doucement glisser vers le bas. La tension s'accrut sur ses bras à mesure que son corps basculait dans le vide.

Elle essaya d'enrouler la corde autour de ses genoux et de ses chevilles, mais ce n'était pas une bonne idée. Il lui fallait un appui solide sur lequel se reposer. Lentement, elle tendit une jambe et tâta la paroi du bout du pied. Elle aurait sans doute dû réfléchir davantage avant de se lancer, chercher un endroit plus adapté, avec des aspérités auxquelles se raccrocher.

Quand elle eut enfin trouvé une bonne prise, elle s'aperçut qu'elle retenait son souffle depuis si longtemps que la tête lui tournait.

Pour l'autre pied, ce fut plus rapide. Ne restaient que les mains. La droite franchit le rebord et se reposa un peu plus bas sur la corde. Puis la gauche. Voilà, elle était désormais entièrement suspendue à la paroi. Elle se pinça la lèvre presque jusqu'au sang.

Et maintenant ? Il fallait qu'elle déplace l'un de ses pieds. Elle fit descendre ses mains tour à tour, son cœur battant comme un fou chaque fois qu'elle devait lâcher la fibre rêche. Cela lui permit d'atteindre une autre fissure, un peu plus bas, dans laquelle elle enfonça ses orteils aussi loin que possible. La roche tint bon. Le deuxième pied suivit. Puis une main. Puis l'autre. Et à nouveau un pied. Elle évitait de regarder ailleurs que devant elle, ne s'autorisant qu'un rapide coup d'œil lorsqu'une prise était particulièrement difficile à aborder. Était-elle encore loin de la plage ? Elle l'ignorait et n'avait pas vraiment envie de le savoir.

Une main. L'autre. Un pied. L'autre. Encore et encore et encore, jusqu'à ce que ses mouvements deviennent automatiques. Peut-être même un peu trop. Après avoir calé son pied gauche sur une nouvelle corniche, elle oublia d'en vérifier la solidité avant de transférer tout son poids dessus. Le minuscule rebord de pierre résista un moment. Puis il céda.

Eirene eut à peine le temps de crier. Sans l'instinct qui la poussa à resserrer ses mains sur la corde, elle aurait sans doute chuté jusqu'au sol. Ses bras manquèrent de se disloquer sous l'impact. Seule la force de ses doigts, qui s'amenuisait vite, la séparait maintenant d'une mort certaine.

Elle balança ses jambes dans tous les sens en quête d'un nouvel appui. Ses paumes entamées par la corde la brûlaient. Elle ne tiendrait pas beaucoup plus longtemps. Elle allait tomber.

Les larmes dévalaient ses joues. Les muscles de ses bras protestaient, ses épaules hurlaient. Elle descendit encore de quelques dizaines de centimètres et sentit ses mains s'écorcher, une douleur aussi cuisante que si elle les avait plongées dans des braises. Un filet de sang chaud coula sur son poignet. Laissant échapper un sanglot terrifié, elle haleta :

— Pitié…

Elle ne savait même pas à qui elle s'adressait. Aux dieux ? Forcément, puisqu'il n'y avait personne d'autre.

Mais qu'ils l'aient entendue ou pas, ils ne réagirent pas.

Les mains d'Eirene s'ouvrirent peu à peu, laissant filer la corde entre ses doigts ensanglantés. Ce fut presque avec soulagement qu'elle se sentit plonger vers le sol.

VINGT-DEUX

LE DIEU QUI MET PARTOUT LE FEU

Lamia

La peau de Lamia brûlait.

Comme si quelqu'un avait frotté un tison sur son visage, sa poitrine, son cou, puis le lui avait enfoncé dans la gorge. Des formes vagues, sombres et cauchemardesques, dansaient dans son champ de vision. Où était-elle ? Que se passait-il ? Elle voulut ouvrir les yeux mais, au terme d'efforts vains, comprit qu'ils n'étaient pas fermés. Elle n'y voyait pourtant rien. Une sorte de brouillard l'enveloppait, la piégeait.

Au secours, essaya-t-elle de crier. Seul un couinement rauque sortit de sa bouche, et le feu qui la dévorait redoubla. Des charbons ardents sur sa langue, dans ses poumons, elle n'était plus que cendres, que poussière et…

— Lamia ?

Elle eut l'impression que son père avait hurlé son nom dans ce qui restait de ses oreilles calcinées. Lorsqu'elle tenta de se soustraire à ce bruit assourdissant, sa tête s'enfonça dans des oreillers. *Des oreillers.*

Elle était donc dans un lit. Le sien ? Peu à peu, les formes floues se précisèrent. Elle ne voyait toujours pas les flammes qui la consumaient, mais cette tache rouillée devait être son volet. Le rayon de lumière jaune qu'il laissait filtrer éclairait un homme. Son père. Elle ne discernait pas grand-chose de lui, si ce n'est une silhouette blanc et or s'affairant avec un objet posé sur le lit.

Il dut se sentir observé car il se pencha soudain sur Lamia, sa voix dissipant l'espèce de duvet de pissenlit qui avait envahi son esprit.

— Tu es malade, ma chérie. Je vais te soigner.

Malade. Mais, et les flammes ? Les voyait-il aussi ? Pourquoi ne les éteignait-il pas ? Elle voulut le lui demander, le *supplier* de le faire, sans parvenir à émettre autre chose que des croassements.

— Tiens, continua-t-il en appuyant un récipient en métal contre ses lèvres. Bois. Ça te fera du bien.

Lamia essaya. Vraiment. Mais elle n'avait pas encore repris le contrôle de son corps. Malgré toute sa bonne volonté, elle fut incapable d'ouvrir la bouche et d'avaler. Un liquide frais se répandit sur son menton, apaisant la brûlure.

— Ah, je vois.

Son père écarta le bol. *Oui, c'est bien un bol.* Elle le voyait, maintenant. Éclat du cuivre, bord arrondi, contenu couleur de boue. Puis il sortit de son champ de vision.

— Attends…

Sa voix était basse et fêlée, mais audible.

Léandros lui caressa la joue. Il portait au bras un bandage imbibé de sang.

— Je suis là, Lamia. Je sais ce dont tu as besoin.

Elle tourna la tête pour le regarder. Elle l'entendit souffler, son haleine faisant voler un nuage de poudre fine qui se déposa sur elle.

— Respire, l'encouragea Léandros. Respire, ma petite fille chérie. Ça va te faire du bien.

Quel autre choix avait-elle que de se fier à lui ? Qu'avait-elle jamais fait d'autre de sa vie ?

Alors Lamia obéit.

Quand elle reprit connaissance, elle aurait été incapable de dire combien de temps s'était écoulé. Elle était assise dans son lit, la couverture calée autour de la taille. Le feu qui la rongeait s'était éteint – enfin, presque. Quelques braises rougeoyaient encore dans sa chair, mais elle était de nouveau elle-même et avait retrouvé ses esprits. Ses doigts bougeaient lorsqu'elle le leur ordonnait, même si c'était atrocement douloureux. Le brouillard qui l'enveloppait s'était également dissipé.

Son père ne l'avait pas quittée. Il était debout près du lit, penché sur un fatras de pots en terre cuite et de cornets de papyrus remplis d'herbes. Tout en travaillant, il marmonnait dans sa barbe. À moins qu'il ne s'adresse à elle ? Lamia avait cru reconnaître son nom au milieu des syllabes indistinctes.

— Que vais-je faire de toi, Lamia ? murmura-t-il d'une voix inhabituellement douce.

Peut-être n'était-ce qu'un tour que lui jouait son cerveau encore fiévreux. Peut-être imaginait-elle toute la scène. Son père continua, toujours avec la même bienveillance :

— J'aurais dû m'apercevoir que cela recommençait. Oh, ma pauvre petite…

Il leva les yeux vers elle et se figea en constatant qu'elle était réveillée. Mais son trouble ne dura qu'un instant.

— Lamia ! J'étais si inquiet.

Elle se força à lui rendre son sourire.

— Tu n'as toujours pas l'air bien, enchaîna-t-il. Laisse-moi… tiens.

Il ramassa quelque chose sur le sol. Le petit bol de cuivre qu'elle avait vu plus tôt, à moitié vide désormais. Lamia ne se rappelait pas avoir bu, mais elle avait dû le faire.

— Ça te soulagera, promis.

Il l'entoura de son bras pour l'aider à se redresser avant de porter le bol à ses lèvres. La mixture qu'il contenait était d'un brun-vert répugnant et avait la consistance de la vase. Quant à son goût, il était infect – amer, terreux, métallique. Trop épuisée pour lutter, la jeune fille avala l'immonde médicament.

— C'est bien, la félicita son père.

Elle se laissa retomber contre les coussins, le corps parcouru de picotements. Le liquide pesait sur son estomac et semblait se diffuser dans ses veines, lui donnant des palpitations.

— Qu'est-ce que c'est ? demanda-t-elle d'une voix qui lui parut très lointaine.

— Ça va te soulager, répéta son père en repoussant d'un geste tendre les cheveux qui lui retombaient sur le front. Tu te sentiras bientôt mieux, ma chérie. Dors. Quand tu te réveilleras, tout ira bien.

— Non, protesta Lamia.

Il se passait quelque chose. Ses yeux se fermaient tout seuls et, lorsqu'elle essaya de les rouvrir, elle n'y parvint pas. Un éclair de lumière fusa dans le noir, puis disparut. Elle avait la tête qui tournait.

Elle avait déjà vécu cela. Ce lit, ce goût amer sur sa langue... Le souvenir refusait de se préciser, il demeurait juste là, hors de portée. Des fragments d'images se succédaient. Des doigts lâches. Les siens ? Non. Ceux d'une autre. Des doigts blancs, immobiles, recroquevillés comme les pattes d'une araignée morte. Une araignée gisant dans une flaque de sang.

Du sang ? Lamia eut soudain envie de rire. Quand aurait-elle pu voir une chose pareille ? C'était un rêve, bien sûr. Sa propre imagination tentait de l'effrayer. Elle était en sécurité. Le médicament apaisa peu à peu son pouls endiablé, le réduisit à un battement sourd et régulier. Enveloppée d'une douce chaleur, elle se laissa glisser dans un songe éveillé. Une femme très belle lui souriait, le visage encadré par des flammes. Ses yeux étaient d'or et Lamia savait qu'elle n'avait rien à craindre d'elle. De quoi, déjà, avait-elle eu si peur ? Elle ne s'en souvenait plus.

Elle ne se souvenait plus de rien.

Enfin, elle plongea dans un monde de brouillard et de cendres.

VINGT-TROIS

LES MARAIS DU STYX

Eirene

Durant une fraction de seconde, Eirene dégringola en chute libre en direction des rochers. Serrant les paupières de toutes ses forces pour ne pas voir la mer et la mort approcher, elle avait vaguement conscience que sa bouche, grande ouverte, laissait échapper un bruit horrible et inhumain.

Mais, soudain, la corde passée autour de sa taille se tendit et l'arrêta net. Suspendue dans les airs, elle rouvrit les yeux juste à temps pour voir la paroi se précipiter vers elle. Par réflexe, elle tourna la tête, son épaule et sa hanche heurtant la roche avec une telle violence qu'un nuage de poussière et de petites pierres en jaillit. Elle ne les entendit pas atterrir dans l'eau, car son oreille résonnait encore à cause de l'impact. Ou était-ce son cri qui l'avait assourdie ? Quoi qu'il en soit, elle avait l'impression d'avoir été transpercée par une flèche.

Son corps oscillait de gauche à droite, rebondissant contre la falaise un peu moins fort à chaque fois – mais non sans douleur. Elle tendit les bras à l'aveugle dans l'espoir de se stabiliser et rencontra une espèce de crevasse à laquelle elle s'agrippa du bout des doigts.

Alors, elle resta là, plaquée contre la roche, hors d'haleine et sanglotant comme une enfant. Ses mains étaient en feu, elle avait mal partout, mais elle était en vie. *En vie.* Peu à peu, sa respiration s'apaisa et ses larmes se tarirent. Quand elle rassembla enfin le courage d'ouvrir les yeux, elle se retrouva nez à nez avec… un plant de crocus blancs.

— Oh ! s'exclama-t-elle. Oh, les saletés de…

À nouveau, elle se mit à pleurer.

La taille étranglée par la corde et les pieds enfin calés sur des prises, elle enfouit son visage entre ses mains rouge vif.

Au bout d'un long moment, elle se calma et décida d'inspecter sa découverte de plus près. À force de tâtonner, elle trouva deux rebords où s'agripper et se hissa à l'intérieur de la faille. Celle-ci était juste assez large pour qu'elle y tienne assise, les jambes écartées afin de ne pas écraser les fragiles fleurs.

Elle n'en avait jamais vu de pareilles. Au lieu de présenter une seule tête par tige, ou même deux ou trois, cette variété en arborait des dizaines. Les pistils n'étaient pas jaunes ou rouges mais de la même teinte argentée que les pétales. Eirene se pencha pour les renifler prudemment. Rien. Ces crocus n'avaient ni le parfum délicat ni les couleurs vives qui faisaient la renommée de leurs semblables.

Tout ça pour une poignée de mauvaises herbes… Eirene grinça des dents. À l'aide du couteau pendu à sa ceinture, elle déterra avec soin l'un des plants, nettoyant les racines de son mieux avec ses doigts sanglants. Une traînée couleur rouille tacha l'une des fleurs. Tant pis ; elle ne l'essuierait pas. Que Léandros la voie. Qu'il constate jusqu'où elle était prête à aller. Qu'il comprenne qu'elle avait bien l'intention de gagner.

Dénouer la corde de sa taille fut à la fois un soulagement et une nouvelle source de terreur. Quand elle s'extirperait de la crevasse, elle ne pourrait plus compter que sur la force de ses mains pour ne pas tomber. Or elle n'était pas certaine qu'elles supportent la deuxième partie de la descente. Par chance, un coup d'œil vers le bas lui permit de constater qu'elle était beaucoup plus proche de la plage qu'elle ne le pensait ; il ne lui restait plus qu'un tiers de la distance à parcourir. Si elle chutait de cette hauteur, elle s'en tirerait peut-être avec deux jambes cassées. Et un coquard. Elle se tordrait dans son lit en poussant des soupirs mélodramatiques et se ferait dorloter par Phoebe, toujours si patiente.

Ou par Lamia.

Eirene sursauta comme si un insecte lui avait frôlé le visage. Qu'est-ce qui lui prenait de penser à la fille de Léandros ? Dans le rôle d'une *infirmière*, qui plus est ? La pauvre n'avait jamais mis les pieds hors de chez elle ; comment saurait-elle la soigner ?

— Ridicule, marmonna Eirene à mi-voix.

La chaleur et la déshydratation lui faisaient perdre la tête. Elle entreprit de découper l'ourlet de son chiton pour se bander les mains. Il lui en faudrait bientôt un nouveau. Celui-ci était trop court depuis déjà près d'un an et, avec tous ces bouts en moins, il ne ressemblait plus à rien. Après avoir épousseté de son mieux le tissu rêche, elle en entoura ses paumes abîmées.

Une fois cela fait, elle s'adossa contre le mur et respira lentement, profondément. Les battements de son cœur s'apaisèrent à mesure que sa peur de tomber s'estompait, remplacée par autre chose : une sensation de froid qui s'insinuait jusque dans ses os, et une étrange *attraction*. Pas vers la sortie, mais vers le fond de la faille. Elle éprouvait une irrésistible envie de tourner le dos à la lumière du jour pour ramper dans le noir. Un violent frisson parcourut son corps, l'arrachant à sa transe et lui faisant conclure qu'elle devait partir *tout de suite*. Quelle que soit l'origine des mystérieux crocus, cet endroit n'était pas destiné aux mortels. La falaise dissimulait une réalité effrayante qu'elle ne tenait pas à découvrir.

La dernière partie de la descente s'avéra plus facile, en partie parce qu'Eirene était moins terrifiée. La surface de la roche était également moins lisse. Elle passa devant une dizaine d'autres crevasses abritant des crocus blancs. Chaque fois, elle taillait les plants jusqu'à en avoir mal aux mains puis les jetait dans la mer. Quoi que Léandros parvienne à fabriquer avec ces fleurs, il n'aurait pas de quoi recommencer. Ce petit acte de rébellion la soulagea un peu.

Elle avait fourré les crocus qu'elle lui destinait dans sa ceinture, à l'arrière de son chiton. Ils bougeaient cependant un peu trop à son goût tandis qu'elle progressait, un pied, une main après l'autre, en direction de la plage et de la sécurité.

Tout son corps tremblait quand elle sauta enfin à terre. Ses jambes cédèrent sous son poids et elle s'effondra en avant, la tête dans le sable. Elle resta allongée là un moment avant de trouver l'énergie de rouler sur le dos – en veillant bien sûr à ne pas abîmer les crocus. Le visage offert au soleil, elle laissa échapper un petit rire joyeux.

Elle avait réussi. *Elle avait réussi !* Elle était venue à bout de deux épreuves sur les quatre. Elle avait hâte de voir l'expression de Léandros quand elle franchirait le seuil de sa maison, les fleurs brandies dans son poing telle une torche symbole de victoire. Mais, soudain, toute son allégresse et sa fierté s'évanouirent. Depuis quand se réjouissait-elle d'obéir aux exigences de Léandros ? Elle n'était pas là pour accomplir des tâches ingrates ni aider cet homme dans sa quête infinie de puissance. Elle voulait juste le tenir occupé le temps que Phoebe termine sa tapisserie. Découvrir et détruire le secret des Désirs, priver Léandros de la source de son horrible pouvoir et s'enfuir. *En abandonnant Lamia.* Comme son souffle se faisait plus court, elle se dépêcha de chasser cette idée de son esprit.

Eirene se mit à genoux et examina ses mains – elles étaient en piteux état. Le sang rouge vif avait imbibé les bandages de fortune et, quand elle tenta d'en décoller un, elle se retint de hurler. Elle allait devoir les faire tremper dans de l'eau fraîche et propre.

Ses pieds étaient noirs et couverts d'égratignures heureusement superficielles. Le côté de son visage s'était aussi bien écorché contre la paroi. Touchant sa joue du bout des doigts, elle grimaça. Elle devrait préparer un cataplasme avec de l'achillée et du miel, et prier pour que cela ne s'infecte pas. Quant à son épaule violacée, elle pourrait s'en occuper plus tard, une fois rentrée. Une fois qu'elle aurait remis les crocus à Léandros et qu'il aurait reconnu sa réussite du bout des lèvres.

Elle se leva en vacillant sur ses jambes, puis chercha les sandales qu'elle avait jetées du haut de la falaise une éternité plus tôt.

Le chemin du retour allait être très long.

Il faisait déjà sombre quand elle arriva devant la maison. Elle franchit la porte principale et s'avança dans la cour où Daphné traquait les derniers canards, fouettant l'air de sa queue. Peiros, qui l'avait entendue entrer, la suivit en trottinant comme un rat. Lorsqu'il protesta qu'elle ne pouvait pas entrer dans le bureau de Léandros en son absence, Eirene s'arrêta net et le toisa. Il tressaillit. Elle savait qu'elle faisait peur à voir, avec sa joue déchiquetée et enflée.

— Dans ce cas, j'apprécierais que tu ailles le chercher, lui répondit-elle d'une voix douce.

Elle tenait encore son couteau à la main et jouait avec, bien que le contact de la lame sur sa paume à vif soit très douloureux. Soulevant le rideau qui fermait le bureau, elle lança par-dessus son épaule :

— Ne tarde pas. Je lui ai rapporté un *magnifique* cadeau.

Peiros se rembrunit, mais il obéit, et les pas de Léandros résonnèrent bientôt dans le couloir. Assise dans le bureau, Eirene réprima un frisson. Même si elle n'avait pas trouvé de sang dans son atelier, *quelque chose* était arrivé à Alexandra, et *quelque chose* rendait les Désirs irrésistibles. Or elle s'apprêtait à lui remettre un nouvel ingrédient pour ses enchantements.

Elle baissa les yeux vers le plant aux racines terreuses étalé sur ses genoux. Sans réfléchir, elle détacha une fleur et la glissa dans la manche de son chiton, coinçant la tige sous la broche de son épaule. Elle n'avait plus qu'à prier pour que le crocus reste là jusqu'à ce qu'elle ressorte de ce bureau.

Elle retira sa main au moment où Léandros écartait le rideau d'un geste théâtral.

— Eirene ! J'aurais dû me douter que tu y arriverais.

Sa joie semblait sincère. Puis ses yeux se posèrent sur la jeune fille, et son sourire se mua en un masque exagérément horrifié.

— Oh, pauvre petite… Ta joue…

Eirene balaya l'air de la main, ce qui tira sur ses bandages et lui arracha une grimace.

— Elle guérira.

Léandros retrouva le sourire.

— Je vois que tu as mes crocus !

Eirene aurait pu les laisser sur le bureau, ou s'avancer d'un pas pour les lui donner. Elle mourait d'envie de les lui jeter au visage, de regarder la terre se répandre sur le sol tandis qu'il les rattrapait au vol, mais elle avait encore trop peur de lui pour ça. Elle opta donc pour un entre-deux et les abattit dans ses mains avec bien plus de force que nécessaire.

— Attention, la gronda-t-il. Ces fleurs sont précieuses.

— Je suis au courant, répliqua-t-elle en désignant sa joue tuméfiée.

Léandros ne s'en aperçut même pas. Toute son attention était concentrée sur les crocus, qu'il serrait contre sa poitrine à la manière d'un enfant.

— Il en manque une, signala-t-il en désignant la tige cassée.

— J'ai dû descendre une falaise avec, lui rappela Eirene d'un ton aussi glacial que possible. Les autres sont toutes là, intactes. Cela devrait suffire à tes besoins.

Elle était en train de devenir une menteuse très douée.

— Et que sais-tu de mes « besoins » ? fit-il en imitant sa voix.

Elle ne releva pas la pique.

— Je me trompe ? Cette fleur manquante te serait donc essentielle ?

Léandros lança le bouquet sur son bureau, les racines tachant de brun un parchemin déroulé.

— Pas vraiment.

— C'est bien ce que je pensais.

Une fois congédiée, Eirene regagna la tour. Elle hésita un instant devant la porte de sa chambre, avant de grimper l'escalier en se débarrassant de ses sandales trempées. Le colimaçon très raide l'intimidait beaucoup moins depuis sa séance d'escalade. Sans s'arrêter sur le palier central, elle continua jusqu'au dernier étage.

Le rideau était à moitié tiré. Eirene s'arrêta pour reprendre son souffle.

— Lamia ?

Un petit bruit lui parvint de la chambre. Prenant cela pour une invitation à entrer, elle se faufila par l'ouverture.

Elle mit quelques secondes à apercevoir Lamia, blottie sous ses couvertures, encore plus pâle que d'ordinaire et les cheveux en bataille. À sa vue, la fille de Léandros se redressa dans son lit. Ses yeux étaient immenses, brillants, comme ceux de Phoebe quand elle avait de la fièvre.

— Lamia, murmura Eirene. Oh, par les dieux... Tu es malade ?

Avec effort, la fille de Léandros secoua la tête.

— Ça va mieux, maintenant. Je dormais. Mon père m'a donné un médicament.

— Bien.

Eirene s'avança en traînant des pieds. Elle aurait dû lui rendre visite avant de partir pour la plage. La sachant souffrante, elle lui aurait préparé une potion.

— Je t'ai apporté quelque chose, dit-elle sans prendre le temps de se demander si c'était une bonne idée.

La fleur, toute flétrie d'être restée si longtemps sous son chiton, était ridiculement petite sur sa paume. Le rouge monta aux joues d'Eirene pendant que Lamia contemplait son cadeau. Son geste lui parut soudain pitoyable.

— Oh, fit la malade d'une voix à peine audible, comme si elle avait un chat dans la gorge. Oh, *Eirene*.

— Je suis…

Elle allait dire « désolée », mais elle n'en eut pas le temps.

— C'est tellement adorable ! conclut Lamia en fondant en larmes.

VINGT-QUATRE

ABSENTE PAR SES SENS

Eirene

Avant de partir, Eirene attendit que Lamia se rendorme, que son souffle devienne lent et régulier. Elle avait l'intention de retourner à l'atelier chercher des indices qui auraient pu lui échapper. Mais à peine eut-elle réintégré sa chambre que Peiros se matérialisa derrière sa porte.

— Que veux-tu ? l'interrogea-t-elle, méfiante, après avoir jeté un coup d'œil par l'interstice.

Il lui répondit du même ton monocorde et dénué d'émotion que d'habitude.

— Mon maître souhaite que tu te joignes à lui pour le dîner.

Eirene en resta bouche bée.

— Il souhaite que je *quoi* ?

— Par ici, je te prie, continua Peiros comme si de rien n'était.

Il se dirigeait déjà vers la porte de la tour.

— Attends ! l'appela Eirene. Laisse-moi juste... mettre mes chaussures !

Elle ramassa les sandales qu'elle avait abandonnées dans un coin. Elles étaient toujours sales et poisseuses d'eau de mer.

Peiros ne l'entendit pas, ou ne jugea pas nécessaire de ralentir pour elle. La jeune fille laça ses sandales en un temps record puis s'élança à sa suite, se fiant au bruit de ses pas. Il la conduisit ainsi jusqu'à une vaste pièce tout au bout de la demeure principale, séparée du couloir par un grand rideau pourpre. Eirene n'était jamais venue par là – un rappel déplaisant du fait qu'elle n'était pas chez elle, et que ses talents d'enquêtrice laissaient à désirer. Depuis le temps, elle aurait dû connaître les moindres recoins de la maison par cœur. Elle aurait déjà dû découvrir le secret des Désirs. Et tout détruire, au lieu de simplement prélever une pincée de poudre enchantée puis de s'enfuir, la queue entre les jambes.

— Entre, dit Peiros en lui désignant le rideau.

Il s'éclipsa par une porte voisine, d'où sortait un courant d'air chaud chargé du fumet le plus délicieux qu'Eirene avait jamais senti. De la viande rôtie avec de l'ail, des oignons et un assortiment d'herbes. L'eau lui monta à la bouche ; elle avait soudain une faim de loup. Était-ce le menu du dîner ? L'odeur était si irrésistible qu'elle faillit oublier qu'on l'attendait à côté. Elle contempla un instant la porte de la cuisine, comme en transe, avant de se tourner à regret vers le rideau pourpre.

Le tissu était lourd et finement tissé. Il avait dû coûter une fortune.

— Eirene ? appela une voix bien reconnaissable depuis la salle à manger.

Léandros.

La jeune fille n'avait pas vraiment réfléchi jusque-là à ce qu'il espérait de ce dîner. Peut-être envisageait-il de revenir sur les termes de leur accord ? Peut-être voulait-il sincèrement qu'elle devienne sa femme et avait-il décidé de gagner ses faveurs par des repas extravagants et des conversations passionnantes ? Elle réprima un rire qui fit s'envoler son appréhension. *Aucune chance.*

Quoi qu'il ait en tête, ça ne pouvait pas être bien méchant. Ils avaient conclu un pacte de sang sous le regard des dieux. Et puis, elle mourait de faim. Alors elle redressa la tête et franchit le rideau.

La pièce dans laquelle elle entra aurait pu accueillir une bonne centaine de convives. Léandros y était assis, seul, au bout d'une longue table en bois, une coupe à la main et une assiette vide devant lui. Il avait visiblement fait un effort de toilette – il portait un chiton bleu foncé, ses cheveux étaient parfaitement bouclés et des bracelets en or tintaient à ses poignets. À en croire ses lèvres teintées de rouge, il avait déjà dû entamer la carafe de vin placée devant lui.

— Eirene ! lança-t-il avec enthousiasme. Assieds-toi.

Il lui désigna une assiette et une coupe disposées à quelques places de lui. Eirene s'approcha d'un pas lent, s'assit, puis sortit son couteau de sa ceinture et le posa sur la table. Constatant qu'il était couvert de terre et de sève de crocus, elle l'essuya de son mieux sur sa jupe. Léandros l'observait avec une curiosité croissante.

Très raide, les mains croisées sur les genoux, Eirene ne dit rien. Le silence s'étira entre eux.

— Tu sais, avoua finalement son hôte en s'accoudant sur la table, je ne m'attendais pas à ce que tu restes aussi longtemps. Je te prenais pour une gamine arrogante qui avait besoin d'être… domptée. Mais, deux épreuves plus tard, je me rends compte que je me suis trompé.

Comme Eirene n'ouvrait toujours pas la bouche, il ajouta :

— On dit « merci ».

Prenant le couteau posé près de son assiette, il appuya la pointe de la lame sur la table et la fit tourner entre ses doigts. La menace était claire.

— Merci, articula la jeune fille, la gorge nouée.

— Bien.

Mais il ne lâcha pas l'ustensile pour autant. À cet instant, le rideau se souleva, faisant sursauter Eirene. Peiros entra d'un pas vif, salua son maître d'un signe de tête et prit place contre le mur, telle une sentinelle silencieuse.

— Voyons, le réprimanda gentiment Léandros, tu manques à tous tes devoirs. Notre invitée n'a rien à boire.

À contrecœur, le valet vint servir la jeune fille avant de regagner son poste.

— Tu vois, ce n'était pas si difficile.

Léandros leva sa coupe en direction d'Eirene, puis il la porta à ses lèvres.

Elle l'imita. Le liquide à la fois sombre et translucide lui fit penser à du sang, bien qu'il n'ait pas tout à fait le même rouge. Le sang qui avait coulé des paumes de Lamia quelques nuits plus tôt, afin qu'elle puisse invoquer son incroyable lumière. Le sang dont le corps d'Alexandra avait été vidé. Le sang dont Eirene n'avait pas trouvé la moindre trace dans l'atelier souterrain de Léandros.

— Pourquoi fronces-tu les sourcils ? l'interrogea ce dernier. Le vin ne te plaît pas ?

— Ce n'est rien.

— Allons, nous serons bientôt mari et femme. Tu ne penses tout de même pas que je m'abaisserais à enchanter ta boisson ?

Perdue comme elle l'était dans ses visions sanglantes, elle n'y avait même pas songé. Mais à la réflexion…

— Permets-moi de te rassurer.

Léandros tendit le bras, échangea leurs coupes et but longuement dans celle d'Eirene. Puis il s'essuya la bouche et sourit, les dents encore luisantes, comme s'il venait de dévorer une proie. La jeune fille se raidit.

— À ton tour, l'encouragea-t-il dans un grondement.

Il n'aurait pas empoisonné sa propre coupe, n'est-ce pas ? Eirene s'en empara et sirota une petite gorgée. Le goût était différent de ce qu'elle avait imaginé. Quand Stavros rentrait de ses beuveries, il puait atrocement. Mais ce vin… il était doux, floral, délicieux. Elle prit une deuxième gorgée, puis une troisième.

— Doucement, la prévint Léandros avec un sourire en coin. J'en déduis que tu l'apprécies ?

— Beaucoup, avoua-t-elle en fixant la table.

— Attends un peu. Ce n'est que le début.

Il ne mentait pas. Au même instant, un flot de domestiques probablement recrutés au village se déversa dans la pièce. Eirene leur accorda à peine un regard, trop distraite par ce qu'ils tenaient entre leurs mains.

Des plats. Remplis de nourriture.

Des montagnes de pains sans levain encore fumants. Un gros oiseau plumé, rôti avec de l'ail, du thym et du romarin, dont la graisse crépitait encore. Un énorme poisson auquel on avait coupé la tête et la queue, et dont la peau retournée laissait voir la succulente chair rose. Il était flanqué d'une assiette de pois chiches garnis dont émanait une odeur de menthe fraîche. Puis venait un assortiment de figues, pommes, raisins et abricots, ainsi que tout un bol de grenade luisante.

Des asperges et des olives. Un saladier de noix. La jeune fille était incapable de détacher les yeux de ce spectacle.

Léandros l'observait, amusé.

— À quoi t'attendais-tu, ma chère ? À ce que je te laisse, toi, ma fiancée, mourir de faim ? Alors que tu m'as rapporté un si beau butin ?

Eirene tordit le nez. Le mot « fiancée » lui donnait la nausée. Et si elle devait être honnête, non, elle n'aurait pas été étonnée qu'il l'affame. Ou du moins, qu'il ne la nourrisse pas correctement. Quand elle se passait la langue sur les dents, elle avait encore l'impression de sentir le sable qu'elle avait avalé à la fin de sa première épreuve.

— Tu as accompli deux tâches sur les quatre, n'est-ce pas ? Il faut fêter cela.

Sans attendre sa réponse, il agita sa main dorée en direction de la table.

— Que ma conversation ne t'empêche pas plus longtemps de profiter de ce festin. Je t'en prie, mange !

Il prit un morceau de pain sur la pile.

Eirene l'imita. Quand il se servit du poisson, elle fit de même. Pareil pour la grenade et les asperges. Tout ce que Léandros choisissait, elle le plaçait également dans son assiette, partant du principe que ces plats ne devaient pas être empoisonnés.

Elle se réjouit en le voyant attraper une figue, car elle les observait avec envie depuis leur arrivée. Après avoir sélectionné la plus grosse et la plus mûre, avec sa peau sombre tendue à craquer, elle prit un abricot doré et quelques grains de raisin.

Léandros découpa un morceau de blanc de volaille, puis le déposa sans un mot dans l'assiette d'Eirene. Bien qu'elle ait une préférence pour la chair foncée des cuisses, elle jugea plus sage de garder cette information pour elle. Elle se racla la gorge.

— Merci.

— Prends-en plus, si tu veux, l'encouragea son hôte en se servant lui aussi. Tu dois avoir faim.

Eirene haussa les épaules et s'exécuta, arrachant une patte à l'oiseau pour l'ajouter à sa pile de nourriture, avec encore un peu de grenade et une deuxième figue. Elle n'avait même pas besoin de l'ouvrir pour sentir qu'elle était mûre à point.

Soudain, elle se revit refusant de toucher aux fruits que Léandros avait fait livrer à Phoebe. Elle avait une bonne raison de le faire, mais elle ne s'en souvenait plus… De toute évidence, cette maison ne renfermait rien de plus qu'un homme affreusement riche, qui avait trouvé le moyen de faire pousser ce qu'il voulait à n'importe quelle saison. De même que ses roses semblaient toujours en fleur, alors qu'elles n'auraient pas dû bourgeonner avant la fin du printemps. Eirene se détendit un peu et reprit sa coupe, que Peiros avait de nouveau remplie à son insu. Elle but avidement, car elle était assoiffée et le vin, vraiment délicieux.

Dès qu'elle vit Léandros prendre une bouchée de pain, elle se mit à manger, aussi méthodiquement qu'elle avait trié les grains de blé et les lentilles. Elle commença par retirer les arêtes du poisson avec ses doigts, les empilant sur le côté de son assiette. Puis elle déchira de petits morceaux de pain dont elle se servit pour enfourner la chair délicate dans sa bouche. Une fois qu'elle eut terminé, elle passa à la suite. Les pois chiches étaient chauds et rassasiants, les figues aussi mûres et sucrées qu'elle l'avait espéré. Les olives bien salées, les asperges tendres et juteuses. Et la grenade relevait le tout de son acidité, sans pour autant masquer les arômes puissants du vin. Elle avait si faim… Elle dévorait sans prendre le temps de respirer. Léandros, grâce aux dieux, n'avait visiblement plus l'intention de la distraire en parlant.

Enfin, elle ralentit et reposa la cuisse de volaille dont elle n'avait mangé qu'une bouchée. Elle avait surestimé le nombre d'olives qu'elle était capable d'ingurgiter : il en restait une bonne douzaine, à côté d'une pile de pois chiches et d'une figue éclatée.

— Mange encore, l'invita Léandros.

Eirene se mit à rire, puis grignota docilement quelques graines de grenade. Gorgées de jus acide et nappées du gras de l'oiseau, elles lui semblaient soudain beaucoup moins appétissantes.

— Je ne peux plus rien avaler, déclara-t-elle, les graines encore dans la bouche.

Elles étaient devenues fibreuses et difficiles à mâcher, maintenant qu'elle ne les gobait plus tout rond. Et elle avait la tête qui tournait.

— Bien sûr que si. Mange.

— Non, je t'assure.

Eirene recula sa chaise de la table, les deux mains sur le ventre. Il y avait des années qu'elle ne l'avait pas senti aussi rond et ferme. Elle laissa échapper un petit rire satisfait.

— Je n'avais jamais autant mangé de toute ma vie !

— Il y a des gens qui meurent de faim dans le village d'où tu viens, insista Léandros d'une voix toujours aimable, mais où l'on devinait une pointe d'aigreur. Et je t'ai ordonné de continuer.

Eirene se figea. Accaparée par la nourriture et le vin, elle avait oublié à qui elle avait affaire. Un homme dont les enchantements privaient les jeunes femmes de leurs capacités de réflexion, afin de les pousser dans le lit des notables les plus répugnants de Zakynthos. Un homme qui gardait son unique fille prisonnière d'une tour. Un homme dont la jeune épouse avait fini vidée de son sang. Eirene se risqua à relever la tête, et son cœur fit un bond lorsque son regard croisa celui de Léandros. Il n'y avait plus aucune trace de chaleur dans ses yeux bleus, brillant d'arrogance et de cruauté.

Elle baissa aussitôt le nez vers son assiette. Les mets qui lui avaient paru si alléchants une demi-heure plus tôt ne la tentaient pas plus qu'un bloc d'argile. La simple idée d'avaler une autre bouchée était obscène.

— Je ne peux pas, protesta-t-elle faiblement.

— Mais si.

Penché en avant, Léandros posa l'une de ses mains parfaites sur les siennes, telle une araignée fondant sur la proie piégée dans sa toile. Contrairement à ceux de la jeune fille, ses doigts étaient parfaitement propres. Alors seulement, Eirene réalisa qu'elle ne l'avait rien vu manger d'autre que les deux petits bouts de pain du début. Il s'était contenté de l'observer en sirotant du vin, laissant son assiette intacte. Quand il reprit la parole, ce fut d'une voix froide et autoritaire.

— Allez.

Que pouvait-elle faire d'autre qu'obéir ?

Elle reprit la cuisse de volaille, arracha un morceau de viande avec ses dents et se força à l'avaler. Au moins, c'était comestible, songea-t-elle. Plus que les lentilles crues et le sable. Mais tout son corps protestait. Elle dut boire longuement pour faire passer la nourriture qui restait coincée dans sa gorge. Après ça, elle prit soin d'alterner de minuscules bouchées et quelques gouttes de vin, qui lui-même avait perdu tout son intérêt.

Enfin, elle reposa l'os auquel étaient encore accrochées quelques bribes de chair. Son estomac n'était plus seulement plein ; il lui semblait gonflé, distendu, deux fois plus gros que d'habitude. Elle aurait juré sentir les aliments remonter dans son œsophage. S'efforçant de réprimer une vague de nausée, elle bégaya :

— J'ai terminé.

Léandros tapota la table du bout des doigts tout en lui décochant un sourire étincelant.

— Terminé ?

Elle n'osa pas répondre de peur de vomir. Était-ce ce que Phoebe vivait quand elle était malade et que tout l'écœurait ? Eirene se demanda comment elle pouvait le supporter. Et les effets du vin se faisaient également ressentir : elle avait de plus en plus de mal à réfléchir, sa vue se brouillait, son menton ne cessait de basculer en avant. Si Stavros était dans cet état en rentrant des symposiums, elle ne comprenait pas pourquoi il y retournait. Cette perte de contrôle avait quelque chose d'inquiétant.

— Oh non, ma chère Eirene, je ne crois pas, objecta Léandros. Je vois encore plein de viande tout à fait mangeable sur cet os. Je suis sûr qu'on t'a appris à ne pas gâcher la nourriture. Encore quelques bouchées, et ce sera bon.

À nouveau, il se pencha vers elle avant d'ajouter d'une voix grave :

— Dans cette maison, on termine ce qu'on a commencé. On va jusqu'au bout des choses. On ne revient pas des falaises avec un plant de crocus auquel il manque une fleur.

Eirene émit un son qui aurait pu sortir de la gueule d'un chien mourant. C'était donc ça ? Il voulait la punir à cause de cette fichue fleur ?

— Il est grand temps que tu ailles te coucher, ma petite fiancée. Dès que tu auras vidé ton assiette, Peiros te raccompagnera à la tour. Allez.

Léandros se leva, silhouette sombre et menaçante.

À tâtons, Eirene récupéra l'os graisseux et le porta à ses lèvres. Incapable d'avaler la viande, elle la mâcha rapidement et la fourra au creux de sa joue. Elle lui trouva un goût faisandé, comme si l'oiseau avait été abattu le matin et laissé à pourrir toute la journée en plein soleil.

Puis elle jeta l'os dans son assiette et s'affaissa sur sa chaise. Léandros se rassit lentement. Il était flou, les détails de sa personne disparaissant dans un brouillard. Assaillie par une bouffée de panique, Eirene cligna des paupières afin d'y voir plus clair et de chasser les petites étoiles qui dansaient devant ses yeux.

Que lui arrivait-il ? Allait-elle s'évanouir ? Son hôte lui parlait, mais elle ne comprenait plus ce qu'il disait.

— S'il te plaît, voulut-elle marmonner, les mots se transformant en gémissement indistinct. Je ne...

La voix de Léandros se faisait de plus en plus pressante. Il posa une main chaude sur son épaule au moment où sa tête basculait dans son assiette. Les os bien nettoyés pressèrent contre sa joue, mais elle se sentait trop mal pour éprouver du dégoût. *Du poison.* Il avait dû l'empoisonner. Allait-elle mourir ? Ou n'était-ce que du Désir ? Probablement pas, car elle le détestait toujours autant.

Les petites étoiles envahirent tout son champ de vision et le noir se fit. Alors Eirene partit très loin, tourbillonnant sans fin dans cette nuit scintillante.

VINGT-CINQ

MALADE DE SA BRÛLURE

Eirene

Eirene avait très mal au cou.

— Aïe, gémit-elle en faisant rouler sa tête sur l'oreiller, les yeux fermés pour se protéger de la lumière du matin.

De toute évidence, il faudrait un moment à son corps pour se remettre des blessures reçues sur la falaise. Et avait-elle oublié de fermer ses volets ? Apparemment, oui.

— Ooooooh...

La soirée de la veille lui revint peu à peu sous la forme d'images d'une clarté accablante. Avait-elle... bu ? Plus que ça. Elle s'était soûlée. Après toutes ces années à mépriser Stavros, elle s'était abaissée aux mêmes extrémités que lui. Mais il n'y avait pas que le vin. Eirene se raidit, le souvenir de la nourriture la heurtant de plein fouet et lui retournant l'estomac. Durant quelques secondes, elle resta paralysée. Allongée sur le dos, parfaitement immobile, elle écouta son cœur résonner dans sa poitrine, ses oreilles, ses mains et les profondeurs de son ventre. Elle ne pouvait plus respirer, sa gorge lui semblait obstruée par de la viande, du vin et des graines de grenade. Elle ne pouvait pas crier non plus. Elle ne pouvait rien faire. Ce fut finalement un nouvel élancement douloureux au niveau de son cou qui l'arracha à sa transe.

Elle s'assit, haletante, la bouche desséchée et emplie d'un affreux arrière-goût de *pourri*. Elle avait des mèches de cheveux plaquées sur le visage et les yeux tout collés. Clignant des paupières avec difficulté, elle contempla la pièce baignée d'une lumière pâle.

Chaque mouvement était une véritable torture. Elle toucha du bout des doigts la zone douloureuse à la base de son cou, juste au-dessus de ses clavicules. La peau y était étrangement rugueuse et, lorsqu'elle regarda sa main, elle découvrit des flocons couleur rouille. Du sang séché. Une de ses blessures, sans doute celle de la joue, avait dû se rouvrir. Ou bien les écorchures de ses mains, encore incrustées de sable et de terre.

Elle se leva avec précaution et étira ses muscles raides.

Quand elle tourna la tête, les pointes de ses cheveux effleurèrent ses épaules. Les dents serrées, elle se força à inspirer profondément. *Ce ne sont que des cheveux*. Il y avait un moment qu'elle les trouvait trop longs, mais la douleur et la nausée la rendaient plus sensible. Le moindre contact, le moindre bruit la dérangeaient. Par réflexe, elle leva les bras et entreprit de les tresser pour dégager son visage. Bercée par ce geste familier et répétitif, elle laissa ses pensées vagabonder et se retrouva de nouveau assise à table face à Léandros, qui la fixait de ses grands yeux bleus tandis qu'elle s'évertuait à avaler sa viande.

Aussitôt, elle lâcha la mèche de cheveux.

— D'accord, fit-elle, l'écho rassurant de sa voix résonnant dans la chambre vide. On va essayer autre chose.

Elle récupéra son couteau, abandonné sur le sol près du lit, et essuya la lame sans la regarder – de crainte que la vue de la graisse luisante ne fasse ressurgir d'autres images du dîner, de la longue table, du vin et de…

Non. Elle souffla par le nez. Elle ne voulait plus y penser. Où était sa bassine ?

Une fois qu'elle l'eut trouvée – sur le sol, elle aussi, puisque c'était visiblement là qu'elle rangeait ses affaires désormais –, elle la posa sur la table, à la lumière de la fenêtre. Elle contempla son reflet déformé dans le fond de cuivre. D'habitude, c'était Phoebe qui lui coupait les cheveux avec des ciseaux. Mais elle n'était pas là, et Eirene n'avait pas de ciseaux. Cependant, elle ne supporterait pas de garder ses cheveux longs une seconde de plus. Des larmes de frustration et d'épuisement perlèrent au coin de ses yeux.

Penchée au-dessus de la bassine, elle empoigna la moitié de sa chevelure emmêlée, nappée d'une substance poisseuse – encore du sang ? Ce serait peut-être l'explication la moins terrible, songea-t-elle, s'efforçant d'oublier le moment où son visage était tombé dans son assiette sale. De l'autre main, elle plaça la lame brillante sous ses boucles. *Inspire. Expire.*

Un léger mouvement, une brève pression des doigts, et une pluie de mèches brunes recouvrit la bassine, masquant son reflet. Elle lâcha le couteau qui tinta contre le cuivre.

— Tu vois ? fit-elle. C'était facile.

Pourtant, c'est en tremblant qu'elle se prépara à répéter son geste de l'autre côté. *Inspire...*

À cet instant, quelqu'un toqua à la porte. Eirene sursauta. Était-ce Léandros, venu lui présenter sa troisième et avant-dernière épreuve ? Non, car si son hôte frappait pour annoncer son arrivée, il n'attendait jamais sa permission pour entrer. Lamia, alors ? Ravie, elle ouvrit la bouche afin de la saluer.

Les coups recommencèrent, plus forts et accompagnés d'une voix :

— Eirene, tu es là ?

Sa joie retomba aussitôt. *Peiros*. Elle se redressa, les épaules en arrière et le torse bombé. Il n'était pas question qu'il voie combien la soirée de la veille l'avait perturbée.

— Oui, répondit-elle.

La porte s'ouvrit. Eirene jura à mi-voix, resserra sa prise sur le couteau et tailla le reste de sa chevelure. Les deux côtés ne seraient sans doute pas de la même longueur, mais elle s'en moquait. Au moins, elle n'aurait plus à supporter ce frôlement incessant sur sa peau.

— Qu'est-ce que tu fabriques ? l'interrogea le valet pour la forme.

— Je me coupe les cheveux.

Sans un regard pour lui, elle passa ses mains dans ses boucles afin de récupérer les mèches oubliées, qu'elle laissa tomber dans la bassine. Il ne fallait surtout pas qu'il la croie affectée ou inquiète. Il n'y avait pas de place pour la faiblesse dans cette maison. Elle reposa son couteau.

Peiros garda le silence un long moment avant de déclarer :

— Je suis venu t'assigner ta troisième épreuve.

Cette fois, elle fit volte-face. Planté juste devant la porte, vêtu de son habituelle tenue grisâtre, il tenait un paquet tout en longueur enveloppé de toile de jute. Eirene l'observa avec méfiance.

— Où est Léandros ?

— Je ne suis pas autorisé à évoquer les occupations et déplacements de mon maître. Il m'a simplement chargé de te transmettre ses instructions.

— Quand doit-il rentrer ?

— Je suis là pour te transmettre ses instructions, répéta Peiros. Pas pour t'informer de sa vie privée.

Eirene croisa les bras.

— Je ne te crois pas. C'est Léandros, et personne d'autre, qui me confie mes tâches. Quoi que tu me demandes de faire, je n'obéirai pas avant de l'avoir vu.

— Comme tu voudras, soupira Peiros. À son retour demain soir, il s'attendra à trouver un nouveau présent. Mais j'imagine qu'il se remettra vite de sa déception. On dit ta sœur très belle.

Eirene lâcha un cri incrédule.

— Je t'interdis de parler de...

Elle se reprit. Elle ne pouvait pas se permettre d'échouer ; le sort de Phoebe en dépendait.

— Quel présent ? demanda-t-elle.

Les yeux rivés au mur derrière elle, le valet récita :

— « Un énorme bélier argenté terrorise les collines alentour. Ses cornes sont d'argent, tout comme sa toison. Il est aussi grand qu'un homme de taille adulte et ses cornes représentent la plus mortelle des armes. Sa laine, quant à elle, résiste aux assauts des lames et des flèches. »

Puis il se détendit et la regarda en face avant de conclure :

— Ton épreuve consiste à récupérer cette laine...

Malgré elle, Eirene sentit sa bouche se tordre. Un bélier. Comme elle l'avait prédit, elle se voyait confier des tâches similaires à celles de Psyché. Or Lamia lui avait déjà expliqué comment réussir celle-ci : il suffisait qu'elle suive l'animal et ramasse les touffes de poils accrochées aux branches et aux buissons. On lui donnait deux jours pour cela ? Ce serait ridiculement facile.

— ... ainsi que l'une de ses cornes, termina Peiros.

— Une corne ? répéta-t-elle, pétrifiée.

Impossible de se procurer *une corne* par la patience et la ruse. Elle allait devoir s'approcher du bélier et employer la force. Mais il était peu probable qu'il la laisse en scier une ! Allait-elle devoir le tuer ? Sa bouche se dessécha. Une boucle coincée derrière son oreille lui retomba devant l'œil.

— Ceci pourrait t'être utile, ajouta Peiros en lui tendant le mystérieux paquet.

À y regarder de plus près, il avait la taille et la forme d'un grand couteau ou d'un glaive. Eirene s'en saisit prudemment et écarta la toile. L'éclat du bronze lui apparut.

Après avoir jeté l'emballage par terre, elle fronça les sourcils. Au lieu d'une lame coupante, l'arme présentait une surface rugueuse, irrégulière et dentelée. Elle leva un regard abasourdi vers Peiros.

— Qu'est-ce que c'est ?

Il la toisa avec le plus grand mépris.

— Une épée.

— Oui, je le vois bien, mais...

Elle passa son doigt sur le fil et le retira aussitôt. Malgré son étrange aspect, la lame était bien affûtée. Du sang perlait sur sa peau.

— Pour quoi faire ?

Peiros haussa les épaules.

— Ce sont les seules instructions que le maître m'a données.

— Trop aimable.

— Si tu n'as pas d'autre question, je te laisse te mettre au travail.

— Attends ! appela Eirene en faisant un pas vers lui. Non, je suis désolée, il doit y avoir une erreur. Un simple couteau ? Contre une bête aussi énorme ?

Elle avait vu le bélier de ses yeux, des années plus tôt, et s'était juré de ne plus jamais s'en approcher.

Mais Peiros repartait déjà, l'écho de sa dernière phrase résonnant à travers la porte :

— J'ai hâte d'annoncer au maître que tu as échoué.

VINGT-SIX

BIENTÔT ELLE S'ENHARDIT

Lamia

— Emmène-moi avec toi, supplia Lamia, assise au bord de son lit, une fois qu'Eirene lui eut expliqué la situation.

Elle se leva et prit ses deux mains dans les siennes. Sa maladie était passée, maintenant, elle en était certaine. Elle n'avait plus mal à la tête, sa peau ne la brûlait plus, sa vue s'était éclaircie. Elle avait juste mal à la jambe, mais rien d'inhabituel. Le bol qui avait contenu le médicament reposait, vide, à côté de sa couche.

La fiancée de son père haussa les sourcils.

— Tu as l'air en forme.

— Je pourrais en dire autant de toi.

Les égratignures sur le visage d'Eirene étaient moins rouges qu'à son retour des falaises, et bien que son bras nu soit toujours constellé de bleus, leur pourtour commençait à jaunir. Cependant, elle arborait une nouvelle blessure au creux de la gorge, dont la vue troubla Lamia.

— Ne me fais pas rire. Si l'on devine ne serait-ce que la moitié de l'accablement que j'éprouve...

Le regard voilé, elle porta une main à la croûte fraîche sur son cou et déglutit avec peine.

— Moi, je te trouve jolie, insista Lamia.

Elle était sincère. Eirene était toujours ravissante, malgré la teinte légèrement verdâtre de sa peau et la substance sombre collée dans la mèche qu'elle ramenait derrière son oreille.

— Tu t'es coupé les cheveux ?

— Oh, ça.

Les yeux d'Eirene s'éclaircirent et elle laissa retomber sa main, redressant le menton comme si elle se préparait au combat. De toute évidence, c'était un point sensible.

— Oui, avoua-t-elle enfin, promenant son regard sur Lamia, puis sur la peau de mouton qui recouvrait le sol. Attends, tu t'es couchée avec tes chaussures ?

— Par-dessus la couverture, précisa la jeune fille sur le même ton de défi. Pour gagner du temps. Tu vois, je suis déjà prête à partir !

Eirene n'avait pas besoin de connaître la vérité – à savoir qu'elle ôtait rarement ses bottes, à part pour dormir. Elles offraient l'avantage de protéger et dissimuler ses jambes. Son père lui avait expliqué, aussi gentiment que possible, quelle serait la réaction des gens s'ils venaient à les voir. « Tu sais que je te trouve magnifique, Lamia. Mais les villageois sont cruels.

Ta… difformité ne leur inspirerait que du dégoût. Ils ne seraient sans doute pas aussi compréhensifs que moi. »

Mieux valait donc qu'Eirene n'aperçoive pas ses jambes nues. Lamia elle-même avait du mal à les regarder.

— Puisque mon père s'est absenté, rien ne m'empêche d'y aller avec toi, reprit-elle, préférant changer de sujet.

Marcher aussi longtemps ne serait sans doute pas bon pour sa jambe, mais il lui restait encore de la pommade d'Eirene pour le lendemain. Tant pis si elle ne pouvait pas quitter sa chambre ; elle s'inquiéterait de cela le moment venu. Pour l'instant, son genou était bandé et sa botte bien serrée par-dessus. Elle mourait d'envie de sortir. Les brèves interactions qu'elle avait eues le soir du symposium l'avaient encouragée : ni Phoebe ni Damon ne l'avaient regardée avec autre chose que de la méfiance. Elle n'avait lu aucune peur, aucune haine, aucun dégoût dans leurs yeux. Peut-être que, finalement, le monde en dehors de la tour n'était pas si hostile que cela ?

— Peiros vient rarement me voir, précisa-t-elle. Il ne s'apercevra pas de mon absence. Et je pourrais sûrement te donner un coup de main.

Oui, mais *comment* ? Il faisait jour ; sa lumière serait donc inutile. Elle se racla la gorge.

— Bref, on verra. Tu as un plan ?

Lorsque Eirene se mordit la lèvre, le cœur de Lamia fit un petit bond. Elle se dépêcha de détourner les yeux et manqua le début de sa phrase.

— ... une potion qui aidait ma sœur à dormir.

Le regard de Lamia revint sur le bol vide oublié près de son lit. Sa simple vue faisait remonter un goût métallique dans sa bouche, comme si elle venait de boire son infect contenu.

— Je ne sais pas si elle sera assez forte pour un animal de cette taille, mais je ne vois pas d'autre solution.

Lamia serra les dents, assaillie par ce qui ressemblait furieusement à un souvenir – bien que ce soit impossible. Son père lui caressait les cheveux et portait le bol à ses lèvres. Il faisait sombre. C'était la nuit. La seule lueur provenait d'un faible rayon de lune. Une chouette hululait au loin. Les mots de Léandros résonnaient à son oreille : « Encore un tout petit peu, ma chérie. Bois et tout ira bien. Bois et endors-toi. Bois et oublie. » Elle avait pleuré, avec de gros sanglots déchirants. Elle avait vu quelque chose d'horrible. Non, pas juste vu...

— Lamia ?

Elle redressa brusquement la tête, manquant de heurter celle d'Eirene.

— Lamia ! Tu m'écoutes ?

Elle fouilla dans sa mémoire. Il était question d'une potion... d'un sédatif...

— Oui, oui. C'est un bon plan.

La fiancée de son père croisa les bras.

— Je viens de te lister toutes les raisons pour lesquelles il risque d'échouer !

Par les dieux, Lamia n'était décidément pas dans son assiette. D'abord hypnotisée par la blessure à la gorge d'Eirene, puis par ses dents mordillant sa lèvre, elle sentait maintenant son cœur s'emballer devant un soupçon de décolleté. Elle avait l'impression de sentir la chaleur irradier de la peau de la jeune fille. Faisant un pas de côté, elle s'adressa au mur :

— Le sédatif n'a pas besoin d'endormir complètement le bélier. Il faut juste qu'il l'empêche de nous tuer.

— Quoi qu'il arrive, ça ne coûte rien d'essayer. J'ai mes herbes et mon couteau, et toi, ton indéfectible optimisme.

Lamia ne put s'empêcher de la dévisager, les yeux brillants.

— Alors, tu es d'accord pour que je t'accompagne ?

Eirene lui sourit.

— Tu as déjà tes chaussures ; comment pourrais-je refuser ? Allez, viens. Nous n'avons pas beaucoup de temps.

Quelques instants plus tard, elles étaient en route. Sa besace pleine d'herbes et de potions en bandoulière, Eirene traversa la roseraie, puis s'engagea dans l'étendue dégagée qui s'ouvrait devant la maison. Par réflexe, Lamia préféra se réfugier derrière un arbre en bordure du chemin. Appuyée contre l'écorce, elle inspira l'air doux du matin, savourant son parfum de liberté et de cyprès.

Eirene la rejoignit et lui toucha doucement le bras.

— Par ici, dit-elle. Il y a un petit sentier, sans doute creusé par des animaux. Cela devrait nous suffire.

Elles repartirent, Lamia un peu à la traîne car elle progressait avec précaution. Cela ne la dérangeait pas de rester derrière ; ainsi, Eirene ne voyait pas qu'elle était toute rouge.

Lorsqu'elles émergèrent enfin du couvert des arbres et entamèrent l'ascension des collines qui conduisaient aux falaises, l'écart s'était nettement creusé. Aussi en forme que soit Lamia ce jour-là, elle n'avait pas l'habitude de marcher vite ni longtemps. Des élancements familiers commençaient à monter de son genou. Mais elle s'y attendait, et elle était endurante. Les yeux rivés sur le sol, elle s'efforçait de poser ses pieds aux endroits les plus plats. Malgré sa vigilance, elle finit néanmoins par se tordre la cheville dans un trou dissimulé par de l'herbe.

Comme elle laissait échapper un petit cri de surprise, Eirene s'arrêta net et pivota sur un talon. Lorsqu'elle vit Lamia, son expression s'assombrit et elle revint sur ses pas en courant. Le gros couteau passé à sa ceinture cognait contre sa cuisse.

— Bon sang, mais qu'est-ce que tu fabriques ?

Lamia aurait dû se douter que cela finirait ainsi. Qu'Eirene changerait d'avis avant même d'atteindre le grand cyprès qui trônait au sommet de la première colline. Elle distinguait encore la maison et la tour derrière elle. Au moins, il ne lui faudrait pas trop longtemps pour rentrer.

— Je..., bégaya-t-elle, se préparant à la douleur cuisante du rejet.

— Pourquoi m'as-tu laissée filer comme ça ? la coupa Eirene, très contrariée. Pourquoi ne m'as-tu rien dit ?

— Pardon ?

— J'étais perdue dans mes pensées. C'est une mauvaise habitude que Phoebe me reproche souvent. Mais je fais des efforts, et je te jure que je n'avais pas l'intention de te semer !

Une main sur les côtes, Eirene fixait un point derrière l'oreille gauche de Lamia.

— Je suis vraiment désolée d'être partie aussi vite. Et de, hum... de t'avoir crié dessus. Mais tu aurais dû m'appeler ! Cela dit... je comprends que tu n'aies pas osé. Ce n'est pas la première fois que je te parle mal, n'est-ce pas ? Je m'en veux beaucoup, tu sais, d'avoir été aussi odieuse avec toi le premier soir. J'en suis sincèrement navrée. Attends, j'ai une idée ! Ne bouge pas.

Tout excitée, elle fourra sa besace entre les mains de Lamia et repartit à l'assaut de la colline.

La fille de Léandros la suivit d'un regard éberlué.

— Alors, je peux toujours venir ? demanda-t-elle au carré d'herbe sur lequel Eirene se tenait encore une seconde plus tôt.

Celle-ci s'était arrêtée près du grand cyprès et l'examinait, les mains sur les hanches. Au bout d'un moment, elle disparut derrière l'arbre et Lamia entendit un bruit de bois brisé.

Les sourcils froncés, elle reprit sa route. Autant avancer un peu pendant qu'Eirene était occupée.

Alors qu'elle atteignait le sommet de la colline, celle-ci émergea en dansant de derrière le tronc, le visage illuminé d'un mélange touchant de joie et d'appréhension. Elle tenait à la main une longue branche dont elle avait scié les deux extrémités, et qu'elle avait débarrassée de ses rameaux feuillus. Elle la planta dans le sol devant Lamia.

— Et voilà ! s'exclama-t-elle. Une canne ! Phoebe en utilise une, parfois. Je crois que ça la soulage. Je me suis dit... Eh bien... C'est peut-être idiot, mais j'ai pensé que ça pourrait t'aider.

— Une canne, répéta Lamia.

Elle s'en était fabriqué une des années plus tôt, dans les mois qui avaient suivi sa chute, afin de pouvoir emprunter les escaliers et rester debout plus facilement. Mais son père l'avait brisée en deux sur son genou sous prétexte que cela attirait l'attention. Le monde n'était pas tendre avec ceux qui laissaient voir leurs faiblesses, avait-il dit. Et puis, il ne supportait pas d'entendre le choc du bois contre le sol. Il l'avait prévenue que si elle recommençait, il lui casserait le bâton sur le dos.

Cependant, Léandros n'était pas là, et Eirene était déjà au courant pour la jambe de Lamia. Elle tendit donc la main vers la canne.

— Tu crois que ça va aller ? s'inquiéta son amie en se mordillant la lèvre.

Pourquoi fallait-il qu'elle soit aussi jolie ?

Lamia soupesa le bâton. Il était un peu lourd. Elle fit quelques pas avec, s'appuyant dessus plutôt que sur son genou faible. Par les dieux, comme cela lui avait manqué, même si sa première expérience n'avait duré que quelques jours ! Sans éclipser totalement la douleur et l'inconfort, le bâton l'aidait beaucoup. Son visage se fendit d'un sourire de bonheur et de soulagement à l'idée qu'elle n'aurait pas à rentrer tout de suite.

— Oui, c'est parfait ! répondit-elle.

— Tant mieux.

Eirene lui prit sa besace et la passa par-dessus la sienne, lui frôlant l'épaule au passage. Lamia ne put réprimer un frisson qu'elle dut remarquer, car elle lui décocha un bref regard avant de se racler la gorge, un peu gênée.

— Bien, allons-y. Nous avons un bélier à mutiler.

Elles repartirent en silence. Lamia avait l'impression que l'atmosphère avait changé et qu'elles étaient désormais conscientes de davantage de choses. Elle essaya de se convaincre que ce n'était que le fruit de son imagination, jusqu'à ce qu'elle touche par accident la main d'Eirene, qui s'écarta brusquement. Son poing fautif crispé sur le cœur, Lamia poursuivit sa route en regardant droit devant elle. Seuls le pépiement lointain des oiseaux et le bruit des petits animaux dans l'herbe perturbaient le silence. Leurs souffles se faisaient de plus en plus haletants, car la pente était raide. La canne heurtait le sol à intervalles réguliers. La fille de Léandros constata que sa jambe ne menaçait plus de céder à chaque pas et qu'elle trébuchait beaucoup moins : elle pouvait désormais sonder l'herbe de la pointe de son bâton lorsqu'une zone lui paraissait traître.

Impossible, en revanche, d'échapper au soleil qui grimpait dans le ciel. Il faisait chaud – trop chaud. Et contrairement à ce qu'avait espéré Lamia, le sentier ne devenait pas plus praticable à l'approche des falaises, bien au contraire. Plus elles avançaient vers la mer, plus il était étroit et boueux. Lorsqu'elle perçut enfin les premiers clapotis des vagues sur la côte, il avait disparu.

– On y est presque ; on devrait bientôt le voir, promit Eirene d'une voix hachée.

– Quoi, le bélier ?

– Ce serait trop beau… Non, juste son territoire.

Elle attendit que Lamia la rattrape, le visage tourné vers le soleil, bras et jambes écartés comme si elle craignait que la terre ne se cabre pour la faire tomber. Toute rouge, elle avait les lèvres entrouvertes et des mèches de cheveux collées sur le front. La lumière vive faisait briller une goutte de sueur dans son cou.

Lamia la contempla fixement, le ventre noué par une sensation proche de la faim.

— Tu as soif ?

— Je n'ai rien vu, jura-t-elle, baissant la tête en hâte.

— Quoi ?

— Quoi, quoi ?

— Je t'ai demandé si tu voulais de l'eau, expliqua Eirene en s'approchant. J'en ai, si tu veux.

— Oh.

Lamia frotta son pied sur l'herbe, son empreinte se confondant avec celle de sa guide.

Une outre pleine se balança devant son nez et elle osa enfin relever la tête. Eirene la dévisageait, le regard plus clair que jamais, les pupilles réduites à deux minuscules points noirs à cause de la luminosité.

— Merci, marmonna la fille de Léandros.

Soit elle avait pris un coup de soleil, soit tout son sang avait afflué sous la surface de sa peau, qu'elle imaginait rouge vif.

— On peut s'arrêter un peu, proposa Eirene. Faire une pause.

— Non, continuons jusqu'à la plage, répondit Lamia, qui savait que sa jambe deviendrait raide à la seconde où elle cesserait de marcher.

— Comme tu préfères…

Après quelques gorgées maladroites, elle rendit l'outre à Eirene et conclut :

— Alors allons-y.

Elles atteignirent bientôt le sommet de la dernière colline, puis entreprirent de redescendre de l'autre côté. Lamia ne quittait pas le sol des yeux, sa canne frappant l'herbe en rythme. Elles ne devaient plus être très loin de…

— *Oh, par les dieux, le voilà !* lâcha Eirene dans un murmure horrifié.

Elle tendit le bras au moment où Lamia se retournait et la heurta en pleine poitrine. L'air brutalement chassé des poumons, la fille de Léandros se recroquevilla sur elle-même en laissant échapper un sifflement pathétique.

— *Chut*, la réprimanda Eirene.

Lamia aurait voulu lui rétorquer que c'était de sa faute si elle avait fait du bruit, mais elle était trop occupée à reprendre son souffle.

Eirene finit par s'apercevoir de son silence.

— Ça va ?

— Un… un moment. Laisse-moi juste…

Quoi qu'elle ait voulu dire, elle l'oublia aussitôt. Un énorme cyprès au tronc tordu poussait près du bord de la falaise et, fouillant à son pied, il y avait…

— Je n'en crois pas mes yeux, fit la sœur de Phoebe. Tu as déjà vu un mouton aussi *énorme* ?

Lamia scruta longuement l'animal. Certes, il était bien plus gros que ce qu'elle avait imaginé – au moins deux fois plus qu'un bélier ordinaire. Si Léandros s'était tenu devant lui, leurs yeux auraient été à la même hauteur. Mais il était surtout… magnifique. Son corps musclé, souple et élégant évoquait davantage celui d'un cheval, et sa laine semblait faite d'argent filé. Ses yeux intelligents repérèrent les jeunes filles dès qu'il releva son museau gracieux, encadré par deux longues cornes en spirale. Lamia les contempla, bouche bée. S'il avait été possible d'en dérouler une, elle aurait été aussi grande qu'elle.

Face à son regard tranquille et posé, elle se sentit parcourue d'un frisson de peur. Il pourrait les piétiner aussi aisément que le ferait un cheval de trait. Elle pressa une main sur sa cage thoracique, juste sous les seins, là où les cornes d'argent l'embrocheraient s'il décidait de les charger.

— Il est gros, souffla-t-elle.

— Gros ? Énorme, tu veux dire ! répliqua Eirene d'une petite voix.

Sa peau avait viré au gris et une terreur absolue se lisait dans ses yeux.

— Et si la potion ne suffit pas ? ajouta-t-elle. Je comptais la verser dans son eau, mais je ne connais pas le bon dosage, et…

— À quoi bon s'en inquiéter maintenant ? l'interrompit Lamia, surprise de sa propre détermination. Faisons ce qu'on a prévu, et si ça ne fonctionne pas, on réfléchira à une autre solution.

Eirene acquiesça, les yeux plissés.

— J'espérais pouvoir lui laisser la vie sauve, mais je ne me risquerai pas à l'attaquer avec un simple couteau. J'ai aussi des herbes toxiques dans mon arsenal…

Cependant, ce serait cruel de le tuer – d'autant que le poison rendrait sa viande impropre à la consommation. Après tout, nous n'avons besoin que de sa corne et de sa toison.

— Essayons d'abord le sédatif.

Quand elle avait évoqué une « autre solution », Lamia ne pensait pas du tout au meurtre. Malgré sa stature effrayante, le bélier avait un air doux. Il n'avait rien fait de mal et ne méritait pas de mourir.

— Je ne veux pas qu'on le tue. Pas si on peut l'éviter.

— Alors, suivons-le, résolut Eirene, retrouvant peu à peu sa confiance en elle et fixant le bélier avec une lueur intrépide dans le regard. Pour découvrir où il s'abreuve.

— Et si on n'arrive pas à l'endormir ?

Les doigts de la jeune fille se posèrent sur l'arme grossière suspendue à sa ceinture.

— J'ai aussi apporté de l'aconit.

Une dose assez puissante était capable d'arrêter le cœur d'un homme en quelques minutes.

— Il t'en faudra beaucoup, souligna Lamia. Autant que ce soit rapide.

— Je ferai de mon mieux, mais je ne peux pas te promettre qu'il tombera sans se battre.

Elles passèrent le reste de la matinée à traquer le bélier, tandis que le soleil poursuivait sa course vers le zénith. Malgré ses efforts pour rester à l'ombre, le front de Lamia était luisant de sueur. De grosses gouttes lui dégoulinaient sur la nuque et imbibaient son chiton. Alors qu'elle tirait sur le tissu pour la centième fois afin de s'éventer, elle s'interdit de penser à ce que son père dirait, à ce qu'il *ferait* s'il voyait le vêtement dans cet état. Elle allait devoir inventer une excuse crédible. Mais elle s'inquiéterait de cela plus tard.

Elle reporta son attention sur le bélier, qui semblait suivre un petit ruisseau zigzaguant entre les collines. Il franchissait de grandes étendues herbeuses, reniflait paisiblement les jeunes pousses. Après en avoir sélectionné une, il la mâchonnait sans quitter les deux intruses des yeux. Puis il baissait la tête, ce qui faisait ressortir encore plus ses cornes gigantesques. Cette créature ne connaissait pas la peur. Elle ne se demandait pas si elle devait fuir, mais quand passer à l'attaque.

— *Là*, souffla finalement Eirene d'une voix rendue rauque par les heures de silence.

Le cœur de Lamia fit un bond.

— Où ça ?

— Juste derrière ce champ de fleurs. Tu vois ? Ça fait un moment qu'il se dirige vers l'est. Je crois que c'est son but.

Lamia suivit ses doigts élégants du regard.

Un peu plus loin, le ruisseau se séparait en deux branches, l'une continuant à sillonner le paysage, l'autre alimentant une mare entourée de roseaux. À la vue de la surface ondulante, Lamia se rendit soudain compte qu'elle mourait de soif.

— Viens, la pressa Eirene. C'est l'endroit parfait où verser ma potion sans qu'elle soit emportée par le courant – à condition qu'on l'atteigne avant lui.

Elles allongèrent le pas, puis coupèrent à travers pré en veillant à ne pas trop s'approcher du bélier. Une fois au bord de la mare, Eirene s'agenouilla et vida la moitié d'un petit pot dans l'onde claire. La potion flotta à la surface, refusant de se dissoudre. Elle dut plonger la lame de son couteau dans l'eau et remuer vivement pour que les deux liquides se mélangent enfin.

— Beurk, commenta-t-elle.

La mare translucide avait viré au marron boueux et dégageait à présent une odeur désagréable.

— Tu crois qu'il va boire ça ? l'interrogea Lamia.

Eirene haussa les épaules.

— Mieux vaudrait pour lui qu'il le fasse.

— Pourquoi n'as-tu pas tout mis ?

— C'est une potion très forte, et je peux toujours en rajouter si nécessaire. Je préfère être prudente pour ne pas le tuer par accident. Même si je ne saurais pas expliquer pourquoi.

— Parce que ce serait un crime de détruire une aussi belle créature, répondit Lamia.

Eirene lui jeta un regard indéchiffrable.

— Exactement.

Elles se réfugièrent sous un cyprès voisin afin d'observer l'approche du bélier. Il prenait son temps, allant et venant entre les massifs de fleurs. Quand il atteignit enfin la mare, le cœur de Lamia se serra. Il y trempa un sabot brillant, puis recula en secouant sa grande tête. Avec un grognement contrarié, il repartit vers un carré de pissenlits dont il entreprit de broyer les fleurs jaunes entre ses dents.

— Raté, gronda Eirene. On aurait mieux fait d'amener Daphné pour qu'elle le dévore. Maintenant, on va devoir le suivre jusqu'à un autre point d'eau. Et utiliser l'aconit.

— Attends, fit Lamia, posant une main sur son épaule pour l'empêcher de se lever.

Ce n'était pas la faute du bélier s'il refusait de boire cette eau sale, qui semblait porteuse d'au moins trois maladies. Mais peut-être pouvait-elle arranger ça ?

Elle s'appuya sur sa canne afin de se redresser.

— Qu'est-ce que tu as en tête ? lui demanda Eirene d'un ton amusé qui contrastait avec l'intensité de son regard.

— Je voudrais essayer quelque chose…

VINGT-SEPT

LA DOULEUR PEINTE SUR LE VISAGE

Eirene

Elles attendirent que le bélier s'éloigne avant de retourner au bord de la mare. De près, on comprenait très bien pourquoi il l'avait dédaignée. L'eau était encore plus boueuse qu'avant, et sa surface jonchée d'insectes morts.

— C'est mal parti, commenta Eirene d'un air sombre.

— Mais non. Je suis là.

Lamia s'agenouilla en s'aidant de sa canne, puis elle plongea les mains dans l'eau et remua la vase.

— Parle-moi.

— Pardon ?

— Parle-moi. De n'importe quoi. Et donne-moi ton couteau.

— Mon couteau ?

Eirene se raidit, la main sur le manche. Elle aurait dû se douter que Lamia voudrait utiliser sa lumière magique, si horrible, belle et fascinante à la fois. Cette lumière née de la souffrance et des larmes.

— Allez, donne !

Le soleil avait fait apparaître des taches de rousseur sur la peau de la jeune fille. Elle n'avait jamais eu autant de couleurs.

— Non. Pas question. Je ne vois pas en quoi ta lumière pourrait nous aider.

Lamia s'essuya les mains sur son chiton.

— Tu ignores tout ce dont je suis capable, déclara-t-elle, les yeux baissés mais la voix assurée. Et ce n'est pas à toi de me dire ce que j'ai le droit de faire. Tu as bien dévalé une falaise en t'écorchant la peau !

— Je ne l'ai pas dévalée, protesta Eirene pour la forme.

Elle savait déjà comment cette conversation se terminerait ; elles le savaient toutes les deux. Elle finirait par céder et regarderait Lamia se planter le couteau dans la chair, parce qu'il fallait à tout prix qu'elle réussisse cette épreuve. Elle n'avait pas le choix.

— Je suis juste descendue un peu vite. Si j'avais chuté jusqu'en bas, ce serait bien pire. Mais je t'écoute, de quoi d'autre es-tu capable ? Tu ne m'as parlé que de la lumière.

Pourquoi était-elle vexée que Lamia ne lui ait pas confié l'ensemble de ses secrets ?

— Donne-moi le couteau, je vais te montrer. C'est la seule solution. Le bélier doit boire cette eau.

Malgré la douceur de sa voix, ses paroles avaient quelque chose d'effrayant. Eirene déglutit.

— Bon, d'accord, céda-t-elle en lui tendant le couteau.

— Merci. Je te conseille de regarder ailleurs.

Après un long silence, Lamia réclama d'une petite voix :

— Tu devais me parler…

Eirene soupira. Quitte à discuter, autant aborder un sujet qui l'intéressait. Alors, comme elle se posait la question depuis un moment et aimait tout savoir sur ceux qui lui étaient chers, elle demanda :

— Qu'est-il arrivé à ta mère ?

— M-ma mère ?

— Elle est morte ?

— Quelle délicatesse… Tu aurais pu prendre un peu plus de pincettes !

— Comment voudrais-tu que je formule ma phrase ? « Parle-moi de ta mère, qui ne doit plus être dans le coin étant donné que ton père a l'intention de m'épouser » ?

— Tu peux faire mieux que ça !

Eirene grommela mais sourit malgré elle.

La fille effrayée sur qui elle avait crié dans la pénombre de sa chambre ne lui aurait jamais répondu sur ce ton.

— Lamia, est-ce que tu te souviens de ta mère ?

Celle-ci inspira d'un coup sec, et Eirene se demanda avec effroi si la lame venait de lui entamer la peau.

— Je préfère ça, déclara la fille de Léandros. Et pour répondre à ta question, je ne sais pas.

— Comment ça, tu ne sais pas ?

— J'ai longtemps cru que je l'avais complètement oubliée. Mais, depuis quelques semaines, je... je fais parfois des rêves. Je suis toute petite, bien au chaud, à côté d'une femme qui se penche sur moi pour me protéger. J'ai l'impression que... qu'elle n'est peut-être pas humaine.

Troublée par cette confession, Eirene n'osa pas la regarder.

— Qu'est-ce qui te faire dire ça ?

— Ses yeux.

Cette fois, Lamia s'interrompit et laissa échapper un hoquct dc doulcur.

Eirene comprit ce qu'elle était en train de faire. Elle n'aurait pas dû tourner la tête, mais ce fut plus fort qu'elle ; ses mains se tendirent d'elles-mêmes vers le couteau.

— Arrête ! la supplia Lamia.

Elle enfonçait lentement la pointe de la lame dans sa cuisse en la faisant pivoter. Les traits tordus de douleur, elle repoussa Eirene.

— Laisse-moi faire ! Il faut que je pleure !

Une tache rouge sombre s'élargissait déjà sur le tissu de son chiton.

— Si tu veux pleurer, tu n'as qu'à renifler de la poussière ! s'énerva Eirene. Ou t'en mettre dans les yeux !

Elle tenta à nouveau d'attraper le couteau, mais Lamia fit rempart de son corps.

— Ça suffit ! protesta-t-elle en l'empoignant par l'épaule.

La fille de Léandros n'était pas juste mince ; elle n'avait que la peau sur les os, presque pas de muscles, et aucune chance de l'emporter face à elle. Au bout de quelques secondes de lutte, l'arme disparut dans la ceinture d'Eirene, qui conclut :

— Tu sais quoi ? J'ai changé d'avis. Je ne veux plus que tu te mutiles pour m'aider. Je ne suis pas ton père.

Lamia se raidit.

— C'est le plus efficace, protesta-t-elle. Une poussière dans l'œil ne suffirait pas. Je te l'aurais expliqué si tu avais pris la peine de me poser la question. Il ne s'agit pas que de larmes ; il faut des *émotions*. De la souffrance. De la peur. De la colère. Et j'y étais presque. Si tu avais continué à parler, je...

— Comment veux-tu que je converse comme si de rien n'était pendant que tu te poignardes ? s'écria Eirene d'une voix incrédule.

— Je t'ai vue après la falaise. Ton visage, les bleus sur tes bras... Parfois, la souffrance est inévitable. C'est le prix à payer. Ma magie a besoin de mes larmes, et c'est le meilleur moyen de les faire couler. La blessure guérira.

— Peu importe. Je refuse.

Eirene avait conscience de manquer de recul, mais elle n'y pouvait rien.

— Alors, je n'ai pas le droit de décider par moi-même ? Je dois toujours me soumettre à l'avis des autres ? D'abord mon père, puis toi ?

— Ne me compare pas à Léandros ! se rebiffa Eirene. C'est un monstre ignoble qui a détruit mon village. Je t'interdis de me confondre avec lui.

— Je voudrais t'aider, et c'est mon seul talent ! *Laisse-moi faire !*

— Pas si tu dois te sacrifier.

Eirene ne serait jamais comme cet homme qui n'hésitait pas à faire souffrir les autres pour en tirer profit.

— Et si je n'étais bonne qu'à ça ? gémit Lamia, le visage ruisselant de larmes.

À cet instant, quelque chose se brisa dans la poitrine d'Eirene. Son cœur, peut-être.

— Tiens, tu es contente ? railla la frêle jeune fille en portant une main à sa joue. On n'a même pas eu besoin du couteau pour celles-ci. Tes cris auront suffi.

Eirene la fixa en silence. Si elle ouvrait la bouche, elle craignait de se mettre elle aussi à pleurer.

— Laisse-moi t'aider, répéta Lamia d'une voix plus douce. Il te faut cette corne. Pour Phoebe, souviens-toi.

Les épaules d'Eirene se voûtèrent. Elle aurait voulu renvoyer Lamia à la tour, refuser d'utiliser sa magie si cruelle. Mais à quoi bon renoncer maintenant que le mal était fait ? Sans oser la regarder dans les yeux, elle murmura :

— D'accord. Aide-moi, s'il te plaît.

— J'ai découvert ça quand j'avais dix ou onze ans, expliqua Lamia, toujours accroupie par terre.

Elle essuya les larmes sur ses joues et les fit goutter dans la mare. Eirene se tenait à quelques mètres d'elle, les poings serrés.

— Oh, lâcha-t-elle, la gorge nouée par un intense sentiment de culpabilité.

— J'avais une petite chatte, continua Lamia en faisant traîner ses doigts dans l'eau, qui s'éclaircit peu à peu. Une boule de poils roux qui s'appelait Néméa.

— D'accord.

— Je l'avais trouvée dans la roseraie, prise dans les épines, et j'avais supplié mon père de la garder. Elle était à moitié sourde et me détestait – mais moi, je l'adorais. Quelques mois plus tard, je… j'ai mis mon père en colère pour une bêtise dont je ne me souviens même plus.

Sa voix s'était tendue et elle gardait la tête basse.

— Tu n'es pas obligée de me raconter, dit Eirene. Tu avais une chatte rousse. Ça me suffit.

— Il nous a enfermées dans ma chambre, Néméa et moi. Au début, ça allait. Elle se contentait de me mordre, de me griffer, de se percher sur mon torse la nuit et de me baver dessus. Mais les jours passant, on a commencé à avoir faim. Et soif. J'ai essayé d'appeler mon père. Tu peux penser ce que tu veux de lui, il *m'aime*, je le sais. Tout ce qu'il fait, c'est pour me protéger. S'il avait su que la situation était si critique, il serait venu. Mais il n'a pas dû m'entendre.

La gorge d'Eirene était de plus en plus sèche. Elle ravala péniblement la colère qu'elle sentait monter.

— Il vous a enfermées sans rien à manger ? résuma-t-elle avec toute la retenue dont elle était capable.

— Il ne savait pas, insista Lamia. Tu n'as pas le droit de le juger ; tu n'étais pas là.

Eirene secoua la tête. Malgré tout ce que Léandros avait fait, ce fut là, en entendant cette histoire, que sa haine pour lui atteignit son paroxysme. Même sa propre fille n'était donc pas à l'abri de sa cruauté et de sa corruption ?

— J'avais un seau rempli d'eau qui m'avait servi à me laver, continua Lamia. Il était posé là, dans un coin, de plus en plus tentant. J'ai fini par m'humidifier les lèvres, puis la langue avec ; le goût était ignoble, croupi, à vomir. J'en ai tout de même bu un peu. Cependant, Néméa refusait d'y toucher. J'étais désespérée. Je voulais à tout prix qu'elle s'hydrate. Alors, sachant que ma lumière était capable de rendre les choses plus belles, plus brillantes, je me suis piqué le doigt avec une épingle…

— Tu as fait *quoi* ?

Ainsi, Lamia se blessait depuis l'âge de dix ans ? Eirene s'assura que le couteau était toujours à sa ceinture. La mare était redevenue parfaitement translucide et étincelante. Elle dut se faire violence pour ne pas sauter dedans et en boire de grandes gorgées. Secouant la tête, elle en détourna le regard.

— Oh, ce n'était rien, la rassura Lamia. J'avais besoin de pleurer. Et à l'époque, une légère douleur suffisait.

« À l'époque. »

La poitrine d'Eirene se contracta violemment.

Si Lamia remarqua son horreur silencieuse, elle ne fit aucun commentaire.

— Dès que j'ai laissé tomber une de mes larmes dans l'eau, elle est devenue limpide. Si tu savais comme j'ai été soulagée en voyant Néméa boire avec avidité ! Mais ce n'était qu'une illusion. L'eau était aussi croupie que quelques instants plus tôt. Je ne me doutais pas que ce serait aussi mauvais pour elle… Le lendemain soir, elle avait de la fièvre. Et elle est morte peu après.

— Par les dieux, murmura Eirene.

Que pouvait-elle dire d'autre ?

Cette histoire fit ressurgir, dans un coin de son esprit, le souvenir d'une prune brûlée et ratatinée, semblable à une limace. La magie de Lamia fonctionnait donc de la même manière que les Désirs. Cela signifiait peut-être qu'Eirene s'était trompée. Qu'il n'y avait pas d'autre secret derrière ces potions que le sang divin coulant dans les veines de Léandros, comme celui-ci l'avait toujours affirmé. Un sang qui coulait également dans les veines de sa fille… Elle frissonna. Si c'était le cas, comment pouvait-elle espérer le vaincre ? Elle serait forcée de le tuer. Il n'y aurait pas d'autre solution.

Lorsque ce moment viendrait, elle prendrait son temps.

— Voilà, tu sais tout, conclut Lamia d'une voix calme malgré les larmes qui continuaient à inonder ses joues. J'ai hurlé à m'en déchirer la gorge. Mon père a enfin ouvert la porte. Et je n'ai plus jamais réclamé de chat.

Elle sortit ses mains de l'eau scintillante, les secoua et reprit son bâton.

— Bien, c'est fait. Voyons si le bélier accepte de boire, maintenant.

VINGT-HUIT

LE PLUS AIMABLE DES MONSTRES

Lamia

Le bélier but, comme Lamia savait qu'il le ferait. Il but de la même manière que Néméa autrefois, avec de grandes lampées avides qui causeraient sa perte.

Eirene et elles attendirent, assises à l'ombre du cyprès, que le sédatif fasse effet. La fille de Léandros contemplait les collines, la forêt au loin, le petit point clair à l'horizon qui pouvait être sa tour.

— Je crois, déclara-t-elle d'une voix douce, que je ne m'étais encore jamais autant éloignée de chez moi.

En contrebas, le grand bélier allait et venait au bord de la mare quasiment asséchée. Eirene l'avait surveillé de près durant les premières minutes. Convaincue que leur plan n'avait pas fonctionné, elle passait en revue la liste de toutes leurs erreurs. Elle avait dû se tromper dans ses calculs, le produit était trop dilué, ou l'animal trop gros, ou alors il n'était pas assez assoiffé pour céder à l'eau ensorcelée.

Lamia parut vexée qu'elle sous-entende une telle chose. À présent que la vérité sur ses larmes avait éclaté au grand jour, elle était à fleur de peau. Elle connaissait son pouvoir. Sa magie était réelle, utile ; elle ne laisserait pas Eirene prétendre le contraire.

— Pourquoi veux-tu à tout prix échouer ? lui demanda-t-elle, les mains sur les hanches et les traits déformés par la contrariété. Tu l'as vu boire comme moi !

Bien que toujours tendue et sur ses gardes, Eirene leva les paumes et s'excusa en souriant :

— Pardon, pardon.

— Ses mouvements se font plus lents, j'en suis certaine, affirma la fille de Léandros.

Le soleil brillait fort au-dessus de leurs têtes, mais les yeux d'Eirene restaient aussi sombres que la nuit, d'un brun si proche du noir que ses iris y disparaissaient. Lamia aurait aimé se plonger dans ces ténèbres pour l'éternité.

— Oui, tu dois avoir raison, finit par admettre la sœur de Phoebe.

Quand avait-elle cligné des paupières pour la dernière fois ? Elle était si belle, avec sa peau dorée, ses lèvres pleines, sa carrure affirmée… On n'aurait jamais cru que, d'elles deux, l'héritière d'Aphrodite était Lamia !

Cette dernière se détourna et chercha le bélier du regard.

Il avait disparu.

Lâchant un hoquet de surprise, elle tendit le bras et toucha par mégarde celui d'Eirene, qui bondit sur ses pieds.

— Qu'est-ce qu'il y a ? Qu'est-ce qui se passe ?

— Le bé-bélier, bafouilla Lamia, scrutant les alentours en quête d'une lueur argentée. Il est parti !

Comment était-ce possible ? Elle ne l'avait quitté des yeux qu'une seconde !

Elle fit un pas hésitant, puis un autre dans la direction où elle l'avait aperçu pour la dernière fois.

Oh. Une vague de soulagement, intense et brutale, s'abattit sur elle tel un seau d'eau glacée. Il était là. Entre les branches sèches d'un buisson, elle distinguait sa toison lustrée. Sa tête reposait au sol, encadrée par ses immenses cornes. L'une de ses pattes, étendue sur le côté, tressaillit brusquement, faisant onduler son flanc laineux. Il essayait de se relever, mais l'effet de la potion était trop puissant.

— Eirene, chuchota Lamia, qui n'osait pas parler trop fort de peur d'alerter l'animal. Eirene, il est à terre.

— Je le vois. Il est couché. On l'a eu.

Elle serra fiévreusement les mains de Lamia avant d'ajouter :

— On a réussi !

— Oui, on a réussi.

Un petit sourire aux lèvres, la fille de Léandros s'approcha de la bête, qui gronda et tourna sa grosse tête vers elle, ses cornes raclant la poussière.

— Attention, prévint Eirene. Il pourrait encore...

Contractant tout son corps massif, le bélier parvint à se remettre sur ses pattes.

— Et merde ! pesta Eirene.

Elle recula, entraînant Lamia avec elle pendant que l'animal faisait un pas hésitant et secouait son énorme front.

— Surtout, ne bouge pas, dit-elle à voix basse.

— Tu viens de me faire bouger !

— Tu m'as comprise. Peut-être qu'il ne nous verra pas.

Lamia jeta un coup d'œil au bélier et se raidit. Ses grands yeux gris, bien que voilés, étaient rivés sur elles. Il cligna des paupières et baissa la tête.

— Oh non...

Puis il chargea.

— *Cours*, ordonna Eirene. Jusqu'à l'arbre !

— Lâche-moi !

Chacun de ses pas lourds et maladroits déclenchait un élancement douloureux dans sa jambe.

— Pas question que je te laisse.

— Mais je ne peux pas courir si tu me tires comme ça, voyons ! Lâche !

Dès qu'elle fut libre, Lamia s'élança comme elle ne l'avait pas fait depuis des années, le cœur battant, la cuisse en feu, sa canne heurtant le sol à un rythme frénétique. Elle le payerait plus tard mais, pour l'instant, il fallait juste qu'elle fuie. Le bélier gagnait du terrain. Elle entendait ses sabots se rapprocher.

Une fois au pied de l'arbre, Eirene fit volte-face, les joues rouges et l'air terrifié.

— Tu peux grimper ?

— Je...

— Je prends ça pour un oui. On ne pourra jamais le semer ; c'est la seule solution. Je vais te faire la courte échelle.

Paniquée, Lamia jeta un coup d'œil par-dessus son épaule. Même s'il tanguait sur ses pattes, l'animal allait vite. Le sédatif leur avait donné un peu d'avance, mais il ne tarderait pas à les rattraper.

Il n'y avait pas à tergiverser. Lamia lâcha son bâton et posa son pied droit sur les mains jointes d'Eirene. Grâce à son impulsion, elle parvint à agripper la branche la plus proche et à se hisser dessus, les joues griffées par les aiguilles du cyprès. Puis elle continua à monter, une branche après l'autre, le cœur battant la chamade.

— Vas-y ! l'encourageait Eirene. Plus haut !

Lamia baissa les yeux et vit qu'elle plantait ses ongles dans l'écorce dans l'espoir de la rejoindre. Mais elle était trop petite pour atteindre la première branche. Le bélier serait bientôt là et il lui suffirait d'un coup de cornes pour la broyer.

— Tu n'y arriveras pas ! cria-t-elle. Lance-moi ton couteau !

— Quoi ?

— Ton couteau !

Lamia n'avait pas le temps de s'expliquer. Elle ne pouvait qu'espérer qu'Eirene accepte enfin de lui faire confiance.

Celle-ci lâcha prise et glissa le long du tronc.

— Allez ! supplia Lamia, terrifiée.

— Une seconde !

Eirene détacha le couteau de sa ceinture et le lança vers le ciel en formant un grand arc. La fille de Léandros le rattrapa par la lame, poussa un cri à la vue du sang qui dégoulinait de ses paumes sur ses poignets. Les larmes ne se firent pas attendre.

Pendant ce temps, Eirene avait saisi l'arbre à bras-le-corps et fini par trouver une petite branche à laquelle se suspendre. Les jambes repliées au maximum, la peau luisante de sueur, elle regardait le bélier arriver à toute vitesse, tête basse, ses cornes argentées reflétant la lumière du soleil. Il allait la réduire en bouillie, il allait la tuer, il allait…

— Ferme les yeux, ordonna Lamia.

Elle tendit ses mains ensanglantées devant elle et un halo aveuglant en jaillit.

Cela ne dura qu'une seconde, peut-être deux.

Mais ce fut suffisant. Il n'y eut pas d'impact. L'arbre ne trembla pas et ne fut pas déraciné comme Lamia l'avait craint. Elle n'entendit pas de cri. Quand la lumière s'éteignit, elle regarda en bas en retenant son souffle et découvrit Eirene, toujours accrochée à sa branche, recroquevillée sur elle-même et gémissant doucement.

— Eirene ! appela Lamia. Eirene, tu es blessée ?

— Non…

Le soulagement lui coupa le souffle. Eirene n'avait rien. Le bélier ne l'avait pas touchée. Elle le regarda à son tour ; il avait reculé et secouait son énorme tête d'un air hébété, haletant, ses sabots glissant sur l'herbe. Ses pupilles étaient minuscules, signe que la lumière l'avait ébloui, et sa laine argentée était légèrement striée de noir.

— Tu vois, tu ne fais pas le poids face à notre Lamia ! le nargua Eirene.

« Notre Lamia. » Le cœur de celle-ci se gonfla.

Les yeux de l'animal tournoyaient dans leurs orbites. Puis, le sédatif d'Eirene faisant enfin effet, ils se révulsèrent et il s'effondra sur le côté.

VINGT-NEUF

SUR UN GAZON FLEURI

Eirene

Eirene tira le couteau vers elle pour ce qui lui sembla être la centième fois. Le grincement métallique était de plus en plus prononcé à mesure que la lame s'enfonçait dans la corne d'argent recourbée. Le bélier, dont la tête reposait sur ses genoux, l'observait à travers ses paupières mi-closes. Sa langue pendait hors de sa bouche et, de temps à autre, il laissait échapper un soupir brûlant dont le parfum rappelait un peu l'herbe – en beaucoup moins plaisant.

Par les dieux, comme elle avait mal au bras ! Et elle n'en était pas encore à la moitié.

Au moins, l'entaille était propre. Elle avait redouté le contraire, car le jour où un agneau était tombé au marché en s'arrachant un grand morceau de corne, le sang avait coulé à flots. Mais ce bélier n'était pas une bête ordinaire. Ses cornes étaient faites d'argent massif, comme celles d'une statue vivante.

Elle poussa le couteau vers l'avant et s'interrompit afin de s'essuyer le front sur sa manche. Le tissu revint trempé de sueur. Elle avait manqué une goutte, qui coula le long de sa joue et resta suspendue à son menton comme une larme.

Instinctivement, elle se tourna vers Lamia. Les yeux fermés pour se protéger du soleil, celle-ci était pelotonnée contre le corps tremblant du bélier, la tête sur son échine et ses cheveux retombant en cascade de chaque côté. Elle promenait doucement ses doigts dans sa laine tout en lui murmurant des mots de réconfort. Visiblement, elle avait déjà oublié qu'il avait tenté de les piétiner.

À la lumière du jour, ses cheveux étaient beaucoup moins ternes que d'habitude. Chaque fois qu'elle interrompait sa tâche éprouvante, Eirene avait l'impression d'y voir danser des lueurs colorées.

— Tu es *rousse* ? s'étonna-t-elle soudain.

Lamia ouvrit un œil.

— Pardon ?

— Tes cheveux ont des reflets auburn. Je te pensais brune, mais je me trompais.

La fille de Léandros souleva quelques mèches entre ses doigts.

— Oui, j'étais rousse, enfant. Quand je pouvais m'exposer au soleil.

— C'est joli.

— Ah.

Ce n'était pas vraiment la réponse qu'Eirene espérait. Elle se racla la gorge et changea de sujet :

— Comment vont tes mains ?

Quand Lamia était redescendue de l'arbre, toute pâle, elle avait découvert que ses paumes étaient dans un état effroyable et avait insisté pour les bander avec un morceau de tissu arraché à son chiton – un pansement de fortune déjà imbibé de sang.

— Ça va.

Comment une chose aussi belle que la lumière de Lamia pouvait-elle être liée à tant de souffrance ?

— On ne dirait pas.

— Elles guériront. Comme toujours.

— « Comme toujours » ? Pourquoi, ça t'arrive souvent de…

Eirene fut incapable de terminer sa phrase.

— Chaque fois que mon père a besoin de mes larmes.

— Pour quoi faire ?

À peine la question avait-elle franchi ses lèvres qu'Eirene se figea, comme si elle avait reçu un coup de poing dans le ventre. *Oh. Mais bien sûr.* Comment avait-elle pu passer à côté de l'évidence ? Au fond d'elle-même, elle le savait ; elle avait simplement refusé de l'admettre. Parce qu'elle s'était juré de stopper Léandros en détruisant la source de son pouvoir.

— Les Désirs, murmura-t-elle. C'est comme ça qu'il les fabrique.

Lamia ne répondit pas. Elle avait la tête haute, le regard clair. Et rien à cacher.

Eirene la dévisagea et, pour la première fois, elle la vit vraiment. Elle se souvint. De ses traits pâles et tirés. De son corps si mince. De ses mains bandées, la première nuit, des taches rouges au bout de ses doigts, de ses ongles bien trop courts. Des cicatrices au creux de ses poignets, qu'elle avait prises pour des griffures de roses alors qu'il s'agissait clairement d'autre chose. De la manière dont elle avait invoqué la lumière, puis transformé la mare boueuse en bassin cristallin.

— Il s'empare de ta magie en te faisant pleurer. En te faisant du *mal*.

Un long et pénible silence s'ensuivit.

— Ça finit toujours par cicatriser, insista Lamia dans un souffle.

— Est-ce comme ça qu'il justifie de torturer sa fille unique ? En disant que ce n'est pas grave, puisque ça cicatrise ?

— Tout cela n'a rien à voir avec toi !

— Ah non ?

— Non ! Quand vas-tu enfin m'écouter ?

— Lamia…

— Arrête.

Eirene la contempla sans un mot, l'esprit assailli de mille pensées. Si les larmes de la jeune fille permettaient de fabriquer les Désirs, pourquoi Alexandra était-elle morte ? Pourquoi son corps avait-il été vidé de son sang ? *Pourquoi ?* Quelque chose lui échappait.

Face à n'importe qui d'autre, elle n'aurait rien lâché. Elle se serait acharnée jusqu'à connaître la vérité. Mais c'était Lamia. Alors elle recommença à scier la corne du bélier d'un geste machinal, ses muscles travaillant tout seuls – à tel point que, vers la fin, elle tira avec trop de force et faillit entamer le nez de l'animal. Elle y était presque.

Elle se força à détacher son regard de Lamia au moment de séparer la corne de sa base. Quand l'immense torsade argentée tomba au sol, le bélier gronda doucement.

— Que les dieux soient remerciés, marmonna Eirene avant de repousser le gros crâne loin d'elle pour libérer ses jambes, tout engourdies. Bien, allons-y. Où est ma besace ? J'espère que ça tiendra dedans.

— On s'en va déjà ? s'étonna Lamia. On ne prend pas l'autre corne ?

Eirene laissa échapper un rire dur.

— Et puis quoi, encore ? Léandros n'en a réclamé qu'une. S'il voulait les deux, il aurait dû...

— Je ne parle pas de lui, l'interrompit son amie tout en caressant la tête du bélier. Je pense juste que tu devrais couper l'autre.

Eirene était si estomaquée qu'elle avait du mal à trouver ses mots.

— Il m'a déjà fallu une éternité pour venir à bout de celle-ci !

— Phoebe a dit que sa tapisserie ne serait pas terminée avant plusieurs semaines. Tu pourrais vendre cette corne très cher. Vous auriez assez d'argent pour vous enfuir dès maintenant.

— Mais...

— À ta place, je n'hésiterais pas. Mon père est... Je ne sais même plus ce qu'il est. Une chose est sûre, il ne te protégera pas. Tu aurais pu chuter de la falaise, il le savait, et ça ne l'a pas arrêté. Tu serais plus en sécurité loin de lui.

— Et toi, dans tout ça ? Et les Désirs ? Je ne peux pas partir.

— Les Désirs ne sont pas ce que je croyais. Ces femmes, pendant le symposium, disaient s'en servir pour se rendre plus... belles.

— Ce n'est qu'un outil, expliqua calmement Eirene. Placé entre de mauvaises mains, il peut devenir une arme. Je l'ai vu détruire des vies. Je ne peux pas laisser ton père en produire davantage.

— Je pourrais peut-être le convaincre d'arrêter, suggéra Lamia d'une petite voix. Ce n'est pas un méchant homme, au fond. Et il m'aime vraiment.

Eirene n'eut pas le cœur de la contredire.

— Peu importe. Je ne t'abandonnerai pas.

— Que tu partes ou que tu restes, vendre cette corne te permettrait d'assurer l'avenir de Phoebe. Au cas où la dernière épreuve serait...

Un échec, termina mentalement Eirene.

— Tu as raison. C'est une bonne idée. Je vais la couper aussi.

Lamia acquiesça. Puis elle se pencha vers le bélier, l'entoura de ses bras et se blottit contre sa toison laineuse.

— Je suis désolée, murmura-t-elle.

— Je rêve ou tu parles à un *mouton* ?

Lamia releva le nez.

— Oui, je lui parle, parce qu'il doit être terrifié. *Quelqu'un* a trouvé le moyen de le droguer, il ne peut plus bouger, tu viens de lui scier la moitié de la tête… et ce n'est que le début !

Ses traits se contractèrent tandis que les larmes lui montaient aux yeux.

— Oh non, ne pleure pas, s'il te plaît, supplia Eirene.

— Je n'y peux rien. Ça sort tout seul.

Lamia s'essuya les yeux avec ses mains. Puis, après avoir décoché un regard furtif à Eirene, elle entreprit de se peigner avec ses doigts. À leur contact, ses cheveux se transformèrent, le brun devenant plus foncé, plus profond, plus ambré, jusqu'à ce que son visage se retrouve encadré par une crinière auburn. Cela lui allait bien. Avec ses joues rosies par le soleil et ses yeux brillants, elle n'avait jamais été si ravissante. Une fiole de Désir n'aurait pas fait mieux.

Eirene détourna le regard.

— Qu'est-ce que tu fais ?

— Je redeviens rousse. Tu as dit… tu as dit que tu trouvais ça joli.

Il y avait une note suppliante dans sa voix.

— Et j'étais sincère. Mais tu n'étais pas obligée de changer quoi que ce soit. Tu… Tes cheveux me plaisent comme ils sont.

— Justement : c'est comme ça qu'ils devraient être. Comme ça qu'ils étaient autrefois, avant la mauvaise chute qui a abîmé ma jambe. Depuis, mon père est trop inquiet pour me laisser arpenter les collines telle une bête sauvage.

Elle rit, ses yeux doux fixés sur l'horizon. Eirene la soupçonna d'être partie très loin, perdue dans ses souvenirs et l'innocence de l'enfance.

— Je ne me rappelais pas que c'était si beau, par ici, ajouta Lamia.

Eirene la dévisagea sans répondre. « Quand je pouvais m'exposer au soleil. » Cette phrase que son amie avait prononcée plus tôt prenait soudain tout son sens. La fureur l'envahit et, lorsqu'elle parvint enfin à reprendre la parole, ce fut d'une voix aussi coupante qu'une pointe de flèche.

— Tu veux dire que tes cheveux ont cessé d'être roux parce que Léandros ne te laisse plus sortir ?

À ces mots, Lamia revint à elle et rentra la tête dans ses épaules.

— Tais-toi.

— Tu continues à le défendre ?

— Non, pas du tout. Mais je ne veux plus parler de ça. Pas maintenant, Eirene. Je ne sais pas quoi te dire. Je ne sais plus quoi penser. Il y a trop de choses qui me semblaient évidentes et qui ne le sont plus, trop de questions dont je crains de connaître les réponses. Mais… Il reste mon *père*, conclut-elle en se mordant la lèvre.

— D'accord.

— Merci.

Lamia repoussa ses cheveux derrière ses oreilles et lui adressa un sourire tremblant.

— Tu n'avais pas une deuxième corne à couper ? lança-t-elle, poussant contre le flanc du bélier pour le faire rouler sur le dos.

Il y avait tant de vérités qu'Eirene brûlait de lui dire : que Léandros était un tyran et un monstre, qu'elle le tuerait pour elle, qu'elle le tuerait de toute façon, qu'elle arracherait sa fille à son horrible tour et lui construirait une maison de ses mains. Une maison neuve, sans le moindre escalier. Une maison aux larges fenêtres, avec une roseraie et une grande cheminée dont elles s'occuperaient ensemble. Mais un seul regard au petit visage fermé de Lamia lui suffit pour comprendre que ce n'était pas le moment de lui exposer ses projets. Alors, avec un gros soupir, elle l'aida à retourner l'animal.

La seconde corne lui demanda moins de travail. Elle avait attrapé le coup de main, faisait aller et venir la lame avec de grands gestes précis. Lamia avait repris sa position initiale, blottie contre la toison argentée du bélier, dont le front reposait au creux de son coude pâle. Eirene l'observait avec attention, détaillant les courbes de sa mâchoire et les ondulations de ses cheveux. Au-delà de l'envie inexplicable d'accompagner son regard du geste, la vue de ses cheveux roux l'emplissait d'une sensation de malaise croissant. Au bout d'un moment, elle n'y tint plus.

— Lamia ?

— Oui ?

— Comment ça fonctionne, au juste ? Les larmes, la lumière, ce que tu viens de faire à l'eau et à tes cheveux ? Les effets des Désirs finissent par s'estomper. Est-ce que c'est aussi valable pour toi ? Est-ce que tout va redevenir comme avant ?

Lamia releva la tête, les sourcils froncés.

— C'est difficile à expliquer. Il ne s'agit pas vraiment d'une transformation – enfin, je ne crois pas. Disons plutôt que je *sens* à quoi les choses devraient ressembler. Je ne modifie pas leur essence, juste leur apparence. Un peu comme une illusion mais en plus complexe. Par exemple, j'ai aussi atténué l'odeur de la mare. Pareil pour mes roses, avoua-t-elle en rougissant. J'adore qu'elles sentent bon. Mais je ne saurais pas te dire ce qu'il en est des Désirs ; c'est mon père, l'alchimiste.

— Alors, tu peux changer l'aspect de n'importe quel objet ? Et son odeur, son goût ?

Lamia secoua la tête. Eirene en fut quelque peu rassurée – mais cela ne dura pas.

— Pas changer, améliorer, précisa la fille de Léandros. Je rends les choses plus belles, sans doute grâce au sang d'Aphrodite qui coule dans mes veines.

— Est-ce que…

Eirene déglutit. Elle revoyait la grenade éclatant entre ses mains. D'habitude, la peau de ces fruits était dure, coriace. Celle-là datait-elle de l'été précédent ?

Était-elle restée à pourrir dans un coin, sa surface parfaite cachant...

— La magie, l'illusion dont tu parles. Les Désirs. Est-ce qu'ils pourraient ensorceler de la nourriture ?

Lamia haussa les épaules.

— En théorie, oui.

— Ils pourraient donner à un aliment gâté l'apparence de la fraîcheur ? Et un parfum délicieux ?

— Oui, je pense. Pourquoi ?

Le grand festin auquel Léandros n'avait pas touché. Prononcer les mots à voix haute rendrait la chose trop réelle. Eirene baissa les yeux et recommença à scier, pressée de terminer.

— Pour rien, mentit-elle alors que la masse d'argent se détachait avec un bruit sourd. Et voilà. Deux cornes.

Lamia ramassa la seconde avec un effort visible et alla la déposer auprès de la première.

— De quoi protéger Phoebe.

Ses cils avaient la couleur du cuivre au soleil.

— Oui, fit Eirene plus sèchement qu'elle ne l'aurait voulu.

Elle avait du mal à se remettre de ce qu'elle venait d'apprendre. Elle n'aurait jamais dû évoquer la nourriture. Quelles horreurs Léandros avait-il déguisées en volaille rôtie, en pois chiches et en vin doux ? Elle écarta la tête du bélier de ses genoux afin de se lever.

— On peut rentrer, maintenant ?

Elle n'aurait pas demandé mieux que de rester là pour toujours – une éternité de collines, de soleil et de Lamia –, mais elle était incapable d'oublier sa mission. De même qu'elle n'oublierait jamais l'odeur merveilleuse du repas qu'on lui avait servi, ni le goût de plus en plus rance des aliments qu'on l'avait forcée à ingurgiter, encore et encore et encore.

Non, elle ne pouvait pas traîner là.

Il fallait qu'elle regagne la maison. Dès l'instant où elle avait découvert le secret des Désirs, elle avait su qu'il n'y avait qu'une seule solution. Elle ne pourrait jamais détruire la source du pouvoir de Léandros. Et si elle tentait de la lui voler, de lui voler *Lamia*, il les traquerait jusqu'au bout de la Terre. Eirene ne lui pardonnerait jamais ce qu'il avait fait. À elle, à sa fille, à la pauvre petite Néméa.

Léandros devait mourir.

TRENTE

AVEC SA BEAUTÉ MERVEILLEUSE

Eirene

Transporter les deux cornes fut une vraie corvée. Elles étaient lourdes, encombrantes et d'une forme peu maniable. Pour finir, Eirene en fourra une dans sa besace, la pointe acérée dépassant sous le rabat, et elle prit l'autre dans ses bras.

Les filles marchaient d'un bon pas. Elles ne s'arrêtèrent qu'arrivées à la rangée d'arbres qui bordait l'allée de la maison. Pendant que Lamia s'asseyait contre un gros pin et s'étirait les jambes, Eirene dénicha un arbre dont le cœur avait pourri sous l'écorce, créant un creux qui ferait une cachette idéale. Avec précaution, elle glissa l'une des cornes à l'intérieur. Elle remettrait l'autre à Léandros, comme il le lui avait demandé, mais pourrait utiliser celle-là pour s'enfuir plus tard.

Plantée devant l'arbre creux, elle n'hésita qu'une seconde avant de sortir du fond de son sac le minuscule paquet de Désir récolté dans l'atelier. Elle défit le nœud, préleva un peu de poudre et la frotta sur le bois mort. Au début, rien ne se passa, et elle se détendit un peu. Mais bientôt, la surface fut parcourue d'une sorte de miroitement avant de redevenir parfaitement lisse et intacte.

Eirene retira précipitamment sa main. Un goût de bile lui monta dans la gorge. Elle avait donc vu juste : tous ces plats, si appétissants...

— Tout va bien ?

Elle se força à sourire à Lamia.

— On trouvera un moyen de la faire parvenir à Phoebe.

— Tu crois qu'elle pourrait rendre visite au bélier ? Pour prendre de ses nouvelles ?

Lamia avait passé la première partie du trajet à jeter des coups d'œil en arrière afin de s'assurer que l'animal reprenait ses esprits. Troublée par le désarroi manifeste de son amie, Eirene avait été la plus soulagée des deux lorsque la bête avait fini par se relever.

— C'est une idée.

En réalité, elle n'avait aucune intention d'envoyer sa sœur à proximité du bélier.

— Allez, viens. Reste sous le couvert des arbres.

Lamia accepta la main qu'elle lui tendait.

— On pourra en tirer combien, d'après toi ?

Eirene écarta une branche de leur chemin.

— Aucune idée. Elle a l'air massive. Si c'est de l'argent pur, elle pourrait valoir une petite fortune.

Peut-être assez pour acheter une maison pour Phoebe et moi, et pour…

Le mot « toi » refusait de sortir de sa bouche. De toute façon, comment savoir si Lamia accepterait de s'installer avec elles ?

— La vraie question, c'est où, conclut-elle. Il nous faudrait un endroit où l'on puisse vivre sans mari ni cousin ni… père. Sans aucun homme.

— Ça donne envie, murmura Lamia.

— Je trouve aussi.

Quelques minutes plus tard, elles étaient de retour au pied de la tour. Après avoir jeté la corne sur son lit, Eirene traîna Lamia à l'étage. En l'absence de Léandros, il n'y avait rien d'autre à faire qu'attendre, mais rien ne l'obligeait à rester seule. Fouiller l'atelier ne présentait plus le moindre intérêt puisque le secret des Désirs se tenait devant elle. Lamia s'étendit sur son lit, par-dessus les couvertures, son bâton appuyé contre le mur.

Quand Eirene s'assit sur le matelas, quelque chose crissa sous ses jambes. Elle glissa une main sous le drap et en sortit une liasse de feuilles de papyrus froissées, zébrées de traits de fusain – des dessins, des silhouettes à peine esquissées. Elle en détourna aussitôt les yeux avec la sensation d'épier quelque chose d'intime.

— Qu'est-ce que c'est ?

— Oh, ça ? Eh bien, je… Ce sont des rêves.

Lamia lui prit une feuille des mains et se mit à la lisser d'un geste compulsif.

— Des rêves ? Pourquoi, tu es une oracle ou quelque chose comme ça ? s'étonna Eirene, le ventre de plus en plus noué.

Elle sourit néanmoins à Lamia et lui donna un petit coup d'épaule.

— Alors, dis-moi, ô grande voyante, quel avenir m'attend ?

— Pas des prophéties, des *rêves*, répéta la fille de Léandros, que sa question n'avait pas fait rire. Même si, parfois, je...

Elle se mordit la lèvre sans terminer sa phrase. L'atmosphère était soudain bien plus sérieuse que quelques instants plus tôt.

Doucement, Eirene entrouvrit les doigts de Lamia ; le papyrus tomba sur la couverture entre elles.

— Tu n'es pas obligée de m'en dire plus. Tes secrets t'appartiennent.

— Ça va, ne t'en fais pas. Je t'ai déjà parlé de ma mère, enfin, des souvenirs que j'ai d'elle. En réalité, je ne l'ai vue que dans des songes. Et, depuis peu, je commence à me demander s'il ne s'agit que de ça.

Eirene, perplexe, baissa les yeux vers le papyrus et se retrouva face à un magnifique portrait de femme au fusain. Une femme dont le sourire n'était ni vraiment chaleureux ni vraiment menaçant.

Sur un deuxième dessin, elle avait les mains levées et les lèvres retroussées sur les dents. Une ombre surgissait des ténèbres derrière elle, une silhouette floue, sans visage ni détails. Et au milieu des aplats charbonneux, une bande de papier vierge étincelait telle une lame dénudée.

Le cœur battant, Eirene s'empressa de reposer cette image qui dégageait quelque chose d'étrange, d'inquiétant. Sur la feuille suivante, elle découvrit un visage superbe et furieux encadré par une cascade de boucles. Elle l'écarta à son tour. Dessous, la même femme se tenait accroupie, les yeux rivés sur l'ombre floue qu'on devinait toujours au loin. Le dessin qu'elle avait vu dans l'atelier de Léandros lui revint alors en mémoire : celui d'une créature aux cheveux flamboyants et à la jambe teintée d'ocre. Sans trop savoir pourquoi, Eirene frissonna.

— Ce sont tous des portraits… d'*elle* ?

— Je n'ai jamais pu la reproduire fidèlement, soupira Lamia. Alors que j'ai dû essayer une bonne centaine de fois. Il y en a un plus réussi, précisa-t-elle en fouillant dans les papiers, mais rien qui lui rende vraiment justice. Elle a dû être créée par les dieux, ou bien c'est elle-même une déesse. Si sa beauté surpasse tout ce qu'on peut imaginer, elle est aussi dangereuse qu'un couteau affûté. Rien qu'en la regardant, on pourrait se blesser.

— Qu'est-ce qu'elle veut ?

— Comment ça ?

— Dans tes rêves, insista Eirene, convaincue qu'un détail important lui échappait. Qu'est-ce qu'elle veut ?

— Je ne sais pas trop. Je n'ai jamais peur d'elle et je ne suis pas certaine qu'elle attende quoi que ce soit. En tout cas, pas de moi.

— Étrange…

Eirene caressa du bout du doigt la crinière enflammée. Des copeaux cuivrés s'en décollèrent et restèrent accrochés à sa peau.

— C'est quoi, cette peinture ? demanda-t-elle.

Lamia lui arracha le dessin des mains, le serrant contre sa poitrine d'un geste protecteur.

— Hum… Tu ne crois pas qu'il est temps que tu redescendes ? Mon père ne va plus tarder. Il ne faudrait pas qu'il te trouve ici.

Le message était clair.

— Pourquoi es-tu si pressée de te débarrasser de moi ? lui reprocha Eirene.

Décidément, chaque fois qu'elle ouvrait la bouche, elle devenait un peu plus pathétique. Elle se racla la gorge et se leva.

— Je plaisante. Tu as raison, je vais y aller.

— Sois prudente, lui conseilla Lamia en retournant le papyrus qu'elle tenait.

— Promis, répliqua Eirene d'un ton léger qui n'eut pas l'effet escompté. Je te dirai ce que j'ai trouvé.

Sur ces mots, elle quitta la pièce et dévala l'escalier. Dès qu'elle avait sorti les dessins, elle avait senti qu'ils n'étaient pas destinés à un regard extérieur. Alors pourquoi s'était-elle montrée si insistante ? Le rejet de Lamia, aussi douloureux qu'une piqûre d'abeille, était légitime. Plongée dans ses réflexions, Eirene s'approcha de sa porte sans regarder où elle allait. Elle ne comprit son erreur qu'en percutant un large torse drapé de tissu pourpre.

Léandros la retint par les épaules pour l'empêcher de tomber.

— Eirene !

Il sentait l'air du dehors et portait encore son sac en bandoulière. Ses sandales et ses pieds nus étaient couverts d'une fine couche de poussière grise.

— Je te cherchais, ajouta-t-il.

— Tu...

Elle ravala ses mots juste à temps. *Tu étais censé être absent.*

Depuis combien de temps était-il rentré ? Pourvu qu'il ne les ait pas vues se faufiler dans la tour...

— Regarde-toi, continua-t-il d'une voix plus douce, une main toujours crispée sur l'une de ses épaules telle la mâchoire d'un chien. Tu fais peur à voir !

Comme il s'apprêtait à lui toucher le visage, Eirene recula brusquement. Léandros lui saisit alors le menton, aussi vif qu'un serpent.

Elle cessa de respirer. Plus rien d'autre n'existait que l'étau de cette main étrangère. Ses pensées se brouillèrent ; agitées, terrifiées, elles formaient une tempête hurlante sous son crâne.

— Allons, allons, ronronna le père de Lamia.

Elle sentait battre son pouls chargé d'une énergie dorée. Impossible d'oublier que le sang des dieux coulait dans ses veines.

— Je suis ton futur époux, lui rappela-t-il, si proche d'elle qu'elle percevait le parfum de rose de son haleine. Tu devrais apprécier mes caresses.

Du pouce, il tira sur sa lèvre inférieure afin de dévoiler ses dents. L'espace d'une seconde horrible, elle crut qu'il allait l'embrasser. Mais à son grand soulagement, il la lâcha et recula avec un rire si mélodieux qu'il aurait pu faire éclore des fleurs.

Au prix d'un effort considérable, Eirene aspira un peu d'air et parvint à dissimuler son dégoût.

— Désolée, articula-t-elle dans un couinement.

Léandros balaya ses excuses d'un revers de main.

— Bah, tu t'y feras.

Il promena un regard langoureux sur son corps, de la tête aux pieds. Ce jour-là, elle portait un chiton à col haut à peine trop court, qui ne laissait voir que ses bras et quelques centimètres de ses chevilles. Elle eut pourtant l'impression d'être complètement nue.

— Voyons, ma chère, ta tenue est toute sale, commenta Léandros.

— C'est vrai. Si tu m'accordes une minute, je peux aller me changer.

— Inutile, répliqua-t-il sur un ton qui ne souffrait pas d'objection. La crasse ne me dérange pas sur toi. En revanche, poursuivit-il avec un sourire sardonique, j'aime être à mon avantage. Fais donc ce que tu veux pendant que j'enfile des vêtements propres, puis apporte-moi la corne de bélier que tu as cachée je ne sais où.

Sur ces mots, il tourna les talons.

— Que... comment..., bégaya Eirene en le regardant s'éloigner.

Une panique glacée se répandit dans ses veines. Si Léandros était au courant pour la corne, que savait-il d'autre ? Que Lamia l'avait aidée alors qu'elle était censée accomplir les épreuves seule ? Combien de temps lui restait-il avant d'être chassée ? Combien de temps avant qu'il ne s'en prenne à Phoebe ?

— Tu pues le mouton, lança-t-il, moqueur, par-dessus son épaule. Je me doutais que tu avais réussi, et ta réaction vient de me le confirmer. Rejoins-moi dans mon bureau.

Que pouvait-elle faire d'autre ? Elle s'était trahie toute seule. Les épaules basses, elle alla chercher sa besace dans sa chambre. Puis, traînant des pieds sur les dalles de pierre, elle se dirigea vers la maison principale.

Léandros n'était pas encore dans son bureau, mais elle n'allait pas s'abaisser à l'attendre dans le couloir. Elle franchit le rideau, le laissa retomber derrière elle et lança son sac sur une chaise. Elle qui s'était imaginé fouiller pendant des heures parmi les innombrables paniers et rouleaux de parchemin n'en avait plus le temps. Il ne lui restait que quelques minutes avant que son hôte ne la rejoigne. Cependant…

À peine l'idée avait-elle germé dans son esprit qu'Eirene contournait déjà la table. L'étagère la plus basse contenait un lot de documents usés ; c'était un bon point de départ. S'emparant du premier papyrus de la pile, elle le déroula et découvrit le croquis d'une plante qu'elle ne reconnut pas, accompagné d'annotations précises quant à ses applications médicinales. Elle le rangea puis passa au suivant, nettement plus familier : de la racine de réglisse.

Un à un, elle examina les autres, tous dans la même veine, avant de les remettre à leur place avec un soupir écœuré. Juste à côté se trouvait une statuette de bronze représentant une danseuse, les bras levés, le visage tourné vers le ciel et les yeux clos. L'une de ses jambes fines était élégamment arquée vers l'arrière. Eirene la souleva, soupesa le métal froid au creux de sa paume.

Quelque chose frémit dans un coin de son esprit, comme un souvenir qui essayait de remonter à la surface, tandis qu'elle suivait du doigt les courbes de la figurine. *Une jambe de bronze…*

Eirene se figea soudain et l'objet manqua de lui échapper des mains. Le décor se brouilla, laissant apparaître la femme monstrueuse dessinée par Lamia – fantôme charbonneux aux cheveux flamboyants et aux lèvres couvertes d'écailles de rouille. Comment n'avait-elle pas fait le rapprochement plus tôt ?

Des cheveux de feu. Une jambe de bronze. Une beauté troublante, inhumaine.

Empousa. Buveuse de sang.

La vision effrayante d'une femme en chair et en os l'assaillit alors, comme si son cerveau avait donné vie au dessin. Une femme à la peau dorée et aux boucles rousses, aux yeux aussi brillants que des étoiles, aux lèvres parfaites tachées de sang. L'empousa née de son imagination avait de longs ongles acérés, semblables à des griffes, et des dents d'un blanc nacré que l'on devinait aussi pointues que des couteaux.

Eirene avait l'impression de vivre la scène comme si elle y était. L'empousa se penchait sur sa silhouette endormie, son souffle faisant danser de petites mèches sur son front. D'une main douce, aimante, elle défaisait la broche qui retenait son chiton, dévoilant son épaule, le creux tendre à la base de son cou et la naissance de sa poitrine. L'empousa inclinait la tête presque avec vénération. Ses cheveux se répandaient sur la couverture. Ses lèvres rouges effleuraient la peau brune d'Eirene. Puis, dans un éclair, elle montrait les dents…

Une porte claqua quelque part dans la maison. Eirene lâcha la statuette comme si celle-ci venait de la brûler, sans prêter attention au tintement qu'elle fit en tombant sur le sol. Un dieu semblait être descendu de l'Olympe pour s'emparer de son corps.

Elle recula d'un pas hésitant, ne contrôlant plus ses mouvements.

Elle trébucha contre le siège sur lequel elle avait laissé son sac. Le même où elle s'était assise le soir de son arrivée, pleine d'audace et de courage, encore loin de se douter de ce qui se tramait sous ce toit.

La tête lui tournait, elle respirait vite et fort. Elle avait dû se mordre la langue, car elle avait un goût de sang dans la bouche même si elle n'éprouvait aucune douleur. Tout son corps frissonnait. Son ventre était noué et ses cuisses contractées.

Le sang sur son oreiller, l'écho métallique dans la nuit, l'œil jaune qui la fixait.

Lamia, pâle et fiévreuse le lendemain matin. Alexandra, vidée de son sang.

Plus de doute : une empousa vivait dans cette maison.

Eirene dut faire un effort considérable pour rester calme lorsque Léandros pénétra dans la pièce. Après avoir repris ses esprits, elle avait remis la statuette à sa place d'une main tremblante. Ce n'était qu'un objet, pourtant le contact du métal lui donnait la nausée. Ensuite, elle s'était forcée à s'asseoir et à sortir la corne de sa besace. Elle la serrait maintenant contre elle et la caressait d'un geste lent, dans l'espoir de masquer son trouble.

À la vue de la spirale argentée, le visage de Léandros s'illumina d'une joie enfantine.

— Tu me l'as rapportée ! Mais… il n'y en a qu'une. Et qu'as-tu fait de la toison ?

Le sourire aux lèvres, Eirene plongea une main dans son sac, extirpant les touffes de laine argentée que Lamia et elle avaient collectées.

— La voici. Quant à la seconde corne, tu ne me l'as pas demandée.

À nouveau, elle promena sa main sur la torsade étincelante striée de minuscules sillons. Elle espérait que le poison avait fini de se dissiper et que le bélier avait repris ses paisibles déambulations. Peut-être était-il encore un peu sonné et déséquilibré par la perte de ses deux énormes cornes, mais il était *en vie*. Loin de Léandros et de la créature sauvage qu'il contrôlait. Eirene réprima un frisson.

— Tu as froid, commenta son hôte, à qui rien n'échappait.

Cette perspicacité l'avait troublée dès le départ et la terrifiait à présent. Que ferait-il quand il s'apercevrait qu'elle avait tout compris ? L'enchaînerait-il ? La frapperait-il ? La livrerait-il à son monstre ?

— C'est la fatigue, mentit-elle. Tout va bien.

Avec un haussement d'épaules, Léandros reporta son attention sur le trophée.

— Quitte à tuer le bélier, j'espérais tu prendrais ses *deux* cornes. Cela ne t'aurait pas demandé beaucoup plus de travail.

Eirene s'abstint de le détromper. Le dos raide, elle le regarda approcher et lui prendre la corne des mains. Visiblement surpris par son poids, il banda ses muscles afin d'aller la poser sur le bureau.

— Ainsi que tu peux le constater, il m'aurait été difficile d'en transporter une deuxième, dit-elle.

— Tu aurais pu essayer.

Il ne la regardait toujours pas. Comme elle l'avait fait quelques instants plus tôt, il caressait les courbes de la corne.

— Quel objet extraordinaire... Sans pareil... J'aurais vraiment aimé en posséder deux.

Assise bien droite, frottant la couverture entre ses doigts, Eirene proposa avec toute l'audace dont elle était capable, car elle ne voulait pas éveiller ses soupçons :

— Si tu le désires, cela pourrait constituer ma quatrième épreuve. Je n'aurais aucune objection à réitérer l'expérience, crois-moi.

Léandros laissa échapper un petit rire et tapa dans ses mains.

— Très drôle, ma chère Eirene. Hélas, je ne peux pas accepter. Ton ultime tâche a été décidée depuis longtemps. Tu la découvriras bien assez tôt.

Après lui avoir décoché un sourire qui la glaça jusqu'aux os, il claqua des doigts.

— Tu peux disposer.

Eirene ne se le fit pas dire deux fois. Soulevant le bas de son chiton, elle s'enfuit en courant. Deux pensées tournaient en boucle dans son esprit.

D'abord : à chaque nouvelle journée passée dans cette maison, elle risquait un peu plus de terminer comme Alexandra – vidée de son sang par une créature aussi sublime que mortelle.

Et ensuite : il fallait qu'elle prévienne Lamia.

TRENTE ET UN

SES FORMES DIVINES

Lamia

Assise sur son lit, Lamia se massait le genou en attendant le retour d'Eirene, partie depuis très longtemps. Elle tentait de se convaincre que ce n'était pas forcément mauvais signe. Cette fille était maligne, peut-être même plus que son père. Assez pour déjouer ses pièges, courir récupérer la deuxième corne d'argent et s'enfuir loin de cette maison. Pendant qu'elle, Lamia, resterait coincée là. Ses épaules se voûtèrent à cette pensée.

Le raclement de la barre métallique contre la porte de la tour la fit se redresser. Le battant s'ouvrit à la volée et claqua contre le mur, puis du bruit résonna au rez-de-chaussée, suivi du claquement caractéristique des sandales sur la pierre. Quelqu'un montait l'escalier quatre à quatre.

Eirene ? Le cœur de Lamia fit un petit bond dans sa poitrine.

Cela ne pouvait être qu'elle. Léandros et Peiros avaient tous deux le pas plus lourd. Et puis, elle ne les avait jamais vus courir. Encore moins vers elle.

Le fait qu'Eirene soit pressée de la retrouver la fit rougir de plaisir. Se levant de son lit, elle s'approcha du rideau et l'ouvrit. Les pas approchaient, atteignant le palier du premier étage.

Et soudain, Lamia eut une idée.

Elle se glissa derrière le rideau, le dos contre le mur, juste à côté de l'escalier en colimaçon. Quand Eirene ferait irruption au sommet, elle serait ainsi cachée à sa vue. Lamia imaginait déjà la manière dont sa bouche s'arrondirait de surprise, dont ses bras se lèveraient quand elle surgirait devant elle. Plaquée contre la pierre, elle étouffa d'une main le rire qui lui montait aux lèvres.

Elle distinguait maintenant la respiration haletante de la jeune fille derrière le bruit de ses pas.

Dès qu'Eirene atteignit le palier, Lamia bondit vers elle en prenant appui sur sa canne et l'entoura de ses bras.

L'espace d'une seconde, tout se passa comme elle l'avait prévu – la tête d'Eirene calée au creux de son cou, son corps blotti contre le sien. Lamia sentait le parfum de ses cheveux et l'huile essentielle de rose dont elle se tamponnait l'arrière des oreilles chaque matin.

– AHHHHH !

Eirene se dégagea et la frappa au visage.

– *Aaaaaah !* gémit Lamia en retour, une main sur la joue.

— *Aaaaaah !* cria l'autre de plus belle, horrifiée par ce qu'elle venait de faire. C'est toi ? Je suis vraiment désolée !

— Pourquoi as-tu fait ça ?

Lamia avait les larmes aux yeux, sous l'effet de la surprise davantage que de la douleur – son père la cognait bien plus fort.

— Je suis désolée ! répéta Eirene d'une voix aiguë en secouant ses doigts. Je t'ai fait mal ?

— Pas trop.

— Écoute, il faut que je te dise quelque chose.

— Quoi donc ?

Lamia sentit que l'heure était grave. Malgré la tiédeur du soir, ses bras se couvrirent de chair de poule.

— Pas ici...

Après avoir jeté un coup d'œil dans l'escalier, Eirene se glissa dans la chambre sans un bruit, suivie de Lamia qui s'efforçait d'étouffer les chocs de sa canne.

Une fois à l'intérieur, elle tira le rideau, les lèvres pincées et les sourcils froncés.

— Je sais ce qui se cache dans la pièce mystérieuse. Celle du premier étage, juste sous nos pieds. Elle n'est pas vide comme je le pensais. Ton père y abrite un monstre.

Comme Lamia la dévisageait sans réagir, elle ajouta :

— La femme de tes dessins n'en est pas tout à fait une. C'est ce qu'on appelle une empousa.

Eirene fit un pas vers elle, puis un autre, jusqu'à être assez proche pour pouvoir lui toucher les joues – mais bien sûr, elle ne le fit pas, préférant garder ses poings serrés le long de son corps.

— Il la cache dans cette chambre, j'en suis convaincue ! Cette créature magnifique se nourrit du sang de jeunes éphèbes. Cela explique pourquoi ton père n'a pas d'autre domestique que Peiros. Mais celle-ci ne se contente pas des hommes ; elle s'attaque aussi aux femmes. Tes… tes rêves ne sont pas des rêves, ce sont des souvenirs des moments où elle a bu ton sang. Et celui d'Alexandra. Et…

Prenant conscience d'une réalité terrifiante, Eirene ouvrit de grands yeux et porta une main à sa gorge.

— … et le mien, je crois.

— Tu veux dire qu'elle se nourrit de nous ?

À son tour, Lamia se toucha le cou. Puis, instinctivement, elle regarda par-dessus son épaule, comme si l'empousa était tapie dans l'ombre, prête à leur bondir dessus.

— Oui. Et je ne vois qu'un seul moyen de le vérifier.

— C'est une très mauvaise idée, répéta Lamia pour la quatrième fois. Elle mange des gens. Des gens comme *nous*.

Eirene se redressa après avoir regardé par le trou de la serrure de la fameuse chambre. Derrière elle, la fille de Léandros se tordait les mains et bafouillait sous l'effet de la nervosité.

— Tu n'as que ton couteau ! Alors qu'elle…

— … elle a des cheveux de feu et des dents acérées. Je sais. Mais elle ne doit pas toujours ressembler à ça, sinon nous aurions découvert sa présence plus tôt. Léandros doit s'assurer qu'elle reste enfermée. Je ne l'ai entendue qu'une fois. La nuit d'après, il m'a droguée pour qu'elle puisse se repaître de moi.

Quand elle l'avait compris, elle avait poussé un cri de fureur si bruyant que Lamia avait craint de voir débarquer Peiros.

— Je parie qu'il la drogue, elle aussi, continua Eirene. Avec l'un de ses horribles Désirs. Eh bien, moi aussi, j'ai un désir : celui de lui envoyer mon poing dans la…

— Comment comptes-tu entrer ?

Interrompant son geste obscène, la sœur de Phoebe fronça les sourcils.

— Quoi ?

— C'est fermé à clé.

— Oh, je… Je vais défoncer la porte.

— Elle risque de t'entendre. Droguée ou pas. Si tu veux vraiment entrer…

— Je n'ai pas le choix.

— Dans ce cas, nous devons être discrètes. Il faut qu'on trouve la clé.

— La *clé* ? répéta Eirene, consternée. Et comment comptes-tu mettre la main dessus ? Je n'ai jamais vu celle de la tour, dont Léandros se sert pourtant tous les jours.

— Demain, on n'aura qu'à...

— Nous n'avons pas le temps ! Il va bientôt me confier ma dernière épreuve. Et celle de Psyché ayant consisté à récupérer la beauté aux Enfers, je m'attends au pire. Imagine... imagine que ma tâche ait un rapport avec l'empousa ? Lamia, il faut à tout prix que je sache. *Maintenant.*

La fille de Léandros serra les poings, la peau encore rouge d'avoir été exposée au soleil.

— D'accord. Je vais t'ouvrir.

— Comment ? Tu as la clé ?

— Pas besoin. La porte est en bois, n'est-ce pas ? Donc elle peut brûler.

— Tu veux y mettre le feu ?

— Quelque chose comme ça.

Lamia faisait exprès de rester vague, car chacune des questions d'Eirene l'emplissait d'une étrange satisfaction. Elle qui n'avait pas souvent l'occasion de se sentir douée en quelque chose voulait en profiter.

— Alors explique-moi. Je t'écoute.

— Je vais plutôt te montrer, répliqua Lamia en tendant la main vers le couteau de son amie.

Enfin, Eirene parut comprendre. Ses lèvres s'entrouvrirent et ne laissèrent échapper qu'un seul mot : « Non. » Elle fit pivoter ses hanches juste avant que les doigts de Lamia ne se referment sur l'arme.

— Hors de question !

— C'est le moyen le plus rapide. Je vais invoquer ma lumière et brûler les contours de la serrure.

— Tu devras d'abord me tuer.

— Si la situation est aussi grave que tu le prétends, tu risques en effet d'y rester. Et moi avec.

— Il doit y avoir une autre solution. On pourrait forcer la serrure ; il suffirait d'un peu d'adresse et d'un objet long et pointu, comme un petit bâton…

— Une aiguille ?

— Excellente idée ! J'en ai une qui devrait faire l'affaire.

Juste avant de s'élancer dans l'escalier, Eirene se retourna.

— Ne t'avise pas de tenter quoi que ce soit avant mon retour. Je refuse que tu te sacrifies pour moi. Ni maintenant ni jamais.

Pendant qu'elle descendait, Lamia contempla ses mains. La blessure qu'elle s'était infligée à la paume, la nuit où elle avait trié les graines, commençait à cicatriser, mais elle lui faisait toujours mal. Elle envisagea une seconde de la rouvrir et de puiser dans sa douleur pour faire naître un rayon lumineux avant qu'Eirene ne puisse l'en empêcher. Du bout du doigt, elle tâta le pourtour de la plaie et grimaça. Au rez-de-chaussée, la porte de la chambre claqua. Elle laissa retomber ses bras. Impossible de savoir ce qui se cachait dans cette pièce. Autant garder ses larmes jusqu'à ce qu'elles soient fixées.

Elle entendit Eirene remonter en courant puis la vit apparaître, un sourire victorieux aux lèvres et une vieille aiguille de cuivre brandie au-dessus de la tête.

Son regard, soupçonneux, passa de la serrure aux mains de Lamia.

— Et voilà, lança-t-elle, visiblement très contente d'elle. Ouvrons cette porte.

— Prépare quand même ton couteau, au cas où.

— Tu peux l'avoir, maintenant.

Eirene le dégagea de sa ceinture et le lui tendit en le tenant par la lame.

— Quelle générosité ! railla Lamia en refermant sa main droite dessus – celle qui était indemne.

Elle s'écarta d'un pas pour lui laisser de la place. À genoux devant la porte, Eirene ferma un œil et colla l'autre à la serrure.

— Elle est en bon état, annonça-t-elle. Ça ne devrait pas être trop difficile.

Après avoir enfoncé l'aiguille dans le mécanisme, elle appuya dessus afin de faire levier. De l'autre main, elle attrapa le battant par en dessous, au ras du sol, et tira.

— Allez…

Lamia l'observait avec attention, tournant et retournant le couteau entre ses mains. Si la manœuvre échouait, Eirene la laisserait-elle utiliser sa magie ? Ses principes ne tiendraient peut-être pas longtemps face au danger.

Elle n'eut pas l'occasion de le découvrir car, dans un grincement de bois, la serrure céda. Lamia se raidit quand la porte s'entrouvrit en laissant filtrer un rai de lumière, mais il ne se passa rien. Aucun son ne provenait de l'intérieur de la pièce. Pas de ronflement de monstre endormi, pas de cri strident d'empousa passant à l'attaque, pas de cliquetis de griffes se précipitant vers la liberté. Lamia ignorait d'ailleurs si elle était censée en avoir, mais cela lui semblait probable pour une créature assoiffée de sang et dévoreuse de chair. Les longues jupes qu'elle voyait dans ses rêves pouvaient dissimuler n'importe quoi.

Eirene se releva avec un petit gloussement satisfait.

— Bien, dit-elle d'une voix qui tremblait un peu. Voyons quel genre de secret Léandros cache ici…

Elle tendit une main à Lamia qui la prit sans un mot, savourant le contact de ses doigts chauds sur les siens.

Enfin, avec un sourire crispé, Eirene poussa la porte.

TRENTE-DEUX

LE COUP DE GRÂCE

Eirene

La chambre était vide.

Eirene y entra et regarda autour d'elle. L'espoir qui avait fait gonfler son cœur telle une bulle prête à éclater se dissipa d'un coup. Elle le sentit couler le long de ses côtes, se condenser dans son ventre en une flaque glacée.

Placée à mi-hauteur de la tour, la pièce n'était pas grande. Les volets de l'unique et étroite fenêtre, rongés par les intempéries, laissaient entrer la faible clarté du soir, qui révélait des murs arrondis, un sol nu et un âtre rempli de poussière.

Eirene avait l'impression d'être une somnambule. Le décor qui l'entourait avait le flou des rêves. Une étrange certitude l'envahit : si elle se pinçait, elle se réveillerait dans son lit. La chambre serait toujours fermée à clé, protégeant le secret qu'elle *savait* caché là. Où était l'empousa ? Comment avait-elle pu se tromper à ce point ? Elle fit un pas mal assuré, puis un autre, entraînant Lamia à sa suite – la seule chose qui l'ancrait encore au monde réel.

— Rien, commenta la fille de Léandros d'un air sombre.

Eirene déglutit avec difficulté. Elle n'osait pas bouger et encore moins parler. Elle aurait voulu s'effondrer contre son amie et gémir à son oreille : « Pourquoi m'as-tu laissée y croire ? » À tout ça, au fait qu'elles trouveraient des réponses, qu'elles seraient libérées, qu'elles accompliraient cet exploit ensemble. Elle avait envie de pleurer, de se blottir dans les bras de Lamia et de sangloter pendant des heures, jusqu'à ce que celle-ci lui soulève le visage, se penche vers elle et...

Mais Lamia s'écartait déjà doucement.

— Je suis désolée, Eirene, murmura-t-elle en se frottant la joue du revers de la main.

Elle s'approcha de la fenêtre, peut-être attirée par la lumière. Des gouttes étincelantes s'accrochaient à ses doigts comme autant de pierres précieuses.

— J'ai vraiment cru que...

La fin de sa phrase se perdit dans un cri de surprise mêlée de peur, car elle venait de trébucher sur une dalle inégale.

Elle essaya en vain de se rattraper, avant de s'étaler par terre avec un léger tintement métallique.

Eirene se figea. Sa vision se brouilla.

Lamia, qui ne s'était aperçue de rien, s'assit les jambes écartées, grommelant et pestant à la vue de ses mains écorchées.

La sœur de Phoebe la contemplait en silence, horrifiée. Pourquoi ce bruit lui avait-il paru terriblement familier ?

Malgré ses efforts pour rester impassible, Lamia dut percevoir sa peur, car son visage parsemé de taches de rousseur se plissa.

— Qu'y a-t-il ?

— Quand tu es tombée, je... Il y a eu comme un bruit de métal. Qu'est-ce que c'était ?

— Je n'ai rien entendu.

Le mensonge était si éhonté qu'Eirene aurait pu en rire.

— Mais si, voyons, il y a eu un bruit !

— Je ne vois pas de quoi tu parles.

— Tu mens très mal. Dis-moi juste ce que c'était.

— Rien du tout !

— Je sais que c'est faux !

Eirene la rejoignit en trois grandes enjambées et la vit reculer lorsque son pied se posa à quelques centimètres d'elle. Ce mouvement pathétique lui fendit le cœur, tel un ver de terre éventré par un oiseau particulièrement déterminé.

— Je ne vais pas... Tu n'as aucune raison d'avoir peur. Je veux juste comprendre.

Elle s'assit par terre à côté de la fille de Léandros, qui refusait de la regarder et traçait des formes dans la poussière.

— S'il te plaît, montre-moi.

Ainsi, elle serait fixée. Elle saurait sans l'ombre d'un doute que son amie l'avait trahie, qu'elle lui avait menti. Que ferait-elle après ça ? Impossible de le prédire. Elle ne voulait même pas y songer.

— D'accord, céda Lamia, les yeux brillants de larmes.

De ses mains tremblantes, elle écarta les pans de son chiton pour révéler ses bottes.

Eirene n'en avait jamais vues d'aussi étranges. Elle crut d'abord qu'il s'agissait de chaussures d'équitation masculines en cuir souple. Mais en plus de recouvrir tout le pied, la cheville et une partie du tibia, celles-ci montaient bien au-dessus du genou. Une languette placée sous les interminables lacets empêchait que l'on aperçoive le moindre centimètre de peau.

Sans réfléchir, elle tendit la main vers celle de gauche, avant de la retirer en voyant Lamia se crisper.

— Pardonne-moi, s'excusa aussitôt celle-ci, les yeux rivés sur les doigts d'Eirene. Tu peux, si tu veux. Mais c'est l'autre jambe.

— La droite ?

— Oui.

— C'est sur elle que tu prends appui quand tu marches.

Lamia se mordit la lèvre inférieure.

— Elle est plus solide. Si je tombe, il y a moins de risques que…

La peau fine se fendit sous ses dents, laissant perler une goutte de sang qui coula sur son chiton.

— … qu'elle se brise, conclut-elle.

— Je comprends.

Cette fois, Eirene prit davantage son temps. Elle tira avec douceur sur les lacets, son corps frémissant chaque fois qu'elle frôlait la peau froide de Lamia. C'était presque dommage de défaire un si beau nœud…

Puis elle leva les yeux comme pour lui demander la permission de continuer. La fille de Léandros retint son souffle et acquiesça à la manière d'un oiseau nerveux.

Eirene glissa ses doigts entre les lacets, juste au-dessous de la rotule, frappée de sentir à quel point la chair de Lamia était ferme. Si tant est que ce fût bien de la chair. Sans la quitter des yeux, elle desserra ensuite le haut de la botte.

Elle aurait pu s'arrêter là. Sur l'illustration, la jambe de l'empousa était ocre à partir du genou. Il lui aurait suffi d'écarter les pans de cuir pour trouver la réponse à sa question, mais elle ne put s'y résoudre. Elle ne voulait pas que les choses se terminent si vite, si brutalement.

Elle continua donc à descendre avec des gestes lents, défaisant les lacets jusqu'à ce que la botte ne se tienne presque plus. Après un dernier regard, un dernier hochement de tête, elle entoura le mollet de Lamia d'une main et attrapa le talon de la chaussure de l'autre.

Celle-ci glissa sans lui opposer la moindre résistance, dévoilant enfin la jambe de la jeune fille.

Les yeux d'Eirene s'attardèrent sur son mollet fin, sa cheville délicate et son pied gracieux.

Et sur l'éclat sinistre du bronze dont ils étaient faits.

TRENTE-TROIS

LEUR APPEL PERFIDE

Lamia

Lamia ferma les yeux et se prépara à ce qui allait immanquablement suivre. Les lèvres d'Eirene se retrousseraient en une grimace de dégoût, elle bondirait sur ses pieds et reculerait, horrifiée, braquant le couteau vers son cœur. Elle lui hurlerait dessus, la traiterait d'abomination, de mutante. C'était le tableau que Léandros lui peignait sans cesse, depuis des années. À force, la jeune fille s'était persuadée que si on l'ouvrait en deux, on trouverait le mot « horreur » tatoué sur son cœur.

Mais Eirene ne bougea pas. Elle ne cria pas.

Lamia rouvrit un œil. Son amie contemplait sa jambe, bouche bée et les pupilles dilatées. Elle respirait lentement, profondément, sa poitrine montant et descendant en rythme.

— Eirene ?

Était-ce de l'espoir qu'elle sentait papillonner sous ses côtes ?

La fiancée de son père releva la tête pour la regarder

en face, avant de grimacer et de détourner les yeux, les fixant sur un point derrière elle.

— C'est toi, murmura-t-elle.

Ce n'était pas la réaction que Lamia attendait. Il n'y avait ni haine ni dégoût sur ses traits – mais dans ce cas, qu'était-ce ?

— Que veux-tu dire ?

— Quoi ?

— Explique-toi !

Face à son incompréhension manifeste, Eirene se décomposa.

— Tu l'ignorais. Comment est-ce possible ?

Ce n'était pas une vraie question.

— J'ignorais *quoi* ? s'énerva Lamia. Arrête de parler par énigmes !

Alors la sœur de Phoebe prit une grande inspiration, ramena ses épaules en arrière et murmura :

— L'empousa...

Une décharge de peur se propagea le long de la colonne vertébrale de Lamia. Elle fit volte-face, inspectant les recoins sombres en quête de la bête qui devait s'y terrer. Mais il n'y avait personne. Quand elle se retourna, Eirene était au bord des larmes.

— Non, gémit-elle en réponse à sa question muette. Non, elle n'est pas là. Enfin, si, mais...

La fille de Léandros la dévisageait sans comprendre. Comment la créature pouvait-elle être à la fois là et pas là ? Les pièces du puzzle commençaient toutefois à s'assembler dans son esprit, la vérité s'apprêtant à se révéler à elle.

— Eirene... Qu'est-ce qui se passe ?

Silence.

— Quand je t'ai parlé de l'empousa, je ne t'ai pas tout dit, avoua enfin son amie. Je pensais que ça n'avait pas d'importance. J'étais si fière de moi, de mon intelligence, que je n'ai pas...

Elle éclata d'un rire amer et se couvrit le visage des deux mains. Elle tremblait.

— Je ne comprends pas, soupira Lamia. Il n'y a pas d'empousa chez nous ?

— Si.

— S'il te plaît. *Je t'en supplie*. Dis-moi tout. Pour pouvoir t'aider, je dois...

— L'empousa a une jambe de bronze.

Le cœur de Lamia cessa de battre, figé comme un lapin au milieu d'un chemin. Eirene laissa retomber ses mains sur ses genoux. Son visage exprimait une immense détresse.

D'abord incapable d'articuler un mot, la fille de Léandros cracha :

— Non !

Elle secoua la tête, les mains tendues devant elle comme pour faire écran aux mots qu'elle venait d'entendre. Mais c'était trop tard. Eirene pleurait en silence et Lamia se retint de l'empoigner par les épaules. Elle se trompait. Forcément. Ça ne serait pas la première fois.

— Non, répéta-t-elle. Tu as dit que l'empousa tuait des gens. Tu as dit qu'elle envoûtait les hommes afin de boire leur sang. Je n'ai pas... je ne ferais *jamais* une chose pareille.

Tout en parlant, elle revit les mains pâles et inertes d'Alexandra, dont le souvenir était gravé dans sa mémoire. Alexandra était morte, mais Lamia ne pouvait pas l'avoir tuée ! Elle n'aurait jamais fait de mal à cette fille si douce, si souriante, qui avait toujours été adorable avec elle.

— L'empousa a assassiné Alexandra. Ça ne peut pas être moi. Tu as dit que c'était un monstre.

Sa voix se brisa sur cette ultime supplique. Elle avait l'impression d'avoir plongé les mains dans un brasier, de vivre ce bref instant suspendu avant que la douleur ne survienne.

— Tu as dit qu'elle était très belle, ajouta-t-elle dans un souffle rauque.

Les yeux d'Eirene se promenèrent sur son visage – son menton, ses lèvres, ses yeux.

— Oui. Très.

Ces deux mots lui causèrent une souffrance si violente qu'elle en était presque jouissive.

Lamia n'aurait pas su dire combien de temps elles restèrent comme ça. Elle, assise par terre, son chiton retroussé sur sa jambe de bronze, preuve éclatante de sa monstruosité. Et Eirene, agenouillée près d'elle.

Depuis son dernier commentaire, aussi horrible qu'adorable, elle n'avait plus rien dit.

Les larmes dévalaient les joues de Lamia. Elle avait tué Alexandra. Pire : elle l'avait traquée, acculée, elle avait bu son sang. Puis elle avait... tout oublié ? Dans ses rêves, elle avait donné corps à une femme de feu et de sang sur qui reporter la faute, afin de se persuader qu'elle n'était pas le monstre le plus ignoble du monde.

Enfin, Eirene remua. Un mouvement infime, une légère crispation de la main.

— Je peux..., commença-t-elle, le rouge aux joues. Je peux toucher ta jambe ?

— La *toucher* ? répéta Lamia en serrant les poings si fort que ses ongles s'enfoncèrent dans ses paumes. Pourquoi voudrais-tu... Tu viens de m'apprendre que je suis...

Elle secoua la tête, incapable de terminer sa phrase.

— Tu ferais mieux de fuir loin de moi.

— Fuir ? Pourquoi, tu es différente d'hier ?

— Hier, nous ignorions toutes les deux que j'avais tué quelqu'un.

— Ça reste à prouver, rétorqua Eirene.

Elle écarta néanmoins sa main de la jambe de bronze pour la poser sur l'épaule de Lamia – au grand étonnement de celle-ci.

— On ne dispose pas de tous les éléments. Je crois... Je me demande s'il n'y aurait pas une autre empousa.

— Voyons, ça n'aurait aucun sens. On a été stupides de croire qu'une créature vivait dans cette chambre.

Comment mon père aurait-il pu nous cacher son existence ? Il n'y a que moi, conclut-elle avec un rire sans joie. Rien que moi.

— Non, je ne pense pas. Quand je suis descendue dans son atelier, j'ai trouvé un étrange objet. J'ai d'abord cru que c'était un fragment de statue, mais j'en doute de plus en plus. À vrai dire, non, je n'ai plus de doute : ça ne provenait pas d'une statue.

— De quoi parles-tu ?

— D'une jambe de bronze, identique à la tienne. À côté, il y avait aussi un pot de poudre blanche qui ressemblait à du sable, mais qui n'en était pas. Et des cheveux.

Elle lui serrait l'épaule si fort que Lamia poussa un petit gémissement.

— Désolée, s'excusa Eirene. Des *cheveux*, tu entends ? Bien plus roux que les tiens.

Elle agita les mains comme si cela pouvait clarifier les choses. Ce ne fut pas le cas.

— Ils étaient presque orange, insista-t-elle. Et bouclés.

— Ils datent peut-être de quand j'étais petite ?

Lamia ne se souvenait pas qu'on lui ait jamais coupé les cheveux mais, de toute évidence, elle ne pouvait pas se fier à sa mémoire. Au point où elle en était, sa coiffure représentait le cadet de ses soucis.

— Non, affirma Eirene, très sûre d'elle. Et à moins que cette jambe ne soit aussi la tienne, c'est la preuve qu'il existe une autre empousa. Ou du moins… qu'il a existé.

Lamia reprit péniblement son souffle. Ainsi, sa semblable était morte, démembrée. Au fond, cela ne changeait pas grand-chose ; elle était aussi seule qu'elle l'avait toujours été. Elle n'avait qu'Eirene.

— Tu peux la toucher, si tu veux, murmura-t-elle.

— Vraiment ?

Lamia essaya de rire, sans parvenir à émettre autre chose qu'un petit bruit étranglé.

— Ce n'est qu'une jambe.

— Si ça te gêne, n'hésite pas à me dire d'arrêter.

La jeune fille laissa échapper un hoquet lorsque les doigts froids de son amie effleurèrent le bas de sa cuisse, à l'endroit où sa chair se muait en métal.

— Elle est chaude, commenta Eirene, émerveillée.

Elle descendit un peu plus bas, suivit le contour de son genou du bout des doigts.

— Ce n'est pas un simple bout de métal, lui rappela Lamia d'une voix hachée, mais une partie de moi.

— Bien sûr.

Les mains d'Eirene enveloppaient maintenant son mollet. Elle la regarda, troublée par sa proximité, le parfum de sa peau et la chaleur de son corps. La faim qui la poussait à s'incliner vers elle n'était pas celle d'un monstre avide de chair et de sang ; elle était bien humaine, et d'une tout autre sorte. Un feu venait de s'allumer dans son ventre et se propageait plus bas.

Lamia aurait dû entendre le bruit de pas dans l'escalier, mais elle était trop captivée par Eirene, ses grands yeux, ses lèvres frémissantes et la caresse de ses mains. Le reste du monde était passé au second plan.

Il se rappela violemment à elle quand la porte claqua contre le mur. Son père se tenait sur le seuil, inspectant la scène de ses yeux bleu glacé. Un large sourire se peignit sur son beau visage. Puis il entra.

Eirene fut la première à réagir, retirant sa main qui laissa derrière elle une sensation de brûlure. Elle bondit sur ses pieds.

— Combien de temps comptais-tu me cacher ça ? demanda-t-elle, furieuse, en fonçant vers son hôte.

Elle s'arrêta néanmoins à une distance raisonnable de lui, ce dont Lamia se sentit étrangement soulagée. Même si Léandros n'était qu'un homme, Eirene se méfiait de lui – alors qu'une minute plus tôt, ses mains douces et détendues effleuraient sa peau à elle. Elle ne devait donc pas être un monstre si repoussant ? Appuyée sur sa canne, elle se leva à son tour pendant que son père chassait une poussière imaginaire de sa tunique blanche.

— Je t'aurais bientôt tout dit, déclara-t-il. Il ne te reste plus qu'une épreuve, rappelle-toi, avant de devenir ma femme. Certains secrets me semblaient trop… intimes pour être révélés avant cela.

Les épaules d'Eirene se crispèrent.

— Tu n'avais aucune intention de m'en parler.

Il sourit sans rien dire.

— Le nies-tu ? Nies-tu m'avoir trompée, droguée ? Avoir attendu que je dorme pour…

Elle jeta un coup d'œil désespéré à Lamia.

Léandros, lui, paraissait de plus en plus amusé.

— Pour la lâcher sur toi ? Voyons, tu sais bien que je ne vais pas prétendre le contraire. Je serais même prêt à tomber à genoux devant toi si tel est ton désir.

Lamia resserra ses doigts sur le bâton. Elle pourrait s'en servir pour frapper son père, s'il le fallait. Afin de donner à Eirene une chance de s'enfuir.

— Alors, le désires-tu ? insista son père, frottant sa sandale sur le sol avec une grimace. Les dalles sont sales, mais je veux bien ruiner ma tenue pour regagner tes faveurs, ma douce Eirene.

— Ça suffit, aboya Lamia. Arrête d'être aussi mielleux.

Un silence ébahi accueillit cette intervention.

Léandros plissa brièvement les yeux avant d'éclater d'un rire victorieux.

— Et *toi* ! Crois-tu que je ne t'ai pas vue sortir en douce pour battre la campagne ? Crois-tu que j'ignorais que tu l'avais aidée à trier les graines ? Vous m'avez défié, toutes les deux. J'aurais pu vous punir pour ça.

Malgré sa résolution, Lamia ne put s'empêcher de baisser le nez. Quoi qu'elle soit, quoi qu'elle ait fait, elle restait une petite fille impuissante face à son père.

— J'ai trouvé la passoire dans ta malle, continua ce dernier. Des fragments de son y étaient encore accrochés.

— Alors, tu étais au courant ? bégaya Eirene. Je ne comprends pas : si tu savais que j'avais échoué dès la première épreuve, pourquoi m'avoir laissé continuer ?

Il ignora ses questions.

— Tu n'aurais jamais dû enrôler ma fille. Elle est gentille, mais pas très maligne.

Lamia déglutit plusieurs fois sans parvenir à déloger la boule douloureuse qui lui obstruait la gorge. Elle avait été si contente de cette cachette, si persuadée que son père ne regarderait jamais là... Pire encore, elle ne s'était même pas aperçue qu'il avait fouillé sa malle.

— Lamia est tout sauf stupide ! protesta Eirene. À l'inverse de toi, elle n'est ni vicieuse ni cruelle, et elle ne voit pas systématiquement le mauvais côté des choses. Même quand il s'agit de toi. Maintenant, réponds : pourquoi m'avoir gardée ici alors que j'avais triché ?

— Tu sais pourquoi.

Ce n'était pas Léandros qui avait parlé. Il tourna un regard brillant vers sa fille, qui le soutint, un goût amer de bile lui emplissant la bouche.

— Tu sais pourquoi, répéta-t-elle un ton plus bas. Nous l'avons compris toutes les deux à la seconde où tu m'as révélé ce que je suis. Tu es ici pour me servir de réserve de *nourriture*.

— Pas seulement, objecta son père.

Les doigts d'Eirene se refermèrent sur le manche de son couteau.

— Pour quoi d'autre, dans ce cas ?

— Te souviens-tu de la quatrième épreuve de Psyché ?

— Elle a dû descendre aux Enfers. Voir Perséphone, je crois. Mais je ne…

Elle s'interrompit en le voyant s'approcher, l'air réjoui, comme s'il allait lui faire part d'un secret délicieux. Elle oscillait devant lui tel un roseau agité par le vent, soumise au même type d'attraction que celle qui fait naître les vagues.

— La beauté, souffla-t-il. Voilà ce que Psyché devait récupérer au royaume des morts. Et c'est également ce que tu devras faire.

Eirene le dévisagea un instant, puis éclata d'un rire dur.

— Sérieusement ? Tu es encore plus naïf que je ne le pensais.

— Tu refuses ?

— Je n'ai pas le choix ! Les simples mortels ne peuvent pas accéder aux Enfers.

— Ni en sortir, renchérit Lamia, si bas que personne n'entendit.

Les deux autres étaient si proches l'un de l'autre que Léandros murmura la suite à l'oreille d'Eirene.

— C'est aussi ce que je croyais. Pendant bien longtemps, j'ai cherché le secret du véritable Désir, de la beauté et de l'amour. Une quête qui m'a conduit jusqu'ici.

— Sur Zakynthos ?

— Sur Zakynthos, confirma-t-il d'une voix de conteur narrant une histoire très ancienne. Car cette île abrite l'entrée du bosquet de myrte où errent les victimes de l'amour, où brille la lumière divine et où tout ce qui est mortel finit par être consumé.

— Pardon ?

Soit l'ouïe de Lamia lui jouait des tours, soit le rire d'Eirene était de moins en moins assuré.

— Cela t'amuse ? s'étonna Léandros, la tête inclinée sur le côté.

— Où as-tu entendu des bêtises pareilles ? Il n'y a aucune entrée des Enfers par ici !

— Tu te trompes. Réfléchis. Quand tu as cueilli ces crocus, n'as-tu pas ressenti quelque chose d'inhabituel ?

De quoi parlait-il ? Lamia fronça les sourcils tandis qu'Eirene secouait la tête avec hésitation, à quelques centimètres de la bouche de Léandros.

— Non, bégaya-t-elle. C'est impossible. Celui qui t'a conseillé de venir sur Zakynthos s'est joué de ta crédulité.

Ressenti quoi ? avait envie de hurler Lamia. Qu'avait-elle manqué ?

— Veux-tu que je t'explique où trouver ce passage bien protégé ? proposa son père. Veux-tu savoir comment l'emprunter pour accéder aux Enfers ? Et comment en revenir ?

— Vas-y.

— Je le ferai le moment venu, à une condition : descends aux Enfers et rapporte-moi un peu du myrte qui pousse là-bas. Si tu y parviens, j'oublierai toutes tes trahisons passées. Si tu me procures ce que je demande, ta sœur et toi serez libérées de moi pour toujours.

— Et Lamia ? demanda Eirene après un silence. Que va-t-il lui arriver ?

— Ne t'inquiète pas pour moi, intervint celle-ci.

Eirene avait enfin une chance de sauver sa sœur, comme elle en rêvait depuis qu'elle avait mis le pied dans cette maison. Lamia ne pouvait pas l'en priver, aussi douloureuse que soit la perspective d'être séparée d'elle.

— Elle a raison, acquiesça Léandros. Son avenir ne te concerne pas.

— Que va-t-il lui arriver ? répéta Eirene.

Beaucoup plus petite que lui, elle n'hésitait pourtant pas à lui tenir tête. Sa férocité lui donnait des ailes.

— Lamia est ma fille. Elle restera ici, avec moi.

Eirene se tourna vers son amie, qui lui sourit. C'était un sourire d'acceptation, un sourire qui signifiait : « Pars sans moi. » Alors, la sœur de Phoebe fit de nouveau face à Léandros et lui cracha au visage :

— Je connais ton secret. Je sais d'où vient ton pouvoir. Je pourrais te détruire.

Le sourire de son hôte s'effaça.

— Dois-je prendre cela pour un non ? Tu refuses donc d'aller me chercher ce myrte ?

— Va aux Enfers le cueillir toi-même.

— Quel dommage…

Il plongea la main dans une petite bourse suspendue à sa ceinture, puis l'en ressortit, le poing serré.

— Les choses auraient pu être beaucoup moins pénibles pour toi, soupira-t-il.

Ce n'est que lorsqu'il ouvrit les doigts, révélant un petit tas de poudre argentée, que Lamia comprit ce qui allait se passer. Comme de très loin, elle s'entendit crier une mise en garde. Le temps qu'elle se jette sur Eirene pour la tirer en arrière, la protéger, c'était déjà trop tard. Son père sourit de toutes ses dents avant de souffler la poudre sur sa fiancée. Horrifiée, impuissante, Lamia la vit cligner des yeux, enveloppée d'une brume tourbillonnante, puis ouvrir la bouche sous l'effet de la surprise et inspirer une bouffée de Désir.

TRENTE-QUATRE

AU DERNIER DEGRÉ D'ABJECTION

Lamia

L'effet fut immédiat. Alors que Lamia la tirait par le bras, Eirene se figea soudain. Tout son corps se ramollit, ses mains retombèrent le long de son corps, ses cils papillonnèrent et elle esquissa un sourire béat. Ses yeux, immenses, étaient rivés sur Léandros.

— Oh, fit-elle avant de s'esclaffer.

Lamia n'avait jamais entendu un rire pareil, aigu, presque hystérique.

— Oh, répéta Eirene. Je me sens toute drôle…

Puis elle se laissa tomber par terre. Assise en tailleur dans la poussière, comme une enfant, elle continuait à fixer le père de son amie avec adoration.

— Que lui as-tu fait ? gémit Lamia.

Léandros l'ignora. Il semblait très content de lui.

— Vas-tu encore me poser problème, Eirene ?

La jeune fille fit non de la tête.

— Brave petite. J'ai appelé ce mélange « Loyauté », enchaîna-t-il à l'intention de Lamia. Il contient de l'essence de safran extraite des fleurs que cette demoiselle m'a si gentiment rapportées. C'est une variante de ma recette de « Dévotion », le lien romantique en moins – car ce n'est pas ce que je voulais pour notre pauvre Eirene !

Lamia retrouva enfin l'usage de la parole.

— Alors... de quel genre de lien s'agit-il ?

Voilà donc ce qu'il faisait de la magie qu'elle lui offrait ? Elle était horrifiée par tant de perversion et de cruauté. Sans aller jusqu'à prendre son père pour un homme bon, elle ne l'aurait jamais pensé capable d'une telle chose.

Il haussa les épaules.

— Un lien plus simple, semblable à celui qui unit un chien à son maître.

Portant deux doigts à ses lèvres, il siffla brièvement.

— Elle sait que je la protégerai et, en retour, elle ferait n'importe quoi pour moi. Eirene ? Viens ici !

Saisie de nausée, Lamia se planta devant son amie, mais celle-ci se leva d'un bond et l'écarta de son chemin. En quelques enjambées, elle rejoignit Léandros puis s'affala de nouveau sur le sol à ses pieds, caressant du bout des doigts l'ourlet de son chiton.

— Je suis là, dit-elle.

Son regard ressemblait à un ciel nocturne. Magnifique mais vide, aussi sombre que l'espace entre les étoiles.

— Bien, se réjouit son fiancé.

Il s'agenouilla et lui souleva le menton. Son visage affichait une expression étrange, à mi-chemin entre le sourire et la grimace attristée.

— Quel gâchis, commenta-t-il. C'était une fille intelligente. Si tu l'avais laissée tranquille, elle s'en serait bien sortie ici.

— Si je… si je l'avais laissée tranquille ? bégaya Lamia.

— Oui, bien sûr.

Il ramena une boucle de cheveux derrière l'oreille d'Eirene.

— Ne la touche pas ! aboya sa fille, agrippée à sa canne.

La peur se lovait en elle comme une créature vivante. Il n'hésiterait pas à lui faire du mal, elle le savait. Ses mains et ses poignets couverts de cicatrices en témoignaient. Mais elle devait à tout prix protéger Eirene.

— Tu es la seule responsable de cette situation, affirma-t-il. J'espère que tu en as conscience.

— La seule responsable…

La voix de Lamia se fêla et ses doigts se relâchèrent sur le bâton. Son père avait raison. Sa magie était à l'origine des Désirs dont Eirene s'efforçait de préserver sa sœur. Des Désirs dont elle-même faisait à présent les frais. Les larmes aux yeux, la jeune fille songea que Léandros savait parfaitement où appuyer pour la blesser, pour la réduire à l'enfant terrifiée qu'elle avait toujours été.

Il la contempla un long moment.

— Oh, Lamia… Peut-être ne devrais-je pas être aussi dur avec toi. Tu ne peux pas lutter contre ta nature.

Mais en quoi consistait cette nature, au juste ? Était-elle née pour gâcher des vies – ou pour y mettre fin ? Incapable de retenir plus longtemps la question qui lui brûlait les lèvres, elle demanda :

— Est-ce que je…

Une larme coula sur sa joue et son père la suivit d'un regard perçant. Un regard de prédateur. Après s'être raclé la gorge, Lamia prit une grande inspiration. Il fallait qu'elle sache. Elle devait à son amie morte et à elle-même de découvrir la vérité, aussi ignoble soit-elle.

— Suis-je vraiment une empousa ? Est-ce moi qui ai tué Alexandra ?

— Ah, Alexandra… Quelle triste fin. Je suppose que sa mort est en partie de ma faute.

Lamia retint son souffle. Peut-être qu'Eirene s'était trompée ? Peut-être que ce n'était pas *elle* qui avait massacré Alexandra ? Peut-être était-ce l'autre empousa, celle dont ne subsistait plus qu'une jambe dans l'atelier de son père ? Hélas, cette lueur d'espoir s'éteignit aussitôt.

— J'aurais dû m'apercevoir que ton appétit évoluait, reprit Léandros. Plus tu grandissais, moins tu pouvais te satisfaire de quelques gouttes de sang. Tu ne te souviens de rien, bien entendu ; je m'en suis assuré.

Je ne t'ai laissée seule qu'une soirée, mais quand je suis rentré, tu étais devenue… sauvage. Incontrôlable. La pauvre Alexandra était déjà morte. Je ne pouvais rien faire d'autre que te laisser la vider entièrement.

L'estomac de Lamia se révulsa et sa bouche s'emplit du goût âcre du sang. Chaud. Bouillonnant de vitalité. Elle revit soudain cette image qui hantait ses rêves, celle de la main d'Alexandra recroquevillée sur la pierre. Pâle, fine et inerte. Ce n'était donc pas un rêve. C'était un souvenir.

— Je ne savais pas, hoqueta-t-elle. Pourquoi ai-je tout oublié ?

Au début, son père garda le silence. Même quand il tendit vers elle ses paumes encore scintillantes de Désir, elle mit un moment à comprendre.

— Tu m'as enchantée, moi aussi ?

Si elle avait voulu ajouter quelque chose, elle en aurait été incapable. Comment *osait-il* ? Il s'était servi d'elle, l'avait fait saigner et pleurer, encore et encore et encore. Il avait toujours affirmé que les Désirs servaient à la protéger. Mais en réalité, il lui avait tout volé. Sa magie comme ses souvenirs.

— J'ai appelé cette recette « Léthé », d'après le fleuve. Je n'en vends pas souvent. Ses usages sont trop complexes pour que je la cède au premier venu – bien que les demandes ne manquent pas.

— La fille aux pissenlits, murmura Lamia.

— Qui ça ?

— Celle qui est venue ici, un peu avant l'arrivée d'Alexandra.

Son père la dévisagea, perplexe.

— J'en suis sûre ! insista Lamia, tremblante. Je m'en souviens très bien !

À moins qu'elle n'ait rêvé ? Combien de ses souvenirs étaient faux ? Combien de ses cauchemars étaient réels ? Non, il ne lui prendrait pas celui-là. Lamia revoyait la scène comme si elle avait eu lieu la veille.

— Il y avait des pissenlits dehors, donc ça devait être au printemps. Tu as fait entrer cette fille, qui disait avoir entendu parler de tes pouvoirs. Elle pleurait. Elle voulait oublier. Tu lui as répondu qu'on l'avait mal renseignée, que tu... que tu n'étais pas dupe : tu savais très bien qu'elle travaillait avec « l'autre ». Puis tu l'as renvoyée, alors qu'elle jurait ne pas savoir de quoi tu parlais.

Lamia s'abstint de préciser qu'elle avait ensuite guetté à sa fenêtre. Quand la fille était tombée à genoux, en larmes, au milieu des pissenlits, elle s'était penchée et l'avait appelée doucement. Elle lui avait dit où était partie « l'autre » – la grande brune au menton fier et aux poignets cerclés de cicatrices, venue réclamer la magie de Léandros quelques jours plus tôt. En vain, elle aussi.

— Ah, oui, fit Léandros. Cette fille-là. Une parmi tant d'autres.

— Tu as refusé de l'aider.

— Elle était trop imprévisible, dit-il en caressant d'un geste machinal la tête d'Eirene, appuyée contre sa jambe. Endeuillée. Et marquée par une main immortelle. Je ne peux pas me permettre d'interférer avec les décrets des autres dieux.

— Tu n'es *pas* un dieu ! cracha Lamia.

Elle regretta aussitôt ces mots, mais il était trop tard pour les ravaler. Ils flottaient entre eux tel un nuage de poussière.

Les doigts de son père se figèrent sur les cheveux d'Eirene. Quand il reprit la parole, ce fut d'une voix glaciale.

— Rappelle-toi, Lamia, que je viens de confier une tâche à Eirene.

— Je sais.

— Les effets du Désir ne s'estomperont pas avant plusieurs semaines. D'ici là, j'espère qu'elle sera plus encline à faire ce que je lui demande. Ce que je viens de voir m'a donné une idée pour l'encourager, ajouta-t-il avec un sourire mauvais – puisque menacer sa sœur ne suffit visiblement pas.

Lamia se sentit mal. Qu'insinuait-il ? Qu'Eirene obéirait pour *elle* ?

— Et en attendant, poursuivit Léandros, elle peut m'être utile d'une autre manière…

Avant que sa fille n'ait eu le temps de réagir, il s'accroupit et tira violemment la tête d'Eirene en arrière.

— Les larmes d'empousa. Inestimables, puissantes. Mais faciles à obtenir quand on sait s'y prendre.

Il lâcha les cheveux de sa fiancée, prit son élan, puis la gifla si fort qu'on aurait cru entendre un vase se briser.

Lamia hurla.

La tête d'Eirene bascula sur le côté, la joue fendue par une bague. Elle se contenta cependant de lâcher un petit miaulement de surprise.

— Non, non, *non* !

Lamia s'élança vers elle, si accablée par l'angoisse qu'elle en titubait, mais son père se dressa sur son chemin.

Comme elle tentait de le frapper, il la retint par les épaules sans la moindre difficulté. Même les coups de canne qu'elle donnait dans le vide ne semblaient pas l'inquiéter.

— Allons, allons, reprends-toi. Tu es en colère contre moi, mais tu finiras par comprendre. Tu as tout mis en péril, ma chérie. Tout ce que pour quoi nous travaillons depuis si longtemps.

— *Nous* ?

— Évidemment ! Tout ce que je fais, c'est pour nous. As-tu réfléchi une seconde à ce qui va t'arriver, maintenant que la charmante Eirene connaît ton secret ? Elle va s'enfuir et le révéler à tout le monde ! Si je l'avais laissée libre, le village entier aurait tambouriné à notre porte d'ici une heure, exigeant que le *monstre* soit éliminé. Eirene t'aurait abandonnée, ma précieuse enfant. Pense à ce que tu es, à ce que tu as fait. Comment lui en vouloir ?

— Si elle avait voulu me dénoncer, elle serait déjà partie. Or elle ne l'a pas fait.

— Tu es si jeune. Si idéaliste. Moi qui connais les gens, je sais à quel point la peur peut rendre un cœur cruel. Eirene est en sécurité, désormais. Elle est heureuse. Regarde-la.

Il s'écarta d'un pas pour lui montrer la silhouette prostrée sur le sol.

— Eirene, gémit Lamia. *Eirene.*

Son amie leva la tête en entendant son nom. Elle souriait toujours – un sourire ravissant, mais dépouillé de tout ce que Lamia avait appris à aimer chez elle. Disparus, la mâchoire serrée, l'air déterminé, le regard brillant d'intelligence. C'était juste une belle toile vierge, immaculée à l'exception de l'entaille dont coulait un filet de sang, luisant, sombre et...

La salive monta aux lèvres de Lamia, qui se força à détourner les yeux. Elle se dégoûtait, elle haïssait le monstre qu'elle se découvrait être. Sa gorge était sèche. Elle mourait de soif.

— Regarde-la, répéta son père d'un ton si péremptoire qu'elle fut obligée d'obéir. Elle est *heureuse*. Nous ne craignons plus rien.

Eirene n'était plus qu'une coquille vide.

Et c'était Lamia qui l'avait vidée.

TRENTE-CINQ

PROFANÉ PAR UN CAPRICE

Lamia

Lamia déploya des trésors de persuasion pour convaincre Eirene de bouger. Comme cela ne fonctionnait pas, elle finit par rassembler toutes ses forces afin de la traîner jusqu'à la chambre du dernier étage. Elle la fit asseoir sur une peau de mouton, à même le sol, adossée contre un mur. Son père était parti, après avoir obligé Eirene à prendre le petit bol de cuivre et à le maintenir contre la joue de sa fille jusqu'à ce qu'une flaque de larmes miroite au fond. Lamia s'efforça de chasser cette image de son esprit.

Elle avait encore tant de questions. Était-elle réellement la fille de Léandros, ou l'avait-il trouvée dans un lieu où les abominations dans son genre erraient en liberté ? Peut-être était-elle née d'un œuf, comme Hélène ? Sauf qu'Hélène n'était pas un monstre à la peau cireuse qui se repaissait du sang de ses amis et les tuait… Et qui était l'autre empousa ? Pourquoi la voyait-elle en rêve ? Qu'était-elle devenue ? Surtout, surtout, quel était le *but* de tout ça ? Pourquoi fabriquer des Désirs, pourquoi faire venir des jeunes filles et les lui jeter en pâture ? Son père n'était-il qu'un homme faible, assoiffé d'or, de richesses et de pouvoir ? Même en sachant ce qu'il avait fait, ce qu'il lui avait caché, elle ne voulait pas y croire.

Quoi qu'il en soit, elle avait des problèmes plus urgents à régler, à commencer par Eirene. Lamia avait évité jusque-là de croiser son regard vide, mais elle allait bien devoir l'affronter. Alors, elle prit une grande inspiration et se tourna vers celle qu'elle avait détruite.

La sœur de Phoebe contemplait fixement le mur en face d'elle, un sourire paisible aux lèvres. Elle ne semblait pas consciente de la plaie poisseuse sur sa joue, ni du sang qui gouttait de son menton sur son chiton. Elle ne réagit pas quand Lamia s'accroupit à côté d'elle avec un bol d'eau tiède et un morceau de tissu arraché à ses draps.

— Je te préviens, ça risque de piquer un peu.

Elle trempa le linge dans le bol puis le pressa avec douceur sur la joue de la blessée, qui souriait toujours. Celle-ci ne broncha pas une seule fois pendant que la fille de Léandros nettoyait son visage maculé de poussière et de sang. À la fin, le tissu était teinté de rose.

— Voilà, j'ai fini. Comment te sens-tu ?

Eirene se tourna vers elle, surprise.

— Très bien, répondit-elle après un long silence, avant de lâcher un petit gloussement. Pourquoi en serait-il autrement ? J'adore vivre ici ! Tout est si magnifique. Tu es magnifique.

Lamia avait envie de rire, elle aussi. Et de pleurer.

— Viens, dit-elle. Tu as besoin de te reposer.

Elle la prit par les mains pour l'aider à se relever, puis la guida jusqu'au lit. Dès qu'elle l'y eut installée, elle se détourna. Elle ne supportait plus de la voir ainsi, preuve vivante de toutes ses erreurs.

Peut-être aurait-elle dû s'enfuir avec elle. La traîner au rez-de-chaussée et la faire sortir par la petite fenêtre de sa chambre. Mais ensuite ? Son père avait toujours sa réserve de larmes et ses fioles de Désir. Phoebe et sa famille ne seraient jamais en sécurité.

Lamia jeta un regard désespéré par-dessus son épaule. Assise de travers sur les couvertures, à moitié affalée contre le mur, Eirene contemplait ses mains d'un regard vide. Sans Léandros à idolâtrer, elle était comme… éteinte. On aurait dit un ours en hibernation, attendant le retour du printemps.

Lamia aurait aimé pouvoir l'imiter. Inspirer une bouffée de Désir et ne plus rien ressentir, ne plus rien *être*, jusqu'à ce que quelqu'un vienne la sauver.

— Personne ne viendra, répondit son amie.

Lamia sursauta. Elle ne s'était pas rendu compte qu'elle avait parlé à voix haute, ni que, malgré sa transe, Eirene pouvait l'entendre.

— Pardon ?

L'attention de la jeune fille s'était déjà dissipée. Elle regardait, avec un sourire absent, les roses se balancer de l'autre côté de la fenêtre. Lamia poussa un soupir dépité. Même aux prises avec le Désir, Eirene formulait à haute voix ce qu'elle-même n'osait pas s'avouer : personne ne viendrait.

Si quelqu'un devait la sauver, *les* sauver, il faudrait que ce soit elle.

TRENTE-SIX

L'HEURE INVITE AU REPOS

Eirene

Le monde était nimbé d'un brouillard scintillant. Partout où Eirene posait les yeux, elle ne voyait que des taches de couleur éblouissantes. Aucune ne formait le moindre objet reconnaissable, mais c'était magnifique.

Elle sourit et ouvrit les doigts, les faisant danser au milieu des lueurs tourbillonnantes, mélange de bleus, d'ors et de verts.

Soudain, une silhouette émergea de la brume, d'une manière si soudaine que le cœur d'Eirene fit un bond dans sa poitrine. L'air chassé de ses poumons franchit ses lèvres sous la forme d'un cri étranglé. Elle voulut reculer, mais son dos heurta une surface dure contre laquelle elle se plaqua, grattant frénétiquement le sol de ses ongles.

Une voix insistante prononçait son prénom.

Puis la silhouette approcha son visage tout contre le sien. C'était une fille aux grands yeux inquiets de la couleur d'une forêt d'automne au soleil – un brun doux mordoré. Elle aurait pu s'y perdre durant des jours.

— Eirene, il va arriver. Il faut que tu te réveilles. S'il te plaît. *Réveille-toi.*

Ces mots n'avaient aucun sens.

— Tu as de très beaux yeux, dit-elle d'un ton rêveur.

La fille s'écarta.

— Mon père arrive, répéta-t-elle. Léandros. S'il te plaît, Eirene, tu dois...

Celle-ci ne l'écoutait plus.

— Léandros va venir ?

Ces deux syllabes provoquèrent en elle une réaction très étrange. D'abord, tout son corps se raidit, sa bouche se dessécha, ses poings se serrèrent et son esprit s'enflamma sous l'effet de... de quoi ? Le sentiment disparut avant qu'elle ait pu l'identifier. Puis une vague apaisante le remplaça. *Tu aimes Léandros. Tu ferais n'importe quoi pour lui*, affirmait une voix venue de nulle part et de partout à la fois.

— Léandros arrive, confia-t-elle à la fille, qui poussa un gémissement.

Eirene fronça les sourcils. La pauvre n'avait pas l'air rassurée. Heureusement que Léandros serait bientôt là pour tout arranger.

Oui, elle le connaissait bien. C'était un être d'or et de roses, une source de ravissement. Elle l'aimait.

Tu aimes Léandros, confirma la voix. *Tu ferais n'importe quoi pour lui.*

Une porte s'ouvrit quelque part, le bruit formant des vibrations visibles dans l'air scintillant. La fille recula, une main pâle tendue devant elle, puis elle fut de nouveau engloutie par le brouillard.

— Oh, fit Eirene. Où es-tu passée ?

Quelqu'un se mit à rire. Un homme à la voix grave, plaisante.

Comme plus tôt, son corps se crispa sous l'effet d'une étrange frayeur avant de se relâcher brusquement. *Tu aimes Léandros. Tu ferais n'importe quoi pour lui.*

Cet homme qui riait était-il Léandros ? Elle plissa les yeux dans la brume.

— Ne lui fais pas de mal.

La fille était de retour, et elle semblait triste.

Eirene tourna la tête vers elle, s'efforçant en vain de distinguer quelque chose entre les traînées de lumière colorée.

— Ne lui fais pas de mal, père. Je vais pleurer. Je vais pleurer, je te le promets. Laisse-la tranquille.

Léandros recommença à rire.

Eirene sourit en l'entendant. *Tu aimes Léandros.*

— Il est temps que tu apprennes, Lamia. Tu n'es plus une enfant ; tu ne peux pas te comporter comme telle. Et si tu me défies, je te punirai.

Eirene sourit de plus belle. *Tu ferais n'importe quoi pour lui.*

— Tu veux dire que tu vas punir *Eirene*.

La fille – Lamia – était en colère, maintenant. Eirene agita les mains dans sa direction comme pour l'apaiser. Elle voulait qu'elle soit heureuse. Que tout le monde soit heureux.

Tout le monde sauf Léandros. Lui, elle voulait qu'il souffre. Elle voulait qu'il brûle.

Elle cligna des yeux. D'où sortait cette pensée ? Elle s'évanouissait déjà, cédant la place à une nouvelle vague de fraîcheur apaisante. *Tu aimes Léandros. Tu ferais n'importe quoi pour lui.* Elle ne voulait pas qu'il lui arrive le moindre mal.

Comme invoqué par ses réflexions, il se dressa soudain devant elle, étincelant, doré, merveilleux. Il était là pour la protéger. Elle le savait.

Le coup la prit par surprise. Une gifle si violente qu'elle fit basculer sa tête sur le côté et propagea un éclair de douleur sous son crâne. De très loin, elle entendit une fille crier.

Portant une main à sa joue cuisante, Eirene tenta de se lever. Que se passait-il ? Léandros ne pouvait pas l'avoir frappée.

Si, bien sûr que si. Léandros était un monstre. Elle souhaitait sa mort.

Tu aimes Léandros.

Renonçant à se redresser, Eirene se boucha les oreilles. Elle ne savait plus distinguer le vrai du faux. Le brouillard n'était plus seulement autour d'elle ; il avait envahi son esprit.

Le deuxième coup l'atteignit sur l'autre joue, si fort qu'elle se cogna contre le mur. Sonnée, elle s'effondra sur le sol, les yeux au même niveau qu'un pied chaussé d'une sandale. Le pied de Léandros.

Elle le tuerait.

Tu aimes Léandros.

Elle arracherait chaque cheveu de sa tête blonde et le forcerait à avaler les mèches ensanglantées.

Tu ferais n'importe quoi pour lui, insistait la voix.

Elle lui prendrait sa fille – *Tu aimes Léandros* – et, avec elle, la magie dont il dépendait. Elle lui planterait un couteau en plein cœur. Elle le regarderait se vider de son sang en souriant.

Tu ferais n'importe quoi pour lui. Tu aimes Léandros. Tu ferais n'importe quoi pour lui. TU AIMES LÉANDROS. La voix était de plus en plus forte, le brouillard de plus en plus épais et aveuglant.

Je vais le tuer, lui répondit Eirene. Cette brume lumineuse était si belle qu'elle avait envie d'y plonger, de la laisser l'emporter. *Je vais le tuer.*

Tu ferais n'importe quoi pour lui, répéta la voix presque avec tristesse.

Puis le brouillard se referma sur elle.

TRENTE-SEPT

VITE AU TRAVAIL

Lamia

Un goût âcre remonta dans la gorge de Lamia – le goût de la haine. Insensible à son regard furieux, son père se contenta de rire en contemplant l'expression peinée d'Eirene.

— Oh, ne me fais pas ces yeux-là, ronronna-t-il en lui tendant la main. Ce n'est qu'un jeu. Allez, lève-toi, tout va bien.

Eirene sembla se radoucir tandis qu'il l'aidait à se remettre sur ses pieds. Sa bouche cessa de se tordre ; elle leva la tête vers lui et caressa le tissu de son manteau comme pour se rassurer.

— Là, dit-il gentiment avant de plonger une main dans la bourse qu'il portait à la ceinture. Tu n'as rien. Tu sais que je ne te ferais jamais de mal.

Sa main réapparut, couverte d'une substance argentée. Du Désir. Mais Lamia peinait à se concentrer dessus car la voix de son père résonnait encore sous son crâne. Elle mit un moment à comprendre pourquoi ces accents lui paraissaient horriblement familiers : c'était de cette manière qu'il s'était toujours adressé à elle.

Or, cette fois, il mentait. Il avait *volontairement* fait mal à Eirene, après avoir prévenu sa fille de ses intentions. Il n'y avait pas la moindre once de vérité dans ses mots ; même la tendresse qu'il manifestait à sa jeune fiancée n'était qu'un leurre. Le cerveau de Lamia en tira donc, à contrecœur, la conclusion qui s'imposait : il mentait à Eirene comme il lui avait menti à elle. Et toute sa vie, elle l'avait cru.

Son père l'avait-il jamais aimée, elle, la douce enfant qui n'avait que lui au monde ? Lamia ne connaissait pas grand-chose à l'amour mais, en voyant Eirene se coller contre lui avec une confiance et une docilité absolues, elle sut qu'elle serait incapable de se comporter comme lui. Elle ressentait la douleur de la jeune fille dans sa propre chair, en dix fois plus fort. Jamais elle ne pourrait la frapper, la faire saigner, la faire *pleurer*.

Des deux mains, elle tenta de réprimer le cri d'angoisse qui lui montait aux lèvres, et qui finit par lui échapper sous la forme d'un sanglot.

Son père lâcha Eirene, dont les lèvres brillaient du Désir qu'il venait de verser dans sa bouche. Privée de son soutien, elle s'effondra par terre.

— Lamia.

C'était la première fois qu'il s'adressait directement à elle, et même qu'il la regardait depuis qu'il était entré. Cela l'avait mise en rage mais, face au regard glacial de Léandros, sa colère s'éteignit d'un coup, comme soufflée par un courant d'air, et Lamia se ratatina sur elle-même.

— Souhaites-tu dire quelque chose ? s'enquit-il d'une voix aimable. Tu sais que tu peux être honnête avec moi.

La jeune fille hésita. Cette fois, ce n'était plus de la peur mais un espoir insensé qui lui étreignait le cœur. Peut-être que son père disait enfin la vérité ? À présent que son secret, *leur* secret était étalé au grand jour, peut-être allait-il enfin l'écouter ?

Elle se racla la gorge et désigna Eirene du menton.

— Tu lui fais mal, déclara-t-elle avant d'ajouter, au cas où ce ne serait pas assez clair : Arrête.

— Mais non, Lamia, répliqua-t-il en s'avançant d'un pas vers elle. Ça ne la dérange pas. Tu vois bien.

Il avait raison ; Eirene n'avait même pas l'air contrariée. L'étrange sourire béat était de nouveau placardé sur son visage. Elle tenait à la main un petit pot de terre cuite dont elle faisait claquer le couvercle, en un *toc toc toc* rythmé. Lamia reconnut confusément l'objet. C'était le sédatif qu'elles avaient utilisé pour endormir le bélier.

Ce souvenir lui paraissait remonter à des années. Le bélier, les falaises, le soleil étincelant. L'excitation du succès, qui s'était muée en autre chose quand son amie l'avait prise par la main pour l'entraîner sous les arbres. Et dire que tout cela avait eu lieu la veille…

— Lamia ?

La main qui se posa lourdement sur son épaule n'était pas celle d'Eirene.

— Ne me *touche pas*, grogna-t-elle en faisant mine de mordre les doigts dorés de son père.

Ses dents étaient capables de déchirer la chair, elle le savait désormais. Elle se réjouit de le voir tressaillir et écarquiller les yeux. Il avait peur d'elle. Tant mieux.

Une fois remis de sa surprise, il la réprimanda doucement.

— Voyons, est-ce une façon de parler à son père ? Un autre que moi aurait pu te frapper pour si peu.

Il lui adressa un sourire mesuré. *Regarde comme je suis calme*, signifiait-il. *Tu vois, moi, je sais me contrôler.*

— Je comprends que tu t'inquiètes, reprit-il. Cette journée de réflexion ne t'a visiblement pas suffi pour digérer la nouvelle. Je me doute que ce n'est pas facile pour toi d'affronter tous ces changements. D'accepter que tu es un monstre.

— Je suis ce que tu as fait de moi, répliqua-t-elle. Tu m'as caché la vérité sur ce que je suis. Si j'avais su...

Il la coupa d'un rire sec.

— J'ai agi dans ton intérêt, parce que je suis ton père et que c'est ainsi que l'on traite sa famille. Si tu avais su, tu serais devenue exactement comme ta mère. Une bête sauvage. Un animal. J'ai rendu service au monde en l'abattant.

Lamia eut l'impression que l'air autour d'elle se transformait en glace. Pendant quelques secondes, elle fut incapable de parler. Enfin, d'une voix si ténue qu'on l'entendait à peine, elle murmura :

— Pardon ?

Léandros la dévisagea sans broncher.

— Si tu veux connaître cette histoire, tu devras la mériter. Je reviendrai te voir lorsque tu seras plus calme. D'ici là, Eirene ne recevra ni eau ni nourriture. Quand elle criera sa soif, tu n'auras qu'à lui expliquer pourquoi elle est punie.

Quelques jours plus tôt, sa froideur aurait suffi à faire pleurer Lamia. Elle avait toujours recherché désespérément son approbation, et redouté les conséquences inévitables de sa colère.

« Je n'ai aucune envie de faire ça, affirmait-il d'une voix triste tout en lui arrachant les ongles. Mais tu ne me laisses pas le choix. »

Elle avait vécu si longtemps dans la peur, ravalant de son mieux ses gémissements de douleur... Elle le craignait toujours, mais elle ne lui ferait pas le plaisir de pleurer. Elle se mordit l'intérieur de la joue, sentit le sang s'accumuler dans sa bouche, la souffrance et le sel se mêler sur sa langue. Elle sourit et comprit, au regard furtif de son père, que ses dents étaient tachées de rouge.

Parfait. Son sourire s'élargit. Qu'il l'admire. Qu'il la voie telle qu'elle était vraiment.

Le temps que l'écho des pas de son père retombe, Lamia avait pris sa décision. Il s'était servi d'elle pour créer ses Désirs pendant des années ; c'était désormais son rôle de les détruire. Mais elle avait besoin d'aide. Les mots de Léandros – « J'ai agi dans ton intérêt, parce que je suis ton père et que c'est ainsi que l'on traite sa famille » – lui avaient donné une idée.

Elle s'approcha du braséro qui fumait dans un coin et le traîna jusqu'au centre de la pièce. Le charbon s'était presque entièrement consumé au fond, mais il existait d'autres combustibles. Plantée devant sa corbeille de papyrus, elle s'immobilisa, la main au-dessus d'un rouleau. En dépit de ses défauts, Léandros lui avait toujours accordé cela : un stock illimité de feuilles vierges et de bâtons de fusain. C'était ce qui se rapprochait le plus des cadeaux d'un père aimant à son enfant. Mais le moment était venu de leur dire adieu. Lamia déchira un lambeau de papyrus, puis cala la corbeille au creux de son bras et retourna près du braséro. Au contact des braises, la feuille ne résista qu'une seconde avant de se transformer en plumeau flamboyant. Lamia continua à alimenter le feu, morceau après morceau.

— Qu'est-ce que tu fais ?

Elle sursauta. Elle était si concentrée sur la chaleur, la lumière et l'odeur du papyrus brûlé qu'elle n'avait pas vu Eirene se lever de son lit. Elle se tenait maintenant tout près de son coude et la dévisageait de ses grands yeux vides.

Lamia détourna la tête, le cœur au bord des lèvres.

— J'invoque Aphrodite.

Dit à voix haute, cela semblait ridicule. Elle avait osé croire que le sang de la déesse coulant dans ses veines suffirait à capter l'attention de son ancêtre. Mais il ne devait plus en rester que quelques gouttes, diluées par plusieurs générations de mortels. Et au moins une empousa. Lamia serra les poings. Comment avait-elle pu croire que cela fonctionnerait ? Elle ne parviendrait jamais à convaincre la déesse. Ni à fuir Léandros.

— Ah, fit Eirene. Pourquoi ?

Lamia déchira la fin du rouleau en deux.

— Pour mon père.

Et pour toi, s'abstint-elle d'ajouter. Elle sortit un autre papyrus de la corbeille afin de lui faire subir le même sort qu'au premier. La matière brûlait vite ; les flammes ne dureraient pas. Sans hésiter davantage, elle courut vers son lit et extirpa la liasse cachée sous les couvertures. Puis elle s'assit par terre près du braséro, sa jambe blessée tendue devant elle et l'autre, celle de bronze, repliée sous ses fesses. Même si son secret n'en était plus un, le reflet du soleil sur le métal la mettait mal à l'aise. Elle serra ses dessins entre ses mains. Des années et des années de croquis. La gorge nouée, elle baissa les yeux vers le premier de la pile, l'un des plus anciens – une fille aux yeux noirs qui avait frappé à leur porte un jour, et que son père avait chassée. Elle le laissa tomber dans le feu.

L'une après l'autre, les images se désintégrèrent dans les flammes. Eirene – partie en fumée. La fille impassible aux boucles emmêlées, avec son misérable bouquet de pissenlits – partie en fumée. Alexandra aux joues roses – partie en fumée. Puis un crocus. Le corps massif d'un bélier. Une empousa aux babines retroussées.

— *Aphrodite*, chuchota-t-elle.

Une autre empousa, au regard doux cette fois.

— Reçois mon offrande. Je suis de ton sang. Viens à moi. Aide-moi.

Les mains tremblantes, Lamia continua à jeter tous les souvenirs de sa mère au feu.

Cela ne suffit pas. La déesse ne vint pas.

Que lui restait-il d'autre ? Que possédait-elle de charmant, de chéri ? Que pouvait-elle sacrifier à l'incarnation de la beauté ? Enfin, elle se précipita vers la fenêtre, attrapant le couteau au passage. Elle avait passé des années à soigner ses roses afin que leurs têtes s'inclinent, comme ivres, à l'intérieur de sa chambre et l'emplissent de leur parfum délicat. Il ne lui fallut que quelques secondes pour toutes les couper. Les bras chargés de fleurs, elle revint vers le feu. Du sang coulait de ses doigts écorchés par les épines.

— Aphrodite, répéta-t-elle, avant de fermer les yeux et de jeter les roses dans les flammes, qui s'en emparèrent avec un sifflement humide. C'est pour toi.

Toujours rien. *Quoi d'autre ?*

Elle revit le sourire d'Eirene quand elle s'était penchée sur elle. *Tes cheveux ont des reflets auburn.* Elle les avait trouvés beaux. Peut-être qu'Aphrodite serait du même avis ?

Se sachant lâche, elle ne réfléchit pas une seconde de plus. Après avoir rassemblé ses longueurs en une grosse torsade, elle entreprit de la taillader. Les boucles cuivrées tombèrent en paquets autour de ses pieds nus. Quand elle eut terminé, elle jeta tout au feu, mèche après mèche.

— S'il te plaît, marmonna-t-elle.

L'air s'emplit d'une fumée âcre. Malgré ses efforts pour respirer par la bouche, Lamia s'étouffa et cracha, la langue comme enduite de cendres.

— *S'il te plaît.*

Elle toussa dans le tissu de son chiton et s'essuya le visage sur l'encolure sale. La dernière poignée de cheveux terminait de brûler. Derrière le crépitement des flammes, elle entendait Eirene chantonner.

— Aphrodite, implora Lamia. Je t'ai donné tout ce que je possède de plus beau. Il ne me reste plus rien. Aide-moi. Je t'en supplie, *aide-moi* !

Toujours rien.

Lâchant un cri de frustration, elle s'approcha du feu. Elle sentait le regard de la déesse sur elle ; elle en était certaine. Alors pourquoi refusait-elle de se montrer ?

Peut-être son père éprouvait-il la même chose quand, penché sur ses autels, il réclamait l'attention des dieux dont il partageait le sang. Des dieux dont il brandissait le nom sans la moindre retenue. *Leur nom.* Et si c'était la clé ?

— Il jette l'opprobre sur ton nom. Il cite ta lignée à la moindre occasion afin de s'approprier la gloire et le respect qui te sont dus.

Elle repensa aux acteurs du symposium, à celui qui incarnait une Aphrodite amère et mesquine.

— Il engage des hommes qui te ridiculisent devant un public aviné. Il se moque de l'amour. De toi. Il n'est pas digne de ton sang. Mais moi, je pourrais l'être. Si seulement tu acceptais de m'aider.

Une larme furieuse coula de son menton et tomba dans les flammes.

Enfin, *enfin*, quelque chose se passa. L'air parut s'épaissir, le temps ralentir. L'odeur des roses brûlées s'intensifia.

Peut-être n'était-ce qu'une illusion d'optique, mais le brasier semblait s'être solidifié. Cinq langues de feu s'y dressaient tels les doigts d'une main. Lamia, fascinée, en vit une lui faire signe d'approcher. Elle obéit jusqu'à ce que la chaleur des flammes devienne insoutenable. La peau de son cou la brûlait, mais elle n'en avait que faire ; elle était tout entière concentrée sur son but.

Des mots que personne n'avait prononcés étaient là, en suspens dans les airs, s'imprimant au fer rouge dans son esprit.

Aphrodite avait entendu ses prières. Elle lui répondait.

Fille de mes fils, pourquoi m'invoques-tu ?

— Je…

Lamia lécha ses lèvres sèches. Elle était trop près du feu, beaucoup trop près, pourtant il ne l'incommodait plus.

— J'ai besoin de toi. Mon père a…

Oui, tu m'as déjà parlé de ton père, soupira la voix, soudain plus faible, déjà lassée.

— Comment puis-je rompre l'emprise de ses Désirs ?

Silence.

Pourquoi te le dirais-je ?

— Ces faux sentiments font insulte à tout ce qui t'est sacré. Ils détruisent ceux qui s'en servent, comme ceux qui en subissent les effets. Et…

Et ils t'ont pris ton Eirene.

— Oui. Ils me l'ont volée.

Seule la vérité peut effacer un mensonge. Seul l'amour véritable peut contrer les faux Désirs.

— L'amour véritable ? C'est si simple que cela ?

Bien sûr que non. Le rire d'Aphrodite était aussi mélodieux qu'un millier de clochettes. Aussi beau, et aussi douloureux.

— Alors quoi ?

Ton père a découvert ce secret il y a bien des années. Près du champ des Pleurs où errent les victimes de l'amour pousse un bosquet de myrte. S'il obtenait cette plante, il ne contrôlerait plus seulement le désir, mais l'amour lui-même. Et cela, paradoxalement, annulerait l'effet de ses Désirs contrefaits.

— Je dois donc descendre aux Enfers pour sauver Eirene ?

Une nouvelle larme goutta du menton de Lamia. Les doigts cupides des flammes s'en emparèrent et la dévorèrent.

— Chez Hadès ? Je n'y parviendrai jamais.

Il est aisé d'entrer aux Enfers, ma fille.

— Mais pas d'en revenir ! Alors à quoi bon ?

Il existe un moyen. Ton père le sait, bien qu'il se soit toujours refusé à l'admettre. Mais tu ne peux emprunter ce passage seule. Celui qui le protège te montrera le chemin.

Lamia secoua la tête.

— Je ne…

C'est une chance que vous lui ayez laissé la vie sauve – bien que vous lui ayez volé ses cornes.

Les lèvres de Lamia s'entrouvrirent sous l'effet de la surprise.

— Le bélier ?

Tu dois te présenter devant lui aveugle et confiante, car aucun mortel ne doit connaître cet accès. Si tu lui offres les fleurs de renaissance, il saura que tu souhaites revenir. Veille à le suivre jusqu'au bosquet, mais pas au-delà. Si tu fais ne serait-ce qu'un pas à l'écart des arbres, tu appartiendras au royaume d'Hadès et nous ne pourrons plus rien pour toi.

— Rester sous les arbres. C'est noté.

Tu devras rapporter une racine de myrte. Grâce à elle et à une preuve d'amour véritable, tu pourras briser l'emprise du faux Désir.

— Une preuve d'amour véritable. J'en trouverai une.

Ce ne sera pas le plus grand obstacle que tu devras surmonter.

— Mon père ne m'autorisera jamais à y aller.

En effet.

Lamia esquissa un sourire sans joie.

— Je ferai donc en sorte qu'il ne puisse pas m'arrêter.

Elle sentit qu'Aphrodite se réjouissait de cette décision.

Tu n'auras pas besoin de mon aide pour cela, ma fille. Souviens-toi : ne pose surtout pas les yeux sur le chemin, ou tu seras perdue. Maintenant, pars ! Tu possèdes déjà tout ce dont tu auras besoin.

Sers-t'en.

TRENTE-HUIT

UNE ESPÈCE DE RAGE

Lamia

Lamia n'attendit pas le retour de son père. Elle alla directement le voir, entraînant Eirene à sa suite.

Elle descendit l'escalier en s'aidant de sa canne, ne voulant pas courir le risque de forcer sur son genou bandé qu'elle avait enduit du reste de la pommade de son amie. Elle aurait besoin de toutes ses forces pour ce qui allait suivre. Le fait qu'elle soit pieds nus, car elle ne se souciait plus d'exposer sa jambe de bronze, rendait son pas plus sûr.

Le petit pot contenant le somnifère d'Eirene était calé sous son aisselle, dans les replis de son chiton. Elle allait juste devoir trouver un moyen de le faire boire à son père.

Une fois devant la porte de la tour, elle frappa le battant de sa canne aussi fort qu'elle le put.

— *Père !* cria-t-elle. *Père !*

Même quand elle l'entendit approcher, elle ne cessa pas de hurler et de tambouriner.

Léandros ouvrit la porte si brusquement qu'elle faillit la recevoir en pleine face. À sa vue, il se figea.

— Père, fit Lamia, tout sourire, en reposant son bâton.

— Tes... Tes cheveux...

Il rapprocha une main de la lame qu'il portait à la ceinture.

Lamia fit mine de ne pas s'en apercevoir. Elle avait beau sentir le goût de la peur sur sa langue, il n'était pas question que ce serpent la devine.

— Je les ai coupés, répondit-elle. Pour symboliser ce changement qui, si tu le permets, pourrait être un nouveau départ. Mais dans un premier temps, j'ai une requête pour toi.

Léandros haussa les sourcils, jeta un bref coup d'œil aux pieds de sa fille puis revint vers son visage. Il semblait intrigué.

— Une requête, ma chérie ?

Ce terme qu'elle avait toujours cru affectueux avait désormais un écho moqueur.

Lamia baissa la tête et tira sur la manche de son chiton afin de paraître timide, peu sûre d'elle – et d'empêcher son père de lire la vérité dans ses yeux. Elle serait plus maligne que lui. Il ne devait surtout pas soupçonner ce qu'elle mijotait.

— Maintenant que je suis plus... éclairée sur tout ce qui se passe, j'aspire à davantage de transparence entre nous. Nous pourrions travailler ensemble, ne crois-tu pas ?

Léandros réfléchit un long moment, grattant une ombre de barbe dorée sur son menton. D'habitude, il était toujours rasé de près ; Lamia se réjouit qu'il ait dérogé, pour une fois, à son désir de perfection. Cela prouvait que le chaos des derniers jours l'avait troublé.

— Que me proposes-tu ? s'enquit-il finalement.

— Un dîner.

— Un dîner ?

C'était la solution la plus simple pour lui faire prendre la potion.

— Et une conversation. Idéalement en même temps, ajouta-t-elle avec un sourire amusé. Je meurs de faim.

Comme Léandros haussait un sourcil inquiet, elle précisa :

— De nourriture. Rien d'autre.

— Tu as le droit de désirer d'autres choses, Lamia. Tu le sais, n'est-ce pas ? Même si, je l'admets, c'est la raison pour laquelle je t'ai si longtemps caché ta vraie nature. Tu as toujours été si sensible, si bienveillante... Ce sont de grandes qualités, mais je me doutais que tu risquais d'être un peu... dégoûtée par tout cela.

— Dégoûtée, répéta-t-elle sans la moindre émotion.

— Il est temps que tu acceptes ce que tu es, ma chérie. Et que tu apprennes à te contrôler.

Il désigna Eirene avant d'ajouter, très sérieux :

— Il n'y a pas de quoi avoir honte. Je peux faire en sorte qu'elle n'ait pas mal. Un peu plus de Désir, et elle ne sentira rien.

— Non ! se récria Lamia.

La peur qu'elle éprouvait pour son amie avait presque une vie propre. Comme elle avait serré le poing sans le vouloir, ses ongles déchiquetés s'enfoncèrent dans sa paume, faisant couler un filet de sang qui goutta sur le sol.

— Non, répéta-t-elle un ton plus bas. Ce dont j'ai soif, c'est de *comprendre*. J'ai beaucoup de questions, tu t'en doutes. J'espérais que tu pourrais me donner quelques réponses.

Elle releva les yeux pour le regarder en face. Elle était une flamme décidée à le réduire en cendres ; c'était à lui d'avoir peur.

— Peut-être pourrons-nous trouver un arrangement concernant mon avenir, suggéra-t-elle. Et celui des Désirs.

— Comprendre... Oui. Je t'ai caché certaines vérités. Je t'ai gardée dans le noir. Mais il se peut que tu aies raison.

Léandros s'avança vers elle, lui prit les mains et les serra dans les siennes. Les paumes blessées de Lamia l'élancèrent, mais elle s'interdit de grimacer.

— Oui, ma chérie, conclut son père avec un sourire de loup. Peut-être est-il temps que je t'éclaire.

Après l'avoir fait sortir, il verrouilla la porte de la tour derrière elle. Une précaution inutile, puisque la pauvre Eirene en proie au Désir ne risquait pas de s'enfuir.

— Va m'attendre dans la salle à manger, veux-tu ?

Il s'agissait moins d'une question que d'un ordre, qu'il accompagna d'une petite tape sur la tête.

Je sais ce que je suis, désormais. Tu devrais être plus prudent. Lamia ravala ces mots trop insolents pour être prononcés à voix haute.

— Tu ne viens pas ? s'étonna-t-elle.

— Je regrette le temps où tu ne questionnais pas le moindre de mes faits et gestes.

Comme elle ne répondait pas, il leva les yeux au ciel et se justifia :

— Il est d'usage d'avertir les cuisines de la présence d'un convive supplémentaire. Je dois donc informer Peiros. Mais je te préviens, nous devrons sans doute nous contenter d'un menu simple.

Sans souligner qu'elle n'avait jamais eu droit à autre chose, Lamia acquiesça et contourna son père afin de gagner la salle à manger.

Sur la longue table, elle ne trouva qu'une carafe de vin. Elle jura à mi-voix, car elle avait espéré profiter de ce moment pour verser le sédatif dans le verre de son père. Mais comme la table n'était pas mise, elle allait devoir droguer tout le vin et veiller à ne pas trop en boire. Sa propre magie aurait-elle assez d'effet sur elle pour l'immuniser contre le sédatif ? Elle n'en était pas sûre et n'avait pas le temps de le vérifier. Sortant le petit pot de sous son chiton, elle en vida la moitié dans la carafe. Puis elle s'assit, glissant le récipient dans les plis de la couverture drapée sur sa chaise. Si cela ne fonctionnait pas, elle aurait encore de quoi faire une autre tentative.

Elle n'eut pas besoin de patienter longtemps. Quelques minutes plus tard, Léandros franchit le rideau, Peiros sur les talons. Ce dernier portait une pile de pains plats, des bols d'huile, un plat d'olives, et une coupe en métal poli sous chaque bras. Il déposa le tout sur la table avant d'aller se poster contre le mur.

— Peiros, le réprimanda son maître. Le vin !

Le cœur de Lamia fit un bond dans sa poitrine. Souhaitait-il qu'on lui apporte une autre carafe ? Elle n'avait pas songé à cette éventualité. À son grand soulagement, Peiros s'avança et remplit les deux coupes, qu'il plaça ensuite devant son père et elle. Elle essaya de se détendre. Elle allait y arriver.

Léandros la dévisageait par-dessus le rebord de sa coupe.

— Tu voulais que nous parlions, alors parlons.

Il but une gorgée.

D'une main tremblante, Lamia souleva son verre. Son père ne la quittait pas des yeux. Se doutait-il de quelque chose ?

— Renvoie Peiros, réclama-t-elle, son souffle faisant courir des ondulations à la surface du vin. Il s'agit d'une affaire privée.

Elle sirota une infime quantité du liquide, dont elle se nappa les lèvres pour donner l'impression qu'elle avait bu davantage.

Son père haussa les sourcils. Il ne s'attendait sans doute pas à une telle requête, mais la nouvelle audace de sa fille ne lui déplaisait pas. Après avoir congédié son valet d'un geste de la main, il déchira un morceau de pain et le fourra dans sa bouche, hochant le menton comme pour dire : « Vas-y, je t'écoute. »

Une fois que le bruit des pas de Peiros se fut suffisamment éloigné, elle se pencha en avant et déclara à mi-voix :

— J'ai plusieurs questions. Pour commencer : suis-je réellement ta fille ?

Il réfléchit un moment, faisant tournoyer son vin dans sa coupe et buvant une longue gorgée.

— Oui, répondit-il enfin.

Lamia fit semblant de boire elle aussi. Derrière l'acidité du breuvage, elle percevait l'odeur doucereuse du sédatif.

— Et qui était ma mère ?

— Tu souhaites vraiment le savoir ?

La jeune fille hésita puis hocha la tête, incapable de prononcer le mot « oui ».

— Fort bien.

Son père but une nouvelle gorgée. À ce rythme, il aurait bientôt vidé sa coupe. Serait-ce suffisant ? Devrait-elle lui en proposer une deuxième, ou cela risquait-il d'éveiller ses soupçons ?

— Ta mère était une empousa. Une séductrice monstrueuse. Tu es très différente d'elle, bien qu'il y ait indéniablement une part d'elle en toi. Ta jambe, par exemple. Ta soif de sang.

Lamia s'efforça de masquer sa déception. Elle avait déjà compris que son père ne l'aimait pas, qu'il ne tenait pas vraiment à elle. Mais le dégoût qu'elle lisait sur ses traits lui fit l'effet d'un coup de poignard en plein cœur.

— Tu m'as dit tout à l'heure que je n'avais aucune raison d'avoir honte.

Elle était trop sur la défensive. Elle se força à baisser les yeux et à prendre un pain plat qu'elle réduisit en petits morceaux. Cela l'apaisa un peu.

Son père rit doucement.

— En effet, tu ne dois pas être gênée, ma chérie – malgré le côté pour le moins... répugnant de tes appétits. Jamais je ne te couperais de ta vraie nature.

— Que lui est-il arrivé ?

Elle connaissait la réponse à cette question depuis qu'Eirene lui avait parlé de sa découverte dans l'atelier. Sa mère avait été une empousa à jambe de bronze, et une jambe de bronze sectionnée se trouvait parmi les affaires de son père. Ce n'était pas compliqué d'imaginer le reste. Elle porta sa coupe à ses lèvres avant de se rappeler qu'elle ne devait pas boire, se contentant d'aspirer un peu d'air à la place.

— Je l'ai tuée, déclara succinctement Léandros.

Cette phrase aurait dû lui faire mal, mais ce ne fut pas le cas. Lamia n'avait pratiquement aucun souvenir de sa mère. Elle ne savait pas quoi regretter. Le regard rivé sur la table, elle demanda :

— Pourquoi ?

— Parce qu'elle a essayé de me tuer la première. Je ne l'ai pas très bien pris.

La jeune fille releva la tête, surprise.

— Elle a essayé de te tuer ? Vous aviez pourtant un enfant ensemble. Pourquoi aurait-elle...

Elle s'interrompit, consciente que chacun de ses mots ne faisait que souligner sa naïveté. De tout temps, des épouses avaient tué leurs maris. Pourquoi pas celle-là ?

— Oh, ma chérie... Elle a essayé de me tuer parce qu'elle était une empousa. Elle ne connaissait rien d'autre.

— Quel âge avais-je ?

— Environ trois ans.

— Tu ne le sais pas précisément ?

— Je te voyais pour la première fois ce jour-là. J'espère que tu me le pardonneras.

Lamia n'en revenait pas. Comment avait-il pu l'ignorer pendant trois ans ? Il n'avait donc déjà que faire d'elle, à l'époque ?

— Je ne comprends pas, avoua-t-elle.

Son père soupira.

— Ma première rencontre avec ta mère n'a duré qu'une nuit. Je vivais sur le continent et voyageais de ville en ville en compagnie d'un groupe d'alchimistes. Les intellectuels citadins aimaient nous convier à leurs symposiums, durant lesquels ils nous offraient du vin et des femmes à volonté. Ta mère était l'une d'elles. Déguisée en humaine, elle chantait durant ces soirées. Personne ne s'était encore aperçu que les hommes qu'elle séduisait avaient la fâcheuse manie de disparaître.

Lamia l'écoutait en silence.

— Elle m'a ramené chez elle, dans une belle maison nichée au creux des collines et ornée des tapisseries les plus vives, des statues les plus raffinées, du lit le plus grand qu'il m'ait jamais été donné de voir. J'aurais dû me méfier, car aucune femme n'aurait pu vivre seule dans un tel endroit. Quand je lui ai demandé si cette demeure appartenait à son époux, elle s'est contentée de rire. Puis elle m'a entraîné vers son lit et nous…

Lamia toussota dans sa coupe, ce qui fit atterrir une goutte de vin sur sa langue. Cette fois, elle ne prit pas la peine de dissimuler sa grimace.

Son père s'esclaffa et fit mine de trinquer avec elle de loin.

— C'est ainsi que tu fus conçue, ma chérie.

Il but une longue gorgée, puis s'essuya la bouche sur sa manche.

— À peine avais-je terminé que la maison s'est évanouie autour de moi. Les meubles magnifiques se sont transformés en pierre grise. Tout le décor n'était qu'une illusion ; je me trouvais en réalité dans une grotte, avec des ossements entassés dans tous les coins.

Il ménagea une pause, guettant la réaction de Lamia qui s'interdit de broncher.

— Et ensuite ?

— Je n'ai dû mon salut qu'à ma vitesse, sans nul doute héritée des dieux. La femme superbe avec qui je venais de coucher s'était muée en une créature terrifiante aux cheveux de feu, qui s'est jetée sur moi et a arraché un morceau de chair sanguinolente à mon bras. Je l'ai frappée avec un caillou, mais cela ne lui a presque rien fait. Voyant qu'elle se préparait à une nouvelle attaque, je me suis enfui en courant.

Léandros sourit, dévoilant ses dents tachées de vin.

— Quand je suis retourné à la grotte le lendemain avec un groupe d'hommes armés, elle était partie.

— Mais tu as fini par la retrouver, devina Lamia.

— En effet.

Sa voix devenait-elle pâteuse ? L'espoir fit battre le cœur de la jeune fille.

— Et tu l'as tuée.

— C'était une abomination destinée à mourir sous les coups d'un héros. Il m'a fallu près de quatre années pour remonter sa trace, en suivant les murmures et les rumeurs de disparition, puis les cadavres. Elle s'est bien battue. Et tu as été son ultime défense. Elle m'a demandé si je comptais vraiment tuer la mère de mon enfant. Elle n'a pas tardé à constater que oui.

Lamia fit tourner sa coupe sans rien dire.

— Je pensais qu'elle bluffait, avoua son père en bafouillant comme s'il était soûl, du vin dégoulinant sur le menton. Jusqu'à ce que je t'aperçoive. Et à la vue des larmes qui brillaient sur tes joues face à son corps mutilé, j'ai su. J'ai su que tu étais mienne et que je ne pourrais jamais te laisser partir.

Il voulut attraper la carafe mais rata sa cible, manquant de renverser un récipient plein d'huile.

Lamia reposa son verre d'un geste brusque. Le moment était venu.

— Te sens-tu bien, père ?

Il contempla la carafe, l'air perplexe, puis tourna les yeux vers elle. Ses pupilles complètement dilatées nageaient dans deux flaques d'un bleu trouble.

— Oui, parvint-il à articuler. J'ai juste...

Il se prit la tête entre les mains et voulut appuyer ses coudes sur la table. Un éclair de surprise passa sur ses traits lorsqu'ils cédèrent sous son poids, le faisant s'affaler dans son assiette.

Lamia n'avait pas une seconde à perdre.

— Père !

Alors qu'elle se levait, un vertige l'obligea à se retenir à la table. Elle aurait sans doute dû se forcer à manger davantage, même si chaque bouchée lui coûtait.

Elle courut vers Léandros, serrant le petit pot de terre cuite au creux de sa main au cas où il se serait préparé à bondir. Il était si grand et fort que la première dose de somnifère pouvait ne pas avoir suffi.

Mais en s'approchant, elle fut vite rassurée. Ses boucles lui retombaient sur le visage, sa bouche était molle, et lever les yeux vers elle sembla lui demander un effort incroyable. Quand il comprit enfin ce qui se passait, sa fille vit la haine envahir son regard. Il poussa un grognement qui ressemblait vaguement à son prénom. Ses doigts tressaillirent.

Avant de changer d'avis, avant que la peur qui enflait dans sa poitrine ne la submerge complètement, Lamia fit un pas vers lui et pressa le petit pot contre ses lèvres entrouvertes. Il voulut se détourner, mais ce fut presque trop facile d'agripper ses cheveux soyeux pour l'en empêcher.

— Le mieux serait que tu l'avales toi-même, l'informa-t-elle. Mais je peux aussi t'y forcer.

Elle lui écarta la mâchoire, lui renversa la tête en arrière et lui versa les dernières gouttes de somnifère dans la bouche. Comme il refusait d'avaler, elle lui boucha les voies respiratoires jusqu'à ce que sa pomme d'Adam monte, puis redescende. Avec cela, il devrait dormir un long moment.

Elle le relâcha et s'appuya contre le dossier de sa chaise ; sa cheville palpitait douloureusement.

— Peiros ! appela-t-elle. Peiros, viens vite ! Mon père ne se sent pas bien !

Léandros essaya de se redresser, mais la drogue le privait un peu plus de ses facultés à chaque seconde. Il parvint à lever une main tremblante qui retomba aussitôt sur la table.

— Lamia, siffla-t-il. Qu'est-ce que tu fais ?

— Chut.

La carafe à la main, elle alla s'adosser au mur juste près de la porte. Puis elle souleva le récipient au-dessus de sa tête pendant que le valet accourait.

— Peiros, bredouilla Léandros d'une voix presque inaudible. Ne…

— Vite ! hurla Lamia, occultant sans peine ses paroles. Il n'y a pas une minute à perdre ! Dépêche-toi !

Le rideau s'ouvrit à la volée et Peiros fit irruption dans la pièce, ouvrant de grands yeux à la vue du corps avachi de son maître. Il n'eut même pas le temps de chercher Lamia avant qu'elle ne lui abatte, de toutes ses forces, la carafe sur le crâne.

Il s'effondra avec une expression stupéfaite et un peu offensée. Léandros lâcha un couinement furieux.

— J'arrive, répondit-elle du même ton patient qu'il employait toujours avec elle. Inutile de crier.

— Lamia…, cracha-t-il.

Sa peau avait pris une vilaine teinte violacée. Sa fille le rejoignit en quelques enjambées, le corps vibrant d'énergie. Depuis quand était-elle capable de tels exploits ?

— Lamia, qu'as-tu fait ?

Les yeux de Léandros tournoyaient dans leurs orbites. Un filet de salive argentée coulait de ses lèvres, semblable au fil de soie d'une horrible araignée tapie dans l'obscurité humide de sa bouche. Derrière l'odeur du vin, son haleine était chargée du parfum du médicament. Lamia se pencha tout près de lui et, d'une voix à peine fêlée, elle lui répéta les mots empoisonnés qu'il lui avait servis pendant des années :

— C'est pour ton bien.

Elle ignorait combien de temps le sédatif ferait effet ; il fallait qu'elle se presse. Eirene et elle devraient être loin quand son père rouvrirait les yeux.

Lamia fila directement à la chambre de ce dernier, la traversa et descendit vers l'atelier.

Ce n'était pas le moment de s'émerveiller devant cette vaste pièce meublée d'une longue table, où régnait une odeur de cuivre, de sel et de fleurs en décomposition. Elle s'approcha sans hésiter des innombrables rangées de pots, dont elle souleva à la hâte les couvercles. Elle avait une chose à trouver et une chose à détruire avant de pouvoir quitter cette maison pour toujours. D'abord, elle allait récupérer les crocus cueillis par Eirene – les « fleurs de renaissance », avait dit Aphrodite. Et ensuite...

Sans ses Désirs, son père était impuissant. Elle allait donc l'en priver.

Elle ne mit pas longtemps à repérer le petit bouquet de tiges sèches, auquel n'étaient plus accrochées que quatre fleurs. Les autres avaient été coupées, sans doute afin de préparer le mélange que Léandros appelait « Loyauté ». Lamia les fourra dans sa sacoche et poursuivit sa fouille. Elle ne s'autorisa pas la moindre hésitation, même quand elle reconnut l'éclat familier du bronze sous un pan de tissu gris. La jambe amputée était raide, froide, et sa simple vue faillit la faire tomber à genoux. C'était tout ce qui restait de sa mère. Toutefois, elle ne pouvait pas s'arrêter maintenant. Elle allait devoir puiser dans ce chagrin, cette colère pour alimenter sa vengeance. Ravalant la bile qui lui montait dans la gorge, elle recouvrit l'objet.

Alors qu'elle ouvrait un nouveau sac, une odeur de lentilles la ramena dans la chambre d'Eirene, durant cette longue nuit passée à trier les graines. Dire qu'elles avaient fait tout cela pour rien... Quoique, non, à la réflexion. Elle en piocha une poignée et la glissa dans une petite bourse trouvée sur l'étagère du dessus, après l'avoir vidée des pétales odorants qu'elle contenait. Pour rompre l'emprise du Désir sur Eirene, le myrte ne suffirait pas. Elle aurait besoin d'un symbole d'amour. Or, quoi de plus parfait que le résultat de cette première épreuve ? Pendant trois jours, Eirene s'était éreintée sur une tâche monotone et interminable, par amour pour sa sœur.

Après cela, Lamia ne mit pas longtemps à repérer la dernière chose qu'elle cherchait.

L'amphore, ronde et trapue, était assez petite pour tenir au creux de ses paumes. Elle était ornée d'un motif simple, un cheval ailé trottant dans un champ de fleurs tourbillonnantes. Le couvercle, mal ajusté, cogna contre le rebord quand elle s'en saisit, et elle entendit un liquide clapoter à l'intérieur.

Elle l'ouvrit sans difficulté. Elle savait déjà ce que l'amphore contenait ; elle avait reconnu le chant de sirène de sa propre magie. Malgré tout, elle eut le souffle coupé à la vue de la substance cristalline et étincelante dont elle était remplie à ras bord.

Son père n'avait même pas utilisé ses larmes ; il les avait juste stockées, cachées. Il avait toujours juré à Lamia que sa douleur servait à faire le bien, à répandre l'amour et la joie. En cet instant, la jeune fille comprit à quel point elle avait été naïve.

Elle ouvrit les mains. L'amphore rebondit une première fois sur la pierre dure, une fissure zébrant sa surface joliment peinte. Le deuxième impact la réduisit en miettes, projetant des éclats de terre cuite dans toutes les directions et répandant ses larmes sur le sol. Le cœur battant, Lamia contempla son reflet distordu dans cette flaque scintillante. Combien de souffrances représentait-elle ? Combien de larmes arrachées par son père ? Elle détourna les yeux. Peu importait. Léandros ne lui prendrait plus jamais rien.

Elle termina rapidement son inspection de la pièce, qui ne présentait plus grand intérêt. Elle jeta néanmoins un coup d'œil dans chaque pot, chaque jarre, avant de les briser eux aussi. Les morceaux crissaient sous les semelles fines de ses sandales. L'un d'eux se planta dans son pied mais elle ne ralentit pas, semant une traînée de gouttes écarlates derrière elle.

Elle ne laissa qu'un seul objet intact : le buste doré d'Éros, orné d'une couronne de fleurs blanches flétries. Elle se contenta de déposer un baiser sur ses lèvres de métal glacé, avant de désigner la pièce saccagée d'un grand geste du bras.

— Une offrande pour toi, grand-père.

La flamme de la bougie qu'elle tenait à la main vacilla. Puis elle la laissa tomber à ses pieds.

Le tapis de pétales de rose, de papyrus et d'herbes, imbibé de vin, s'enflamma en une seconde. Lamia sourit tristement. Sa tâche était terminée. Elle avait les lentilles et les fleurs. Il était temps pour elle d'aller chercher Eirene et de l'emmener le plus loin possible de cet endroit.

À nouveau, elle s'inclina devant Éros. Ses yeux dorés, si étrangement semblables à ceux de son père, la suivirent tandis qu'elle gravissait l'escalier. Elle referma la porte de la chambre derrière elle, occultant le sifflement des flammes qui ravageaient l'atelier, l'héritage de son père et ce qui restait du corps de sa mère.

TRENTE-NEUF

GAGNANT LE RIVAGE

Lamia

Quand Lamia regagna la tour, elle trouva Eirene assise au bord du lit, les pieds dans le vide. Elle était pâle, toujours sous l'emprise du Désir et blessée à la joue, mais *vivante*. Et Lamia allait la sauver.

La fiancée de son père ne broncha pas quand elle lui enfila ses sandales, puis lui prit les mains et tenta de la convaincre de se lever. Elle ne pouvait pas l'abandonner là. Il n'était pas question que Léandros mette la main sur elle.

— Allez, suis-moi...

Eirene résista et secoua la tête comme une enfant.

— Je ne peux pas ! Je dois attendre...

Sa véhémence s'estompa aussitôt, tandis qu'un sourire rêveur se peignait sur ses lèvres.

— Je dois attendre *Léandros*. Je l'aime. Je ferais n'importe quoi pour lui.

La voir ainsi, ses traits charmants dénués de leur habituelle vivacité et intelligence, était une torture pour Lamia. Elle avait l'impression d'avoir un couteau planté dans le ventre et de se vider de son sang.

Elle se força néanmoins à répondre d'un ton enjoué :

— On doit justement faire quelque chose pour lui ! Il sera ravi, tu verras.

— C'est vrai ?

Comme c'était douloureux de la regarder... Lamia fixa un point à gauche de son oreille.

— Il nous attend là-bas. Tu ne voudrais pas être en retard, dis-moi ?

Eirene secoua vigoureusement la tête. Cette fois, quand Lamia tira sur ses poignets, elle se leva d'un bond, avec une expression aussi empressée que son regard était vide. C'était insupportable.

Puis elle suivit docilement son amie dans l'escalier. Lamia était si tendue que sa cage thoracique lui comprimait les poumons. Chaque seconde qui passait accroissait le risque que Léandros se réveille et déchaîne ses foudres sur elles. Elle essaya de ne pas repenser à l'éclat mauvais de ses yeux quand il l'avait fixée, avachi sur son assiette.

Elle frissonna et fit sortir Eirene dans la roseraie, puis contourna la maison pour atteindre le sentier. La jeune fille se laissa faire, jusqu'à ce qu'elle essaie de l'entraîner sous les arbres.

— Non, je ne veux pas.

— Léandros est parti par là, mentit Lamia. Nous devons le retrouver. Il nous attend.

— Vraiment ?

En théorie, le Désir était censé supprimer toute capacité de réflexion ; mais ce n'était pas le moment de tester les limites de ses effets.

— Oui, affirma-t-elle. Viens. Ce n'est pas très loin.

— Où est Léandros ? gémit Eirene tandis qu'elle la poussait entre les troncs.

Elles s'étaient à peine écartées du chemin, juste assez pour rester de hors de vue. Il aurait été plus prudent de s'enfoncer davantage dans la forêt mais, bien qu'elle ait vécu à côté toute sa vie, Lamia ne la connaissait pas bien. Le sentier était son seul repère. Elle avait déjà du mal à se rappeler par où elles étaient passées quelques jours plus tôt.

— Tout près d'ici ! affirma-t-elle en faisant enjamber une souche à son amie.

Elle n'aurait pas su dire qui elle essayait de rassurer. *On y sera bientôt.* Pas après pas, elles s'éloignaient un peu plus de son père endormi. À moins qu'il ne se soit déjà réveillé ? Cette pensée s'enroula tel un serpent autour du cœur de Lamia. Peut-être était-il debout, en train de hurler à Peiros de lui apporter une monture ? Peut-être ouvrait-il la porte à la volée, un couteau à la main et l'écume aux lèvres ? Peut-être fonçait-il à travers bois pour les rattraper ?

Non. Elle se mordit la joue afin que la douleur éclipse momentanément ces images. Le goût métallique lui procura un étrange réconfort, son estomac se contractant sans qu'elle essaie de réprimer le frisson avide qui parcourait son corps. Les monstres étaient ainsi, songea-t-elle. Assoiffés de sang. De mort. Elle n'osait même plus regarder Eirene qui trottinait à côté d'elle, pleine de vitalité malgré tout ce dont le Désir l'avait privée.

Léandros paierait pour cela, promit-elle au ciel, aux arbres et à la terre sous ses pieds. Oh oui, il le paierait très cher…

C'était cette résolution haineuse qui la poussait en avant. Quand le reflet fracturé de la lune sur la mer apparut au loin, elle lâcha un soupir de soulagement et s'autorisa un coup d'œil vers Eirene, pour la première fois depuis ce qui lui semblait être des heures.

Elle faisait peur à voir. Ses protestations s'étaient réduites à de rares gémissements. Ses yeux étaient mi-clos, ses lèvres desséchées s'entrouvraient à chacune de ses respirations hachées. Elle avait des feuilles plein les cheveux, et l'entaille sur sa joue s'accompagnait maintenant d'une myriade d'autres égratignures – cadeau des aiguilles de pin à travers lesquelles Lamia l'avait traînée… Celle-ci avait également le visage et le haut des bras constellés de fines coupures.

— Eirene ? appela-t-elle gentiment en la secouant par l'épaule.

— Léandros ? souffla celle-ci, les yeux brillant d'un espoir insupportable.

— Il n'est plus très loin.

Ce n'était peut-être même pas un mensonge. Était-ce un animal qu'elle entendait remuer dans les buissons ? Ou bien Léandros qui les traquait, tapi dans le sous-bois ? Lamia désigna la mer.

— Tu vois cette lumière, là-bas ?

Comme la jeune fille ne la quittait pas des yeux, elle détacha avec délicatesse une brindille de ses boucles et posa une main sur sa joue pour lui faire tourner la tête.

— Léandros est à côté, répondit Eirene.

Ce n'était pas une question mais une certitude. Elle ne pouvait pas concevoir qu'on lui mente.

— C'est là que nous allons, ajouta-t-elle.

— Oui, répondit Lamia, la gorge nouée. Nous allons vers la lumière.

Plus elles approchaient de leur destination, plus Lamia se sentait forte. Elles allaient y arriver. Son père ne pourrait pas les arrêter.

Son genou blessé la faisait souffrir, mais sa jambe de bronze était solide et sa canne heurtait le sol à un rythme encourageant. Elle n'avait jamais marché d'un pas aussi assuré, guidée par les paroles d'Aphrodite comme par un phare dans la nuit. Elle ne fut pas vraiment surprise de découvrir, sur la plage dont le sable s'insinuait entre ses orteils, que le bélier les attendait au pied de la falaise. Sa tête argentée était aussi lumineuse que la lune. La déesse avait dû le prévenir que l'une de ses descendantes avait besoin d'être conduite au bosquet qu'il protégeait.

Lamia s'arrêta à une distance raisonnable et retint Eirene par le bras. Descendante d'Aphrodite ou pas, elle n'avait pas oublié la manière dont les yeux du bélier s'étaient assombris juste avant qu'il ne charge et ne manque d'empaler son amie. Pourtant, elle était moins effrayée qu'elle ne l'aurait dû. Il lui paraissait étrangement diminué, et pas juste parce qu'il n'avait plus ses cornes – d'ailleurs, elle aurait juré que celles-ci commençaient à repousser, les vilains moignons argentés s'avérant bien plus longs que dans son souvenir. Non, il y avait autre chose de changé. Pas en lui, mais en *elle*.

L'animal fit un pas en avant, inclina la tête et souffla de l'air par les naseaux. Il attendait leur visite. Il les accueillait. Et il ne voulait pas qu'on lui fasse perdre son temps.

— Bélier..., le salua Lamia d'une voix hésitante.

Elle aurait dû demander à Aphrodite s'il avait un nom.

— Je souhaite me rendre au bosquet de myrte. Je te suivrai, aveugle et confiante, à condition d'être sûre de revoir la lumière.

Sur ces mots, elle lui offrit les crocus, le bras tendu aussi loin que possible devant elle.

— Qu'est-ce que tu fais ? s'enquit Eirene, comme endormie.

— Ce bélier va me guider jusqu'à un bosquet de myrte. La plante que mon… que Léandros recherche.

— Léandros. Il me protégera.

Lamia réprima une soudaine envie de hurler, de faire demi-tour et de rentrer battre son père jusqu'au sang pour ce qu'il avait fait à son amie. *Je peux annuler l'effet du Désir*, se rappela-t-elle. *J'ai juste besoin de myrte.* Or, il n'y avait qu'un moyen d'en obtenir.

À nouveau, elle secoua les crocus en direction du bélier.

— Je suis en quête du bosquet. J'aimerais que tu m'y conduises.

L'animal s'approcha lentement, tête basse, jusqu'à ce que son museau humide effleure la main de la jeune fille. Il fourra son nez dans les pétales, puis se redressa.

Lamia se mordit la lèvre. Qu'avait dit Aphrodite ? « Si tu lui offres les fleurs de renaissance, il saura que tu souhaites revenir. » Eh bien, elle les lui avait offertes. Et maintenant ?

— Je vais les garder sur moi, au cas où tu aurais besoin d'un petit rappel à l'arrivée.

Elle fixa le bélier, attendant sa confirmation. Il souffla à nouveau puis, avec une lenteur délibérée, il ferma les yeux.

— Ah, je vois.

Les crocus ne suffisaient pas. « Tu dois te présenter devant lui aveugle et confiante. »

— Tu veux que je garde les paupières closes ? Jusqu'au bout ?

Le bélier rouvrit un œil et la fixa avec insistance avant de le refermer.

— D'accord, d'accord. Un bandeau, peut-être ?

Pas de réaction, cette fois – ce qui était toujours mieux que ses œillades méprisantes.

Lamia rangea les crocus dans la besace d'Eirene, qu'elle portait en bandoulière. Puis elle attrapa le bord de son chiton et en déchira maladroitement une bande pour la nouer sur ses yeux. Le peu de lumière qui filtrait à travers le tissu parvint à calmer les battements affolés de son cœur.

— Qu'est-ce que tu fais ?

Lamia releva son bandeau. Eirene l'observait de ses grands yeux noirs, les lèvres entrouvertes. Elle était à la fois elle-même et quelqu'un d'autre. Où étaient passées sa férocité, sa fureur, sa conviction absolue que tout se déroulerait comme elle l'espérait ? Lamia avait envie de la secouer de toutes ses forces pour qu'elle redevienne comme avant.

Au lieu de cela, elle ressortit les fleurs argentées de la besace. Peut-être valait-il mieux les tenir à la main, pour bien faire comprendre à ce qui rôderait sous la terre qu'elle n'avait aucune intention de rester ?

— Je…

Elle s'apprêtait à dire : « Je dois te laisser », mais les mots refusèrent de sortir de sa bouche. Car elle n'était pas certaine d'en être capable.

Sa mère avait été sauvage, rapide, puissante, et pourtant son père l'avait traquée à travers plusieurs royaumes. Il n'aurait aucun mal à suivre la piste de sa fille sur quelques kilomètres. Et puis, il était au courant de l'existence du bosquet, ayant lui-même essayé de l'atteindre. Il ne mettrait pas longtemps à deviner sa destination. S'il se lançait à ses trousses aussitôt réveillé, il ne tarderait pas à la rattraper.

Presque sans réfléchir, Lamia sépara la poignée de crocus en deux. Elle ne pouvait pas supporter l'idée que son père retrouve Eirene, droguée, seule et sans protection.

Après avoir rajusté son chiton sur son épaule, elle y épingla l'un des deux bouquets, puis fit de même pour Eirene sans une explication.

Celle-ci leva un regard hagard sur elle.

— Je ne peux pas t'abandonner, soupira Lamia en déchirant une seconde bande de tissu. Mais tu devras garder ceci sur tes yeux.

Après s'être assurée que le bandeau était solidement noué autour de la tête d'Eirene, elle glissa les extrémités du tissu dans ses tresses.

— Pourquoi ? s'enquit la jeune fille en portant une main à son front.

— N'y touche pas, je t'ai dit ! Tiens, prends ça.

Elle lui confia sa canne. Sa propre progression serait plus difficile, mais elle ne pourrait de toute façon pas s'en servir puisqu'elle allait devoir tirer Eirene tout en s'accrochant au bélier.

— Quand je te le dirai, prends ma main. Et ne la lâche plus.

Elle resserra au maximum les bandages de son genou, ne pouvant courir le risque qu'ils se détachent. Puis elle remit son bandeau en place et agrippa la main libre de son amie.

— Bélier ? appela-t-elle. Nous venons à toi ainsi que la déesse nous l'a intimé. Aveugles, confiantes et munies des fleurs de renaissance. Accepteras-tu de nous conduire jusqu'au bosquet ?

Elle l'entendit d'abord approcher sur le sable. Puis elle sentit son nez lui frôler la main. Enfin, elle reconnut les contours d'un moignon de corne sous ses doigts et s'accrocha à la laine dont il était entouré.

Le bélier attendit, patiemment, que sa prise soit sûre avant de faire un pas. Lamia l'imita, entraînant Eirene avec elle. L'animal avança encore. Lamia aussi. Eirene aussi. Et ainsi de suite, jusqu'à ce que leur rythme se synchronise.

La première chose à changer fut le sable. Les sabots du bélier résonnèrent sur la pierre quelques secondes avant que Lamia ne la sente sous ses pieds nus. Puis la température chuta. Ils devaient être en train de s'enfoncer dans la falaise, dont il lui semblait percevoir le poids au-dessus de sa tête. De temps à autre, une goutte d'eau froide tombait sur son visage ou ses épaules. Le sentier était étroit. Des feuilles et des pétales soyeux lui caressaient les joues, les bras, les pieds. D'autres crocus ? Plus le feuillage devenait dense, plus elle mourait d'envie de retirer son bandeau. Ils devaient traverser un jardin extraordinaire, un tunnel argenté bordé d'étranges et ravissantes petites fleurs.

C'est plutôt facile, jusqu'ici, songea Lamia.

Quelle naïveté.

Soudain, il n'y eut plus ni gouttes, ni frôlements, ni odeur d'embruns. Sous ses pieds, la roche dure de la falaise céda la place à de la terre jonchée de détritus. Terrifiée, elle faillit perdre l'équilibre mais se raccrocha à la main d'Eirene et à la corne du bélier. Elle prit une grande inspiration. Ils descendaient, maintenant, plus bas, toujours plus bas, vers les entrailles de la Terre.

La pente était douce et régulière. Il n'y avait aucun virage, pas de chemin sinueux sculpté par un cours d'eau ; la piste était aussi droite que la trajectoire d'une flèche. Eirene fredonnait doucement, sa petite main chaude et rêche serrée dans celle de son amie. Bien qu'un peu agaçant, ce bruit rompait le silence surnaturel qui régnait autour d'eux, si absolu que le sang résonnait dans les oreilles de Lamia comme le roulis des vagues.

Plus aucune lumière ne filtrait à travers l'étoffe grossière de son bandeau. Ils progressaient dans le noir, dans une obscurité qui perdurerait sans doute même si elle jetait un coup d'œil autour d'elle – défiant par là même Aphrodite et se condamnant à ne jamais regagner la surface. Comme elle ralentissait le pas, troublée par cette idée, le bélier secoua la tête avec impatience, et son moignon de corne s'échappa des doigts de Lamia. Durant le bref instant qu'elle mit à le retrouver, la panique l'envahit. Si elle le perdait, Eirene et elle étaient fichues. Elles erreraient pour l'éternité dans le noir, ce à quoi Lamia ne pouvait se résoudre. Alors elle se força à respirer lentement, calmement. Peu importait qu'elle n'ait jamais été courageuse ; elle n'avait pas besoin de l'être. Il fallait juste qu'elle continue à marcher.

L'air se réchauffa peu à peu, puis fraîchit de nouveau et se raréfia. Lamia sentait Eirene frissonner derrière elle. Elle lui étreignit la main dans l'espoir de lui communiquer un peu de sa chaleur.

— J'ai froid, gémit la sœur de Phoebe d'une petite voix fatiguée.

Toutes deux portaient des tenues de printemps plutôt légères. Combien de temps tiendraient-elles si la température continuait à chuter ?

— On y est presque, affirma-t-elle.

Elles étaient parties depuis des heures. À un moment donné, Lamia trébucha sur ce qui ressemblait à une racine d'arbre, mais qui aurait aussi bien pu être un serpent ou le bras d'un squelette étendu dans le noir. Un élancement douloureux remonta dans sa jambe. Même après avoir retrouvé son équilibre, les doigts serrés tel un étau sur la corne du bélier, elle constata que son genou lui faisait mal. Au début, c'était presque insoutenable, mais sa souffrance finit par se confondre avec toutes les autres choses qui la terrifiaient – le noir total, la pente qui n'en finissait pas, les bruissements d'ailes occasionnels, les souffles chauds et humides sur ses joues. Elle parvint alors à la reléguer au second plan. Sa perception devint si distante que, tout en ayant conscience de la douleur, elle avait l'impression qu'elle ne lui appartenait plus. Toujours accrochée à la main d'Eirene, elle serra très fort les paupières, ce qui soulagea un peu son angoisse en gardant les ténèbres à distance.

Son esprit divaguait, flottant loin d'elle comme un canard poussé par la brise sur un lac. Sans qu'elle sache pourquoi, il finit par s'arrêter sur sa mère. Le souvenir, enfoui dans les limbes de sa mémoire par les substances contre-nature de son père, devait remonter à sa petite enfance. Sa mère était incroyablement grande et belle, avec une cascade de cheveux auburn qui retombaient sur ses épaules. Assise sur ses genoux, Lamia admirait les ombres et les lumières colorées qu'elle faisait danser sur le mur de pierre anguleuse. Peu à peu, une vision étincelante se dessina : celle d'un plan d'eau agité par les allées et venues furtives de poissons sous la surface. La fascination de Lamia était telle qu'elle en oublia presque qu'elle descendait aux Enfers, une main autour de celle d'Eirene, l'autre posée sur le moignon de corne d'un bélier. Leur pas était désormais si synchronisé qu'elle n'avait presque plus besoin de se tenir.

Et puis, brusquement, l'animal s'arrêta, arrachant Lamia à ses souvenirs. La corne lui échappa. Elle voulut la rattraper, dérapa sur le sol humide et entraîna Eirene à sa suite, mais ses doigts ne rencontrèrent que le vide. Pas la moindre boucle de laine. Il était parti. Il l'avait abandonnée.

QUARANTE

QUELLE INFLUENCE GÉNÉRATRICE

Lamia

Lamia poussa un petit cri de terreur, les deux mains plaquées sur son bandeau. Elle redoutait plus que tout d'ouvrir les yeux et de découvrir qu'elle était toujours dans le noir. Elle n'osait pas espérer qu'il puisse en être autrement, qu'elles aient pu retrouver la lumière. Tendant l'oreille, elle n'entendit que son souffle haché et les battements de son cœur. Eirene était immobile derrière elle. Et ce bruit d'eau au loin, était-il réel ou s'agissait-il simplement de l'écho du sang dans ses oreilles ? Et là, était-ce un bruissement de pas dans les feuilles ? Et là, le chuchotement d'une voix féminine ?

Quoi qu'il se passe, il fallait d'abord qu'elle se calme. Et qu'elle réfléchisse à un plan. À sa place, Eirene aurait abordé la situation avec prudence et raison, comme pour ses premières épreuves. Et elle en serait sortie victorieuse. Lamia devait prendre exemple sur elle.

— Bélier ? appela-t-elle. Bélier, où es-tu ?

Rien. Lamia déglutit. Qu'elles aient atteint leur destination ou pas, il ne lui restait qu'une chose à faire. *Regarder*.

Si elle était perdue quelque part sur le chemin des Enfers, elle était condamnée de toute façon. Au moins, sans le bandeau, elle aurait une chance de repérer leur guide, à qui elle demanderait de ramener Eirene à la surface. Cela la consolait un peu de se dire que la meilleure d'elles deux survivrait.

À tâtons, elle chercha le nœud dans ses cheveux. Ils étaient si emmêlés autour qu'elle ne pourrait jamais le défaire. Elle finit donc par renoncer et baissa le bandeau d'un geste brusque, s'arrachant une grosse mèche au passage. Le tissu retomba autour de son cou tel un serpent mort.

Lamia inspira profondément. Une fois. Deux fois. Trois fois. Il était temps.

Dès qu'elle ouvrit les yeux, la lumière – une lumière douce, gris-vert et si bienvenue qu'elle faillit verser des larmes de joie – envahit son champ de vision.

Elles se tenaient au centre d'une petite clairière marécageuse. À la place du ciel, il y avait une masse de brouillard grisâtre, sans trace de soleil, de lune ni d'étoiles. Il faisait frais, mais pas froid, et un subtil parfum floral embaumait l'air. De la mousse recouvrait le sol comme une couverture humide. Aussi soulagée qu'épuisée, Lamia lutta contre une soudaine envie de s'allonger sur ce parterre et de s'y enfoncer. Tout autour de la clairière poussaient de gros buissons aux feuilles vert sombre, parsemés de centaines de petites fleurs blanches. Ils s'étendaient à perte de vue, leurs branches agitées par un vent qui semblait venir de partout et de nulle part à la fois.

Lamia sourit malgré elle. Elle avait atteint le bosquet de myrte.

Le bélier était planté non loin de là, à l'orée d'un chemin sinueux. Il y en avait une dizaine qui s'ouvraient ainsi autour de la clairière.

— Vilain, le gronda Lamia, surprise par la bouffée d'affection qu'elle avait éprouvée à sa vue. Tu aurais pu me prévenir qu'on était arrivés. J'ai cru que tu nous avais abandonnées !

Il renifla d'une manière presque humaine et frappa le sol de son sabot.

— Merci, enchaîna Lamia. Tu nous as amenées ici saines et sauves. Nous n'y serions jamais parvenues sans toi.

Comme il paraissait toujours contrarié, elle esquissa une petite courbette. Il renifla à nouveau et recula sur le chemin, donna encore un coup de sabot, puis enfouit sa tête dans le buisson le plus proche et se mit à grignoter les fleurs.

Quand Lamia lâcha la main d'Eirene, celle-ci laissa échapper un cri paniqué, agitant les bras comme si elle essayait d'attraper quelque chose dans le vide. Elle fit quelques pas, ses pieds s'enfonçant dans le sol boueux.

— Lamia ?

— Je suis là, répondit son amie en l'attrapant par les poignets. Là, tu vois ? Tu ne crains rien. Je suis avec toi. Je vais te retirer ton bandeau.

Délicatement, elle démêla les extrémités qui étaient prises dans ses tresses.

À la vue de la lumière, Eirene poussa un soupir de soulagement. Ses pupilles étaient si dilatées qu'elle dut plisser les yeux pour ne pas être aveuglée. Elle serrait toujours la canne, les jointures toutes blanches.

— Je vais te débarrasser de ça, proposa Lamia.

Le contact familier du bois la réconforta. Elle détacha ensuite le bouquet de crocus épinglé à l'épaule d'Eirene et le glissa dans sa besace. Elles en auraient peut-être besoin pour le trajet de retour ; mieux valait éviter de le perdre d'ici là.

— Reste ici, dit-elle. Je reviens.

Une racine de myrte et un symbole d'amour véritable. C'était tout ce qu'il fallait pour que la fiancée de son père redevienne elle-même. Redevienne son amie. Lamia avait déjà le symbole d'amour – le petit paquet de lentilles qu'elle portait autour du cou. Il ne lui manquait plus que la racine. La clairière, avec son brouillard, ses fleurs et le bruissement du vent dans les buissons, ressemblait un peu trop au décor d'un rêve. À tout moment, elle pouvait se changer en cauchemar. Elles étaient chez Hadès, après tout.

Durant leur courte pause, son genou s'était engourdi. Elle plia et déplia sa jambe avec précaution, serrant les dents tandis que les sensations – et la douleur – revenaient. Comme d'habitude. Les épaules en arrière, elle planta sa canne dans le sol meuble et fit un pas vers…

— Aaah ! hurla-t-elle, terrifiée, lorsque son pied disparut jusqu'au mollet.

Elle eut heureusement le réflexe de basculer le poids de son corps en arrière, ce qui lui évita de s'étaler la tête la première. Le sol, ferme à première vue, n'était en réalité qu'une couche de boue rance, aussi noire et collante que du goudron. Elle s'assit dans l'herbe humide et tenta de libérer son pied. La terre résistait. Enfin, dans un bruit de ventouse, elle réussit à s'en extirper.

Les feuilles et les petites plantes qui jonchaient la surface du marécage tourbillonnèrent un moment avant de s'apaiser.

Lamia prit plusieurs grandes inspirations. Elle aurait juré qu'au moment où elle avait tâté le sol du bout de sa canne, il était solide. Elle avait dû se tromper. Pourtant, elle avait l'étrange conviction que la terre avait *bougé* au moment où elle s'avançait, s'ouvrant sous ses pieds telle la gueule d'une bête affamée…

— Arrête, s'ordonna-t-elle à voix haute.

Elle ne devait surtout pas céder à ce genre de pensées. Une fois debout, elle reprit sa route avec encore plus de précautions, plantant plusieurs fois sa canne avant de se risquer à poser un pied, et reculant au moindre doute. Elle ne fit pas de nouvelle chute, ce qui semblait confirmer sa théorie initiale. La terre n'avait pas bougé ; c'était elle qui, épuisée et terrifiée, avait commis un faux pas. Mais ce n'est qu'une fois arrivée de l'autre côté de la clairière, près des buissons de myrte, qu'elle laissa échapper l'air qu'elle retenait dans ses poumons.

Aphrodite lui avait dit de récupérer la racine. Elle s'agenouilla donc, le visage tout proche des feuilles.

— Ne me décevez pas, murmura-t-elle.

Elle enfonça ses doigts dans la terre meuble afin de libérer les racines sans les casser. Ses cheveux ne cessaient de lui retomber dans les yeux, et elle les repoussait avec des gestes agacés, sans se soucier des traînées poisseuses que ses mains laissaient sur ses joues. Ni de l'humidité qui s'insinuait à travers le tissu de son chiton, ni des croissants noirs en train de se former sous ses ongles, ni de son genou douloureux qui s'encroûtait de boue. Comme son père l'aurait méprisée, s'il l'avait vue dans cet état ! Pourtant, elle avait réussi là où lui-même avait échoué. Elle avait suivi le chemin des Enfers, elle avait trouvé le bosquet de myrte, et elle tiendrait bientôt entre ses mains le dernier élément du Désir véritable. Après quoi elle allait l'utiliser contre lui et sauver Eirene. Elle sortit son couteau, le glissa sous l'une des racines exposées et la trancha, d'un mouvement rapide qui lui rappela les longues heures passées au soleil, à scier les cornes fières du bélier. Puis elle en coupa une autre. Et encore une autre. Elle les rassembla en un petit fagot et se demandait s'il n'en fallait pas une dernière quand…

— Lamia ?

La voix, terriblement familière, brisa sa rêverie. Sursautant comme si elle avait reçu une flèche, elle se leva, le bouquet de racines à la main, et se tourna vers l'intruse.

— Alexandra. Tu es donc ici.

Chaque mot était aussi douloureux qu'une piqûre d'abeille sur ses lèvres.

— Lamia…

Il y avait de la surprise, mais aussi du chagrin dans ce simple nom. Un chagrin si vaste, si profond que le simple fait de l'entendre était une souffrance.

— Je me disais bien que c'était toi.

Alexandra n'avait pas changé. Elle était exactement comme dans les souvenirs de Lamia, avant que ses mains livides ne se recroquevillent telles des araignées mortes, avant que son corps sans vie ne se retrouve étendu sur le sol. Elle avait les mêmes yeux noirs, les mêmes hanches rondes, la même beauté accablante qu'autrefois. Elle semblait imaginaire. Elle semblait morte.

Lamia laissa échapper un hoquet étranglé. C'était elle qui l'avait tuée. La preuve de sa monstruosité se tenait devant elle, incarnée dans un corps de femme.

Alexandra s'approcha. À mieux y regarder, elle dégageait quelque chose d'étrange, comme si elle avait été brodée sur une tapisserie. Sa silhouette était un peu floue, ses contours mal définis, ses traits pâles, ses cheveux et sa peau miroitants comme s'ils allaient se dissoudre dans l'air. Elle fronça les sourcils.

— Tu ne devrais pas être aux Enfers, souffla-t-elle. Que s'est-il passé ?

Je t'ai tuée. Lamia fut incapable de prononcer ces mots, pourtant simples, qu'Alexandra avait tant besoin d'entendre.

— Je suis désolée, bredouilla-t-elle à la place. Vraiment désolée. Je ne l'ai pas fait exprès. Je ne voulais pas te blesser. Mon père a…

La fin de sa phrase se perdit dans un sanglot. Comment osait-elle pleurer ? Elle était toujours vivante, le ciel, le lever de soleil et Eirene l'attendaient, tandis que la pauvre Alexandra resterait coincée là pour toujours.

— Lamia, répéta celle-ci en posant une main chaude sur son bras.

— Je ne savais pas…

La fille de Léandros se couvrit la bouche de la main pour dissimuler sa grimace d'horreur.

— Je ne savais pas, répéta-t-elle. Je m'en veux tellement… Je me doute que tu ne pourras jamais me pardonner mais, s'il te plaît, s'il te plaît, crois-moi. Je ne savais pas.

— Ça n'a plus d'importance.

Les jambes de Lamia tremblaient si fort qu'elles menaçaient de se dérober sous son poids. Elle fut presque soulagée de ne pas recevoir un pardon dont elle n'était pas digne.

— Tu as raison, murmura-t-elle. Peu importe pourquoi je t'ai fait ça ; tout ce qui compte, c'est…

— Ça n'a plus d'importance, répéta Alexandra en l'enlaçant.

Sous le choc, Lamia perdit toute retenue et fondit en larmes contre son épaule, accablée par une vague de tristesse et de culpabilité.

— Je ne t'en veux pas, douce Lamia, murmura Alexandra, dont le souffle tiède lui effleurait les joues. Sans toi, je n'aurais jamais été libre.

— Mais tu n'es pas *libre*, objecta la jeune fille. Tu es morte !

— Et alors ? Aucune liberté n'était possible dans une vie telle que la mienne.

Alexandra l'écarta avec une infinie délicatesse et plongea son regard dans le sien.

— Ne pleure pas. Je ne te reproche rien, et je ne supporte pas de te voir aussi malheureuse.

— Tu devrais me haïr. Je t'ai tuée.

— C'est Léandros qui m'a tuée avec ses Désirs et son ambition. Toi, tu m'as sauvée.

— En te condamnant à passer l'éternité ici ?

— Ce n'est pas si mal, comme endroit. Juste un peu humide. Et si je me sens parfois seule, les autres âmes qui arpentent ces sentiers m'offrent réconfort et compagnie. Mais en parlant d'elles… tu n'en fais pas partie, n'est-ce pas ?

— Je ne suis pas morte, non. Pas encore. Je ne fais que passer. Je vais rentrer chez moi.

Alexandra sourit.

— Tant mieux. Au début, cela m'a fait de la peine de te croiser ici, de penser que tu n'étais plus. Mais puisque ce n'est pas le cas, je me réjouis de te voir.

— Et si je revenais plus tard ? Pour rompre ta solitude ? Le bélier m'a bien amenée ici une fois...

Alexandra secoua la tête.

— Non, je ne préfère pas. Maintenant que nous nous sommes parlé, je meurs d'envie de regagner les profondeurs du bosquet pour redevenir une inconnue. Les morts, il me semble, ne doivent pas se montrer trop gourmands dans leur quête de résolution.

— Alors, ce sera notre dernière conversation ?

— Il le faut, oui.

Les paroles d'Alexandra étaient empreintes d'une gravité, d'une solennité indéniables.

Lamia se mordit la lèvre.

— Quel dommage. J'aurais aimé que notre histoire se termine autrement.

— N'est-ce pas ce que nous souhaitons tous ? demanda Alexandra en lui étreignant la main. Quand tu seras de retour chez toi, Lamia, essaie de changer les choses. Si tu ne le fais pas pour toi, fais-le pour moi.

— C'est promis. Tu sais, je...

Un cri terrifié résonna soudain entre les arbres, avant de s'interrompre tout aussi brusquement.

Lamia fit volte-face si vite qu'elle manqua de heurter la tête d'Alexandra.

— Eirene !

Celle-ci ne se tenait plus sur le carré d'herbe humide où elle l'avait laissée, et le sol s'agitait violemment un peu plus loin, là où la terre se confondait avec la surface traître du marécage. Sous les yeux horrifiés de Lamia, une main couverte de boue en jaillit, essayant désespérément de se raccrocher à quelque chose.

— Eirene ! hurla-t-elle de plus belle.

La sœur de Phoebe avait dû se lasser de l'attendre. Elle se retourna vers Alexandra.

— Je suis désolée, je dois…

— Vas-y. Je suis heureuse d'avoir pu te parler une dernière fois, Lamia. Tu étais la créature la plus douce de cette maison. Jusqu'à la toute fin. Maintenant, file !

La jeune fille ne se fit pas prier davantage. Après un ultime coup d'œil à la morte, elle revint sur ses pas.

Une fois au milieu de la clairière, elle constata qu'Eirene, malgré son égarement et l'effet du poison, avait en partie repris le contrôle de la situation. Elle avait réussi à ramper jusqu'au bord du marécage où, allongée à plat ventre, elle s'efforçait de s'arracher à la boue.

— Je t'avais dit de ne pas bouger ! la gronda Lamia en se laissant tomber près d'elle.

Son genou protesta, mais elle ignora la douleur. Jetant sa canne, elle attrapa la main d'Eirene au moment où celle-ci perdait prise et glissait à nouveau dans la fange.

— Arrête !

Eirene gargouilla quelque chose tout en continuant à se débattre. En plus de l'aider, Lamia devait donc la maîtriser, ce qui ne lui facilitait pas la tâche – d'autant qu'elle se refusait à poser le bouquet de myrte.

— Reste immobile, lui ordonna-t-elle. J'essaie de t'éviter la noyade. Si tu voulais bien coopérer...

À un moment donné, sa main s'engouffra par inadvertance dans la bouche d'Eirene, manquant de l'étouffer avec les racines. Celle-ci se mit à tousser un mélange de boue, de brindilles et de doigts, ce qui offrit à Lamia un bref avantage ; elle la saisit par les aisselles et la tira hors du marécage. Puis elle continua le long du chemin qu'elle venait de baliser, jusqu'à la sécurité relative des buissons.

Là, épuisée, elle se laissa tomber à côté de son amie qui haletait.

QUARANTE ET UN

L'EAU DE CETTE FONTAINE

Eirene

Quand le brouillard scintillant se dissipa enfin, Eirene se retrouva allongée sur le dos dans la terre, avec l'impression d'avoir été renversée par une charrette. Elle avait froid, mal aux jambes, le visage irrité et un goût affreux dans la bouche – à croire qu'elle n'avait pas seulement roulé dans la boue mais en avait avalé. Bien qu'elle ait repris ses esprits, ses pensées demeuraient confuses et embrumées.

Quelqu'un était étendu auprès d'elle et respirait bruyamment. Elle n'avait pas la moindre idée de qui il s'agissait. Elle ignorait où elle était, comment elle était arrivée là, et avec qui. Mais sa poitrine contractée et son souffle saccadé indiquaient qu'elle avait éprouvé une intense frayeur. Si le brouillard était bien ce qu'elle pensait, elle venait d'échapper à l'influence de l'un des Désirs de Léandros. Elle ferait sans doute mieux de se tenir tranquille.

Alors elle resta là, immobile, et écouta. Une chose était sûre, ce n'était pas Phoebe qui se trouvait à côté d'elle – elle connaissait la respiration de sa sœur aussi bien que la sienne. Cela ne pouvait pas non plus être Léandros, qui aurait fait plus de bruit. Il n'y avait donc qu'une autre possibilité, à laquelle elle n'osait encore croire – pas tant que le brouillard voilerait les contours de son champ de vision, pas tant que le goût de la peur lui napperait la langue comme du miel. Le mieux, c'était sans doute de vérifier. Lorsqu'elle tourna la tête, sans même la soulever, elle eut la sensation désagréable que de la glaise clapotait sous son crâne. Mais elle s'en moquait, car son regard venait enfin de se poser sur Lamia.

Une bouffée de soulagement et de joie pure l'envahit, menaçant de lui couper le souffle. Lamia était aussi sale qu'elle-même devait l'être, couverte de la tête aux pieds d'une épaisse boue noirâtre. Ses vêtements en étaient si imprégnés qu'elle risquait de ne jamais les récupérer. Les reflets roux de ses cheveux avaient disparu sous une couche de crasse, et de grosses mèches étaient plaquées sur son visage, son cou et ses clavicules, au-dessus de son chiton déchiré. Toutes deux semblaient s'être battues – apparemment avec ce sol froid, humide et déplaisant.

Lamia ne la regardait pas. Ses yeux étaient ouverts, mais résolument fixés sur les branches au-dessus de leurs têtes. Sa poitrine montait et descendait au rythme de sa respiration. Elle avait les deux mains pressées sur le cœur.

Eirene attendit qu'elle la remarque. Puis, comme cela tardait à venir, elle décida de l'avertir qu'elle avait repris connaissance. Elle sortit de sa bouche une brindille, puis une autre. S'étaient-elles aussi battues avec les buissons ?

Ne sachant pas trop par où commencer, elle opta pour :

— Oh, tu es là, toi aussi.

Lamia tourna si brusquement la tête vers elle que quelque chose craqua dans son cou avec un bruit de coquille brisée. Bouche bée, elle la dévisagea entre ses mèches de cheveux sales.

— Où sommes-nous, au juste ? demanda alors Eirene avec un sourire contrit.

Une fois remise de son choc, Lamia se jeta dans les bras de son amie, lui fourrant un peu plus de terre dans la bouche – ainsi qu'une mèche de cheveux, pour faire bonne mesure. Elle s'accrocha à elle comme si elle se noyait et voulait l'entraîner dans les profondeurs.

— Alors ? insista Eirene, le menton posé sur son crâne. Où sommes-nous ? Je pensais bien connaître mon île, mais je n'y avais encore jamais croisé de… qu'est-ce donc, un marécage ?

Elle n'osait pas évoquer le Désir qui avait empoisonné son esprit. Elle ne voulait pas savoir qui elle avait été durant ce laps de temps, ni ce qu'elle avait fait.

— Un bosquet, répondit Lamia d'une voix étouffée. Un bosquet de myrte.

— Certes, mais un bosquet marécageux.

Eirene inspecta avec un intérêt renouvelé la masse d'arbustes qui les entourait à perte de vue.

— Du myrte, répéta-t-elle, les sourcils froncés. Ça me dit quelque chose. J'ai l'impression d'en avoir récemment parlé avec quelqu'un... mais pourquoi, je l'ignore.

Lamia la lâcha enfin et s'assit en grimaçant. La boue commençait à sécher sur son visage, qui semblait recouvert d'écailles brunes.

— Tu ne te rappelles pas ?

Eirene avait donc des trous de mémoire... Elle essaya de ne pas s'inquiéter pour si peu, mais son cœur n'était pas d'accord ; il fit un petit bond dans sa poitrine et s'emballa.

— Non, avoua-t-elle. La dernière chose dont je me souvienne, c'est...

Elle s'interrompit pour réfléchir. Elle se revoyait assise dans la chambre de la tour, une main sur la cuisse de Lamia. Elle se revoyait caresser sa jambe de bronze du bout des doigts. Elle revoyait les yeux clairs de son amie se remplir de larmes. Elle savait aussi qu'elle avait eu envie de l'embrasser. Mais peu après, elle ne savait pas exactement quand, elle avait dû être enchantée par un Désir.

— La chambre de la tour, répondit-elle précipitamment afin de ne pas laisser le silence s'installer.

Ses joues étaient brûlantes sous son masque de glaise.

— Tu te souviens de moi ? l'interrogea Lamia d'une toute petite voix. De ce que je suis ?

— Bien sûr.

Elle avait découvert que la fille de Léandros était l'empousa qu'elles cherchaient. Et celle-ci s'était décomposée.

— Tu es Lamia. Tu es gentille et courageuse. Tu m'as aidée.

— Oui, mais…

— Je sais ce que tu es.

— Te rappelles-tu que mon père nous a surprises ?

Eirene hocha lentement la tête. Oui, cela lui revenait, maintenant. Léandros avait fait irruption dans la pièce et les avait trouvées là, la jambe de bronze de Lamia posée au creux des mains de sa fiancée. Il avait souri, amusé. Puis il leur avait dit…

— Non, hoqueta-t-elle.

Le Désir. Que lui avait-il fait ? Elle se leva si vite qu'elle fut saisie d'un vertige et s'effondra à nouveau sur le sol.

Le buisson le plus proche d'elles était splendide, couvert de fleurs blanches. Eirene en attrapa une poignée et les porta à son nez, broyant les délicats pétales entre ses doigts. Ils dégageaient un parfum entêtant, sucré, un parfum surnaturel. *Non, non, non, non, non.*

— Lamia… C'est le bosquet de myrte dont Léandros nous a parlé. Celui qu'arpentent les victimes de l'amour. Qu'est-ce que cela signifie ? Qu'il nous a tuées ? Toutes les deux ?

Elles étaient mortes. *Mortes.* Toutes les épreuves, les manigances, l'espoir n'avaient conduit qu'à ça : Lamia et Eirene avaient atterri ensemble aux Enfers. Couvertes de boue puante. Mortes.

Le frôlement de ses cheveux sales sur sa peau, auquel elle ne prêtait même pas attention quelques minutes plus tôt, lui devint insupportable. Elle avait envie de vomir et aurait voulu se les arracher par poignées. Ses vêtements lui collaient au corps, ses pieds étaient nus et froids. Pliée en deux, elle essaya en vain de respirer, la gorge nouée par une terreur sans nom. Comme elle commençait à se griffer le cou, Lamia lui écarta les mains avec une force surprenante.

— Non, il ne nous a pas tuées !

Elle la tira à l'écart du buisson et la prit dans ses bras. Puis elle souleva ses cheveux de son visage et les enroula d'une main sur son crâne. Le soulagement fut immédiat. Eirene n'avait plus l'impression que des colonnes de fourmis trottinaient sur sa peau.

— Il ne nous a pas tuées, répéta Lamia. Nous ne sommes pas mortes.

Eirene secoua la tête, perplexe.

— C'est pourtant bien le bosquet. Tu ne le sens pas ?

L'air froid et humide. Le murmure du vent, comme des voix désincarnées dans les feuilles. Le sol qui semblait vouloir les aspirer.

— Nous sommes au royaume des morts, souffla Eirene.

— Les vivants peuvent aussi y accéder.

— Nous sommes chez Hadès !

— Oui. Mais nous sommes *vivantes*. Ici comme ailleurs.

Lamia lui prit la main et la posa juste au-dessus de l'un de ses seins.

— Tu vois : mon cœur bat toujours.

Le mien aussi, et comme un fou, aurait pu répondre Eirene. La peau de son amie était si chaude sous sa paume… Ses joues si roses, ses yeux si brillants. Elle était ravissante, plus belle encore que les fleurs de myrte ou que le soleil qu'elles ne reverraient sans doute jamais. Et la vitalité qu'elle dégageait consumait, telle une torche, une partie de la peur d'Eirene – mais une partie seulement.

Elles se trouvaient dans un bosquet des Enfers. Comment pouvaient-elles être en vie ?

— Explique-moi, réclama-t-elle enfin. Comment sommes-nous arrivées ici ? Est-ce que… est-ce qu'on est coincées pour toujours ?

— Le bélier nous a guidées. Et il nous ramènera.

— Mais… *pourquoi* ?

— Tu étais sous l'emprise d'un Désir. Je devais rompre le charme ; je n'avais pas le choix.

— Un Désir, répéta Eirene en frissonnant. Oui, je m'en doutais. J'étais plongée dans un brouillard qui voilait tout ce que je voyais, entendais et *pensais*. Il n'arrêtait pas de me dire que… que j'aimais Léandros. Qu'il me protégerait.

Sa bouche se tordit tandis qu'elle crachait les derniers mots.

— J'ai appris comment en contrer les effets, la rassura Lamia. C'est pour ça que nous sommes venues ici. J'allais… Attends, tu dis que le brouillard s'est déjà dissipé ?

— Oui. Il existe donc un antidote aux Désirs ?

— Ils s'estompent tous avec le temps mais, en cas d'urgence, il existe un autre moyen : l'ingrédient que mon père cherchait.

— Le myrte ?

— Ses racines, oui. Associées à un symbole d'amour.

Eirene décolla un petit morceau d'herbe collé au coin de ses lèvres. Puis elle se mit à rire doucement et dévisagea Lamia avant de lui demander, comme si elle n'avait pas déjà deviné la réponse :

— Alors, le symbole d'amour, c'était quoi ?

De quoi pouvait-il s'agir d'autre que la plante elle-même ? Ces racines pour lesquelles Lamia était descendue aux Enfers et avait risqué sa vie, parce qu'elle voulait à tout prix libérer son amie de son enchantement ?

— Je pensais utiliser les lentilles que tu as triées, répondit la fille de Léandros. En gage de l'amour que tu portes à Phoebe. Je n'avais pas d'autre idée…

Comme elle ouvrait le petit sachet suspendu à son cou et en sortait une poignée de graines, le vide se fit soudain dans l'esprit d'Eirene.

— Phoebe, murmura-t-elle.

Ses yeux allaient et venaient sans les voir entre les lentilles et le visage de Lamia. Des griffes terrifiantes venaient de se refermer sur son cœur.

— Où est ma sœur ?

— Je ne…

— Tu as fui Léandros. Et tu m'as emmenée avec toi. Imagine qu'il s'en prenne à elle ? Qu'il l'enlève, qu'il l'ensorcelle ? Il m'a prévenue qu'il se vengerait sur elle si j'essayais de partir.

Elle voulut se relever, mais Lamia l'en empêcha, un petit sourire aux lèvres. Comment pouvait-elle être aussi sereine ?

— Aucun risque.

Eirene la fusilla du regard.

— On ne peut pas en être sûres.

— Si, parce qu'il ne lui reste plus aucun Désir. Je suis passée dans son atelier et je les ai tous détruits.

— Tu… tu as fait quoi ?

— J'ai tout brûlé. J'ai trouvé mes larmes, je les ai vidées par terre, puis j'ai jeté le reste à côté et j'y ai mis le feu. Les Désirs et tout ce dont il pourrait se servir pour en fabriquer de nouveaux sont partis en fumée. On ne craint plus rien ! On est… libérées de lui. Le bélier va nous ramener à la surface, et tu retrouveras Phoebe saine et sauve. Je te le promets.

La panique d'Eirene reflua peu à peu.

— D'accord, acquiesça-t-elle. On ira la chercher et on partira pour toujours.

— Où ça ?

— Je ne sais pas, mais loin d'ici. Toutes les trois. Phoebe tissera, je vendrai ses créations, et toi…

Elle prit les mains de Lamia et les serra dans les siennes.

— … tu feras ce que tu voudras. Tu n'auras plus jamais à verser la moindre larme.

Contrairement à ce qu'elle espérait, cette annonce ne redonna pas le sourire à Lamia. Celle-ci se détourna, l'air sombre.

— Qu'y a-t-il ? s'inquiéta Eirene.

— Je ne peux pas vous accompagner.

— Quoi ? Mais pourquoi ?

— Je… je ne comprends pas encore bien ce que signifie être une empousa. Je pourrais vous faire du mal. J'ai déjà blessé des gens…

— Cela ne serait jamais arrivé si tu avais été consciente, l'interrompit Eirene.

Il n'était pas question qu'elle la perde à cause de *ça*. Plus jamais elle ne laisserait Léandros lui faire du mal.

— Tu n'es pas vraiment responsable, insista-t-elle. Ce serait injuste de t'accuser.

— La vie est injuste.

— Exactement, répliqua Eirene en la poussant du doigt.

Elle avait sans doute eu tort de s'emporter comme ça, mais elle était si *furieuse*. Comment Léandros osait-il se comporter ainsi ?

— C'est bien ce qui me rend folle, continua-t-elle. Tu connais les histoires comme moi.

— Ce n'est pas une histoire, Eirene. C'est ma réalité.

— C'était aussi celle de Scylla, de Méduse, de Charybde, d'Arachné et d'une centaine d'autres. On n'en parle jamais, mais tout le monde le sait, n'est-ce pas ? La pire chose que l'on puisse faire subir à une femme, c'est la priver de sa beauté, la métamorphoser en bête, en monstre, en une créature qui suscite l'effroi. Quelle importance qu'elle ait été transformée par le caprice d'un autre ? Il n'y a rien de plus horrible qu'une femme sauvage.

La fille de Léandros lui jeta un regard sceptique.

— Arachné n'a pas été changée en monstre. C'était juste une araignée.

— Je déteste les araignées. Elles me terrifient. Mais pas toi, Lamia. Toi, tu ne me fais pas peur.

— Je devrais, pourtant. Je sais ce que je suis.

— Vraiment ? Il y a encore quelques jours, tu ne le soupçonnais pourtant pas. Je ne crois pas que cela ait pu changer si vite. Tu as à peine effleuré la surface de ta magie, et je ne pense pas que tu saches comment ta… faim fonctionne. Je me trompe ?

— Je sais que j'ai besoin de sang. Et cette envie est si forte qu'elle me pousse à tuer.

— Ce n'est peut-être pas inéluctable. Réfléchis : la nuit qui a suivi mon dîner avec Léandros, je me suis réveillée sur un oreiller taché de sang. Je crois que tu t'étais nourrie de moi. Or je suis toujours en vie ! Peut-être qu'avec Alexandra, les choses ont dérapé. Que ton père avait mal calculé la dose de médicament qu'il t'a administrée. Maintenant que tu es consciente de ta nature, je suis prête à parier que tu pourrais t'arrêter à temps.

— C'est une théorie intéressante. Il n'y a plus qu'à attendre mon prochain carnage pour la vérifier.

— On n'a qu'à le faire tout de suite. Vas-y, mords-moi.

Lamia contempla le bras qu'elle lui tendait avec une expression horrifiée.

— Pardon ?

— Mords-moi. À cet endroit, ça me paraît moins risqué qu'à la gorge. Bois un peu de mon sang, en essayant de garder le contrôle.

— Et si je n'y arrive pas ?

Eirene regarda autour d'elle en quête d'inspiration. Ses yeux se posèrent sur le couteau que Lamia portait à la ceinture.

— Je te poignarderai, répondit-elle en s'en emparant d'un geste leste. Allez !

À nouveau, elle tendit le bras.

— Eirene..., protesta Lamia, les épaules crispées.

— Fais-le.

— Tu vas m'y obliger ?

— Non, je ne suis pas ton père. Mais j'aimerais vraiment que tu nous accompagnes, Phoebe et moi, quand nous partirons loin d'ici. Tu veux bien essayer ? Pour moi ?

Elle vit clairement le moment où Lamia finit par céder : ses yeux se fermèrent, ses épaules se relaxèrent et elle poussa un long soupir.

— D'accord.

— C'est vrai ?

Son amie rouvrit un œil et lui attrapa le bras.

— Oui ! Mais si je te fais mal…

Eirene agita le couteau de sa main libre.

— Ne t'inquiète pas, je suis prête.

— Tu es sûre ?

— Certaine.

Comme Lamia ouvrait la bouche, soit pour parler soit pour la mordre, elle ne le saurait jamais, le sol se mit à trembler et s'ouvrit d'un coup sous le corps d'Eirene.

Celle-ci hurla et éructa, étranglée par la boue qui venait de la submerger. À force de se débattre, elle parvint à trouver une prise, ses deux mains se refermant sur la jambe de bronze tiède de son amie. Elle l'entendait crier, mais de très loin. Elle contracta ses bras de toutes ses forces et émergea de l'eau noire.

Alors seulement, elle comprit ce que disait Lamia :

— J'en étais sûre ! Je l'aurais parié !

Quand Eirene s'était raccrochée à elle, elle s'était jetée sur le buisson de myrte le plus proche et ne l'avait plus lâché.

— Laissez-la partir !

Eirene n'en finissait plus de tousser pour chasser l'horrible substance de ses poumons. En réponse, la boue qui l'emprisonnait s'épaissit encore plus et *l'aspira*. Ses mains glissèrent brusquement sur la jambe de bronze, passant du mollet à la cheville.

— Lamia, hoqueta-t-elle.

— Tiens bon ! Bélier, bélier ! Nous voulons partir ! Bélier, ramène-nous, s'il te plaît !

Le marais tentait toujours d'avaler Eirene, faisant remonter des tentacules brun foncé le long de ses bras et de son cou. Elle laissa échapper un couinement terrifié. Tout ce qu'elle pouvait faire, c'était s'accrocher.

— Bélier ! hurla Lamia.

Le buisson de myrte n'allait pas tarder à céder. Il penchait dangereusement, incapable de résister aux efforts désespérés de Lamia.

La boue atteignit les poignets, puis les doigts d'Eirene, qu'elle enveloppa afin de les soulever un à un.

— Lamia, sanglota la jeune fille.

Un tentacule en profita pour se faufiler dans sa bouche. Dès qu'elle le recracha, il s'attaqua à son nez, puis à ses yeux. Elle ne se tenait plus que d'une main. Enfin, dans une dernière succion, la boue l'emporta. Eirene disparut dans le noir.

Durant quelques instants, elle resta en suspens dans l'immonde marécage des Enfers. Mais soudain, une lumière vive, brûlante, aussi intense que les étoiles, explosa autour d'elle. La boue recula avec – Eirene l'aurait juré – un sifflement furieux. Lamia était là, l'extirpant de sa prison de vase, la lumière émanant de son corps comme d'un véritable soleil.

Quand son amie toussa, lui couvrant le visage de postillons noirs, elle réagit à peine.

— Debout ! ordonna-t-elle en la tirant par le bras. Il faut qu'on parte !

La sœur de Phoebe obéit, aveuglée et crachant de gros paquets de vase. Elle trébucha et perdit l'équilibre mais, au lieu de heurter le sol, sa main rencontra un corps chaud, doux et argenté. Le bélier géant poussa un gros soupir, qui pouvait passer pour un salut mais n'exprimait sans doute que de l'exaspération. Puis il baissa la tête et fléchit ses pattes avant.

— Tu veux que..., commença Eirene avant d'être interrompue par une nouvelle quinte de toux.

— Grimpe, répondit Lamia, déjà en train d'enfourcher l'animal.

Une fois installée, elle tendit sa canne à Eirene, qui comprit que ce n'était pas le moment de poser des questions. Elle en avait pourtant beaucoup. Qu'est-ce que le bélier faisait là ? Les avait-il portées sur son dos jusqu'aux Enfers ? Et la terre avait-elle vraiment essayé de *l'avaler* ? Elle empoigna l'extrémité du bâton afin de se hisser derrière son amie. Le bélier se redressa si prestement qu'elle manqua de tomber à la renverse et dut enlacer Lamia. Celle-ci rayonnait toujours, mais de moins en moins fort. En baissant les yeux, Eirene s'aperçut que la boue revenait, sinuant tel un serpent autour des pattes de leur monture.

— Mets ça, dit la fille de Léandros en lui fourrant un bout de tissu sale entre les mains. Le sentier n'est pas fait pour les yeux des mortels.

Elle tapota ensuite la tête du bélier, qui se dirigea vers l'orée de la clairière, chassant la boue à coups de sabot.

La voix de Lamia tremblait de peur, d'épuisement et d'autre chose – mais quoi ? Eirene enfila le bandeau autour de son front.

— Je n'ai pas pleuré, jura son amie en se retournant pour la regarder, les traits contractés par l'angoisse, les yeux secs et cernés.

Aussitôt, son expression se radoucit.

— J'étais morte de peur, continua-t-elle, mais je n'ai pas... J'ai juste *réagi*. La lumière a jailli toute seule.

— Peut-être parce que nous sommes aux Enfers ?

— Possible. Cependant, nous ferions mieux d'en partir. Baisse ton bandeau.

Elle ajusta le sien, trempé de boue, sur ses yeux.

— Ou alors, insista Eirene, peut-être que tu contrôles mieux ta magie maintenant que tu sais ce que tu es ? Peut-être que ce sera pareil pour ta faim ? Tu n'as qu'à me mordre, et nous...

— Le bandeau, répéta Lamia tandis que le bélier s'enfonçait sous les arbres.

— Comment peux-tu savoir si je l'ai mis ou pas ?

— *Eirene.*

La sœur de Phoebe promena une dernière fois son regard sur le bosquet, s'imprégnant de la lumière, des feuilles, des parfaites petites fleurs blanches et de l'écume noire ondulante qui tendait ses tentacules vers elles. Saisie d'un frisson, elle se blottit contre le dos de Lamia et mit son bandeau.

Elle n'avait aucune intention de revenir avant très, très longtemps.

— On est arrivées, dit la voix de Lamia, perçant le brouillard épuisé qui avait envahi son esprit.

Combien de temps le bélier avait-il marché ? Des heures, des jours, des années ? Eirene aurait été incapable de le dire. Le temps n'avait pas vraiment de réalité sur ce chemin. Tout ce dont elle se souvenait, c'était des battements terrifiés de son cœur, des ondulations régulières du dos de l'animal qui gravissait la pente, de la chaleur du corps de Lamia contre le sien et de leurs doigts entremêlés.

— Quoi ? fit-elle.

Elle avait la bouche affreusement sèche, comme si elle avait mordu dans un coing cru.

— On est arrivées, répéta Lamia en essayant de dégager sa main.

D'instinct, Eirene la serra plus fort, jusqu'à lui arracher un petit cri de douleur.

— *Aïe* ! On est arrivées ! Tu peux me lâcher.

— Tu en es sûre ?

Elle avait eu amplement le temps de se demander ce qui se passerait si elles étaient séparées avant d'atteindre la surface – ceux qui se perdaient sur ce chemin retrouvaient-ils une forme de liberté en mourant, ou étaient-ils condamnés à l'arpenter dans le noir pour toute l'éternité ? Elle frissonna.

— Oui, j'en suis sûre, répondit son amie d'une voix douce. On est arrivées. Viens t'asseoir avec moi. Tu retireras ton bandeau quand tu te sentiras prête.

Elle l'aida à descendre du bélier. Eirene reconnut le contact du sable sous ses semelles usées.

Le bélier poussa un soupir rauque derrière elle, avant de se relever et de s'éloigner.

— Où va-t-il ?

— Il retourne vers la falaise, l'informa Lamia. Mais je ne le regarderai pas ; je ne tiens pas à savoir comment retrouver cet endroit. Allez, viens.

Après quelques pas, elle fit asseoir Eirene sans lui lâcher la main. La jeune fille respira lentement, profondément, et, peu à peu, les battements de son cœur s'apaisèrent. Elle entendait le chant des oiseaux, elle sentait l'odeur iodée de la mer. Si elle n'était pas chez elle, cela y ressemblait beaucoup. Et dans un cas comme dans l'autre, elle était prête.

Elle retira son bandeau.

Lamia ne lui avait pas menti : elles étaient de retour. Assises côte à côte sur la plage, tournant le dos aux falaises, face à l'immensité de la mer. Une larme coula sur la joue de la jeune fille, qui l'essuya discrètement.

Elles étaient rentrées. Elles étaient vivantes. Elles étaient libres.

Elle jeta un coup d'œil à Lamia, qui fixait un point invisible dans le ciel. Ses cheveux striés de boue resplendissaient d'un éclat cuivré au soleil. Eirene songea qu'elle n'avait jamais pris la mesure de sa beauté jusqu'à cet instant – l'arête de ses pommettes, la courbe de ses cils, la roseur de son cou. La cicatrice sous son oreille. Les marques laissées par ses dents sur ses lèvres. La ligne irrégulière de son nez brisé. Ce visage, elle le connaissait presque aussi bien que le sien.

— Lamia, murmura-t-elle. Je sais ce que c'était – le symbole d'amour.

La fille de Léandros ne bougea pas.

— Chut. Je me promène dans la roseraie de l'aurore.

Eirene suivit son regard vers l'horizon. Le soleil émergeait de la mer telle Aphrodite sortant des eaux, son reflet traçant un chemin étincelant à la surface des vagues. Si la falaise dissimulait l'entrée des Enfers, alors celle de l'Olympe devait se trouver par là.

— Lamia…

— Je sais. Il va falloir qu'on y aille. Encore une minute, s'il te plaît.

— D'accord.

Eirene s'appuya contre elle et la sentit se détendre. Après une brève hésitation, elle posa la tête sur son épaule.

— Je pense toujours que tu devrais me mordre, murmura-t-elle dans ses cheveux.

Lamia se redressa et lui décocha un regard contrarié.

— Tu ne vas pas recommencer avec ça !

— Tu ne trouves pas que je sens délicieusement bon ? insista Eirene en lui collant son poignet sous le nez.

— Non, tu pues la vase !

— Allez…

Elle était grisée par la victoire. Elles étaient descendues aux Enfers et en étaient revenues. Elles étaient *en vie*. Ce n'était pas une petite morsure qui allait la tuer.

— Mords-moi ! ordonna-t-elle. J'ai toujours le couteau, ne t'inquiète pas.

— Tu y tiens à ce point ? soupira Lamia, effleurant du bout des lèvres la peau tendre au creux de son poignet.

Eirene frissonna. Les muscles de son ventre et de ses cuisses se contractèrent convulsivement.

— Oui, souffla-t-elle. J'y tiens.

— Alors, je te demande pardon.

— Pourquoi tu me… *aïe !*

La fin de sa phrase se perdit dans un grognement de douleur mal dissimulé.

— Par les dieux, ça fait mal !

Lamia recula aussitôt, les pupilles dilatées et du sang dégoulinant sur le menton.

— Je suis vraiment désolée…

Eirene secoua la tête, ravalant un autre gémissement.

— Réessaie.

— Tu es sûre ?

— Tu n'as pas perdu le contrôle, n'est-ce pas ? Recommence.

Lamia s'essuya la bouche.

— Je ne veux pas te faire de mal.

— Ce n'était pas si terrible. J'ai été plus surprise qu'autre chose.

Elle leva son bras et plaqua la trace de morsure ensanglantée sur les lèvres de son amie.

— S'il te plaît. Je veux que tu nous accompagnes, Phoebe et moi.

— Mais, et si…

— Bois !

— D'accord.

Lamia lui saisit le poignet et le mordit très fort, ses dents s'enfonçant sans peine dans sa chair. Eirene se raidit et réprima un nouveau hoquet. Elle avait menti : ça faisait très mal. Mais cette fille était allée jusqu'aux Enfers, à l'aveugle, pour elle. Elle lui devait bien cela ! Et si elle respirait à fond, la souffrance restait supportable. Il fallait juste qu'elle pense à autre chose qu'à la bouche qui aspirait son sang. Peu à peu, elle n'éprouva plus qu'un élancement sourd. Lamia lui tenait maintenant le poignet à deux mains, comme un étau. Une fleur de myrte était restée accrochée à ses cheveux, souvenir de leur voyage au bosquet. Sans réfléchir, Eirene tendit les doigts vers elle.

Son amie s'écarta brusquement, ses dents sortirent de la plaie déchiquetée avec un bruit de ventouse humide.

Elles échangèrent un regard. Leur souffle était court.

— Tu vois, conclut Eirene. Ça a été.

Les pupilles de Lamia étaient complètement dilatées. Elle cligna plusieurs fois des yeux.

— Je ne… Je n'ai pas exagéré ? Tu te sens comment ? Pas trop faible ?

— Je vais bien. Même si un petit bandage ne serait pas de refus.

Elle inspecta son bras blessé. Le sang coulait déjà moins fort et commençait à s'assombrir. À y regarder de plus près, les marques de morsure n'étaient pas si profondes.

— Tu t'es retenue ?

— Oui, siffla la fille de Léandros entre ses dents, avant de déchirer le bas de son chiton.

— L'important, c'est que tu aies su te contrôler. Regarde, ce n'est pas si méchant.

— Ne t'approche pas trop de moi, s'il te plaît. Tiens, voilà de quoi faire un pansement. Le tissu n'est pas très propre, désolée…

— Il vaut peut-être mieux laisser la blessure respirer ?

— Bonne idée.

Le chiton raccourci de Lamia flottait au vent, exposant les bandages souillés de son genou.

— Ta pauvre jambe, fit Eirene. Ça n'a pas dû l'arranger.

— Non. Mais ça aurait été encore pire si on était remontées à pied.

— On devrait rincer les bandes dans la mer. L'eau froide et le sel pourraient soulager l'inflammation.

— Possible.

— Tu veux que je m'en occupe ? proposa Eirene après une seconde d'hésitation.

Elle n'avait pas oublié que, la dernière fois, Lamia avait catégoriquement refusé qu'elle la touche.

À sa grande surprise, son amie soupira, ferma les yeux et inclina la tête en arrière.

— Avec plaisir.

Eirene s'agenouilla près d'elle et tira avec douceur sur les lambeaux de tissu trempé. Chaque fois que ses doigts frôlaient la peau de Lamia, celle-ci retenait son souffle ; et elle-même devait faire de gros efforts pour respirer calmement. Le genou de la jeune fille apparut bientôt, pâle, boueux et un peu enflé, mais moins qu'Eirene ne l'avait craint. La rotule s'était déplacée de plusieurs millimètres par rapport à son emplacement normal.

— Je vais laver tout ça, annonça-t-elle. Et en profiter pour rincer mes vêtements et mes cheveux. Tu m'accompagnes ?

Lamia rouvrit les yeux.

— Vas-y, je te rattrape. Il va me falloir un moment.

— D'accord.

La sœur de Phoebe s'avança prudemment dans l'eau. Elle était froide, mais pas glacée. Un nuage trouble se forma autour d'elle à mesure que la boue se dissolvait. Puis elle finit par s'immerger. Le soleil brillait dans le ciel, la mer était claire et scintillante. Après avoir passé ses mains dans ses boucles collées par la vase, elle refit surface et retourna au bord. Là, assise avec de l'eau jusqu'à la taille, elle entreprit d'essorer les bandages.

Un bruit d'éclaboussures lui annonça bientôt l'arrivée de Lamia. Le sourire aux lèvres, Eirene la regarda passer devant elle et plonger à son tour, puis ressortir et secouer ses cheveux dans une pluie de gouttelettes étincelantes. Rassemblant les bandages à peu près propres, elle alla chercher la canne de son amie, restée sur le sable, et la lui tendit en évitant de regarder son corps moulé par le chiton humide. L'air était chargé d'une étrange tension.

— Merci, murmura Lamia.

— De rien. Est-ce que je... Tu veux que je te bande le genou ?

La fille de Léandros acquiesça sans un mot.

Alors, Eirene s'agenouilla et entreprit d'enrouler, avec toute la délicatesse dont elle était capable, les morceaux de tissu sur sa jambe. Lamia retint un hoquet quand le tissu froid toucha sa peau.

— Ne bouge pas.

Après un dernier tour, la sœur de Phoebe noua les extrémités de la bande.

— Et voilà !

— Merci.

Eirene aurait voulu ajouter quelque chose, mais elle était à court de mots.

Lamia était si proche, avec ses joues roses, ses cheveux mouillés qui pendaient autour de son visage, et ses lèvres gonflées par le froid... Incapable de détourner son regard d'elle, Eirene se sentait pétrifiée. Mais cela n'avait rien à voir avec l'horrible emprise du marais ou celle des Désirs. C'était beaucoup plus doux, beaucoup plus vrai. Quand son amie expira en esquissant un sourire, ce fut plus fort qu'elle : Eirene se pencha jusqu'à sentir son souffle se mêler au sien.

— Comme c'est touchant ! lança une voix derrière elles.

Une voix si lointaine qu'elles l'avaient peut-être imaginée ? Lamia se retourna et, dès que ses yeux se posèrent sur le sommet de la falaise, son sourire s'effaça. Eirene comprit alors, le cœur serré, que leur répit avait été de courte durée. Le bélier les avait ramenées dans le monde réel. Et maintenant, elles allaient devoir l'affronter.

— Eirene, souffla Lamia.

— Oui ?

La sœur de Phoebe s'efforça de graver le moindre détail dans sa mémoire : la proximité de leurs corps, la chaleur qui émanait de la peau de son amie, les gouttes d'eau accrochées à ses cils et à ses joues. Elle aurait voulu que cet instant ne se termine jamais.

— Regarde.

Alors Eirene regarda.

Un homme était planté sur la falaise, trop haut pour qu'elle distingue ses traits. Il aurait pu s'agir de n'importe qui, si le soleil se reflétant sur ses boucles ne les avait pas fait resplendir comme de l'or. S'il n'avait pas dégagé une froideur perceptible malgré la distance. Si Eirene n'avait pas été convaincue, au fond de son cœur, qu'il les retrouverait.

— Bonjour, la salua Léandros avec un sourire qu'elle devinait sans le voir. Tu veux bien monter me parler une minute ? Tu m'as volé quelque chose. Et je crois que j'ai aussi quelque chose qui t'appartient.

Il se tourna et lança par-dessus son épaule :

— N'est-ce pas, Phoebe ?

QUARANTE-DEUX

EN CHŒUR

Lamia

Le père de Lamia les attendait au sommet de la falaise, le vent faisant voler ses cheveux autour de son visage. Quand il les vit approcher, main dans la main, il leur fit signe. Il semblait exténué. Il était seul, si l'on exceptait la frêle silhouette à moitié cachée derrière lui. Aucun signe de Peiros.

— Phoebe, souffla Eirene, comme si elle s'était refusé jusque-là à admettre que Léandros tenait sa sœur.

Celle-ci ouvrait de grands yeux terrifiés et l'ourlet de son chiton était déchiré. Son ravisseur, beaucoup plus grand qu'elle, serrait son poignet brun au creux de son poing. Il la força à avancer avec violence.

— Phoebe !

Cette fois, Eirene avait crié. Sa panique et sa peur étaient évidentes. Sa paume devint moite contre celle de Lamia.

— Eirene ! répondit Phoebe sur le même ton. Eirene, tu n'aurais pas dû venir !

Lamia avait la nausée. Elle avait laissé la vie sauve à son père parce que, tout au fond d'elle-même, elle éprouvait encore un peu d'amour pour lui et ne voulait pas croire qu'il soit entièrement mauvais. Mais peut-être que, finalement, il n'y avait plus que pourriture et corruption dans son âme.

— Bonjour, Eirene, fit-il d'une voix claire et posée. J'ai amené ta sœur. Et je vois que tu as ma fille. Que dirais-tu de procéder à un échange ?

— Pourquoi ne pas simplement la laisser partir ?

Eirene avait parlé à voix basse, mais le vent se chargea de porter ses mots jusqu'à Léandros.

— Impossible. Car ensuite, je serais obligé de la laisser partir, *elle*, dit-il en désignant Lamia.

Celle-ci se figea. C'était la première fois qu'il la regardait depuis leur arrivée, et il ne daignait même pas prononcer son nom.

— Or, tu t'en doutes, il n'en est pas question, précisa son père.

— Qu'est-ce qui te donne le droit de me garder prisonnière ? s'indigna-t-elle, agrippée à sa canne.

Sa voix manquait d'assurance, mais elle se força à continuer. Elle ne battrait plus jamais en retraite devant lui.

— Tu m'as menti toute ma vie. Aujourd'hui, je connais enfin la vérité. Tu disais vouloir me protéger, mais je ne pense pas que tu en sois capable. Il est temps de me rendre ma liberté.

Léandros lâcha un rire si dur que Phoebe sursauta.

— Mon père était un immortel. Comme son père et le père de celui-ci avant lui. Quant à mon arrière-arrière-grand-père, il était véritablement capable de défier la mort, puisque c'était un dieu.

— Tu l'as déjà mentionné, oui, répliqua Eirene. À deux ou trois reprises.

— Éros, continua Léandros sans se démonter. J'ai en effet menti sur beaucoup de choses au fil des ans, ma chère enfant. Mais jamais sur ça.

— Inutile, fit Lamia. Pourquoi cacher la vérité quand on a des origines aussi alléchantes ?

— Alléchantes, peut-être, mais surtout décevantes, assura son père, l'air mauvais. Mes grands-mères étaient des demi-déesses et des dryades, des nymphes et des naïades.

Ça rime, songea Lamia en même temps qu'Eirene crachait :

— Les dryades et les naïades *sont* des nymphes.

— Bref, elles n'étaient pas humaines ! Mais il a fallu que mon idiot de père se reproduise avec une saleté de mortelle.

Il y avait tant de venin dans sa voix que Lamia tressaillit.

— Oh, bien sûr, il prétendait que c'était une guerrière, qu'elle était digne de lui, continua Léandros. Mais sa souillure n'a jamais été la bienvenue dans *mon* sang ! Mon sang aurait dû être de l'ichor pur. J'aurais dû être un dieu.

— Soit, tu es mortel, siffla sa fille. Et après ? Tu es puissant, riche, encore jeune…

— Encore jeune ?

Le rire de Léandros devint hystérique. Il dut resserrer encore plus son étreinte sur le bras de Phoebe, car elle poussa un cri.

— Quand je t'ai trouvée, j'étais mourant, avoua-t-il. À peine quarante ans et déjà ramolli, déjà ridé, déjà faible. Mon cœur lâchait, ma beauté se fanait…

Sa *beauté* ? Lamia se retint de rire. Voilà donc ce qui comptait plus que tout à ses yeux, au point de garder sa propre fille prisonnière d'une tour ?

— Aujourd'hui encore, je meurs à petit feu. On pourrait prendre mes Désirs, ces pauvres tours de passe-passe, pour une forme de pouvoir. Mais regarde-moi…

Il ouvrit les bras, les lèvres retroussées sur les dents.

— … le vrai pouvoir, c'est *ça* ! Chaque jour qui passe, j'ai beau vieillir, je reste toujours aussi séduisant.

— Ta beauté ne te conservera pas en vie, souligna Eirene. Pas si tu pourris de l'intérieur.

— Les empousas maîtrisent la beauté, poursuivit Léandros comme s'il ne l'avait pas entendue. Elles manipulent la séduction, l'illusion, et aucune ne le faisait aussi bien que ta mère. Et que *toi*, bien sûr, ajouta-t-il en souriant à Lamia. Tu descends à la fois des monstres et des dieux. Tu es sans égale. Si seulement je pouvais trouver une autre empousa… Si seulement je pouvais réitérer ce miracle…

— Peut-être qu'elle finirait ce que ma mère a commencé et te tuerait ! gronda Lamia.

Son esprit tournait à vive allure. Et si son père mettait réellement la main sur une autre monstresse, à qui il parvenait à faire un enfant ? Cette nouvelle Lamia finirait-elle par tuer une nouvelle Alexandra ? Il fallait à tout prix empêcher cela.

— Alors, sers-toi de moi, clama-t-elle.

Elle avait déjà prouvé qu'elle était capable de le vaincre. Et bien qu'il risque de se montrer plus méfiant à l'avenir, elle-même prendrait moins de gants.

— Puisque je compte tant à tes yeux, relâche Phoebe. Laisse-la partir avec sa sœur. Et je serai tienne.

— Non ! protesta Eirene. Lamia, tu ne peux pas faire ça !

— Aie confiance, murmura son amie sans la regarder. S'il te plaît, Eirene. Aie confiance en moi.

Elle fixa son père. *Dis oui.*

— Oh, ma douce Lamia, *non*, gloussa-t-il en secouant la tête, les yeux injectés de sang. Non, non et non. Crois-tu vraiment pouvoir me berner aussi facilement ? Commence donc par venir à moi. Ensuite, je libérerai notre petite Phoebe.

— Tu le jures ?

Eirene respirait très fort à côté d'elle.

— Je le jure.

— Lamia, souffla son amie.

— Aie confiance.

Alors elle lui lâcha la main, redressa le dos et s'avança tout droit dans la gueule du loup ; dans les bras de son père.

QUARANTE-TROIS

EN SES PLUS BEAUX ATOURS

Eirene

— Maintenant, c'est ton tour, dit Lamia. Laisse partir Phoebe.

Léandros acquiesça lentement, avec un sourire bienveillant qui donna des frissons à Eirene. Elle se força néanmoins à rester immobile. Quand Phoebe serait en sécurité, quand elle l'aurait serrée dans ses bras, elle s'enfuirait en courant. Puis elle trouverait le moyen de récupérer Lamia. Mais pour l'instant, elle devait juste être patiente. Encore un tout petit peu.

— Relâche-la, supplia-t-elle. Je t'en prie.

Cette partie de la falaise plongeait droit vers les vagues, qu'elle aurait juré entendre s'écraser sur la roche en contrebas.

Oui, Eirene. Je vais la relâcher.

Elle se détendit trop vite. Ses lèvres commençaient déjà à esquisser un sourire quand Léandros reprit la parole :

— Lamia, ma chérie, tu m'as beaucoup compliqué les choses en brûlant mon atelier. Mais je crains que tu n'aies oublié un détail. Tu aurais dû vérifier ma ceinture.

Il brandit son poing serré, resté caché jusque-là dans son dos.

— Ma petite Phoebe, roucoula-t-il. La mer t'appelle.

Il ouvrit les doigts, révélant un tas de poudre violette qu'il lui souffla au visage.

— *Non !*

Le mot avait jailli tout seul de la bouche d'Eirene. Elle bondit aussitôt vers sa sœur.

Ses mains eurent à peine le temps d'effleurer le bord du chiton de Phoebe avant que celle-ci, un grand sourire aux lèvres, ne se tourne vers le large et ne saute.

Eirene hurla. Sa vision se brouilla. Elle pouvait descendre en rappel ; elle l'avait déjà fait et le referait mille fois pour Phoebe, pour la personne qu'elle aimait le plus au monde.

Sauf qu'elle n'avait pas de corde, rien d'autre que la paroi nue, les pierres et les eaux traîtres qui moussaient sous ses pieds. *Phoebe… Phoebe, Phoebe, Phoebe, Phoebe*. Eirene était comme frappée par le regard d'une Gorgone. Elle ne pouvait plus bouger, plus respirer, plus réfléchir. Sa sœur se noyait et elle ne pouvait que rester là, pétrifiée, terrifiée et tremblante…

C'est alors qu'un cri paniqué retentit et qu'elle vit le bras de Léandros se tendre devant elle – Léandros qui essayait en vain de rattraper sa fille.

Car Lamia s'était, à son tour, jetée de la falaise.

QUARANTE-QUATRE

DONT LA BOUCHE DISTILLE LE POISON

Lamia

La chute dura plus longtemps que Lamia ne l'avait imaginé. Assez pour qu'elle ait le temps de réfléchir aux conséquences de ses actes, et au danger bien réel de se rompre le cou.

Elle croisa les jambes aussi fort qu'elle le put et garda les yeux tournés vers l'horizon. Quelque chose l'empêchait de les fermer – peut-être le désir de ne pas affronter la mort en aveugle ? Pourtant, elle n'avait aucune envie de voir l'eau se précipiter vers elle. Elle l'atteindrait bien assez tôt.

Ce furent d'abord ses pieds qui heurtèrent la surface, l'impact se répercutant dans tous ses os. La violence du choc lui coupa le souffle et ses oreilles se mirent à crépiter. Durant un bref instant, elle fut incapable de bouger. Elle avait vaguement conscience d'être submergée et de flotter, aussi légère qu'une plume. Était-elle morte ? Elle ouvrit les yeux et fut soulagée de se trouver entourée de bleu. Elle inspira alors à fond. Grave erreur : elle s'étouffa et cracha, tout en essayant de remonter vers l'air libre. Sa canne, faite d'un bois flexible et creux, la tirait vers le haut.

Lamia toussa afin de chasser l'eau glacée de ses poumons, puis cligna des paupières. Le corps inerte d'une jeune fille flottait tout près, le visage tourné vers le ciel, ses longs cheveux bruns déployés autour d'elle. Une jeune fille qui se mit alors à couler.

Phoebe.

Lamia s'efforça de nager vers elle. Elle n'était pas très douée et se rappelait à peine comment faire. Heureusement, son instinct de survie guida ses mouvements. Chaque coup de pied lui faisait mal, son chiton mouillé l'entraînait vers le bas, mais elle s'accrochait toujours à son bâton avec détermination. Le courant, très fort, la poussait parallèlement à la falaise. Le temps qu'elle atteigne Phoebe et soulève son visage hors de l'eau, elles avaient dérivé vers la plage. Bientôt, elle sentit le sable sous ses pieds.

Elle tira Phoebe le plus loin possible des vagues. Le soleil brillait plus que jamais, projetant des reflets aveuglants sur la mer. Dans la lumière dansante, la jeune fille ressemblait tant à Eirene que c'en était douloureux. Ses yeux demeuraient clos. Sa peau avait pris une teinte grise inquiétante. Ses lèvres étaient très légèrement entrouvertes.

Pourvu qu'elle soit encore en vie. Lamia lui posa les mains sur les joues et fit pivoter sa tête d'un côté, puis de l'autre. Respirait-elle encore ? Elle colla une oreille à ses lèvres dans l'espoir d'entendre quelque chose par-dessus le clapotis régulier des vagues sur les rochers. Une goutte d'eau salée coula de ses cheveux et atterrit sur le visage de l'évanouie.

— S'il te plaît, murmura-t-elle, plus pour elle-même que pour le corps dont elle pressait la cage thoracique. Réveille-toi. *S'il te plaît.*

Phoebe toussota, lui laissant à peine le temps de s'écarter.

Puis elle se redressa brusquement, le corps secoué de violentes convulsions, et un torrent d'eau jaillit de sa bouche. Lamia se contenta de lui tenir les cheveux pendant qu'elle crachait et vomissait.

Après ce qui lui sembla durer des heures, Phoebe se calma et s'affaissa contre elle, épuisée. Ses joues avaient repris un peu de couleur.

— La..., commença-t-elle dans un croassement. La mer... Est-ce qu'elle est loin ? Je dois y aller. Je dois aller dans la mer.

D'un geste faible, elle tenta de repousser Lamia, dont le cœur se serra. La pauvre était donc toujours sous l'emprise du Désir.

— Oui, elle est juste là. Tu as réussi. Détends-toi.

Phoebe secoua la tête.

— Non, je dois aller *dedans.*

Elle voulut se lever mais, comme elle était encore sonnée, Lamia n'eut aucun mal à la retenir. Pour l'instant. Elle serait obligée de la lâcher quand son père les rejoindrait, or il avait dû courir vers le sentier dès qu'elle avait sauté. Il n'accepterait jamais de renoncer à elle. Égoïstement, Lamia espéra qu'Eirene l'aurait suivi.

Elle retira un morceau d'algue des cheveux de Phoebe.

— Rien ne t'y oblige, tu sais.

— Si, *je le dois*. La mer m'appelle. Je dois y aller ! insista la jeune fille, de plus en plus agitée.

Eirene, songea Lamia, désespérée. *Aide-moi !* Hélas, son amie n'était pas là. Elle allait devoir trouver seule un moyen de rompre le sortilège. Mais lequel ? Elle avait toujours les racines de myrte, rangées dans le petit sachet pendu à son cou, avec les lentilles qu'elle n'avait pas pu se résoudre à jeter. Ce n'était pas tout à fait un symbole d'amour. À moins que…

Elle lâcha brusquement Phoebe. Au début, celle-ci resta assise, perplexe, puis elle cligna des yeux et s'élança vers la mer. Mais Lamia avait déjà sorti une poignée de lentilles et de racines. Elle la rattrapa par le bord de son chiton, puis par les cheveux, tout en s'excusant à mi-voix.

— Mange ça, lui ordonna-t-elle.

Phoebe secoua la tête, les lèvres serrées et le regard vide. Mais Lamia avait été à bonne école avec son père. Après avoir forcé la sœur d'Eirene à s'allonger, elle monta à califourchon sur elle, lui clouant les bras au sol à l'aide de ses genoux. La pauvre gémit et se débattit faiblement, la bouche toujours close. Alors, de sa main libre, Lamia lui pinça le nez. Les yeux de Phoebe s'écarquillèrent un peu plus. Ils ressemblaient à ceux d'Eirene, si grands, si noirs et si profonds qu'elle aurait pu s'y noyer. L'espace d'un instant, elle eut l'impression de revoir son amie après que Léandros l'avait frappée – le regard trahi, la joue écorchée.

Enfin, Phoebe hoqueta et écarta les lèvres.

Je suis la digne fille de cet homme, songea Lamia avec tristesse. *Je fais ce qui me paraît nécessaire.* Puis elle lui fourra la poignée de graines, de poussière et de racines dans la bouche.

— Avale.

Elle continua à l'empêcher de respirer jusqu'à ce que sa gorge se contracte. Alors seulement, elle la lâcha. Phoebe cessa de se débattre pour contempler le ciel, bouche bée.

— Un symbole d'amour, lui expliqua Lamia. Eirene a passé trois jours à trier des graines pour toi. Presque sans fermer l'œil, et dans le seul but d'épouser un homme qu'elle déteste. Mais elle l'a fait. Parce que tu es sa sœur. Et qu'elle t'aime.

Phoebe cligna des yeux, les tourna d'un côté, de l'autre, puis vers Lamia. Ils étaient redevenus clairs.

— Eirene, croassa-t-elle.

Lamia en aurait pleuré de joie.

— Elle arrive. Oui, elle arrive. C'est elle que tu veux voir ? Tu ne veux plus aller dans la mer ?

— Eirene, répéta Phoebe, un ton plus bas.

Ses paupières papillonnèrent ; tout son corps se relâcha. L'effet du Désir s'était enfin estompé. Mais elle venait de tomber d'une falaise ; comment savoir si elle était blessée ?

— Je vais te la ramener, c'est promis.

Phoebe poussa un soupir exténué.

— J'ai si froid…

Lamia était restée à genoux trop longtemps. Quand elle changea de position, elle eut l'impression de recevoir un coup de poignard dans la jambe. Mais le froid était un problème auquel elle pouvait remédier.

Elle n'eut aucun mal à faire monter ses larmes, puis à les essuyer du revers de la main. Les yeux fermés, elle se concentra sur le moment où elle avait brûlé tout ce qui lui était cher, dans sa chambre de la tour. Cette fois, cependant, elle n'avait pas besoin de feu ; juste de chaleur. Elle devait y aller plus doucement. Préserver au lieu de détruire. Peu à peu, ses mains se réchauffèrent, et elle les posa sur les épaules de Phoebe.

Au début, celle-ci frissonna. Mais à mesure que sa température corporelle augmentait et que de petits nuages de vapeur se dégageaient de ses vêtements, elle se détendit. Quand Lamia lui passa les mains dans les cheveux pour en défaire les nœuds, Phoebe appuya une joue contre sa paume. Elle clignait doucement des paupières ; sa poitrine se gonflait à intervalles réguliers. Lamia ne put s'empêcher de sourire fièrement. Peu importait qu'elle soit une empousa, une buveuse de sang. Elle avait consommé le sang d'Eirene sans la tuer. Et elle venait de sauver sa sœur.

— Phoebe ? demanda-t-elle dans un souffle.

— Oui ?

— Ne bouge pas d'ici, d'accord ? Attends qu'Eirene vienne te chercher. Reste cachée sans faire de bruit.

Si Léandros la croyait morte, peut-être finirait-il par s'en aller ?

À cet instant, elle entendit des pas accourir sur le sable, suivis d'un cri qui ressemblait à son nom. Son père venait récupérer son bien. Lamia ferma les yeux comme pour faire disparaître le monde qui l'entourait. Elle n'avait aucune envie d'affronter son destin, de l'affronter, *lui*. Elle aurait voulu s'étendre sur le sable et rester là pour toujours, immobile, inatteignable.

Mais elle devait le tenir à l'écart de Phoebe. Elle retira donc l'épingle qui maintenait son châle trempé et entreprit de le sécher aussi vite que possible, laissant des traces de main brunes sur le tissu clair. Une odeur de laine brûlée emplit l'air. Quand elle eut terminé, elle enroula le vêtement autour de la sœur d'Eirene, tête comprise, comme si elle emmaillotait un bébé.

— Pas un bruit, répéta-t-elle.

Phoebe acquiesça. Elle tremblait toujours, mais elle avait repris des couleurs et son regard était vif. Elle se tortilla afin de s'asseoir sans défaire le châle.

— Lamia !

Cette fois, plus de doute.

— Quoi qu'il se passe, ne me suis pas.

Lamia caressa une dernière fois la joue rose de Phoebe, avant de se relever en s'aidant de sa canne. Son genou protesta avec vigueur. La montée d'adrénaline qu'elle avait ressentie en sautant, puis en sauvant la jeune fille de la noyade, commençait à s'estomper – et la douleur était encore pire qu'avant. Elle avait dû se blesser en heurtant la surface.

— J'arrive ! répondit-elle.

Elle toussa, sentit le goût salé de l'eau de mer sur sa langue, puis répéta, plus fort :

— J'arrive !

— Lamia ?

Son père était tout proche, à présent. Entendre le son de sa voix lui procura un étrange plaisir, car il avait perdu son flegme habituel. Il était à la fois essoufflé et effrayé – essoufflé de lui avoir couru après, et effrayé à l'idée de la perdre. C'était son tour, maintenant, de le faire souffrir, et elle comptait bien en profiter. Elle s'avança à sa rencontre d'un pas bancal, les lèvres étirées en un simulacre de sourire.

— Phoebe !

Eirene. Lamia voulut presser l'allure mais glissa sur le sable, sa canne ne servant pas à grand-chose sur cette surface meuble.

— Où est ma sœur ? répéta la voix paniquée de son amie.

Lamia poursuivit sa route, ignorant la douleur qui la transperçait à chaque pas. *Eirene, Eirene*, scandait son cœur, envahi d'un mélange d'impatience et de peur. *Eirene.*

Et soudain, elle la vit, les cheveux détachés, galopant dans un nuage de sable doré. Léandros la talonnait, malgré le couteau qu'elle tenait à la main.

Il semblait furieux. Lamia ne comprenait pas pourquoi il avait autorisé Eirene à descendre sur la plage – jusqu'à ce qu'elle se souvienne qu'il n'avait plus de Désir. Il avait dû utiliser ses dernières réserves pour enchanter Phoebe. Privé de la magie de sa fille, il était désormais impuissant. Elle en fut si soulagée qu'elle eut envie de rire. Puis ses yeux croisèrent ceux d'Eirene, et toute sa gaieté s'évanouit. La pauvre paraissait accablée. Désespérée. Hagarde.

— S'il te plaît, supplia-t-elle d'une voix fêlée. S'il te plaît, Lamia, où est Phoebe ? Est-ce que... est-ce qu'elle est encore en vie ?

Lamia devait se montrer prudente. Il n'était pas question que Léandros se serve encore des deux sœurs comme de simples objets. Alors, ignorant la question de son amie, elle se tourna vers lui.

— Vas-tu les laisser partir ? Pour de vrai, cette fois ?

— Rentre avec moi, ma chérie, et je ne lèverai plus jamais la main sur elles. Je le jure. Il te suffit de revenir à la maison, là où est ta place.

— Si tu essaies de suivre Eirene ou de les arrêter, je m'enfuirai à nouveau. Et quand tu me rattraperas, je me battrai. Mais si tu tiens parole, je serai gentille. Je pleurerai quand tu en auras besoin. Tout ce que je te demande, c'est de les laisser tranquilles.

Elle mentait, mais cela n'avait aucune importance. Son père l'avait toujours sous-estimée.

Il l'observa en silence un moment, la tête inclinée sur le côté. Puis il opina du menton.

Les épaules de Lamia se détendirent tandis qu'Eirene lâchait un petit soupir de soulagement.

— Où est-elle ? répéta-t-elle, les paupières closes et les mains jointes en prière.

— Un peu plus loin. Elle va bien, sois rassurée. Continue tout droit et tu la retrouveras.

Eirene porta une main à sa bouche et rouvrit les yeux.

— Merci.

— Va la chercher ! l'encouragea Lamia, étonnée qu'elle ne bouge pas.

— Si tu me dis qu'elle va bien, je te crois. J'ai confiance en toi. Par contre, enchaîna-t-elle en se tournant vers Léandros, je ne peux pas en dire autant de toi. C'est pourquoi je préfère rester.

— Lamia a accepté de me suivre, lui rappela-t-il en ricanant. Elle n'a que faire de ta piètre protection.

— Tu es son père. Elle ne devrait pas avoir besoin qu'on la protège de toi.

Il éclata de rire, se tenant les côtes comme s'il n'avait jamais rien entendu d'aussi ridicule.

Ce bruit strident résonna en Lamia, faisant vibrer une corde sensible qui finit par se rompre.

— Pourquoi ris-tu ? cracha-t-elle.

Il reporta son attention sur elle, l'air amusé.

— Pardon ?

— Pourquoi ris-tu ? Tu m'as fait du mal. À moi, ton enfant. Tu m'as torturée pendant des années, et tout ça pour quoi ? La richesse ? Le pouvoir ?

— Pour ta sécurité, affirma-t-il. Ma richesse, mon pouvoir servaient de rempart entre le monde et toi.

Lamia hésitait entre rire ou pleurer.

— La seule menace qui planait sur moi, c'était *toi*.

— Cela me tue d'avoir dû te faire souffrir, ma chérie. Mais je n'avais pas le choix. J'avais besoin de ton pouvoir, et tes larmes étaient le seul outil à ma disposition. J'aurais aimé qu'il en soit autrement. J'aurais aimé trouver une autre solution.

Dans sa bouche, cela paraissait si simple, si logique. Mais il ne disait pas toute la vérité. La magie de Lamia n'était pas contenue que dans ses larmes ; elle coulait dans ses veines. Elle faisait partie d'elle. Elle *était* elle. S'il le lui avait simplement demandé, elle aurait pu l'aider. Atterrée par cette prise de conscience, elle entendit une cacophonie de voix résonner dans sa tête, comme si les différentes facettes de son pouvoir se déchaînaient pour se libérer. *Nous sommes là*, affirmaient-elles. *Tu n'as qu'un mot à dire.*

— Tu aurais pu réfléchir à un autre moyen.

— Je sais, je sais.

Son père fit un pas vers elle. Il n'y avait ni remords ni douceur dans sa voix, juste de la condescendance.

— Je le ferai, ma fille. Si tu rentres avec moi, les choses seront différentes.

Il lui ouvrit les bras.

Mais avant qu'il ait pu l'enlacer, Lamia recula et lui attrapa le poignet, ses ongles s'enfoncèrent dans la peau dorée.

— Menteur, siffla-t-elle.

Il voulut se libérer – en vain. Ses tendons ondulaient avec fureur sous la poigne de fer de sa fille. Elle l'attira plus près.

— En fait, non, tu n'es pas un menteur ; tu es un mensonge. Ta vie entière n'est qu'une farce, un masque dont tu t'affubles pour dissimuler ce que tu es vraiment. Un masque forgé grâce à ma magie. Tu t'es servi de moi. *Puis tu as essayé de me détruire.*

— Lamia, fit-il en agitant son autre main dans un geste d'apaisement. Ma Lamia, ma petite chérie...

Ses yeux se posèrent sur un point derrière elle.

— Eirene ! appela-t-il. Toi, elle t'écoutera. Tu as entendu sa promesse. Elle est à moi.

Il ne comprenait pas que sa fille ne l'écoutait plus. Qu'elle était au-delà de l'apaisement. Au-delà de l'humanité.

— *Non*, gronda-t-elle. *Je ne suis pas à toi. Je ne l'ai jamais été.* Tu m'as menti, tu m'as manipulée, tu as fait de moi un monstre. Tu m'as torturée et tu m'as volé mon pouvoir.

Tout son corps tremblait, fulminait. La magie s'était transformée en brasier. Des flammes dansaient dans ses veines à chaque battement frénétique de son cœur blessé ; son sang s'était mué en lave et menaçait de la réduire en cendres. C'était si douloureux… Elle ne pourrait pas se contenir plus longtemps.

Les dents serrées, elle se força à articuler trois mots.

— Rends. Le. Moi.

Puis, la tête rejetée en arrière, elle laissa jaillir le feu qui couvait en elle.

QUARANTE-CINQ

AVEC SES TRAITS ET SON FLAMBEAU

Eirene

Eirene n'avait jamais vu de dieu mais, si elle n'avait pas su qu'il s'agissait de Lamia, elle aurait sans doute cru à une apparition divine.

La jeune fille brillait de mille feux. Comme une étoile, comme le soleil, comme la plus radieuse des créatures qui ait jamais existé. À chaque seconde qui passait, elle devenait un peu plus éblouissante, avec sa peau translucide, son visage étincelant levé vers le ciel, et ses cheveux… *ses cheveux*. Ils avaient pris vie et se déployaient autour d'elle tel un torrent de cuivre de plus en plus lumineux. Bientôt, elle eut l'impression de contempler le cœur d'une flamme.

Avec un grand cri, Léandros libéra son bras et recula, titubant dans sa hâte à s'éloigner de sa fille. Du monstre qu'il avait créé.

— Lamia, hurla-t-il. Arrête !

Elle ne broncha pas. La lumière se stabilisa.

— Lamia ! répéta son père. Je sais que tu es en colère, mais réfléchis, je t'en prie. Ne fais pas quelque chose que tu risques de regretter. Pense à ce que nous pourrions accomplir ensemble, à ce que notre magie pourrait réaliser. Nous tiendrions le monde entre nos mains.

Lamia poussa un grondement animal qu'Eirene n'eut aucun mal à identifier. C'était un bruit de douleur.

Elle n'aurait pas su expliquer comment, mais elle savait ce qui allait suivre.

À nouveau, son amie émit ce grondement affreux, autour duquel son corps semblait se recroqueviller. Puis elle se redressa d'un coup, rouvrit les yeux et montra les dents.

— *Notre* magie ? tonna-t-elle. Ça n'a jamais été la nôtre. Ça n'a jamais été la tienne. *Elle est à moi !*

Tandis que ces mots jaillissaient de sa bouche, elle tendit ses paumes incandescentes devant elle. Léandros eut à peine le temps de lever les bras dans une futile tentative pour se protéger du rayon qui le frappa telle la foudre.

Le fit décoller dans les airs.

Et le brisa.

Ses cheveux dorés s'embrasèrent en même temps que l'illusion soigneusement préservée pendant toutes ces années. Il ressemblait aux abricots qu'il avait fait manger à Eirene : une chair intacte dissimulant un noyau putride. Un subterfuge incapable de résister au pouvoir de Lamia.

Il n'était plus qu'un cadavre vivant. Sa peau était réduite à des lambeaux de cuir noir, ses traits fondaient sur ses os, son nez avait disparu et l'un de ses yeux avait explosé en un amas de pulpe blanchâtre. *Ses si beaux yeux.* Eux non plus n'étaient pas réels. Le deuxième était voilé, le bleu de l'iris terni. Il roulait comme un fou dans son orbite, regardant partout sauf en direction de Lamia, de ce pouvoir divin, monstrueux qui émanait d'elle tel un fleuve sans fin. Ses mains tordues par les rhumatismes ressemblaient désormais à des griffes, ses os jaunis se devinaient aux endroits où la chair s'était délitée. Il lui manquait la moitié de ses dents, et celles qui restaient n'étaient que des chicots noirâtres. Eirene distinguait même son cœur, affreuse petite chose ratatinée derrière ses côtes aussi fragiles que du verre.

Il ouvrit la bouche pour parler, mais sa langue en forme d'immonde limace barrait l'entrée de sa gorge déchiquetée. Il poussa alors un cri d'angoisse mêlée de rage. Un cri qui n'était ni humain ni animal. Le cri d'un Titan, d'un géant, d'une créature qui aurait osé défier l'Olympe, le cri d'un soldat accablé pour l'éternité par la force des dieux.

Lamia hurlait, elle aussi. La lumière ne jaillissait plus seulement de ses mains, mais de sa poitrine, de ses lèvres, de ses yeux, si féroce et impitoyable qu'Eirene était incapable de la supporter. Elle se détourna, à demi aveuglée, des taches blanches dansant devant les yeux. Même quand elle les ferma, l'image resta gravée sur ses rétines. Lamia, fille d'une empousa. Lamia aux cheveux de feu, au pied de bronze planté sur le sol inégal. Ce monstre était la plus belle chose qu'elle avait jamais vue.

Mais il fallait qu'elle l'arrête.

— Lamia ! hurla-t-elle. Lamia, tu ne peux pas faire ça. Stop !

La lumière brillait toujours, rouge vif derrière ses paupières closes. Eirene s'avança à l'aveugle, les mains tendues. Elle voulait que Léandros meure, elles le voulaient toutes les deux, mais cela ne devait pas se passer ainsi. Ses doigts frôlèrent bientôt du tissu, puis de la peau moite, fiévreuse.

Elle attrapa Lamia par le bras et la secoua très fort, malgré l'aura incandescente qui lui brûlait les yeux et les mains.

— Lamia, arrête ! Tu ne peux pas le tuer. C'est ton père, ton sang. Les dieux te puniront.

Elle tira à nouveau, désespérément, sur le bras de son amie. Une odeur de cheveux roussis parvint à ses narines, la ramenant soudain dans la chambre de la tour – le braséro allumé, les mèches de cuivre en train de se consumer, le brouillard scintillant qui engloutissait tout le reste. Puis elle revint au présent, arrachée à ses souvenirs par une douleur cuisante. Elle allait devoir lâcher. Mais elle ne pouvait pas.

— Il faut que tu arrêtes !

Enfin, enfin, la lumière vacilla. La chaleur diminua. Eirene entrouvrit à peine les yeux et, à travers ses cils, elle vit Lamia tituber, émettant quelques ultimes étincelles avant que ses jambes ne se dérobent sous elle. Elle se précipita pour la rattraper.

Un peu plus loin, Léandros s'effondra à terre sans personne pour amortir sa chute.

Lamia marmonna quelques mots inintelligibles.

— Pardon ? demanda Eirene.

— Il est mort ? Je l'ai tué ?

Ses cheveux étaient encore parsemés de braises rougeoyantes.

— Je ne crois pas, non.

À en juger par son souffle rauque, Lamia s'était maîtrisée juste à temps.

— Si, si, je l'ai tué. Mon propre père. Il est mort et j'ai son sang sur les mains. Les Furies vont me traquer pour me faire périr, moi aussi.

Malgré l'horreur de ses paroles, sa voix restait claire et calme. Elle avait le regard distant, hanté par une expression qu'Eirene ne lui avait jamais vue.

— Combien de temps me reste-t-il ?

— Il n'est pas encore mort, insista Eirene. Tu n'es coupable de rien. Laisse-moi l'examiner.

Elle posa une main sur celle de son amie, serrée tel un étau autour de son bras.

— Il est en vie. Je vais aller le voir. Tu peux me lâcher, maintenant.

Lamia secoua la tête.

— Il doit mourir. Il le faut.

— Je sais. Mais tu ne peux pas le tuer. Veux-tu... que je m'en charge pour toi ?

Lamia cligna des yeux. Puis elle sourit et redevint un peu plus elle-même.

— Lui laisserais-tu la vie sauve ? Si je te le demandais ?

— Je... Non, probablement pas.

— Bien.

Dès que Lamia la libéra, elle bondit sur ses pieds. Si Léandros était encore vivant, il n'en avait sans doute plus pour longtemps. Eirene devait veiller à ce que le coup fatal ne vienne pas de sa fille.

Elle courut vers lui. Enfin, vers ce qu'il restait de lui.

Il était recroquevillé sur lui-même – brûlé, fondu, ratatiné mais s'accrochant à la vie avec la même détermination qu'il avait mise jusque-là à détruire celle des autres.

— Bonjour, Léandros, souffla-t-elle.

Il poussa une espèce de gargouillis lorsqu'elle s'agenouilla près de lui. Il dégageait ce qu'elle imaginait être l'odeur d'un champ de bataille – mélange de pourriture, de sang et de fumée. Son œil indemne tournoyait d'une manière affreuse sur lui-même. Il n'y avait plus trace de l'être sublime et arrogant que tout le monde pensait intouchable, de l'homme au charme irrésistible qui lui avait soufflé du Désir au visage. Sa bouche distordue articula quelques syllabes qui ressemblaient à « s'il te plaît ».

— Lamia t'aimait, répondit Eirene d'une voix douce.

Elle sortit son couteau de sa ceinture et l'appuya contre la chair putride, à l'endroit où elle distinguait le battement pitoyable de son cœur.

— Mais tu l'as quand même fait souffrir. Elle t'a épargné une fois, mais tu lui as forcé la main. Elle ne voulait pas en arriver là.

Nouveau gargouillis impuissant.

— Tout ce que tu avais à faire, c'était l'aimer. Mais tu en as été incapable.

Elle se pencha sur lui, la bouche à quelques centimètres de la masse sanguinolente qui avait été son oreille.

— Contrairement à moi.

Puis elle lui enfonça sa lame dans la poitrine.

Léandros mourut comme une lampe s'éteint, d'un seul coup et en dégageant une volute de fumée. Quand Eirene se retourna vers sa fille, elle la trouva assise. Ses cheveux avaient cessé de brûler et encadraient son visage telle une auréole cuivrée. Abandonnant le couteau, elle courut s'agenouiller devant elle.

— Lamia…

— C'est fait ?

Eirene contempla le cadavre encore fumant de Léandros.

— Oui, c'est fait.

Elle souleva doucement le menton de son amie, qui se laissa faire. Son regard était bouleversé.

— C'est fait, répéta Eirene.

Lamia secoua la tête et s'appuya contre sa paume. Sa peau luisait encore faiblement, comme les braises d'un feu éteint.

— Je l'aimais, dit-elle. En dépit de tout, je l'aimais. C'était mon père. Mais je suis heureuse qu'il soit mort.

Eirene se demanda quoi répondre ; tout ce qui lui venait à l'esprit sonnait faux. Or elle ne pouvait dire que la vérité, celle des sentiments qui s'étaient épanouis en elle à la manière d'une fleur, de plus en plus intenses à chaque seconde passée aux côtés de Lamia. Oui, celle-ci était barbouillée de cendres, oui, son nez était tordu et ses ongles déchiquetés, oui, elle n'avait que la peau sur les os et la fâcheuse habitude de mordre les gens afin de boire leur sang – les trous dans son bras en témoignaient. Mais cela ne comptait pas. Tout ce qu'Eirene voulait, c'était se plonger dans ces yeux immenses, brillants et bordés de longs cils.

— Je t'aime, murmura-t-elle.

— Eirene... Je ne suis pas sûre que ce soit le bon moment.

— Oh.

S'était-elle trompée sur le myrte et le symbole d'amour ? Avait-elle été trop présomptueuse de croire que ses sentiments pouvaient être réciproques ?

— Moi aussi, je t'aime, enchaîna Lamia. Mais je... Nous venons d'assassiner mon père. Et je dois faire peur à voir.

La sœur de Phoebe lâcha un rire de soulagement et de joie.

— Tu es plus belle que l'aurore. Et c'est à côté de toi que je veux être quand elle me réveillera.

Sur ces mots, elle reprit le menton de Lamia, se pencha vers elle et l'embrassa.

QUARANTE-SIX

L'ÉCUME DES FLOTS BOUILLONNANTS

Lamia

À mesure que l'euphorie de Lamia retombait et que les dernières gouttes de magie s'échappaient de ses doigts sous forme de brèves étincelles, la douleur revint. Ce saut insensé depuis le sommet de la falaise avait laissé des traces. Ses os lui paraissaient aussi fragiles que du verre, sa peau était constellée de bleus, sa gorge à vif, comme si elle avait inhalé de la cendre brûlante.

Mais rien de tout cela n'avait d'importance, parce qu'elle était en train d'embrasser Eirene. Parce qu'Eirene l'embrassait.

Elle lui soutenait le menton d'une main douce, inclinant son visage de manière que leurs bouches se pressent l'une contre l'autre.

Leurs lèvres s'emboîtaient si parfaitement qu'on aurait pu les croire modelées dans ce seul but. Était-ce qu'avait ressenti Pygmalion la première fois qu'il avait embrassé Galatée ? Le corps d'Eirene était-il destiné depuis toujours à se plaquer contre celui de Lamia, ses cheveux à retomber sur son front, ses cils à caresser ses joues, son souffle tiède à se mêler au sien ? C'étaient forcément les dieux, ou les Moires elles-mêmes, qui les avaient guidées l'une vers l'autre afin que ce moment advienne.

— Ça va ? murmura Eirene tout contre sa bouche – la question la plus douce qu'on puisse concevoir.

Comme elle commençait à s'écarter, Lamia émit un bruit de gorge dont elle ne se pensait pas capable.

— Oui, souffla-t-elle.

À son tour, elle posa une main sur sa joue pour l'attirer à elle, aussi près qu'elle l'osait, et même plus.

Elle en oublia même de respirer.

Quand elle se recula enfin, Eirene la regardait, les yeux voilés par le désir – le vrai, pas l'horrible version pervertie de Léandros. Tandis qu'une vague de chaleur parcourait le corps de Lamia, les yeux de sa compagne se posèrent sur un point derrière elle.

— Phoebe ! Tu pourrais nous laisser un peu d'intimité !

La sœur d'Eirene répondit d'une voix mortifiée :

— Désolée ! J'attendais que vous ayez fini pour qu'on puisse rentrer à la maison.

Eirene éclata d'un rire aussi riche et doux que du miel. Lamia aurait pu ne se nourrir que de lui pendant un siècle.

— Tu as raison. Rentrons à la maison.

Même si elle n'avait aucune idée de ce que « la maison » signifiait, le cœur de Lamia bondit de joie.

Elle ne savait pas où elles iraient, ni avec quel argent, ni ce que le cousin des filles et le reste de l'île en penseraient. Mais peu importait, du moment qu'elles étaient ensemble.

Comme si elle avait lu dans ses pensées, Eirene se tourna vers elle avec un petit sourire. Lamia se réjouit de ne pas s'être levée, car ses jambes n'auraient certainement pas tenu le coup.

Ces yeux d'un noir brillant, cette expression amusée… Elle dut faire appel à toute sa volonté pour ne pas l'embrasser à nouveau, jusqu'à ce qu'elles soient toutes les deux échevelées et hors d'haleine.

Les mots qu'Eirene prononça ensuite n'étaient destinés qu'à elle. Les lèvres collées tout contre l'oreille de Lamia, elle répéta :

— Rentrons à la maison… finir ce qu'on a commencé.

Épilogue

La maison située tout au bout du village n'était pas grande, mais elle convenait parfaitement à ses occupantes.

Toutes trois se moquaient que les commentaires aillent bon train à leur sujet. Les gens se posaient toutes sortes de questions, surtout sur la grande fille svelte aux cheveux roux et à la peau dorée par le soleil. Ils disaient qu'elle devait être une nymphe, posséder une forme de magie, car ils étaient étrangement incapables de détacher leur regard d'elle. Pourtant, elle avait le nez tordu et des yeux d'un brun on ne peut plus banal, la plupart du temps rivés sur la fille plus petite, à la mâchoire carrée et à l'attitude menaçante, qui ne laissait jamais ses boucles noires dépasser ses épaules. D'après les villageois, c'était elle qui avait trouvé le remède au mal dont étaient affligées les jeunes épouses des notables du coin. Finis, les regards dans le vague et les phrases répétées en boucle. En revanche, l'herboriste n'avait rien pu faire contre la haine soudaine de ces jeunes femmes pour leurs maris. Au bout d'un moment, toutes avaient fini par retourner dans les bras de leurs mères et par reprendre leur place derrière leur étal au marché.

Enfin, il y avait la tisseuse, dont les œuvres étaient rares mais aussi sublimes que le visage. Quand les gens la voyaient passer, bras dessus bras dessous avec l'une de ses anciennes amies, ils admiraient son corps de moins en moins maigre au fil des saisons. Ses joues étaient aussi plus roses, maintenant qu'elle travaillait à son rythme et uniquement pour le plaisir.

On disait que les trois filles auraient pu s'offrir une demeure bien plus luxueuse. Cependant, cette petite bicoque toute en longueur, avec ses grandes fenêtres et son jardin impeccable, n'appartenait qu'à elles – et cela leur suffisait.

— Quel drôle d'endroit, s'étonna la fille du boulanger en passant devant avec sa sœur un matin.

Le soleil n'était pas encore levé. Le pain devait être pétri, façonné et cuit avant que le reste du village ne s'éveille.

— Il n'y a même pas d'escalier ! ajouta-t-elle.

La brune aux yeux, aux sourcils et à l'humour noirs, qui avait surpris sa remarque, se tourna vers sa compagne en riant. Elles étaient à la fenêtre, le visage tourné vers la colline d'où montaient les premiers rayons du soleil. Une tapisserie ornait le mur derrière elles : une fille en train de danser au bord de la mer, les bras tendus et le visage tourné vers le ciel. Au-dessous, un énorme chat tacheté était roulé en boule, la tête sur les pattes, quelques plumes dépassant de sa gueule et sa queue paresseuse fouettant l'air.

La première fille, qui ressemblait étonnamment à celle de la tapisserie, demanda alors :

— On dirait que les gens nous plaignent. Qu'en penses-tu, Lamia ?

Celle-ci ramena une mèche cuivrée derrière son oreille et sourit, ses doigts tachés d'encre et de charbon serrant le pommeau lisse d'une canne en olivier. Son visage rayonnait de bonheur.

— Ce que j'en pense, Eirene ?

Elle lui prit la main et la porta à sa bouche. Une simple pression des lèvres au creux d'un poignet. Un geste innocent – ou pas.

— Ils ne devraient pas s'inquiéter, car j'ai tout ce que je désire.

Au-dessus des collines, l'aurore s'épanouit telle une rose.

Remerciements

J'ai attaqué l'écriture d'*Un poison nommé Désir* en sachant que, pour la plupart des auteurs, le deuxième livre est une terrible épreuve, mais en étant naïvement persuadée que ce ne serait pas mon cas. Il va sans dire que je me trompais ; le fameux contrecoup m'a heurtée de plein fouet. Ce n'est que grâce au dévouement, à l'amour et au soutien de nombreuses, *nombreuses* personnes que vous tenez aujourd'hui entre vos mains cette petite merveille, incroyablement belle, incroyablement brillante et incroyablement rose.

Merci, en tout premier lieu, à ma merveilleuse agente, Catherine Cho. Je ne connais personne de plus gentil, de plus mesuré, de plus perspicace et de plus impitoyable. J'ai une chance infinie que tu me représentes. Merci également à tous les co-agents qui ont porté *Un poison nommé Désir* sur le marché international : Maria Duerig, Marie Arendt et Annelie Geissler de chez Mohrbooks ; Claire Sabatiegarat, Cristiana Chiumenti et Elisa Beretta de l'Italian Literary Agency ;

Jeanine Langerberg, Marit Versantvoort, Rik Kleuver, Vera Bank, Paul Sebes et Lester Hekking de chez Sebes and Bisseling ; Catherine LaPautre de l'Agence LaPautre ; Ania Walczak, Dominika Bojanowska, Beata Glinska et Agnieszka Zawistowska de ANA Warsaw ; Txell Torrent, Mònica Martin, Aida Tarragona, Clara Mateo et Cristina Auladell de la MB Agencia ; Amy Marie Spangler d'Anatalia Lit ; Judit Hermann de ANA Hungary ; Jitka Nemeckova de ANA Prague ; Andreea Focsaneanu et Simona Kessler de la Simona Kessler Agency ; Ken Mori de Tuttle Mori ; Danny Hong de la Danny Hong Agency ; et Gray Tan de la Greyhawk Agency.

J'ai trouvé la meilleure des maisons chez Electric Monkey. Sarah Levison, tu es l'éditrice la plus merveilleuse qui soit. J'adore nos déjeuners, nos échanges de mails frénétiques sur les quatrièmes de couverture, et ta capacité à aller directement au cœur de l'histoire pour m'aider à le faire battre encore plus fort. Je suis enchantée que nous puissions encore travailler ensemble pendant de nombreuses années. Merci pour tout. Merci aussi à Lindsey Heaven, Cally Poplak, Lucy Courtenay, Aleena Hasan, Charlotte Cooper, Brogan Furey, Ingrid Gilmore, Emily Sommerfield, Sophie Porteous, Olivia Carson et toute l'équipe d'Electric Monkey qui a travaillé si dur sur ce livre, et grâce à qui je me sens soutenue, appréciée et traitée presque comme une rock star. Un merci tout particulier à Hannah Penny, mon héroïne, pour tout son travail autour de la publicité et de l'événementiel. Merci à Susila Baybars et à Jennie Roman d'avoir repéré toutes mes fautes et m'avoir gentiment signalé les tournures de phrase incorrectes que j'emploie en boucle. Vous faites un boulot herculéen. Merci aussi à Rebecca Fortuin, déesse de l'audiolivre, et à tous les brillants acteurs qu'elle ne manquera pas de recruter pour celui-ci.

Merci à mes *trois* éditrices de chez HarperTeen. Stephanie Stein, Emilia Rhodes et Kristin Rens : vous êtes formidables et je vous suis infiniment reconnaissante de tout le temps et les efforts que vous avez consacrés à *Un poison nommé Désir*. Merci également à Jessica Berg, Gwen Morton, Annabelle Sinoff, Trish McGinley, Michael D'Angelo, Taylan Salvati, Patty Rosati et l'équipe marketing scolaires et bibliothèques, à Kerry Moynagh, Kathy Faber, Jen Wygand et le reste de l'équipe commerciale. Et à Sophie Schmidt : tu me manques.

Un immense merci à mon relecteur sensible, Ennis Rook Bashe, pour son point de vue et ses retours sur la représentation du handicap physique dans le livre, qui m'a permis de renforcer tous les aspects de l'histoire et des personnages. S'il subsiste des erreurs, elles ne sont que de mon fait.

Merci à la surdouée Micaela Alcaino pour cette nouvelle couverture époustouflante, à Lolloco pour les sublimes portraits d'Eirene, de Lamia, de Daphné et du Bélier ; et à Olivia Adams, Corina Lupp et Alison

Donalty pour le tour de magie accompli autant à l'extérieur qu'à l'intérieur d'*Un poison nommé Désir*. J'ai énormément de chance de travailler avec les meilleurs graphistes de l'industrie.

J'ai aussi eu le bonheur incroyable de nouer la meilleure des amitiés dès le début de mon aventure littéraire. Merci à ma toute première amie-autrice, Isa Agajanian. Je n'en reviens pas que notre rencontre remonte déjà à cinq ans. Ton talent croît de jour en jour, et c'est un plaisir et un privilège de te voir t'envoler vers de nouveaux sommets. Merci à Marisa Salvia et Ania Poranek ; notre trio critique est un petit raz-de-marée et j'ai hâte de voir ce que nous ferons ensuite. À Zohra Nabi : tu es aussi douée que gentille et généreuse ; ton regard et ton génie ont transformé ce livre. Je suis si chanceuse d'être ton amie. À Grace Li : je serai toujours prête à faire le tour du monde en avion pour te voir. Ce livre a finalement pris forme dans ta cuisine à Pearland, autour de *bubble teas* au blé et de plus de myrtilles que je n'oserais l'avouer. Je suis une meilleure autrice grâce et à cause de toi. Merci également, toujours, à Rebecca Mix : Grace et toi avez changé ma vie quand vous m'avez choisie pour le tutorat Pitch Wars. Je vous en serai éternellement reconnaissante.

Merci à tous les auteurs londoniens qui forment une communauté merveilleuse et encourageante autour de moi depuis quatre ans, en particulier Bea Fitzgerald, Natasha Hastings, Ella McLeod, Aleema Omotoni, Lizzie

Huxley-Jones, Kat Dunn, Kate Dylan, Kika Hatzopoulou, Saara El-Arifi, Tori Bovalino, Samantha Shannon et Tasha Suri. Merci aussi à Rebecca Kuang, qui est là si souvent qu'elle fait partie du groupe. Merci à Lyssa Mia Smith, Amélie Wen Zhao, Jamie Pacton, Pascale Lacelle et Vanessa Len, les amis les plus adorables et les plus talentueux qui soient, pour toutes les gentilles choses qu'ils ont dites sur *Un poison nommé Désir*.

Il y aurait encore beaucoup d'autres gens à remercier, alors en résumé : Lauren, Rosie, George, Juli, Maddy, Annabelle, Gabe, et Clovis, Cherizza, David, Sophie, et Daisy, Amar, Andrew, Emily, Ric, les Ross et les Dyer, ma kiné Mia, qui a travaillé très dur pour réparer les dégâts causés par mes séances d'écriture roulée en boule sur mon lit, Jemma, Kendall, Emma, Jas, Ellie B, Ellie T, Clara, Harveen, Taz et Alex. Merci également à Eva Morris, Lara Chammas et le reste de la bande d'Oxford. Je suis heureuse de ne jamais avoir lâché mon boulot.

Ma famille m'a tout donné et a fait de moi celle que je suis. À maman, papa, Nat, Hel et Balaj : quitte à être forcée de passer ma vie avec des gens, je n'aurais pas pu trouver mieux que vous.

Enfin, à mon fiancé, James : je ne suis jamais si heureuse qu'avec toi ; tu me manques quand tu n'es pas là ; je t'aime à chaque instant.

Si vous avez aimé

Un poison nommé Désir,
découvrez le premier roman
de Sarah Underwood :

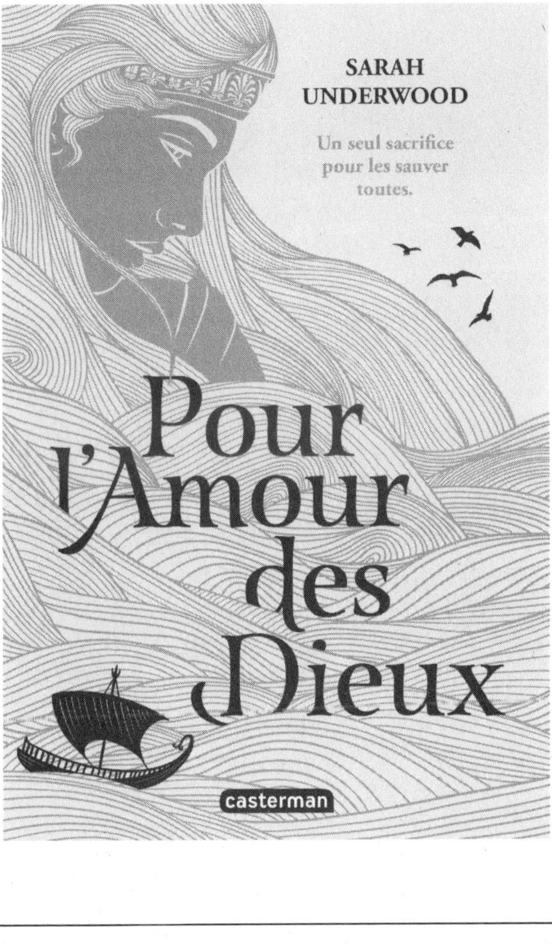

Également disponible en librairie.